文庫 NV

〉

海の男／ホーンブロワー・シリーズ〈3〉

砲艦ホットスパー

セシル・スコット・フォレスター
菊池　光訳

早川書房
198

HORNBLOWER AND THE HOTSPUR

by

Cecil Scott Forester

1962

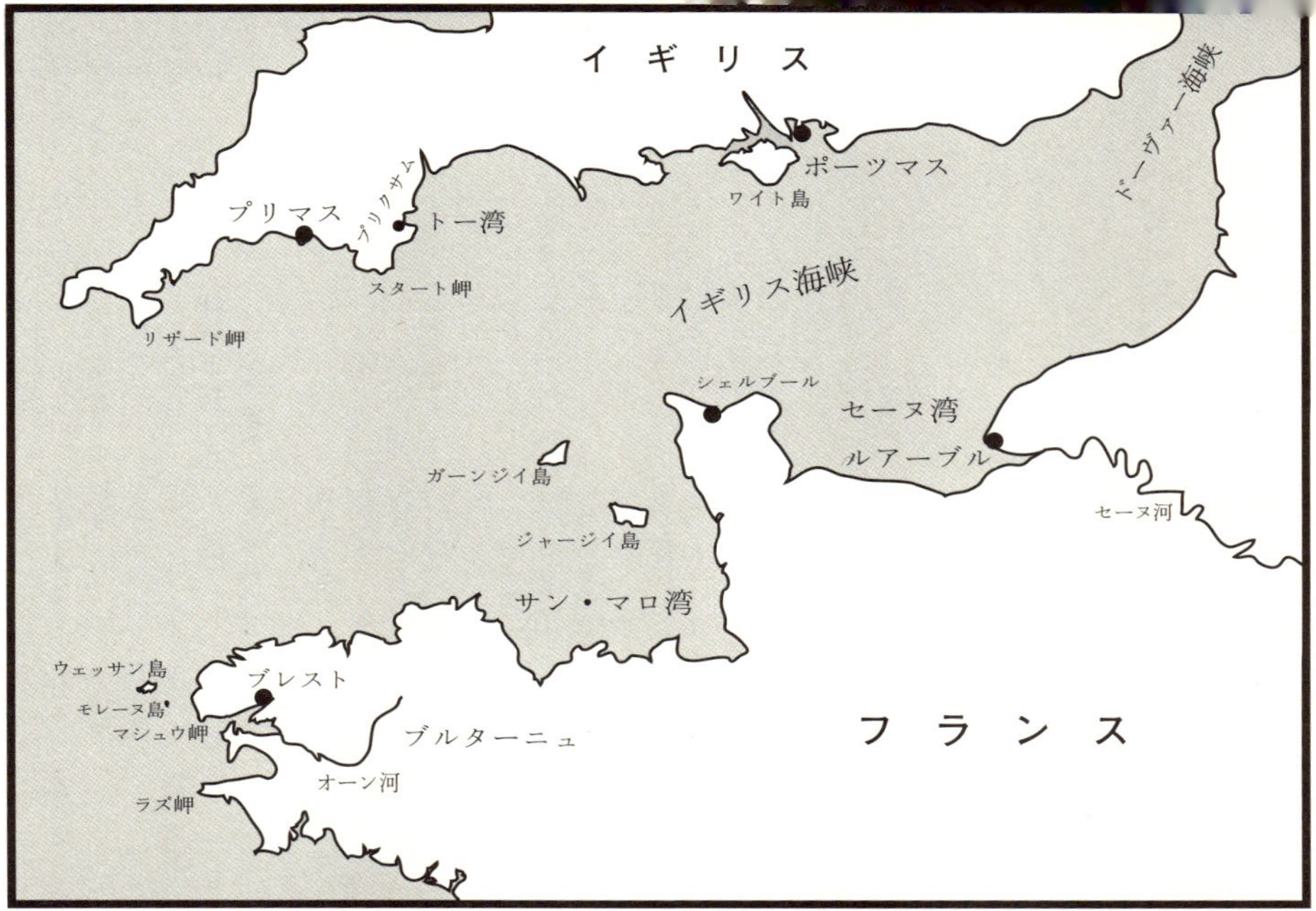
イギリス
ポーツマス
ワイト島
ドーヴァー海峡
プリマス
ブリクサム
トー湾
スタート岬
リザード岬
イギリス海峡
シェルブール
セーヌ湾
ルアーブル
セーヌ河
ガーンジイ島
ジャージイ島
サン・マロ湾
ウェッサン島
モレーヌ島
マシュウ岬
ブレスト
ブルターニュ
オーン河
ラズ岬
フランス

① ジブ（フライング・ジブ）
② ジブ・ブーム
③ バウスプリット（第一斜檣）
④ ドルフィン・ストライカー
⑤ フィギュアヘッド（艦首像）
⑥ ビークヘッド（艦首突出部）
⑦ アンカー（錨）とケーブル（錨索）
⑧a フォアマスト
⑧b メンマスト
⑧c ミズンマスト
⑨a フォア・トゲンスル・ヤード
⑨b メン・トゲンスル・ヤード
⑨c ミズン・トゲンスル・ヤード
⑩a フォア・トゲンスル
⑩b メン・トゲンスル
⑩c ミズン・トゲンスル
⑪a フォア・トプスル・ヤード
⑪b メン・トプスル・ヤード
⑪c ミズン・トプスル・ヤード
⑫abc 各ヤードのブレース（転桁索）
⑬a フォア・トプスル
⑬b メン・トプスルとリーフポイント（縮帆索）
⑬c ミズン・トプスル
⑭a フォア・トップ（檣楼）とラバーズ・ホール
⑭b メン・トップとラバーズ・ホール
⑭c ミズン・トップとラバーズ・ホール
⑮ フトック・シュラウド
⑯a フォア・ヤード
⑯b メン・ヤード
⑰a フォア・コース（大横帆）
⑰b メン・コース
⑱a フォア・シュラウド（横静索）
⑱b メン・シュラウド
⑱c ミズン・シュラウド
⑲ バウ・チェイサー（艦首追撃砲）
⑳ 前部昇降口
㉑ フォクスル（艦首楼）
㉒a フォア・チャンネルと投鉛台
㉒b メン・チャンネルと投鉛台
㉒c ミズン・チャンネルと投鉛台
㉓ 砲門（開、閉）
㉔ メンデッキとガンデッキ（砲列甲板）
㉕ 昇降口
㉖ 艦載艇各種
㉗ カノン砲
㉘ 舷門
㉙ ギャングウェー（舷側通路）
㉚ コーターデッキ（艦尾甲板）
㉛ キャプスタン（索巻き機）
㉜ 舵輪と羅針儀箱
㉝ 前端手摺り
㉞ カロネード砲
㉟ 艦尾手摺り
㊱ クロジャッキ
㊲ ガフ（斜桁）
㊳ スパンカー（ドライバー）
㊴ 軍艦旗
㊵ スパンカー・ブーム
㊶ 艦尾窓（艦長室、大キャビン等）
㊷ 舵
㊸ ペナント（長旗）

スループ艦概念図

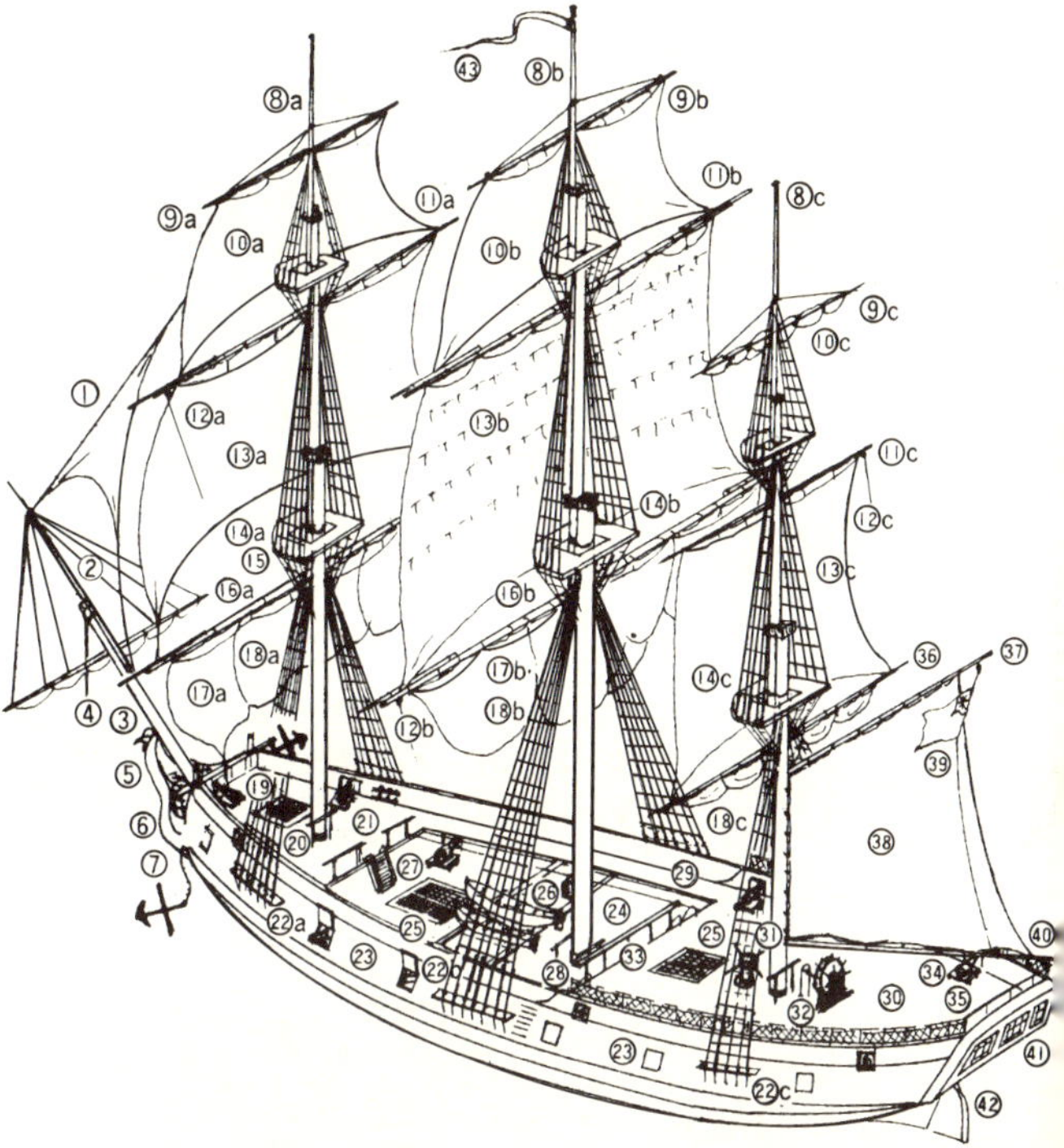

〔作製／高橋泰邦〕

帆装各種

●大型船の帆装はシップ型が多い。前檣・主檣・後檣に横帆を張り、後檣のロワーマストには、ガフに縦帆をつける。これをスパンカー（ドライバー）という。（後檣が縦帆だけのものはバーク、主檣・後檣が共に縦帆だけのものはバーケンティン）。ブリッグは２檣横帆装で、その主檣（後ろのマスト）が縦帆だけのものがブリガンティン。カッターは１檣縦帆装で横帆のトプスル。当時のトプスル・スクーナーは２檣縦帆装で、前檣に横帆のトプスル。

シップ

バーク

ブリガンティン

バーケンティン

カッター

トプスル・スクーナー

ブリッグ

砲艦ホットスパー

登場人物

ホレイショ・ホーンブロワー……英国艦ホットスパー号艦長
ブッシュ……………………………同副長
ハフネル……………………………同主計長
プラウス……………………………同航海長代理
ワイズ………………………………同掌帆長
ガーニイ……………………………同掌砲長
クーパー……………………………同縫帆長
フォアマン…………………………同士官候補生
カーギル……………………………同航海士
ヒュイット…………………………同艇長
マーティン…………………………同書記
ウォリス……………………………同軍医
シモンズ……………………………同コック
グライムズ…………………………ホーンブロワーの当番兵
ダウティ……………………………グライムズの後任の当番兵
チェインバズ………………………英国艦ナイアド号艦長
グレアム・ムア……………………英国艦インディファティガブル号艦長
コリンズ……………………………英国海軍勅任艦長。艦隊参謀長
エドワード・ペリュー卿…………英国海軍勅任艦長。後に提督
ウィリアム・パーカー……………英国海軍提督
ウィリアム・コーンウォリス卿……英国海軍提督。海峡艦隊司令長官
キャロン……………………………スペイン駐在の英国領事
マリア………………………………ホーンブロワーの妻
メイスン夫人………………………マリアの母親

1

「わたしについて、いいなさい」牧師がいった。「我《われ》、ホレイショは、汝《なんじ》、マリア・エレンを――」

一瞬、ホーンブロワーの頭に、明らかに無分別な事柄の実行を中止するには、この数秒間が最後の機会であるという考えが、チラッとうかんだ。自分が夫たるにふさわしい男であるかどうかはべつにしても、マリアは自分の妻となるのに適当な女ではない。自分に一片の常識があるなら、たとえこの最後の段階とはいえ式を中止し、考えが変わったことを宣言して、祭壇に、牧師に、マリアに、背を向け、自由の身で教会から出て行くべきである。

「妻として愛情を尽くし――」相変わらず、機械人形のように牧師の言葉をくり返していた。それに、およそ似合わない白衣裳をまとって自分の横にいるマリアのことがある。

彼女は、幸福に酔い今にもとろけそうな表情でいる。いかにその向け先を誤っているにせよ、自分に対する愛情に溺れきっている。彼女にそのような残酷な打撃を与えることはできない、なんとしてもできない。横にいる彼女の体が震えているのを感じた。自分がホットスパー号の艦長に任命されるのを拒むことなどおよそ考えられないが、それ以上に、彼女のその信頼感を打ち砕く気にはなれない。

「そして、ここに、汝と夫婦の誓いを交す」ホーンブロワーが牧師の言葉をくり返した。これで決まった、と考えた。今のが、この式に法的な拘束力を与える最後の決定的な言葉であったのにちがいない。自分は約束をし、もはやその約束に背くことは許されない。マリアが自分に抱きついて泣きながら愛情を告白し、自分が、それを笑いとばすには思いやりがありすぎ、いずれは裏切るつもりでその気持を利するには、あまりにも――気弱？　正直？――であったあの一週間前に、本当はすでに約束したも同然であったのだ、と考えると、奇妙になんとなく気が楽になった。彼女の言葉を黙って聞いていたあの時から、彼女の口づけに優しく応えたあの瞬間から、花嫁衣裳の支度、聖トマス・ア・ベキット教会におけるこの式――そして、飽きるほどの愛情に包まれた将来のあいまいな生活――など、その後の出来事はすべて不可避だったのだ。

ブッシュが指輪を差し出し、ホーンブロワーがそれをマリアの指にはめると、最後の言葉が唱えられた。

「これにて、あなた方二人が夫婦であることを宣言する」牧師がいい、さらに祝福の言葉を続けた。その後、マリアが破るまで、五秒ほど沈黙が続いた。

「おお、ホリイ」彼女がいい、彼の腕に手をかけた。

ホーンブロワーは、ホレイショと呼ばれるより〈ホリイ〉と呼ばれる方がいっそう不快であるのに初めて気づきながら、その気持を押し隠して、なんとか笑みをたたえながら彼女を見下ろした。

「一生でいちばん幸福な日だ」何事も同じやるのであれば徹底すべきだと考えて彼がいい、その考えに基づいてさらに言葉を続けた。「これまでの自分の一生で」

その男らしい言葉に応える無限の仕合わせを含めた笑みを見ると、胸が痛くなるような気がした。マリアがさらに一方の手を自分の腕に当てたので、彼は、彼女がいまこの場で、祭壇の前で、接吻されるのを待っているのに気がついた。このような聖なる場所でなすべきことでないように思えた――世故にうといために、敬虔な人々に不快の念を抱かせるのを恐れた――が、またもや引っ込みがつかぬまま、かがんで、彼女が上に向けた柔らかい唇に口づけをした。

「お二人とも、登記簿に署名をしていただかねばならない」牧師が促して、先に立って聖具室に向かった。

二人がそれぞれ署名をした。

「これで、わたしが婿に接吻していいわけね」メイスン夫人が大きな声でいい、ホーンブロワーは、アッという間もなく、強力な二本の腕に抱きしめられて頬に音高い接吻を受けた。男が義母に不快感を抱くのは避けられないことなのだろう、と彼は思った。しかし、ブッシュがそばにきて、珍しくも笑みをうかべて手を差し出し、祝意を述べて二人の幸福を祈り、救ってくれた。

「ありがとう」ホーンブロワーがいい、さらに付け加えた。「なにからなにまで、ほんとにありがとう」

ブッシュは心底から困惑して、蠅を追うような手つきでホーンブロワーの感謝の言葉を遮《さえぎ》ろうとした。今度の結婚については、ホットスパー号の出港準備と同様に、彼が唯一のたよりであった。

「披露宴の席でお目にかかります」といって彼が聖具室から出て行くと、後に気づまりな空隙が残った。

「わたしは、ミスタ・ブッシュと腕を組んで通路を歩いて行くつもりだったのに」メイスン夫人が鋭い口調でいった。

誰かをそのような窮状に置き去るのは、なんともブッシュらしくない振舞いであった――目がまわるようなここ数日中の彼の態度といかにも対照的であった。

「わたしたち二人でまいりましょう、ミセス・メイスン」牧師の妻がいった。「ミスタ

・クライヴはわたしの後についてくればいいわ」

「ありがとうございます、ミセス・クライヴ」メイスン夫人はいったが、その語調からは、心からそう思っているようすはうかがえなかった。「では、仕合わせな二人は、さっそく行きなさい。マリア、艦長の腕をとるのよ」

メイスン夫人が、いかにも事務的なようすで、小さな行列を整列させた。ホーンブロワーは、マリアが自分の腕の下に手を差しこみ、嬉しさを抑えきれないでソーッと力を加えるのを感じた。それを無視するような残酷な真似はできず、肘に力を加え、彼女の手を肘に押しつけてその気持に応えると、また仕合わせそうな笑みをうかべた。メイスン夫人に軽く背中を押されて歩き出し、教会の中に戻ると、オルガンが轟音を発して二人を迎えた。メイスン夫人は、その音楽のために、オルガン奏者に半クラウン（二シリング六ペンス）、ふいご係《ブローワー》に一シリング払った——もっとましな金の使い途《みち》がありそうなものだ。ホーンブロワーは、数秒間そのことを考えていたが、それに端を発して、当然ながら、あのような不快な音に喜びを感ずる人間がいることが、不思議でならなかった。ようやく我に返った時は、マリアと並んでほとんど通路の端に達していた。

「水兵たちがみんないなくなってるわ」喉《のど》をつまらせてマリアがいった。「教会の中にはほとんど人影がないわ」

事実、教会の座席に二人か三人いるだけで、それも、たまたまひまつぶしにきた連中であることは明らかであった。ごく少人数の列席者は、署名のさいに聖具室に入ったし、ブッシュがホットスパーから連れてきた五十人の水兵――いずれも逃亡するおそれのない連中――はすでに姿を消していた。ホーンブロワーは、またもやブッシュが機に応じて善処してくれなかったことに、かすかな失望を感じた。

「そんなことを気にする必要はないじゃないか？」マリアを慰める言葉を必死で捜し求めながら、彼がいった。「われわれの結婚式の日に、どのようなかげりも生じるはずがないだろう？」

マリアがすぐさま反応して、それまでのたどたどしい足どりが元気いっぱいの足運びに変わって人けのない教会の通路を下って行くのを見、あるいは感じると、不思議な胸の痛みを覚えた。西側の入り口に明るい陽光が自分たちを待ち受けているのが見え、彼は、このような場合に優しい花婿がいいそうな文句を考えた。

「太陽に照らされる花嫁は仕合わせ者だ」

薄暗い教会から明るい陽光の下に出ると、気分だけでなく、状況が一変した――やはりブッシュは二人の期待を裏切らなかった。二人に対する配慮を欠いていたのでは毛頭なかった。鋭い一語がホーンブロワーの耳に達するやいなや、鋼がぶつかり合う荒々しい音が鳴りわたり、二列に向き合って教会の入り口から向こうへ並んだ五十人の水兵が、抜き合わせた斬り込み刀《カットラス》で二人が通るアーチを作った。

「まあ、すばらしいわ！」マリアが子供のように喜んだ。さらに、教会の入り口に並んだ水兵の姿が大勢の見物人を呼び集め、みんなが艦長と花嫁の姿を見ようと首をつき出していた。ホーンブロワーは、職業的な目で、まず片側の列を見渡し、続いて反対側の列を見た。みな、彼がホットスパーの水兵用に補充した新品の白と紺の格子縞のシャツを着ている。白い水兵ズボンは、ほとんどがはき古されたものであるが清潔で、充分に長くぶかぶかしているために、見場の悪い靴があったとしてもおおい隠している。なかなか立派な装いであった。

斬り込み刀《カットラス》のアーチの向こう端に、馬のついていない二頭立ての駅伝馬車があり、その後ろにブッシュが立っていた。心持ちいぶかりながら、ホーンブロワーはマリアを馬車の方へ導いて行った。ブッシュが礼儀正しくマリアに手をかして前の座席に上がらせ、彼女の横にホーンブロワーが坐って、その機会に、小脇に抱えていた正装用の三角帽をかぶった。斬り込み刀《カットラス》が鞘《さや》に納められる音が聞こえると、今度は儀仗《ぎじよう》兵たちが整然と前に走り出た。馬具の引き革があるべきところに白土で漂白した砲車の引綱があり、一巻きに二十五人ずつついてそれぞれ綱をつかみ、駆け出して綱を延ばした。ブッシュがホーンブロワーの方へ顔を上げた。

「それでは、ブレーキをはずしてください。そこにあるハンドルです」

ホーンブロワーがブレーキをはずすと、ブッシュが向き直って、押さえ気味の声で号令した。水兵たちは、五、六歩で馬車を動かし、今度は駆け足に移って馬車が玉石舗装の上を走り始めると、観衆が帽子を振り歓声をあげた。

「こんなに仕合わせな気持が味わえるとは、夢にも思っていなかったわ、ホリイ」マリアがいった。

綱を引いている男たちは、陸に上がった船乗り特有のいかにも楽しそうなようすで、ハイ・ストリートの角を曲がり、〈ザ・ジョージ〉に向かって突っ走った。角をまわる時にマリアが投げ出されるように彼によりかかり、こわいとばかり、いかにも嬉しそうにしがみついた。宿の前に達すると、馬車がそのままでは水兵たちの中へ突っこんでしまうので、ホーンブロワーは素早く考え、マリアの腕を大急ぎで振り払って、ブレーキのハンドルに手をかけた。そして、坐ったまま、一瞬、次はどうすべきなのかと考えた。このような場合には、宿の主人夫妻、雑役夫、馬丁、給仕、女中たちが出迎えるはずなのだが、誰の姿も見えなかった。仕方がないので、彼は人手をかりることなく馬車からとび下り、手をかしてマリアを馬車から下ろした。

「みんな、ありがとう」帰って行く水兵たちに声をかけると、一同が拳をひたいに当ててなにか呟き、彼の礼に応えた。

ブッシュがようやく角をまわって姿を現わし、二人の方へ急いできた。ホーンブロワーは、安心して後のことはブッシュに任せ、出迎えがないのを淋しく思いながら、マリアの先に立って宿に入って行った。

しかし、中に入ると、ようやく、腕にナプキンをかけた主人が駆け寄り、後にその妻が続いた。

「いらっしゃいませ、旦那様、いらっしゃいませ、奥様。どうぞこちらへ」主人がコーヒー・ルームのドアをサッと開けると、雪のように白いテイブル・クロスの上にのっているウェディング・ケーキが見えた。「提督が五分前にお着きになりましたので、たいへん失礼をいたしました」

「どの提督が?」

「海峡艦隊司令長官、ウィリアム・コーンウォリス卿でございます。閣下の御者の話では、戦争は必至だそうにございます」

ホーンブロワーは、九日前、議会に対する国王のお言葉の内容を読み、水兵強制徴募隊の活動ぶりを目撃し、ホットスパー号の艦長任命通知を受けた時から、開戦を確信していた――しかもなお(と思い出した)、いつの間にかマリアと結婚することになってしまった。大陸におけるボナパルトの無法な行動が示しているのは――

「ワインを一杯、いかがですか、奥様。旦那様はいかがでございますか?」

ホーンブロワーは、宿の主人がそうたずねた時、マリアが問いかけるように自分をチラッと見たのに気がついた。彼女は、結婚したばかりの夫の考えを確かめるまでは答えないはずである。

「ほかの人たちが着くまで、待つことにする」ホーンブロワーがいった。「ああ、きたな――」

敷居を越える重い足音が、ブッシュの到着を告げた。

「ほかの人たちが、二分後にこちらにきます」ブッシュがいった。

「ミスタ・ブッシュ、馬車と水兵たちの段取りをしてくれたことを、感謝している」ホーンブロワーがいい、優しく思いやり深い夫なら次になんというだろう、と考えた。マリアの腕をとって、付け加えた――「きみのおかげで、この上なく楽しい思いをした、とミセス・ホーンブロワーがいっている」

思いがけなくそのような新しい呼び方をされたことで、思ったとおり、マリアがいかにも嬉しそうにクックックッと笑った。

「ミセス・ホーンブロワー、喜んでいただけて光栄です」重々しい口調でブッシュがいい、ホーンブロワーの方を向いた。「お許しを得て、艦《ふね》に戻ります」

「もうお戻りになるの、ミスタ・ブッシュ？」マリアがきいた。

「残念ながら、戻らなければなりません」ブッシュが答え、すぐさまホーンブロワーの方に向き直った。「水兵たちを引率して戻ります。補給品を積んだはしけがいつくるかもしれませんので」

「きみのいうとおりだな、ミスタ・ブッシュ」ホーンブロワーがいった。「その後のようすを絶えず連絡してもらいたい」

「アイ・アイ・サー」ブッシュが帰って行った。

間もなく祝い客たちがやってきた。メイスン夫人が客を席につかせて披露宴が始まると、一同の堅苦しい感じが跡形もなく消えた。コルクが威勢よく抜かれ、手始めの乾盃が行なわれた。ケーキを切る段になり、メイスン夫人が、まずマリアがホーンブロワーの剣でケーキを切ることを主張した。メイスン夫人は、そうすることによってマリアは、ロンドンの上流社会の海軍軍人の花嫁のしきたりに従ったことになると確信していた。ホーンブロワーは、彼女ほどには確信がもてなかった——彼はこの十年間、屋根あるいは甲板の下では、刃《やいば》は絶対に抜いてはならないという、厳しい約定《やくじょう》の下で暮らしてきている。しかし、彼の弱々しい反対は頭から無視されて、マリアが剣を両手にもち、みんなが拍手する中でケーキを切った。ホーンブロワーは、いらだちを抑えきれないようすで彼女から剣を取り戻し、かつてこの刃が人間の血に濡れたことがあるのをみんなが知ったらどう思うであろう、と考えながら、刃についた砂糖衣を素早く拭い取った。まだ刃を拭っている時に、宿の主人がそばにきて、かすれた声でなにか囁いているのに気がついた。

「失礼いたします。申し訳ありません」

「なんだ？」

「提督からのご伝言で、ご都合がつきしだい、お会いしたい、とのことでございます」

ホーンブロワーは、一瞬、理解に苦しみ、剣を手にして突っ立ったまま、相手の顔を見つめていた。

「提督のご伝言です。二階の正面の部屋におられます、わたしたちがふだん〈提督の間〉と呼んでいる部屋でございます」

「もちろん、ウィリアム卿のことなのだろうな？」

「さようで」

「よろしい。閣下にお伝えしてくれ――いや、すぐさまわたしが行く。ありがとう」

「こちらこそ、ありがとうございます。では、失礼いたします」

ホーンブロワーは、剣を鞘に納めると、一座を見まわした。みんなは、女中が忙しそうにケーキを配ってまわっているのに目を奪われていて、誰も彼の方を見ていなかった。彼は、剣を腰にさげ、襟飾り《ネッククロス》に軽く手を当てて位置を直すと、途中で帽子を取り上げて、人目につかないようソーッと部屋を出た。

二階の正面の部屋のドアをノックすると、彼がよく覚えている太い声が、「入りたまえ」といった。たいへん広い部屋で、つきあたりの四本柱のベッドが目につかないくらいであった。窓ぎわの机についている秘書も目を引かなかった。コーンウォリスは部屋の中央に立っており、邪魔をされるまで口述していたようである。

「ああ、ホーンブロワーか。おはよう」

「おはようございます」

「お互いに最後に会ったのは、アイルランドのあの謀叛人に関する不幸な出来事の時だったな。たしか、絞首刑に処したはずだ」

コーンウォリス、愛称〈ビリイ・ブルー〉は、この四年間にさほど変わったようすはなかった。いかなる緊急事態にも直《ただ》ちに対処できそうな、抑制された態度の、頑丈な体つきの男である。

「かけたまえ。ワインを一杯、どうかね？」

「いや、けっこうです」

「式を終えてきたばかりなので、そういうだろうと思っていた。披露宴の邪魔をして申し訳ないが、わしでなく、ボウニイ（ボナパルトの蔑称）を恨んでもらいたい」

「もちろん、わかっております」ホーンブロワーは、もっと能弁な返事がその場にふさわしいと感じたが、思いつかなかった。

「できるだけ早く用をすませるようにする。わしが海峡艦隊司令長官に任ぜられたのを、知っているかな？」

「はい」

「ホットスパーがわしの指揮下にあることを、知っていたか？」

「予期はしておりましたが、知りませんでした」

「その旨の海軍本部の命令書を、わしがもってきた。艦に戻ったら届いているはずだ」

「はい」

「ホットスパーは、出港準備が整っているかね？」

「いいえ」真実だけで、言い訳は口にしない。真実以外、なにをいっても無駄である。

「あと、どれくらいかかる？」

「二日です。兵器部の補給が遅れたら、もっとかかります」

コーンウォリスが非常に鋭い目つきで彼を見つめていたが、ホーンブロワーは臆することなく見返した。自分の落ち度になることは何一つなかった——九日前まで、ホットスパーは非役艦として係留されていた。

「ドックに入れて、船底の付着物を取ってあるのか？」

「はい」

「人員は揃っているのか？」

「はい。優秀な乗組員が揃っています——強制徴募兵の中でも最優秀な連中です」

「艤装《リギン》は整ったか？」

「はい」

「帆桁《ヤード》は取り付けてあるのか？」

「はい」

「士官の任命はすんだか？」

「はい。海尉一名、准士官が四名」

「三カ月分の糧食と水が必要だ」

「完全補給を受ければ、百十一日分の貯蔵ができます。桶屋が正午に水樽を届けることになっています。日没までに設置を完了します」

「艦《ふね》はドックから引き出してあるのか？」

「はい。現在、スピットヘッドに停泊しております」

「よくやった」コーンウォリスがいった。

ホーンブロワーは、その言葉による安堵の情を表わさないよう努めた。コーンウォリスが口にした場合、その言葉は、たんなる是認以上の意味を含んでいる——心のこもった称賛であった。

「ありがとうございます」

「それで、あと、なにが必要なのだ？」

「甲板部資材であります。索類、帆布、予備の円材《スパー》などです」

「このさい海軍工廠《ドックヤード》の連中にそういうものを手放させるのは、容易ではない。わしから話してみよう。それと、兵器部の補給品、といったかな?」

「はい。兵器部は九ポンド砲弾の入荷を待っています。ここには在庫がまったくありません」

十分前まで、ホーンブロワーは、マリアを喜ばす言葉を捜していた。今は、コーンウォリスに正直な報告をするのに適切な言葉を慎重に選んでいる。

「その方も、わしが手配する。風の具合さえよければ、必ず明後日出港できるようにする」

「はい」

「そこで、きみに対する命令だ。今日のうちに文書で受け取るはずだが、きみが質問できるこの機会に話しておく方がいいと思う。開戦が間近だ。まだ宣戦布告はされていないが、ボウニイが先手を打ってくるかもしれん」

「はい」

「わしは、艦隊が出港できしだい、ブレスト軍港を封鎖するが、きみはわれわれより先に行くのだ」

「はい」

「開戦を早めるようなことは、いっさいしてはならん。絶対にボウニイに口実を与えてはならない」

「はい」

「宣戦が布告されたら、もちろん、必要な戦闘行動をとってよい。それまでは、たんに観察するにとどめる。ブレストを見張るのだ。敵の発砲を誘発しないで近づけるかぎり近づき、できるだけ奥深くまで観察する。軍艦を数える――帆桁《ヤード》の取り付けが終わっているもの、いまだに非役係留中のもの、港外に投錨中のもの、出港準備中のものと、艦種別の隻数を調べるのだ」

「はい」

「ボウニイは、去年、最精鋭の艦と乗組員を西インド諸島へ派遣した。彼は、われわれ以上に、人員確保に苦労するはずだ。わしが部署につきしだい報告するのだ。ところで、ホットスパーの吃水《きっすい》は？」

「補給を完了した場合、艦尾で十三フィートになるはずです」

「それでは、湾口部をかなり思いのままに利用できるわけだな。いうまでもないが、絶対に坐礁しないことだ」

「はい」

「しかし、これだけは覚えておいてもらいたい。きみは、艦を危険にさらさなければ任務遂行が困難であることを、知るはずだ。一方に無謀なる愚挙がある反面、もう一方に熟慮断行がある。その選択さえ誤らなければ、いかなる事態が生じようと、わしが必ずかばってやる」

　コーンウォリスの大きな青い目が、ホーンブロワーの茶色の目を直視した。ホーンブロワーは、たったいまのコーンウォリスの言葉に深い興味を感じたが、その言葉の言外の含みにも同様の興味を感じた。コーンウォリスは、好意的支援を約したが、その必然的結果である威嚇《いかく》を口にすることは差し控えたのだ。それは、なにも、修辞的なごましでもなければ、部下の気持を軽くしてやるための指導者の手だてでもない――たんにコーンウォリスの自然な物の考え方を表明しているにすぎない。彼は、部下を駆使するより指導することを好む人物である――たいへん興味深い。

　ホーンブロワーは、相手のそのような考えをたどっている間、自分が司令長官の顔を穴があくほどまじまじと見つめているのに気がついた――あまり気のきいた態度ではない。

「よくわかっております」彼がいい、コーンウォリスが椅子から立ち上がった。

「では、海でまた会おう。いいか、宣戦が布告されるまでは、戦争を挑発するようなことをするでないぞ」微笑しながらいった――その表情が、行動を好む男を示していた。

　ホーンブロワーは、開戦間近であることに喜びを感じて気持が高揚している男、決断を先へ延ばす理由や口実を絶対に求めないにちがいない男、をそこに見た。

　コーンウォリスが、差し出しかけた手を引っ込めた。

「なんということだ！」彼が声をあげた。「もう少しで忘れるところであった。きょうはきみの結婚式の日だ」

「はい」

「きみは、けさ結婚したばかりだな？」

「一時間前に」

「それを、わしは、披露宴からきみを呼び寄せた」

「はい」ここで〈国王と国のため〉とか〈任務第一〉などというありふれた文句を付け加えては、安っぽい表現になる。

「奥さんが気にしておられるだろう」

義母も、とくにその方が、とホーンブロワーは思ったが、これまた口にするようでは気がきかないことおびただしい。

「なんとか、謝っておきます」というにとどめた。

「いや、謝るべきはわしの方だ」コーンウォリスが答えた。「どうだろう、わしも宴会に出席させてもらって、花嫁の健康を祈って乾盃をしては？」

「心から感謝いたします」

自分の無作法に対するメイスン夫人の怒りをなだめる手だてとして、バス勲爵士、海軍提督、ウィリアム・コーンウォリス卿に宴会に出席してもらうのにまさるものはない。

「差し出がましい行ないと思われない、ときみが確信しているのであれば、出席させていただこう。ハチェット、剣をもて。帽子はどこだ？」

というわけで、ホーンブロワーが再びコーヒー・ルームの入り口に姿を現わした時、彼が賓客の案内をしているのを見て取るやいなや、メイスン夫人の口に出かかっていたきびしいとがめの言葉が引っ込んだ。彼女は、きらびやかな肩章、コーンウォリスが機転をきかせ、祝宴に敬意を表して付けた赤いリボンと星章を見た。ホーンブロワーが一同に紹介した。

「わが海軍のもっとも有望な士官の一人の妻女に対し」マリアの手の上に頭《こうべ》を垂れて、コーンウォリスがいった。「健康と幸福をお祈り申し上げる」

かくも華麗な衣裳の高官の出現にどぎまぎして、マリアはお辞儀をするだけで口がきけなかった。

「お目にかかれて、光栄に存じます、ウィリアム卿」メイスン夫人がいった。

そして、牧師夫妻と、メイスン夫人の近隣者数人のほかにはいないあとの客たちも、伯爵の御曹司、バス勲爵士、艦隊司令長官である人物と同席するばかりでなく、親しく話しかけられたことに、非常に感激した。

「ワインを一杯、いかがですか？」ホーンブロワーがたずねた。

「喜んでいただく」

グラスを手にすると、コーンウォリスがまわりを見まわした。メイスン夫人に話しかけるのがもっとも重要であるのを見て取った。

「新郎新婦の健康を祈る乾盃は、まだなのかな？」

「まだでございます」完全な恍惚状態でメイスン夫人が答えた。

「では、音頭をとらせていただいてよろしいかな？　淑女、紳士諸賢、お立ち願って、このめでたい出来事に対し、ともに乾盃をしていただきたい。二人が永遠に悲しみを知らざること。二人がつねに健康と繁栄を享受すること。妻はつねに、夫が国王と祖国のために責務を果たしていることに心の安らぎを得ること。夫が貞淑なる妻の内助により責務を果たしうること。また、時いたらば、父にならって国王の制服を着る若き紳士たちが次々に生まれ、さらに、若き紳士たちの母たるべき若き淑女が次々に生まれることを願う。新婦新郎の健康を祈って、乾盃」

歓声のうちに乾盃が行なわれ、一同の目が、頬を染めているマリアから、次にホーンブロワーへと移った。彼が立ち上がった。コーンウォリスの祝いの言葉がまだ中途に達しない時に、彼は、提督が、部下の士官たちの結婚披露宴で何回となく口にした文句を述べているのに気がついた。その場の雰囲気に気持が高揚した彼は、コーンウォリスと目が合うと、にっこりと笑った。自分も返礼しよう——コーンウォリスが何回となく耳にしたのと同じ文句で応えてやろう。

「ウィリアム卿、淑女、紳士のみなさま、わたしは、えー」かがんでマリアの手をとった。「――わが妻《ワイフ》とわたしの名において、お礼を申し上げるしか言葉がありません」

ホーンブロワー自身は笑いの対象になる事柄とは思っていなかったが、しかもなお、マリアをわが妻《ワイフ》と呼べば一座が笑うはずであるのを承知していた。その笑い声が静まるのを待っていたかのようにコーンウォリスが時計を見たので、ホーンブロワーは出席してもらった礼を急いで述べ、入り口まで送って行った。敷居の向こう側でコーンウォリスがこちらに向き直り、大きな手でホーンブロワーの胸をポンと叩いた。

「きみに対する命令書に、わしが一言書き加えることにする」ホーンブロワーは、コーンウォリスが親しみにみちた笑みをうかべてはいるものの、鋭い目で自分を見ているのに気がついた。

「はい？」

「今夜と明晩、きみの艦外宿泊に対する許可を書き加えておく」

ホーンブロワーは、答えようとして口を開いたが、言葉にならなかった。珍しく応変の機知が働かなかった。状況判断に気をとられて、応答の言葉を考える余裕がなかった。

「きみが忘れているかもしれない、と思ったのだ」コーンウォリスがニヤッと笑った。

「今や、ホットスパーは海峡艦隊に所属している。その艦長が司令長官の許可なくして艦外に宿泊することは、法で禁止されている。その許可を与えるのだ」

「ありがとうございます」ようやく口がきけて、ホーンブロワーがいった。

「ことによると、きみは、一、二年は陸で眠る機会がないかもしれん。ボウニイがあくまで戦えば、それ以上になるかもしれない」

「彼は戦い抜くと思います」

「となると、三週間後にウェッサン島沖合いでまたきみと会えるわけだ。では、改めて、さよなら」

　コーンウォリスが立ち去った後も、ホーンブロワーは、しばらくの間、コーヒー・ルームの半開きのドアのそばに立って、深い考えにひたっていた。その辺を歩きまわるかわりに、一方の足から片方へと、絶えず体重を移していた。戦争が間近に迫っている。ボナパルトが占領地域から撤退することはまったく考えられないので、戦争になるものと前々から信じていた。しかし、今のこの瞬間まで、自分は向こう見ずにも、二、三週間後に外交交渉が決裂して宣戦が布告されるまでは国内にいられるもの、と考えていた。その推測が完全にまちがっていたわけであり、その点、自分が腹だたしくてならなかった。自分の艦に優秀な乗組員が揃っている——第一回の強制徴募兵である——こと、艦が短時日で出港準備が整えられること、艦が小型で戦闘力としては取るに足りないものであること、あるいは吃水が浅くてコーンウォリスが与えた任務に適していること、などを考え合わせれば、自分が早々に出港を命ぜられる可能性があることがわかっていたはずである。すべてが予見できたはずであるのに、自分は予期しなかった。
それが第一の点で、まずのみこまねばならない苦汁であった。次に、自分がかくも判断を誤った理由を見きわめねばならなかった。その答えはすぐさまわかったが、それをはっきりと認めるのをためらい、ためらう自分がますます腹だたしかった。しかし、認めないわけにはいかない。自分が明確な判断を下しえなかったのは、マリアのためである。彼女の心を傷つけるのを恐れたあまり、将来に対する予測をすることを意識的に怠ったのだ。なんらかの幸運によって彼女にそのような打撃を与えないですむことを、当てもなく期待しながら、無分別にも事を進めてきた。

そこまで考えて、ハッと我に返った。幸運だと？　なんというばかなことを。自分は、自分に与えられた艦の指揮官であり、戦闘の最前線に送り出されようとしている。これこそ、手柄をたてる絶好の機会だ。これが自分にめぐってきた幸運なのだ——港に取り残されたら、気も狂わんばかりに不運を嘆いたはずだ。再び戦闘に参加すること、責務を果たし、栄光をかちとり、そして（これがもっとも重要な点なのだが）自らの価値を認めるために、名誉と——そして一命を——賭《と》することを考えると、覚えのある興奮がまたもやわき上がってくるのを感じた。今や、自分は正気に立ち返った——物事をそのあるがままの姿で見ることができるようになった。自分は、まず海軍士官であり、夫であることは二の次、それもあまり出来のよくない二番目である。しかし——しかし——

そうかといって事が容易になるわけではない。マリアの腕から自分を引き離さなければならないことに変わりはないのだ。

また、これ以上コーヒー・ルームの外にとどまっているわけにはいかない。気持が千千《ち》に乱《ぢ》れてはいるが、部屋に戻らなければならない。向き直って部屋に入り、後ろ手でドアを閉めた。

「海軍月報に載ったら、人が羨むわ」メイスン夫人がいった。「司令長官が新婚夫婦の健康を祈って乾盃の音頭をとったことを。さっ、ホレイショ、お客様のお皿がからになってるわよ」

ホーンブロワーが主人役を立派に果たすべく努めていると、またもや部屋の向こうにいる宿の主人の心配そうな顔が目にとまった——なぜ彼が入ってきたかを知るのに、再度見直さなければならなかった。彼は、今度新たにホーンブロワーの艦の艇長《コクスン》になったヒュイットという男を案内していた。ヒュイットはたいへん背が低くて、部屋のこちら側からは目につかなかった。しかし、身長が欠けている点は横幅で補っており、この頃水兵の間で流行している黒々と光るほおひげを生やしている。麦藁帽を手に体をゆするようにゆっくりと歩いてくると、ひたいに拳を当てて敬礼し、ホーンブロワーに一枚の紙を渡した。宛名書きはブッシュの筆跡で、言葉遣いは正しかったが、今では多少旧式な書き方であった——ホレイショ・ホーンブロワー海尉艦長《コマンダー》殿。彼がその数行の手紙を読んでいる間――人のようすをうかがうようで多少礼を失しているとホーンブロワーは思ったが――部屋の中が静まり返った。

HM（イギリス海軍）スループ艦ホットスパー号艦上にて。

一八〇三年四月二日

前略

工廠からの連絡によると、最初のはしけが間もなく本艦に到着するとのことであります。作業員に対する超過勤務手当の支払いがまだ認可されていないので、作業は日没で中止しなければなりません。帰艦のご都合が悪いようであれば、小官が補給品積みこみの監督をいたしますが、いかが計らいましょうか。

敬具
W・ブッシュ

「ボートは桟橋にいるのか？」

「はい」

「よろしい。五分以内に行く」

「アイ・アイ・サー」

「まあ、ホリイ」マリアが、かすかに非難めいた口調でいった。いや、非難ではなく失望であった。

「きみ――」ホーンブロワーがいった。このさい、「きみをおいて行く気持にはとうていなれないのだが」といってもいいような気がしたが、すぐさま考えを変えた。この妻に対し、とくに今の場合、口にすべき文句ではない。

「艦《ふね》にお戻りになるのね」マリアがいった。

「そうだ」

なすべき仕事があるのに艦を離れているわけにはいかない。今日、乗組員を酷使すれば、少なくとも補給品の半分は積みこむことができる。明日は積みこみを完了し、もし兵器部が提督の督促に応じたら、明日中に弾薬の積みこみをも終えることができる。そうすれば、明後日の夜明けとともに出港できる。

「今夕、帰ってくる」まさに冒険にのぞまんとしていること、功名をあげる可能性が目前に横たわっていることを忘れて、妻を気遣う表情を装い、笑みをうかべようと努めた。

「何事も、きみからこのわたしを引き離すことはできないよ」

彼女の両肩に手をのせて音高く接吻すると、満座が拍手かっさいをした。それで宴会の雰囲気に滑稽な陽気さをそえることができ、みんなの笑い声を煙幕にして部屋を出た。

桟橋に向かって急ぐ途中、カドゥケウス（神々の使者ヘルメスの杖）に巻きついている蛇のように、二つの事柄が胸の中で考えを占めていた――マリアが自分に惜しみなく与えたがっている優しい愛情と、明後日は艦の指揮官として海に出て行かねばならないという事実であった。

2

かなり前から誰かが表の部屋のドアをノックしていたのにちがいない——ホーンブロワーはそのことに気づいてはいたが、眠けで頭が働かず、気にとめないでいた。しかし、今度はかけ金がガチャッと音をたててドアがあき、ハッと目をさましたマリアが、とつぜん怯えて彼にしがみついたので、彼は完全に目がさめた。分厚いカーテンを通してかすかな明るみが見え、樫板を張った表の部屋の床を歩く足音、続いて、かんだかい女の声が聞こえた。

「八点鐘（午前四時）です。八点鐘」

カーテンが一インチほどあいて前より明るい光が見え、マリアが彼にしがみついている手に力を加えたが、ホーンブロワーがようやく答えると、またカーテンがしまった。

「わかった。目がさめたよ」

「ろうそくをおつけします」そのかんだかい声がいい、声の主が部屋の中を歩きまわっているうちに、カーテンを通して見える光がしだいに明るさを増してきた。

「風はどうなのだ？　どの方角から吹いているのだ？」目がさめきって、いよいよその朝であるのに気がつくと、ホーンブロワーは、鼓動が高まり体が緊張するのを感じながら、きいた。

「さあ、それは、わたしにはわかりませんね」かんだかい声がいった。「なにしろ、羅針儀の方位を覚えているわけじゃないし、ほかには誰も起きていませんから」

ホーンブロワーは、そのように重要な情報が得られないのにいらだって鼻を鳴らし、起き上がって自分で風向きを見定めるべく、なんの考えもなしにベッド・カバーに手をかけて引きはがそうとした。しかし、マリアがしがみついているので、そのような無頓着な真似はできないのに気がついた。遅滞《ちたい》を我慢しながら正規の形式をふまなければならない。向き直って彼女に接吻をすると、彼女が、心はこもっているがいつもとは違う感じの接吻で応えた。彼は頬に冷たいものを感じた。涙であったが、マリアが努めて悲しみを抑えたので、涙はその一しずくだけであった。さりげなく彼女を抱いていた彼の腕に力が加わった。

「あなた、わたしたちは離れるのね」マリアが囁いた。「あなたがお出かけにならなければならないのはよくわかってるけど、あなたがいない間、どうやって生きていったらいいのか、わからないわ。あなたはわたしの命よ。わたしの……」

この上なく優しい感情がホーンブロワーの胸の中にわき上がったが、同時に、良心のとがめと悔恨を覚えた。この世でもっとも完全な男といえども、これほどまでに献身的な愛情を受けるに値しない。自分の真の気持を知ったら、マリアは全人生を打ち砕かれた思いで自分に背を向けるにちがいない。彼女にそのことを知らせるほど残酷な仕打ちはない——だから、絶対に知らせてはならない。しかし、かくも愛されていることを考えると、彼は、胸のうちの優しい気持がますます深まり、彼女の頬に口づけをし、待ち受けている柔らかい唇を求めた。すると、その柔らかい唇が急にこわばり、離れていった。

「いいえ、あなた。わたし、これ以上あなたを引き止めてはいけないわ。あなたはわたしに腹をたてるわ——後になって。さっ、愛するあなた、今ここでさよならを告げて。わたしを愛してるといって——いつまでもわたしを愛するといって。そして、別れを告げて、わたしがいつもあなたを想うように、時にはわたしのことを想ってくれるといって」

ホーンブロワーは、それらの言葉を、その場に適切な言葉でいったし、優しい感情に溢れていたので、その場にふさわしい口ぶりでいった。マリアは、もう一度彼に接吻すると、彼から体を引き離して、ベッドの向こう端にうつむきに体を投げ出した。意を決して起き上がろうと努めながらホーンブロワーがじっと横たわっていると、マリアがまた口を開いた。その声は枕で半ば消されていたが、それでも、彼女がむりやり気分を変えようとしているのがはっきりわかった。

「あなたのきれいなシャツが椅子の上にあるわ、二番目にいい靴は暖炉のそばよ」

ホーンブロワーは、はね起きて、カーテンを通り抜けた。表の部屋の空気の方がはるかに新鮮であった。ドアのかけ金がまた音をたて、彼が慌ててガウンの前を合わせたとたんに、年老いた女中が顔を出した。女中が彼の慌てたようすを見て、乾いたかん高い笑い声をたてた。

「馬丁の話では、弱いササードだそうですよ」

「ありがとう」

女中がドアを閉めて立ち去った。

「あなたの望みどおりの風なの？」カーテンの向こうからマリアがきいた。「弱いササード——南風という意味でしょう？」

「そう、なんとかなるかもしれない」ホーンブロワーは、急いで洗面器の方へ行き、自分の顔を照らすようろうそくの位置を直した。四月の頭であるので、いま南から吹いている弱い風は長続きしないはずだ。左まわりに、あるいは右まわりに変わるかもしれないが、時間がたつにつれて勢いを増すことは確実だ。ホットスパーが、自分が思っているように操りやすい艦であれば、岬の風上を通って、広い海面で風が変わるのを待つことができる。しかし、もちろん、海軍の場合はつねにそうだが、ここで時間を浪費することは許されない。かみそりが頬の上でザラザラと音をたてた。鏡をのぞきこみながら、身支度を整えているマリアの動きを背後に感じた。洗面器に冷たい水を満たして顔を洗うと、さっぱりした気持になり、シャツを着るべくいつもの素早い動きで向き直った。

「あなたは身支度をするのが早いわね」びっくりした面持ちでマリアがいった。

樫板を張った床を歩きまわる彼女の足音が聞こえた。彼女は大急ぎで屋内用の帽子をかぶっており、人目にかまわないようすでできるだけ早く身支度を整えようとしていた。

「あなたの朝食の支度ができてるかどうか、見てきます」彼女がいい、彼が止める間もなく部屋を出て行った。

彼は、慎重に、しかし慣れた手つきで、襟飾り《ネッククロス》をたたみ、上衣を着て時計を見、時計をポケットにしまうと、今度は靴をはいた。洗面用具を小袋に入れて紐を結んだ。昨日着たシャツ、寝巻き、ガウンを、キャンバス・バッグに押しこみ、洗面用具の袋をその上にのせた。サッと部屋を見渡したが、忘れ物はなかった。しかし、マリアの持ち物があちこちに散らかっているので、いつもより慎重に見まわさなければならなかった。興奮に胸の高鳴りを覚えながら、窓のカーテンをあけて外を見た。まだ夜は明けていない。バッグを手に階下に下り、コーヒー・ルームに入って行った。空気がよどんでかびくさく、天井からぶらさがっているオイル・ランプがぼんやりとあたりを照らしている。マリアが部屋の向こう端のドアから顔を出した。

「ここがあなたの席よ、もうすぐ朝食の支度ができるわ」

彼を坐らせるべく、椅子を引き出した。

「きみが坐ってから坐るよ」ホーンブロワーがいった。マリアに給仕のかわりをしてもらいたくなかった。

「だめよ」マリアがいった。「わたしはあなたの朝食を作らなければならないの――起きてるのは、あのお婆さんだけなのよ」

むりやり彼を坐らせた。ホーンブロワーは、彼女が自分の頭に唇をつけ、一瞬、彼女と頬が触れ合うのを感じたが、後ろ手に彼女をつかまえる間もなく彼女が離れて行った。あとに涙を押さえている感じを残して行った。調理場のドアがあいた瞬間に、料理のにおいとフライパンの油がはじける音、マリアと老婆の話し声が流れてきた。間もなく、もちきれないほどに熱い皿を運んでいるのがわかる急ぎ足で、マリアが出てきた。落とすように皿を彼の前におくと、大きなランプ肉のステーキがまだジュージューと音をたてていた。

「さっ、できたわよ」マリアがいい、せかせかとほかのものを彼の前へ並べた。その間、ホーンブロワーは、がっかりしたようすでステーキを見つめていた。

「昨日、とくにあなたのために選んで買ってきたの」誇らしげに彼女がいった。「あなたが船に行ってる間に肉屋へ行ってきたの」

ホーンブロワーは、海軍士官の妻たる者が〈船に行ってる間に〉というような物の言い方をするのに、思わず顔をしかめそうになったが、なんとかこらえた。また、自分のきらいなステーキという料理が、それも興奮のあまりなにも食べる気になれないでいる時に、朝食に出てきたのを、なんとか我慢しなければならなかった。そして、自分が万が一にも無事帰還して家庭生活に入った時の将来のようすをぼんやりと推測した——事あるごとに、自分の前にステーキがおかれるにちがいない。そう考えると、最後の辛抱の糸がぷっつりと切れた。一口といえども食べられないような気がしたが、そうかといって、マリアの気持を傷つけることもできなかった。

「きみのは、どこだ?」時間をかせぐつもりで彼がきいた。

「わたしはステーキはたべないわ」マリアが答えた。その口調に、妻が夫同様の美食をするなど、とんでもない、という気持が含まれていた。ホーンブロワーが、調理場の方を向いて、声を張り上げた。

「おい! 調理場の者! もう一枚皿をもってきてくれ——熱いのを」

「だめよ、あなた」マリアが驚き慌てたが、ホーンブロワーはすでに椅子から立っていて、彼女を席につかせた。

「さっ、そこに坐るのだ。よけいなことをいってはならん。わが家庭内で謀叛を起こすことなど許さん。それでよし!」

べつの皿が届いた。ホーンブロワーがステーキを二つに切って、大きい方をマリアの皿にのせた。

「謀叛は許さん、といったはずだ」艦尾甲板《コーターデッキ》での自分の態度を茶化して、うなるようにいった。

「でも、あなた——」

「まあ、ホリイ。あなたはほんとに優しいのね、わたしにはもったいないくらい優しいわ」一瞬、マリアがハンカチをもった手で顔をおおったので、ついに泣き出すのかとホーンブロワーは思ったが、彼女はすぐさま両手を膝におき、背筋を伸ばし、いかにもけなげなようすで感情を抑えた。ホーンブロワーは、可愛くてならなかった。手を伸ばして、彼女が嬉しそうに差し出した手を握った。

「さっ、充分に朝食をたべるところを見せてくれ」彼は相変わらずこわい口調を装っていたが、心に慈しみが溢れているのがはっきりと見て取れた。マリアがナイフとフォークを取り上げると、彼も取り上げた。むりやりいく切れか食べ、あとは切り散らかしていくらも残っていないように見せかけた。ビールを一口飲んだ——朝食にビールを飲むことは好まなかったが、あの老婆は茶道具を自由に扱わせてもらえないのにちがいない、と気がついた。

窓がカタカタと鳴ったのに二人は注意を引かれた。馬丁が雨戸をあけており、一瞬、彼の顔がぼんやりと見えたが、外はまだ真っ暗であった。ホーンブロワーは時計を取り出して見た――四時五十分。五時に裏の船着き場にボートをよこすよう命じてあった。マリアがその所作に気づいて、彼の方を見た。唇がかすかに震え目がうるんでいたが、感情のたかぶりは抑えていた。

「コートをとってくるわ」物静かな口調でいい、急いで部屋を出て行った。間もなく、灰色のマントをまといずきんをかぶって戻ってきた。腕にホーンブロワーの分厚い外套を抱えていた。

「いよいよ、お出かけになるのですか？」調理場から老婆が出てきて、かんだかい声でいった。

「そう、家内が戻ってきて、支払いをすませる」ポケットから半クラウン銀貨を取り出して、テイブルにおいた。

「ありがとうございます。平穏な航海とたくさんの賞金を祈っております」うたうようなその口ぶりに、ホーンブロワーは、彼女は何百人もの海軍士官がこの〈ザ・ジョージ〉という旅籠《はたご》を出て行くのを見ているのにちがいない、と気づいた――彼女の記憶は、ホーク（英国海軍提督、一七〇五～一七八一）やボスコウエン（英国海軍提督、一七一一～一七六一）の時代にまでさかのぼっているのであろう。

彼は、外套のボタンをかけて、バッグを取り上げた。

「きみが帰ってくる時のために、馬丁にカンテラをもってついてこさせよう」考えて、彼がいった。

「いいえ、やめて、あなた。すぐそばだし、足下の具合はよくわかってるから」マリアが懇願した。彼女のいうとおりなので、それ以上いい張らなかった。

二人は、身を刺すような外気の中へ出て行った。あの薄暗いコーヒー・ルームから出てきてさえ、闇に目が慣れるのを待たねばならなかった。自分が提督か有名な艦長であったら、このようにひっそりと宿を出ることはないのにちがいない、とホーンブロワーは思った——宿の主人夫婦が起きて身支度を整え、見送るはずである。二人は、角をまわって、船着き場に向かう急な坂道を下り始めた。その時、ホーンブロワーは、自分が戦場に向かって出発しようとしているのを、改めてはっきりと感じた。マリアに対する心遣いでそのことを忘れていたのだが、今や興奮が胸のうちにわき上がってくるのを感じた。

「あなた」マリアがいった。「あなたにささやかな贈り物があるの」

マントのポケットからなにかを取り出して、彼の手の中に押しこんだ。

「つまらない手袋にすぎないけど、わたしの愛がこもってるわ」彼女が続けた。「時間がなかったので、これ以上のものが作れなかったの。なにか刺しゅうをしてあげたかった——もっとあなたにふさわしい贈り物をしたかったの。でも、ひまを見てはこれを編んだの——」

言葉が続かなくなったが、またもや背筋をピンと伸ばして感情を抑えた。

「これをはめている間じゅう、きみのことを思い出しているよ」バッグをもっているので、苦労をしながら手袋をはめた。上等の毛糸の分厚い手袋で、親指と人さし指がべつべつになっていた。

「ぴったりだ。気を遣ってくれて、ありがとう」

二人は、栈橋に下る急斜面の上に達していた。離別の悲歎ももうすぐ終わる。

「あの十七ポンドをちゃんともってるね？」ホーンブロワーがきいた——無用の質問であった。

「ええ、ありがとう。なんだか、多すぎるような気がして——」

「それに、わたしの平時の半給を受け取るはずだ」感情を押し隠すために、荒々しい口ぶりで話していたが、今その荒々しさに気づきながら、続けた。「いよいよ、別れを告げる時がきた」

むりをして、愛する妻よ、と慣れない言葉を付け加えた。水面が栈橋の上の方にまで達していた——ということは、指示を与えた時に考えていたとおりに、今が満潮ということだ。引き潮を利用することができる。

「あなた！」マリアがいい、ずきんをかぶったまま、顔を彼の方へ上げた。

彼が接吻した。下方の水ぎわから、聞き慣れたオールのきしみと、桟橋の上の二人の黒々とした影に気づいた男たちの話し声が聞こえてきた。マリアもホーンブロワーと同じようにその音や声を聞きつけ、彼に合わせていた冷たい唇をサッと引いた。

「あなた、気をつけてね」

今や、ほかにいうこともすることもなかった――離別というこの短時間の経験もこれで終わった。彼は、マリアに背を向けた――平和と結婚生活に背を向けて、戦争に向かって斜面を下って行った。

3

「目下、潮どまりです」ブッシュが告げた。「十分後に引き始めます。縮錨しておきました」

「ありがとう、ミスタ・ブッシュ」今では空が灰色に薄明るくなっていて、ぼんやりした影にすぎなかったブッシュの顔がややはっきり見えた。ブッシュの斜め後方に、代行資格をもった先任准士官、つまり航海長代理のプラウスが立っていた。彼は、ホーンブロワーの注目を受けることを、人目につかぬようにブッシュと競っている。プラウスの任務は、海軍省の規定により、「艦長の命を受けて、艦の針路測定および運航の任に当たること」である。しかし、ホーンブロワーがほかの士官たちに、それぞれの操艦技術を披露する機会を与えてならない理由は毛頭ない。それに、三十年も艦上勤務の経験のあるプラウスが、若く経験の浅い艦長に代わって艦の運航指揮を自ら掌握しようとする可能性もある。

「ミスタ・ブッシュ！　帆走を開始してくれたまえ。針路は岬の風上よりだ」

「アイ・アイ・サー」

ホーンブロワーは、人目につかぬよう、ブッシュを慎重に観察していた。ブッシュは、まわりをサッと見まわして、微風の風速と引き潮の方角を見定めた。

「抜錨用意」彼が命令した。「ヘッドスルをほどけ。マストに登ってトプスル解き方用意」

ホーンブロワーは、一瞬のうちに、ブッシュの操艦技術が完全に信頼できるのを見て取った。彼の能力を疑うべきでないことはよくわかっていたが、記憶は二年前のものであるし、年月の経過とともにあいまいになっているかもしれなかった。ブッシュは、きわめて適切な間合いをおいて命令を下した。錨が水面から離れると、ホットスパーは一瞬後進した。舵輪を一杯にまわし、水兵たちがヘッドスルを張ると、艦首がグーッとまわった。ブッシュが、帆脚索《シート》を張りこませておいて、掌帆員を転桁索《ブレース》につかせた。ホットスパーは、この上なくなめらかに微風を受け、わずかに一度ほど傾いただけであった。ホットスパーは、一瞬のうちに、舵と帆の風圧が調和して、艦がすばらしい生き物のように海面を滑り始めた。

帆走開始などというかんたんな仕事で一言たりともブッシュをほめる必要はない。トゲンスルを張り、続いて大横帆《コース》を張るべく水兵たちが駆けつけている間に、海面を走る艦の感触を楽しんでいればいい。その時、とつぜん思い出した。

「ミスタ・プラウス、その望遠鏡をかしてくれ」

大きな望遠鏡を目に当てて、左舷艦尾《ポート・コーター》方向へ向けた。まだ完全に夜は明けておらず、例によってもやがかかっており、ホットスパーは停泊していた位置からすでに半マイル離れていた。しかもなお、見えた——桟橋の先端にポツンと灰色の点がただ一つあった。あるいは気のせいかもしれないが、白いものがちらちらしたように見えた。マリアがハンカチを振っているのかもしれないが、確信はもてなかった。どうも違うらしい。灰色の点がポツンと一つ見えるだけだ。ホーンブロワーは、もう一度目をこらすと、望遠鏡を下ろした。重くて手がかすかに震えるので、映像がかすんで見えた。自分の運命を気遣ってくれるものを後に残して海に出て行くのは、これが生まれて初めてであった。

「ありがとう、ミスタ・プラウス」ぶっきらぼうにいいながら、望遠鏡を返した。

彼は、なにかほかのことに考えを向けなければならない、と感じた。自分の頭を満たすなにかべつの事柄を早々に見つけなければならない。ありがたいことに、航海を開始したばかりの艦長は、考えねばならないことがいくらでもあった。

「さて、ミスタ・プラウス」航跡と帆の調節具合を見やりながら、彼がいった。「今のところ、風向きが一定している。ウェッサン島に向けて針路をとってくれ」

「ウェッサンですか?」プラウスは、らばのように長く物悲しそうな顔をしている。突っ立って、そのままの表情で命令の理解に苦しんでいた。

「聞こえたはずだ」急にいらだって、ホーンブロワーがきびしい口調でいった。

「はい」プラウスが慌てて答えた。「ウェッサンに向かいます。アイ・アイ・サー」

もちろん、彼がそのような反応を示したことは、むりがないといえなくもない。艦上の人間で、ホットスパーの出港を命じた命令書の内容を知っている者は、ホーンブロワーのほかには一人もいない。艦が地球上のどこに向かって航海しているのか、誰一人知らない。しかし、ウェッサン島ということで、少なくとも推測の幅がかなり狭まった。北海とバルト海は考えなくていい。アイルランドとアイリッシュ海、大西洋の彼方のセント・ローレンスも同様である。しかし、まだ、行く先は西インド諸島なのか、喜望峰なのか、あるいは地中海であるのか、見当がつかない――ウェッサン島は、それらの海域すべてへの出発点なのである。

「ミスタ・ブッシュ！」ホーンブロワーがいった。

「はい！」

「非直の者を解散させ、適当と思われる時間に朝食をとらせてくれ」

「アイ・アイ・サー」

「当直士官は誰だ？」

「カーギルです」

「では、彼が甲板の責任者だ」

ホーンブロワーは、周囲を見まわした。すべてが整然としていて、ホットスパーは海峡に向かって走っている。しかし、なにか奇妙だ、どこかが違う、なにかが変わっている。そのうちに、気がついた。彼は、生まれて初めて、平時に海に出ようとしているのだ。海軍士官として十年勤めてきたが、これは初めての経験であった。これまではいつも、艦が港を出るやいなや、海の危険のほかに、べつの危険に備えなければならなかった。これまでのどの航海でも、いついかなる時に水平線上に敵の姿が現われるかわからなかった——一時間のうちに、艦と乗組員が命を賭して戦うことになるかもしれなかった。しかも、中でももっとも危険な時期は、訓練も組織も不完全な新しい乗組員とともに港を出る時であった——えてしてそのような時に、敵と遭遇したり、不都合な事態が発生したりする。

いま、艦は、そのような不安をまったく抱くことなく、海に向かっている。非常に奇妙な、なにか新しい感じがする——マリアを後に残して出港するような、初めて経験する感じであった。彼は、そのような考えを振り払おうとした。右舷を後方へ流れ去っていったブイとともに置き去りにしようとした。目を上げて、就役艦であることを示す赤の十字の長旗《ペナント》を見やり、天候を予想すべく水平線に目を向けた時、一枚の紙を手にしたプラウスが近づいてくるのに気づき、救われた思いがした。

「針路は南西微西です」プラウスがいった。「方向転換をした時、詰め開き《クロースホールド》でなんとか針路を維持できると思います」

「ありがとう、ミスタ・プラウス。針路盤に記入しておいてくれ」

「アイ・アイ・サー」プラウスはその信頼の表示に大いに気をよくした。彼が知らないのは当然であるが、ホーンブロワーは、昨日の午後、自分が翌日果たさなければならないもろもろの責任についてあれこれと考え、針路計算で同じ答えを出していたのである。ワイト島の緑の丘の上に潤みをおびたような太陽がチラッと顔を出した。

「ブイが見えました」プラウスがいった。

「ありがとう。ミスタ・カーギル！　方向転換だ」

「アイ・アイ・サー」

ホーンブロワーは、艦尾の方へ引き下がった。カーギルの操艦の腕前を観察するだけでなく、ホットスパーの反応ぶりを見たかったからである。開戦になった場合、成功するか失敗するか、自由の身でいられるか捕虜になるかが、方向転換にさいしてのホットスパーの動き、上手回しをした場合の反応の敏感さに左右されるはずであることは、たんなる可能性でなくて、まず確実と考えていい。

カーギルは、三十歳の、年に似合わず肥満した赤ら顔の男である。方向転換を実施するにさいして、艦長、副長、航海長の三人が自分を見守っていることを忘れようと、懸命に努めた。舵輪のそばに立って、慎重に帆を見上げ、後方の航跡を見た。ホーンブロワーは、カーギルがものの横に垂らした右手を開いたり握ったりしているのを、じっと見ていた。あれは、神経質で気が小さい証拠か、あるいは、たんに計算する時の癖かもしれない。甲板上では、当直の連中がそれぞれ所定の位置についている。これまでのところ、乗組員はすべて、ホーンブロワーにとって初めて見る顔である。彼らの反応をも観察しておけば、今後の役に立つはずだ。

カーギルは、行動開始の意を決したらしく、まず操舵手に命令した。

「下手舵《ヘルム・ア・リー》！」彼がどなったが、途中で声が割れて、あまり効果的な号令ではなかった。

「艦首帆帆脚索《ヘッドスル・シーツ》をゆるめよ！」前同様に力のない号令であった。疾風の中では届かなかったにちがいないが、今の状態では水兵たちに聞こえた。艦首の三角帆《ジブ》（船を回頭する時に真っ先に操作すべき重要な帆）とフォア・トプスルが裏帆を打ち始めた。

「タック（横帆の風上下隅索）とシート（横帆の風下下隅索）を揚げろ！」

ホットスパーが、等吃水になりながら、しだいに風上に艦首を向け始めた。上手回しにまわる、まわっている——このまま方向転換を完了するか？

「メン・ヤードまわせ！　まわせ！」

これがいちばん重大な一瞬である。水兵たちはやるべきことを充分に心得ていた——左舷のはらみ綱《ボーライン》と転桁索《ブレース》を素早くくり出しておいて、右舷の索にとりついた。帆桁《ヤード》がグーッとまわったが、ホットスパーは応じなかった。艦の動きが止まった。風の方向にまともに向いたまま停止し、今度は、すべての帆をばたつかせながら左へ二ポイント（一ポイントは十一度十五分。点ともいう）艦首をおとして流され始めた。右にも左にも転じられなくなり、さらに措置が講じられないかぎり、完全な無力状態に陥った。

「風下に岸を控えていたら、ひどいことになってますな」ブッシュが腹だたしげにいった。

「待て」ホーンブロワーがいった。カーギルが指示を求めてまわりを見まわしており、これまた期待を裏切る態度であった。ホーンブロワーは、部下がそのまま強情に事態の収拾を図ることを望んでいた。「続けたまえ、ミスタ・カーギル」

水兵たちの態度は立派であった。カーギルは指先でそわそわと右のももを叩いていたが、彼自身のためにも、独力で事態を収拾しなければならない。拳を握りしめ、気を取り直して前後をさっと見た。風がまともに帆を押し戻しているので、ホットスパーはしだいに後退の速度をはやめた。カーギルは、必死の思いで意を決した。鋭い号令で舵輪が左へ一杯にまわり、次の号令で、帆桁《ヤード》が重苦しい動きでまた向きを転じた。ホットスパーは、一瞬、ためらうように動きを止めたが、カーギルが間髪を入れず舵輪の逆回転を命じ転桁索《ブレース》を引かせると、しぶしぶと右舷開き《タック》に戻り、前進し始めた。広い海面で、まわりには寸刻を争う措置を要するような障害物はなく、風下に危険な岸があるわけではないので、カーギルは帆が充分に風をはらむまで待つことができたし、艦自体も舵がしっかりきくまで前進を続けることができた。カーギルは、頭を働かせて、次の措置に備えて充分に惰力をつけるために艦首をさらに一ポイントおとしたが、ホーンブロワーは、もう少し待つべきを急ぎすぎたのに気づき、心持ち残念に思った。あと二分間は待つべきであった。

「ヘッドスル・シーツをゆるめよ！」カーギルがまた号令した。待つ緊張で、またもや指がももを叩き始めた。

しかし、カーギルは、正しい順序で命令が発せられる程度の冷静さを回復していた。またもやホットスパーが風上に艦首を向け、帆脚索《シート》と転桁索《ブレース》がなめらかに操作された。またまた上手回しが失敗して艦が動きを止めそうな、身がこわばる一瞬があったが、今度は前よりわずかに惰力がついていて、最後のぎりぎりの瞬間に、幸いにも風と波が、上手回しを完成するのに必要な角度へ艦首を押してくれた。ようやく方向転換が成功した。

「いっぱいに詰めろ！」安堵の情がはっきり表われている声で、カーギルが操舵手に命じた。「前檣下端索《フォア・タック》、はやくしろ！　帆脚索《シート》！　転桁索《ブレース》！」

操作が終わると、上官の批判を受けるべく、向き直った。ひたいを汗が流れ落ちていた。ホーンブロワーは、横のブッシュがこっぴどく叱りつけるつもりでいるのを感じた。ブッシュは、いかなる場合でもきびしく叱ることが部下のためであると本心から信じており、たいがいの場合、彼の考えが正しかった。しかし、ホーンブロワーは、今の操作の間のホットスパーの反応ぶりを慎重に観察していた。

「続けたまえ、ミスタ・カーギル」彼がいうと、カーギルがほっとしたようすで、また前方に向き直った。ブッシュが、かすかな驚きの表情で、ホーンブロワーの顔をチラッと見た。

「艦が、おもて下がりになっている」ホーンブロワーがいった。「だから上手回しの時に操りにくい」

「そうかもしれませんな」疑わしげに、ブッシュが同調した。

艦首の方が艦尾より水中深く入っていると、ホットスパーは風見鶏のようにつねに風の方向に舳先《へさき》を向けようとする。

「やってみるよりほかはない」ホーンブロワーがいった。「このままでは絶対にだめだ。艦尾の方の吃水が六インチ多くなるよう調整しなければならん。少なくとも六インチ。そこで、艦尾へ移せるのは、なんだ？」

「そうですね――」ブッシュがいいかけた。

彼は、一立方フィートの余地もなく貯蔵品が積みこまれている艦内のようすを思いうかべた。出港準備を整えるのは、非常な難作業であった――必要なものすべてに貯蔵場所を見つけえたのは、創意工夫を結集したたまものであった。現在のやり方以外に貯蔵保管する方法はありえないように思えた。しかし、場合によっては――

「なんとか――」ブッシュが言葉を続け、二人はたちまち高度の技術的論議に没頭した。

プラウスがきて、敬礼し、ホットスパーがようやくウェッサン向けの針路を維持することができた、と報告した。ブッシュは、その名前に聞き耳を立てずにはいられなかったし、プラウスは、艦の首尾吃水調整に関する論議に引き込まれないではいられなかった。三人は、毎時の測深作業のために場所を譲らなければならなかった。微風に彼らの外套がパタパタとあおられた。今や、自分たちは海上にある。艤装と器材の補給に苦労した悪夢のような日夜はすでに過ぎ去ったし、あの――なんといったらいいのだろう？夢みるような、とでもいうか――そう、あの夢中で過ごした新婚の日々も過ぎ去った。これが正常な生活なのだ。工夫をこらして器材、兵員の質を向上させ、ホットスパー号を生き物に作り上げてゆく創造的生活なのだ。

ホーンブロワーが我に返った時、ブッシュとプラウスは、まだ吃水調整について論じ合っていた。

「艦尾の両舷に、あいている砲門が一つずつある」ホーンブロワーがいった。考えがほかの事柄へ逸脱していった時によくあるように、単純な解決策が自然に頭にうかんだ。

「前部の砲を二門、艦尾へ移せばいい」

プラウスとブッシュは、論議をやめて、それぞれそのことを検討し始め、頭の回転の早いホーンブロワーは、すでに計算を始めていた。艦の九ポンド砲の重量は千三百キロである。砲架と当座の砲弾を含めると、合計四トンの重量が後部へ移されることになる。ホーンブロワーは、浮面心の前後の距離を目測した——前方は四十フィート、後方は三十フィート。まずい、ホットスパーの積載品の重量が四百トンあまりあるにしても、移す重量が多すぎる。

「艦が多少、風上に切り上がるかもしれません」二分後に同じ結論に達して、プラウスが意見を述べた。

「そうだな。三番砲を移そう。あれなら、重量がぴったり合う」

「そして、あとに空隙をあけておくのですか？」かすかに抗議するような口調で、ブッシュがきいた。

前歯を欠くようなはっきり目につく空隙ができるのはたしかである。二列に整然と並んでいる砲の列に切れ目ができて、やりくりでやっと艦を艤装したような印象を与える。

「わたしは、風下の岸に坐礁した見場のいい艦より、醜くても無事にういている艦の方がいい」

「イエス・サー」その邪論に近い言葉に不承ぶしょう同意して、ブッシュがいった。

「貯蔵品が消費されるにつれて、正常な状態に戻せるはずだ」なだめるようにホーンブロワーが付け加えた。「それでは、さっそくかかってもらえるか？」

「アイ・アイ・サー」ブッシュは、航行中の艦の上で大砲を移動することの、具体的なやり方に考えを向けた。支索滑車《ステー・テークル》（貨物積みおろし用滑車装置）で砲架から砲身を吊り上げてマットに下ろし――」

「そのとおり。きみに任せるよ、ミスタ・ブッシュ」

正気の人間なら、揺れている甲板上を、台車にのせたまま大砲を動かすことを考える者はいない――いつなんどき押さえがきかなくなって滑り出すかわからない。しかし、砲架からはずしてマットの上において、砲耳が砲身が転がるのを防ぐ格好になれば、比較的容易に引っぱりまわすことができ、新しい位置におかれた台車に滑車で砲身をのせれば事がすむ。ブッシュはすでに掌帆長《ボースン》のミスタ・ワイズに、支索滑車《ステー・テークル》の取り付けを命じていた。

「部署表を変えなければならんな」思いついて、ホーンブロワーがうっかり口に出した――砲手の配置を変えなければならない。

「アイ・アイ・サー」ブッシュがいった。規律を重んじる男なので、非難の気持をその口調にはっきり表わすようなことはしなかった。艦長にいわれなくてもそのようなことを覚えているのが、副長たる彼の任務である。ホーンブロワーはできるだけその場をとりつくろった。

「では、ミスタ・ブッシュ、万事きみに任せる。砲の移動が完了したら報告してくれたまえ」

「アイ・アイ・サー」

ホーンブロワーは、自分の個室へ行くべく艦尾甲板《コーターデッキ》を歩いて行き、その途中で、カーギルのそばを通った。カーギルは、支索滑車《ステー・テークル》を取り付けている水兵たちの作業を見守っていた。

「ミスタ・カーギル、大砲の移動が終わったら、上手回しがもっとらくにできるようになるはずだ」ホーンブロワーがいった。「移動が完了したら、もう一度きみの操艦ぶりを見せてもらおう」

「ありがとうございます」カーギルが答えた。

ホーンブロワーは自分の個室の方へ歩いて行った。さきほどの失敗に考えこんでいたらしい。軍艦という複雑な機械の歯車はつねに潤滑油を必要とし、それが切れないようにするのが艦長の任務である。彼が艦長室に入る時、入り口の横の衛兵が直立不動の姿勢をとった。彼は、質素な個室の中を見まわした。帆布《キャンバス》でできた吊り寝台《コット》が甲板梁《デッキ・ビーム》からぶらさがっている。椅子が一脚、隔壁に鏡がかかっていて、その下に、枠にはまったキャンバス製の洗面器がある。反対側の隔壁に机が取り付けてあって、その下に衣服箱《シーチェスト》がある。甲板梁《デッキ・ビーム》からぶらさがっている一片のキャンバスが、中に吊るされている衣類をおおい、衣裳だんすの役を果たしている。それだけである。それ以外になにも入れる余地がないが、艦長室がそのように小さいことは、ある意味では都合がよかった。真艦尾にあって、砲が据え付けられていないために、艦が戦闘開始に備えてものを片付ける時、室内のものを慌ててどこかへしまう必要がない。

それに、これは贅をきわめた豊かな生活であり、最上の幸運のたまものである。九日前――いや、今では十日前――までは、アミアンの講和条約の結果、昇進が確認されないまま戦争が終わったために、戦時給与支払停止により、自分は半給受給の海尉にすぎなかった。次の食事代の入手すら当てのない状態にあった。一夜にして、その状態が一変した。自分は、海軍本部委員を含む高級士官たちとのホイストの勝負で四十五ポンド勝った。国王が、海軍を戦時編制下におくという政府の決定を宣言する勅書を議会に送った。そして、自分は海尉艦長《コマンダー》に任命されて、ホットスパーの出港準備を整えることを命ぜられた。たとえ塩漬けのビーフとビスケットであろうと、もはや次の食事の心配をする必要はなくなった。そして――偶然というよりは、それら一連の出来事の結果として――マリアと婚約し、早々に結婚式を挙げることになってしまった。

九ポンド砲一門が艦尾へ引かれてゆく音が、船体を伝わってきた。ブッシュは仕事の早い男である。ブッシュも半給海尉で、ホーンブロワーより序列が上であった。ホーンブロワーは、きわめて遠慮がちに、自分の指揮下のホットスパー号の副長――スループ艦の編制上、海尉は一人しか認められていない――として勤務する気はないか、とブッシュにたずねた。その招きを受けたブッシュの顔にうかんだ歓喜の表情はまったく思いがけないもので、彼は大いに気をよくした。

「あなたがそういってくださることを、心から願っていたのです」ブッシュがいった。

「しかし、わたしを本当に副長に所望されるとは思っていませんでした」

「きみ以外には考えられない」ホーンブロワーが答えた。

そこまで回想した瞬間に、ホットスパーが詰め開き《クロースホールド》の船特有の動きで、艦首を振り上げ、横揺れ《ローリング》を起こし、今度は艦尾を持ち上げたので、彼はもう少しで倒れそうになった。艦は、今や風を防いでくれたワイト島の陰を離れて、海峡の大うねりをまともに受けているのだ。自分はなんという間抜けであったことか！　このことをすっかり忘れていた。この十日間に一、二度、かつて船酔いを起こしたことを思い出したが、そのたびに、十八カ月の陸上生活で船酔い癖はなくなったものと、愚かにも考えた。けさも、忙しさにかまけてそのことは考えてもみなかった。いま、初めてひまができると、さっそく始まった。艦の動きに対する慣れが完全に失われている——新たな横揺れ《ローリング》でまたよろめいた——し、吐き気を催し始めた。体じゅうに冷汗がうくのを感じ、吐き気の第一波が喉へこみ上げてきた。しかし、苦渋にみちた冗談を考えるひまはあった——自分はついさきほど、次の食事の出どころを考える必要がなくなったことを喜んでいたが、今や、この前の食事の行く先の方がはっきりしている。そう思った瞬間に、激しい吐き気に襲われた。

彼は、吊り寝台《コット》にうつ伏せに横たわった。車輪の響きが伝わってきたので、頭の霧を振り払い、砲身が艦尾に移され、いまブッシュは砲架を移動させているのにちがいない、と判断した。しかし、そんなことはどうでもよかった。腹がまた大きく波打ち、ますますどうでもよくなった。自分の惨めな状態のほかには、なにも考えられなかった。待てよ、あれはなんだ？　誰かが激しい勢いでドアを叩いており、彼は、自分が無視した初めの軽い叩き方がしだいに強まったものであるのに気がついた。

「なんだ？」かすれた声でどなった。

「航海長からの伝言でございます」聞き慣れない声がいった。「ミスタ・プラウスからの」

どういうことか、聞かなくてはならない。自分の体を引きずり下ろすように吊り寝台《コット》から下り、よろよろと椅子まで歩いて行ってドサッと腰を落とし、顔を見られないよう肩を丸めて机の上にかがみこんだ。

「入れ」彼がどなった。

ドアがあくと、それまでにしだいに高まっていた音がますます大きく流れこんできた。

「なんだ？」艦の書類仕事に専念しているように見えることを願いながら、ホーンブロワーがくり返した。

「ミスタ・プラウスからの伝言です」聞き覚えのない声の持ち主がいった。「風が強くなって、真横から前に変わりつつあります。針路を変更しなければなりません」

「よし。すぐ行く」

「アイ・アイ・サー」

行かずにおくわけにはいかない。立ち上がって、片手で机につかまりながら、一方の手で服装を直した。元気をふりしぼって、艦尾甲板《コーターデツキ》に出た。なにからなにまで、すべて忘れ去っていた——洋上での風の強さ、強風を受ける索具《リギン》のかんだかいうなり、不注意に歩いていると急に甲板がもち上がることなど。艦尾が上がると小走りで前へ進む格好になり、威厳を維持するのに苦労しながら、ぶざまな姿を見せないでやっと舷側のネッティングに押しこんであるハンモックまでたどりつくことができた。プラウスがすぐさまやってきた。

「今は、針路を南西微南にとっております。艦首を二ポイントほどおとしました。相変わらず風が西にまわっています」

「そのようだな」ホーンブロワーは、当面の問題に考えを集中すべく努めながら、空と海を見た。「気圧はどうだ？」

「ほとんど下がっておりません。しかし、風は日没までにはますます強まると思います」

「そうかもしれんな」

その時、ブッシュが現われて、今は目深《まぶか》に引き下げている帽子に手を当てて敬礼した。

「砲の移動を完了しました。滑車索《テークル》でしっかり締めておきました」

「ありがとう」

ホーンブロワーは、ハンモック・ネッティングを両手でつかんで、前方を見つめていた。そうすることによって、片側のブッシュ、反対側のプラウスに顔を向けないでいれば、船酔いによる顔の青白さに気づかれないですむかもしれない。昨日あれほどまでに慎重に調べた海図を思い起こそうと努めた。カスケー燈台とスタート岬の間に六十海里ほどの空隙がある。ここで判断を誤ると、逆風で何日間もその中に閉じこめられることになりかねない。

「この針路でかろうじてスタート岬の風上を通り抜けることができるかもしれません」

プラウスが決断を促した。

とつぜん、思いがけない吐き気がこみ上げてきて、ホーンブロワーは、それを抑えるためにそわそわと体を動かした。プラウスに促されたのが気にいらず、サッと振り向くと、舵輪の横に立っているカーギルの姿が目にとまった。まだカーギルの当直時間中だったのだ――ブッシュの報告とプラウスに促されたことに加え、そのことを考慮に入れて、ホーンブロワーは決断した。

「いや。上手回しをする」

「アイ・アイ・サー」プラウスがしぶしぶと同意した。

ホーンブロワーは、カーギルの方を見て、目で合図をして呼び寄せた。安心してよりかかっていられるハンモック・ネッティングのそばを離れたくなかった。

「ミスタ・カーギル、艦《ふね》の首尾の釣り合いを調整したから、もう一度上手回しをやってみせてくれ」

「アイ・アイ・サー」カーギルが答えた。この哀れな男は、艦長じきじきの命令に対し、いずれにせよ、そう答えるほかはなかった。しかし、明らかに落ち着きを失っていた。舵輪のそばへ引き返して、索端の環にさしこんである拡声器を取り上げた――風が強くなったので拡声器が必要であった。

「上手回し、用意！」彼がどなると、すぐさま掌帆手たちやミスタ・ワイズが、申し送る格好でその号令を大声でくり返した。水兵たちがそれぞれ部署についた。カーギルが、海と風の具合を見まわした。彼が気を鎮めてつばをのみこむのがホーンブロワーの目に映った。カーギルが操舵手に命令した。今回は、右手に拡声器をもっているので、左手の指がももを叩いていた。帆脚索《シート》や転桁索《ブレース》が操作され、ホットスパーが等吃水になった。艦首がまわり始めた――まわっている。

「フォア・ヤードまわせ！」カーギルが拡声器でどなった。ホーンブロワーは、自分ならその号令をかけるのにあと三、四秒は待ったな、と思ったが、自分の考えがまちがっている可能性があることは認めていた。船酔いで判断が鈍っているだけでなく、いまその場に立って艦尾の方を見ていても、艦の感じがつかめていない。ホットスパーがためらうことなく艦首をグーッとまわし、カーギルの方が艦の感じをつかんでいた、あるいは幸運であった、ことが実証された。

「下手舵いっぱい！」カーギルが操舵手に命ずると、放射状に出ている取っ手《スポーク》がかすんで見えるような速さで舵輪がまわり、ホットスパーが今にも風下に落ちようとするのを捉えた。前檣下端索《フオア・タック》を力いっぱい引いていた連中が索をくり出し、べつの一団がはらみ《ボーラ》綱《イン》にとりついた。ホットスパーは、誰も文句のつけようのないなめらかさで新しい開きで走り始めた。

ホーンブロワーが舵輪の方へ歩いて行った。「艦は風上にそれようとしているか？」操舵長にきいた。

操舵長が、スポーク二、三本分、舵輪を戻して、メン・トプスルの縦縁を見上げると、また艦首を風上に詰めた。

「いや、それたがっているとはいえませんね」判断を下した。「ほんの少しそれる傾向があるかもしれません。いや、それませんね。もう、わずかに上手ぎみに舵をとるだけで充分です」

「それでいいのだ」ホーンブロワーがいった。ブッシュとプラウスは一言も発せず、得意そうに彼らの顔を見る必要すらなかったが、カーギルに一言いっておくことは無益ではない。

「これで気をよくして当直下番できるわけだ、ミスタ・カーギル」

「はい、ありがとうございます」カーギルがいった。

カーギルの丸い赤ら顔に大きな笑みがうかんだ。ホットスパーが波にのって艦首をもち上げ傾いたので、不意をつかれたホーンブロワーがよろめいてカーギルの幅広い胸にぶつかった。幸いにもカーギルは体重があり足もともしっかりしていたので、よろめくこともなくその衝撃を受け止めた――さもなければ、彼は艦長ともども甲板上をよろめいて排水口に足を踏みこんだかもしれない。ホーンブロワーは、一瞬、非常に恥ずかしい思いをした。新参水兵同様に足もとが不安定だ。艦の動きに合わせてらくらくとバランスをとっているカーギル、ブッシュ、プラウスに対する羨望《せんぼう》が、嫌悪の情と化した。それに、またもや吐き気を催していた。艦長の体面が危殆《きたい》に瀕している。力をふりしぼって、脚と首をこわばらせたまま、ブッシュの方を向いた。

「ミスタ・ブッシュ、針路変更の必要が生じたら、すぐさま知らせてくれ」

「アイ・アイ・サー」

甲板がもち上がっているが、自分の歪んだ感覚が告げているほどもち上がっているのでないことはわかっていた。なんとか艦長室に向かって歩き出した。二度ほど立ち止まって体を支えねばならなかったし、ホットスパーが艦首を上げた時、走らされそうになった——艦長としては速すぎる歩き方で衛兵の横を通り、ドアにぶつかった。衛兵が横にバケツをおいているのに気がつくと、気休めになるどころか、かえって惨めさが増した。ドアを引きあけ、上がりかけていた艦尾が上がりきって静止する瞬間を待って、呻《うめ》きながら吊り寝台《コット》に倒れこみ、吊り寝台《コット》の揺れ動くままに足を引きずっていた。

4

ホーンブロワーは、個室の机についていて、包みを手にしていた。五分前に衣服箱《シーチェスト》の錠をあけて、その包みを取り出した。あと五分たったら、その包みを開封することを許される——少なくとも、彼の艦位推算ではそうなっている。驚くほど重い包みであった。銃弾か鉄屑で重みをつけているような感じであるが、コーンウォリス提督が部下の艦長に銃弾や鉄屑を届けてよこすはずがない。四個所に厳重な封印がしてあって、封印は破られていない。キャンバスの外被にインクで宛名が書いてある。

「HMスループ艦ホットスパー号艦長、ホレイショ・ホーンブロワー殿に対する指示。グリニッジ経度西経六度通過後開封のこと」

封緘命令。ホーンブロワーは、これまでの海軍勤務中、しばしばその言葉を耳にしてきたが、それを直接手にするのはこれが初めてであった。彼の結婚式の日の午後、ホットスパー艦上に届けられ、彼が受領の署名をした。艦はいままさに第六子午線を越えようとしている。海峡南下の航海は驚くほど容易であった。直航針路を維持できなかった当直期間はただ一回しかなかった。カーギルに自信を回復させるために上手回しをしたのは、非常に幸運であった。風はほとんど西へまわらず、まわってもごく短時間しか続かなかった。ホットスパーは、ライム湾に吹き寄せられるのを免れたし、カスケー燈台の風上を通ることができた。それらは、すべて、あの幸運な命令のおかげであった。ホーンブロワーは、自分の航海術と天候予測能力に対して、プラウスが改めて尊敬の念を抱いているのを感じた。それはそれで結構なことで、ホーンブロワーは、この順調な航海が、状況の偶然の一致、幸運なまぐれ当たりの結果であることを察知する機会を、プラウスに与えるつもりは毛頭なかった。

ホーンブロワーは、時計を見ると、入り口の衛兵にどなった。

「ミスタ・ブッシュにくるよう、申し送りをしてくれ」

衛兵がどなり、その言葉が艦尾甲板《コーターデッキ》に伝えられているのが耳に達した。ホットスパーが、左右にほとんど揺れることなく、長いうねりにのって艦首を上げた。今や艦は大西洋の長いうねりに出会って動き方がかなり変わっているが、ホーンブロワーにとってはその方がありがたかった——船酔いがしだいにおさまってきた。ブッシュがなかなかこなかった——艦尾甲板《コーターデッキ》にはいないらしく、昼寝をしているのか、なにか用を足しているのかもしれない。しかし、その最中に呼ばれたからといって、彼が困ったり驚いたりすることはないはずである。これが海軍のやり方なのだ。

ようやくノックが聞こえ、ブッシュが入ってきた。

「はい？」

「ああ、ミスタ・ブッシュ」ホーンブロワーが気取った口調でいった。ブッシュは彼のもっとも親しい友人であるが、これはあくまで公式的な事柄であり、公式的に取り運ばなければならない。「現在の艦の位置を知っているかね？」

「いいえ、正確には知りません」ブッシュが不思議そうな面持ちで答えた。「ウェッサン島は東方三十海里ほどだと思います」

「今のこの瞬間」ホーンブロワーがいった。「われわれは、西経六度と何秒かの位置にある。緯度は四十八度四十分だが、現在のところ、奇妙に聞こえるかもしれないが、緯度は考える必要はない。問題は経度だ。この包みの状態を調べてくれないか？」

「なるほど。わかりました」宛名書きを読んで、ブッシュがいった。

「封印が破れていないのを確認したかね？」

「はい」

「それでは、事のついでに、万一その必要が生じた場合、わたしが命令を遵守したことが証言できるよう、この部屋を出たら艦の経度を確認しておいてくれないか？」

「はい、確認します」ブッシュがいい、しばし間をおいて、ホーンブロワーがこれで用が終わったと考えているのに気がついた。「アイ・アイ・サー」

ブッシュが部屋から出て行く時、ホーンブロワーは、ブッシュをからかいたくてならなかった。しかし、そのような衝動は抑えねばならない。相手に反感を抱かせる結果になりかねない。いずれにしても、ブッシュが相手ではつまらない——彼はすぐからかいにのる男である。

そのようなことを考えていると、封緘命令を開封するという胸がわくわくするような瞬間が、現実に何秒か先へ延びた。ホーンブロワーは、ペンナイフを取り出して、キャンバスの縫い目を切った。包みの重みの謎が解けた。貨幣が、それも金貨が、三巻き入っていた。ホーンブロワーは、巻いてある紙を破って、金貨を机の上にあけた。六ペンス銀貨ほどの大きさの小さいものが五十枚、それより大きいのが二十枚、さらに大きいのが十枚ある。よく見ると、中間の大きさの金貨は、一、二週間ほど前にパリー卿がもっているのを見たのとそっくり同じフランスの二十フラン金貨で、片面にナポレオン首席執政の顔が、裏に〈フランス共和国〉という文字が、刻印されている。小さいのは十フラン金貨で、大きいのは四十フラン金貨であった。全部合わせるとかなりの金額で、イギリスにおける紙幣価値の下落による金の打歩《プレミアム》を考慮に入れなくても、五十ポンドを超える。

そして、その金の使い方を説明した補足的指示がついていた。「……従って、貴官は次の指示に従い――」前置きの文章の後に、かく記してあった。ホーンブロワーは、ブレスト港の漁師たちと接触し、その中に買収に応じる者がいるかどうかを確かめる。応じる者がいたら、その連中から、ブレスト港内のフランス艦隊に関する情報を可能な限り収集する。最後に、戦争に関する情報ならば、いかなるものといえども、新聞ですら、有用である。

ホーンブロワーは、その指示を二度読み通した。その指示とともに受け取りすでに開封した命令書にもう一度目を通した――彼に出港を命じた命令書である。慎重に考えをめぐらさなければならないので、無意識のうちに立ち上がったが、すぐ腰を下ろした。部屋は歩きまわる余地がまったくない。歩くのはしばらく延期しなければならない。マリアが、ヘア・ブラシを入れるきれいな麻袋を何枚か縫ってくれたが、彼はブラシを洗面用具の袋に入れて雑多なものといっしょにくるくる巻いてしまうので、もちろん、麻袋は無用の代物である。その袋を一枚取り上げて金貨をザラザラッと落としこみ、袋と命令書を衣服箱《シーチエスト》にしまって錠をかけようとした時、ある考えがうかび、十フラン金貨を十枚取り出してズボンのポケットに入れた。箱に錠をかけた。これで思いのままに甲板を歩ける。

プラウスとブッシュが、熱心に話し合いながら風上側を行ったり来たりしていた。艦長が封緘命令を開封した、という知らせがたちまち艦内に広まることは疑いない——しかも、ホーンブロワーのほかには、ホットスパーがこれから喜望峰経由インド向けに針路をとらないと断言できる者は誰一人いない。このまま、みんなに気をもませておきたいような気がしたが、ホーンブロワーはその誘惑を振り払った。だいいち、なんの役にもたたないことだ——一日か二日ブレスト港外を行き来したら、誰だってホットスパーの任務が推測できる。プラウスとブッシュが、風上側を艦長に譲って、急いで風下側に移ろうとするのを、ホーンブロワーが呼び止めた。

「ミスタ・ブッシュ！　ミスタ・プラウス！　われわれは、ブレスト軍港をのぞいて、わが友人ボウニイがなにを企んでいるか、見るのだ」

この前の戦争に従軍して波荒いブルターニュの沿岸海域を走りまわった者には、それだけですべてが理解できた。

「はい」ブッシュは、あっさり答えた。

三人で、羅針儀箱《ビナクル》をのぞき、水平線に目を向け、就役旗を見上げた。針路を決めることはしごくかんたんである——ブッシュでもプラウスでも容易にできるが、国際関係や中立維持、諜報活動といった諸問題に対処するのはさほど容易ではない。

「ミスタ・プラウス、海図を見てみよう。ル・フィエットを避けねばならないことは、明白だ」

ブレスト軍港に入る航路筋にある〈乙女たちの島々《ル・フィエット》〉――砲台が設置されるはずの岩のかたまりに似つかわしくない名前だ。

「よし、ミスタ・プラウス。追風《おいて》帆走にうつして針路を決めてくれ」

今日は北西方向から弱い風が吹いているので、追風《おいて》でブレスト軍港に向かうのは子供でもできることであった。ホットスパーは、横揺れ《ローリング》はほとんどしておらず、わずかに縦揺れ《ピッチング》をしているだけである。ホーンブロワーは、急速に艦の動きに対する慣れを回復していて、自信をもって甲板を歩きまわることができたし、吐き気はもはや催しそうもなかった。船酔いが去ると、一種の幸福感を味わった。四月の空気は冷たくさわやかであるが、体がしびれるような寒さではない。手袋も外套も必要がないように思えた。事実、当面の諸問題に考えを集中するのが困難な陽気で、彼は、考えることは先へ延ばすことにした。足をとめて笑顔でブッシュを見ると、相手が急いで寄ってきた。

「乗組員に運動をさせる計画はできているのだろうな、ミスタ・ブッシュ？」

「はい」分を心得た部下であるブッシュは、〈もちろんです〉とはいわない。しかし、彼の目がサッと輝いた。というのも、ブッシュは、トプスルを縮めたり広げたり、トゲン・ヤードを下ろさせたり上げさせたり、いつでも繋索《スプリング》がわりに使えるよう錨索《ケーブル》をのばして艦尾載貨門《ボート》まで引っぱって行かせたりするなど、天候あるいは戦闘によって必要となる可能性のある何十、いや何百もの作業の訓練をすることが、なによりも好きだからである。

「今日は二時間くらいでいい、ミスタ・ブッシュ。ところで、砲術訓練は、一度だけ短時間したことがあるように記憶しているが？」

海峡を下っていた時のことは、船酔いに苦しめられて、あまりはっきり覚えていなかった。

「一度だけです」

「それでは、夕食後、一時間ほど射撃訓練をやろう。そのうちに、大砲を使うことになるかもしれん」

「そうですね」ブッシュがいった。

ブッシュは、全世界を巻きこむにちがいない戦争の可能性を、平然と受け止めている。掌帆手たちの号笛《ごうてき》が水兵たちを呼集し、すぐさま諸訓練が始まって、汗だらけの水兵たちが、下士官におどされ、ミスタ・ワイズの見事な罵言を浴びながら、索具《リギン》を上ったり下りたり、ロープを引いたりした。運動をさせるという意味だけでも、訓練をするのは当を得たことであったが、とくに矯正を要するような重大な欠陥はなかった。ホットスパーは、強制徴募実施後、最初に兵員の割り当てを受けたことで、たいへん有利であった。百五十名の兵員のうち、百人あまりが経験を積んだA・B級の一人前の水夫であった。二等水兵は二十人で、海上勤務の経験のない者は十人しかおらず、少年は二十人に満たない。艦隊の兵員補充が始まった今では、二度とありえない驚くべき比率であった。そればかりでなく、水兵の半数以上が、アミアンの講和前に軍艦勤務を経験している。彼らは、たんなる水夫というのではなく、強制徴募が始まるまでの平和時に、商船で一航海するだけの時間があったかどうかと思われる、イギリス海軍の元水兵である。従って、彼らのほとんどが、軍艦の大砲を操った経験がある。二、三十人の者は現実に海戦を経験している。というわけで、砲術訓練が命ぜられると、彼らはいかにも物慣れたようすで部署についた。ブッシュがホーンブロワーの方に向き直って敬礼し、次の命令を待った。

「よろしい、ミスタ・ブッシュ。静かにするよう、命じてくれたまえ」

号笛が甲板上の各所で鳴り響き、艦全体が静まり返った。

「これから、検査をする、随行したまえ、ミスタ・ブッシュ」

「アイ・アイ・サー」

ホーンブロワーは、きびしい目つきで、まず艦尾甲板《コーターデッキ》の右舷のカロネード砲（大口径短砲）から検査を始めた。そこはすべて整然としているので、艦中央部《ウエスト》に下りて行って、右舷の九ポンド砲を検査した。一門ごとに立ち止まって、器材を調べた。薬包、バール、梃子棒。スポンジ、くさび。砲から砲へと移って行った。

「左舷が砲撃している場合の、おまえの部署はどこだ？」

目につく中でいちばん若い水兵にきいた。艦長から言葉をかけられて、そわそわと体重を右に左に移していた。

「気をつけ、だ！」ブッシュがどなりつけた。

「部署はどこだ？」穏やかな口調でホーンブロワーがくり返した。

「あ、あそこです。込め矢をもちます」

「知っていて、大いにけっこう。艦長と副長に話しかけられても部署を覚えているようなら、敵弾がとびこんできても覚えているにちがいない」

ホーンブロワーは次の砲へ移った。艦長が冗談をいえば水兵たちが面白がって笑うことがわかっていた。また足を止めた。

「これはなんだ？　ミスタ・チーズマン！」

「はい」

「火薬入れ《パウダー・ホーン》（角製）が一つ余分にある。砲二門につき一つしかないはずだぞ」

「えー——はい。理由は——」

「理由はわかっている。しかし、理由は言い訳にはならないのだ、ミスタ・チーズマン。ミスタ・オロック！　きみの部署に火薬入れがいくつある？　よし、わかった」

三番砲を艦尾に移したために、オロックの部署から火薬入れが一つ減り、チーズマンの部署に一つ余分が生じたのである。

「自分の部署の大砲の器材が揃っていることを確認するのは、きみたち若い紳士諸君《ヤング・ジェントルメン》の任務だ。命令を待つ必要はないのだ」

チーズマンとオロックは、士官候補生として訓練を受けるべく海軍兵学校から派遣されてきた四人の〈若い紳士諸君〉のうちの二人である。ホーンブロワーは、これまで見たところでは、四人とも気にいらなかった。しかし、彼らを下士官として使わなければならず、彼自身のためにも、四人が有能な海尉になるよう訓練しなければならない――彼の場合、必要と任務が合致していた。彼らをいじけさせないで育てねばならない。

「二度ときみたち若い紳士諸君に苦情をいう必要がないものと確信している」いうことになるのはわかっていたが、約束はおどしよりいい。歩き続けて、右舷の砲の検査を終えた。艦首楼《フォクスル》へ上がって、そこにある二門のカロネード砲を見ると、露天甲板の左舷の砲の方へ引き返した。前部昇降口《ハッチ》の前に立っている海兵隊員のそばで足を止めた。

「任務は？」

海兵隊員が、足を四十五度に開き、マスケット銃をわきに引きつけ、左手の人さし指をズボンの縫い目に当てて、気をつけ、の姿勢をとった。あごをグッと引いているので、正面でなくわずかに横寄りに立っているホーンブロワーの肩越しに目を据えていた。

「自分の部署を警備して――」と始め、千回以上も口にしているにちがいない衛兵守則を、単調な、うたうような口調でくり返した。最後の、この特定の部署に関する部分になると、口調がはっきりと変わった——「からの薬包バケツをもった者以外は、絶対に下りることを許しません」

これは、臆病者が吃水線下に逃げこむのを防ぐためである。

「負傷者を運んでいる者はどうする？」

びっくりした衛兵が答えに苦しんでいた——長年の訓練で文句を頭に叩きこまれているので、物を考えるのが困難になっている。

「それらについては、なんの命令も受けておりません」首を据えたまま珍しく目を動かして、ようやく答えた。

ホーンブロワーがチラッとブッシュを見た。

「海兵隊の軍曹に話しておきます」ブッシュがいった。

「部署表で、負傷者の手当てをすることになっているのは誰だ？」

「クーパーと彼の部下です。縫帆長と部下です。全部で四人おります」

ブッシュはつねに、そのような細部まで頭に入っている。しかし、ホーンブロワーは、せんじつめればブッシュの責任である些細な欠陥二点に気づいていた。それらをブッシュにあえて強調する必要はない——彼は無言のうちに深く自身を恥じている。

昇降口《ハッチ》から火薬庫に下りて行った。照明室のガラス窓を通してろうそくが光を投げかけている。火薬運搬少年兵《パウダーモンキー》たちが、サージの二重カーテンがかかっている火薬庫の入り口から火薬をつめた薬包を受け取る時に、ようやく手もとが見える程度の薄明かりである。火薬庫の中では、へり地製のスリッパーをはいた掌砲長《ガンナー》と部下一人が、必要あらばいつでも薬包の倉出しができるよう待機していた。後部昇降階段《ハッチ》を下って、軍医と看護兵がいつなりとも負傷者の手当てができる態勢を整えているところへ行った。ホーンブロワーは、自分がいつなんどき、打ち砕かれた手足から血を流しながらそこへ引きずってこられるかわからないのを承知していた――露天甲板に戻ると、救われる思いがした。

「ミスタ・フォアマン」――フォアマンは〈若い紳士〉たちの一人である――「夜戦の場合のカンテラについて、どのような命令を受けているのだ？」

「ミスタ・ブッシュから具体的な命令があるまで待つことになっています」

「それで、その命令を受けた場合、誰を行かせるのだ？」

「ファースです」

フォアマンが、彼の斜め後ろに立っているしっかりした感じの若い水兵をさした。しかし、その答えを口に出すまでに、ほんの一瞬のためらいがなかったであろうか？ ホーンブロワーがファースの方を向いた。

「おまえはどこへ行く？」

ファースの目がチラッとフォアマンを見た。困惑の表情ともとれたが、フォアマンが、肩でさし示すかのようにわずかに体を揺るがせ、片手を自分の前へスッともっていって素早く引っこめた。ミスタ・ワイズの出っ張った腹を示したのかもしれない。

「艦首へ行きます」ファースがいった。「掌帆長《ボースン》が支給します。艦首楼《フオクスル》の端で」

「よろしい」ホーンブロワーがいった。

フォアマンが、夜戦用カンテラに関するブッシュの命令を部下に伝えるのを、忘れていたことは疑いない。しかし、フォアマンは、その場をとりつくろうだけの機敏な頭の働きを示したし、ファースは、機転がきくばかりでなく、上官を助けるだけの忠実さがあることを示した。いろいろな理由であの二人に注目する必要がある。艦首楼《フオクスル》端というのは機転をきかせた推測で、掌帆長《ボースン》が管理している保管庫がそのすぐ横にある。

ホーンブロワーは、ブッシュを従えて艦尾甲板《コーターデッキ》に上がって行き、最後に残った大砲――艦尾甲板《コーターデッキ》左舷のカロネード砲――を検査しながら、あたりを見まわして考えていた。自分の言葉ができるだけ大勢の耳に達する位置を選んだ。

「ミスタ・ブッシュ」彼がいった。「これは立派な艦だ。みんなも、訓練を積めば立派な乗組員になれる素質をそなえている。ボウニイをこらしめる必要が生じたら、われわれが思い知らせてやる。訓練を続けたまえ」

「アイ・アイ・サー」

艦尾甲板《コーターデッキ》にいた六人の海兵隊員、操舵手、カロネード砲の班員、ミスタ・プラウスその他、艦尾部署についている者みんなが、彼のその言葉を聞いた。彼は、まだ形式張った訓示をする時期ではない、と考えていたのだが、次の折半直《ドッグワッチ》期間中に今の自分の言葉が艦内全体に伝えられ広まってゆくのはまずまちがいない、と思った。また、口にした言葉は、慎重に選んだものであった。〈われわれ〉といったのは、士気を高める呼びかけであった。その間にも、ブッシュは訓練を続けていた。「砲を押し出せ。照準せよ。砲口の木栓をとれ」その他の操作である。

「みんな、さして時間もかからずに仕上がるはずです」ブッシュがいった。「そうすれば、あとは、敵艦と舷を並べるだけで事がすみます」

「舷を並べるとはかぎっていないぞ、ミスタ・ブッシュ。次の訓練で実弾射撃をする時は、長距離砲撃を教えこんでもらいたい」

「はい。もちろん、そうします」ブッシュが同意した。

しかし、ブッシュがさきほどいったのは口先だけの言葉にすぎないことが、ホーンブロワーにはわかっていた。彼はなにも、交戦中のホットスパーの戦い方として、ブッシュが理想とするように的をはずす恐れがまったくないほど近接し、装塡、発射をできるだけ速くくり返すやり方が理想的であると思っているわけではない。艦隊行動をとっている時の戦列艦《シップ・オブ・ザ・ライン》（七十四門艦以上、今の重巡洋艦以上）ならそれでもいいが、ホットスパーには不向きである。ホットスパーはたんなるスループ艦（砲十ないし三十二門、今の砲艦）にすぎず、肋材《ろくざい》や小角材などは、フリゲート艦（砲二十八ないし六十門、今の巡洋艦にあたる）に比べてすら、はるかにひ弱にできている。ホットスパーの艦級の根拠となっている二十門の九ポンド砲——カロネード砲四門を除く——は長距離射程砲で、敵艦もこちら同様に的をはずす恐れのない近接戦より、四百ヤードほど距離をおいた交戦に向いている。ホットスパーは、海軍艦船総覧に載っている中で、三本マストで艦尾甲板《コーターデッキ》と艦首楼《フォクスル》のある艦では最小のものである。いかなる敵艦と遭遇しても、相手が大きさ、斉発弾量、兵員数において、こちらよりすぐれている——たぶん比較にならないほどすぐれている——公算がきわめて大きい。敏速果敢な行動が勝利をもたらす可能性はあるが、それよりも、熟練度、先見の明、巧みな操艦技術がものをいうはずである。ホーンブロワーは、戦闘のことを考えて、興奮に思わず身震いを感じ、大砲が砲門に押し出される甲板の震動と音に、ますますその興奮をかきたてられた。「陸《ランド》が見《・》え《ホ》た《ー》ぞ！　ランド・ホー！」フォア・トップマストの見張りが叫んだ。「風下艦首より一ポイントの方角に陸地確認！」

フランスにちがいない、ウェッサン島、今後の自分たちの活躍の場、災厄と死に遭遇するかもしれないところだ。当然ながら、興奮が波のように艦全体に広がっていった。何人かが頭を上げてその方角を見た。

「スポンジ棒で拭け！」拡声器を通じてブッシュがどなった。ブッシュに任せておけば、わずかなりともみんなの気が散った場合、確実に規律と秩序を維持してくれる。「装塡！」

このような場合、水兵たちにとって、演技のような砲の操作訓練を本気でつとめることは困難である。一方で規律維持を意識しながら、反面、反感、幻滅を抱く。

「照準せよ！　ミスタ・チーズマン！　七番砲の梃子棒係《ハンドスパイキ》がぼんやりしておる。あとで名前を報告せよ」

プラウスが前方に望遠鏡を向けていた。航行責任者として、そうすることが彼の責務であるが、同時に、彼の特権でもある。

「砲を引きこめ！」

ホーンブロワーは、プラウスと同じように望遠鏡で見たくて仕方がなかったが、その気持を抑えた。なにか重要なことがあれば、プラウスが知らせてくれるはずである。もう一度片舷斉射の訓練が行なわれるのを待って、口を開いた。

「ミスタ・ブッシュ、訓練を中止してよし。ごくろう」

「アイ・アイ・サー」

プラウスが望遠鏡を差し出した。

「あれがウェッサン島の燈台です」

ホーンブロワーは揺れ動く視野の中で燈台をチラッと見た。ひょろひょろと高いやぐらで、最上部に油つぼがある。フランス政府は、平時は、航行する船のために絶えず火を燃やしていた――世界の交易船の半分が、ウェッサンで初めて陸地を確認するので、明かりが必要であった。

「ありがとう、ミスタ・プラウス」ホーンブロワーは、また海図を思いうかべた。船の就役準備期間中、新婚生活の間、船酔いに苦しんでいる間、多忙をきわめたここ数日の間、ひまをみては考え上げた計画を思い起こした。「風が西にまわり始めている。しかし、マシュウ岬に達するまでに暗くなるはずだ。真夜中までゆっくりと南に向かい、夜明け一時間前に、ブラックストウンズ岩礁の三海里沖合いに達するようにするのだ」

「アイ・アイ・サー」

砲を固定させ終えたばかりのブッシュがやってきた。

「あれを見てください！　一財産、通り過ぎて行きます」

風上方向に、西日を帆に受けた大きな船が見えた。

「フランスのインド貿易船だな」望遠鏡を向けて、ホーンブロワーがいった。

「二十五万ポンドにはなりますよ！」ブッシュが興奮した口調でいった。「これで宣戦が布告されていたら、あなたの取り分が十万ポンドくらいになるかもしれません。気をそそられませんか？　あの船は、このままルアーブルまで順風で、無事入港しますね」

「まだほかにもいるよ」なだめるようにホーンブロワーがいった。

「数多くはいませんよ。なにしろ、ボウニイのことだから。開戦を決意したとたんに警告を発して、フランス国籍の船は一隻残らず中立港に逃げこむでしょう。われわれみんながら一財産かせごうとしている間、マデイラやアゾレス諸島、カディスやエルフェロルでのうのうとしているわけだ！」

海軍士官で拿捕賞金を手に入れる可能性を考えないものは一人もいない。

「そのうちに拿捕できるかもしれない」ホーンブロワーがいった。彼は、マリアに支給される自分の給料のことを思った。数百ポンドの金といえども、あればたいへんな違いである。

「そうですね」その可能性を諦めた口調で、ブッシュがいった。

「それに、その点については、べつの見方もある」まわりの水平線をさしながら、ホーンブロワーがいった。

その頃には、そのフランス船のほかに、五、六隻の、いずれもイギリスの船の帆が見えていた。それらは、イギリスの海上貿易の範囲の広大さを示している。それらの船は、海軍を維持し、同盟国を支援し、兵器工場を運営する富を運んでいる——また、それらの船が、イギリスの商船の航行の自由を守り、イギリスの敵の船の航路を封鎖する軍艦の、ゆくゆくは乗組員となる海員の基礎訓練の場となっていることはもちろんである。

「あれはみんな、イギリスの船にすぎません」理解に苦しみながら、ブラウスがいった。

彼には、ホーンブロワーがそこに見たものを読み取るだけの洞察力がなかった。ブッシュはじっと艦長の顔を見ているうちに気がついた。

当直交替とともに測深が始まったので、ホーンブロワーは、一席説教してやりたくなっていた気持が消えた。

「速度はどれくらいだ、ミスタ・ヤング？」

「三ノット半です」

「わかった」ホーンブロワーがプラウスの方に向き直った。「現在の針路を維持してくれ」

「アイ・アイ・サー」

ホーンブロワーは、左舷の方に望遠鏡を向けていた。モレーヌ島の方角で黒い点が見え隠れしている。その点をじっと観察していた。

「そうだな、ミスタ・プラウス」望遠鏡に目を当てたまま、いった。「もう少し、陸の方へ寄ろうか。二ポイントほど。あの漁船のそばを通りたい」

「アイ・アイ・サー」

さっぱ漁をしている小さな船で、コーンウォルの沿岸で見かける船とたいへんよく似ている。今は網を引き上げている。ホットスパーが近づくにつれて、四人の男の規則的な動きが望遠鏡を通してはっきりと見えてきた。

「ミスタ・プラウス、上手舵少し。もっと近くを通りたい」

今では、漁船のまわりの海の色がほかとまったく違っているのが見えた。ほかの海面の灰色と違って、金属的なきらめきを放っている。漁船がさっぱの大群を見つけ、引網がその魚群のまわりに迫っている。

「ミスタ・ブッシュ、船の名前を読んでみてくれ」

艦は急速に漁船に近づいている——間もなく、ブッシュが船尾の白く太い字を読み取った。

「ブレストの船です。デュークス・フリアーズ」

それを手がかりに、ホーンブロワーは自分で船名を読み取ることができた——ドゥ・フレール号、ブレスト港。

「ミスタ・ヤング、メン・トプスルを裏帆にしてくれ!」ホーンブロワーは、当直士官にどなっておいて、ブッシュとプラウスの方を向いた。「今日の夕食に魚を食べたい」

二人が、驚きを隠しきれない表情で彼を見た。

「さっぱを、ですか?」

「そうだ」

引網がドゥ・フレール号の近くまで引き寄せられ、大量の銀色の魚が船の中へ引き上げられていた。漁師たちは、魚の取りこみに夢中になっていて、音もなく近づいてきたホットスパーにまったく気がつかず、顔を上げて、夕日を浴びて自分たちにのしかかるようにうかんでいる姿の美しい艦を見ると、目を疑うような驚愕の表情をうかべた。一瞬、恐慌をすらきたしたが、平時のイギリス軍艦はフランスの軍艦、海法の遵守を監視している船より無害なはずであるのに気がついた。

ホーンブロワーが、取手索《づな》の環に差しこんである拡声器を取り上げた。今では興奮で胸が高鳴っていたが、その興奮をむりやり抑えこんで気持を落ち着けた。将来歴史に名を残す、これがその第一歩になるかもしれない。それに、かなりの年月フランス語を話していないので、神経を集中して口にすべき言葉を考えねばならなかった。

「こんにちは、船長！」彼がどなると、安心した漁師が親しげに手を振って応えた。

「魚をわけてくれないか？」

漁師たちが急いで相談をし、一人が答えた。

「どれくらい？」

「そう、二十ポンドほど」

また相談した。

「いいよ」

「船長」適当なフランス語だけでなく、自分が望んでいる状態を作り出すための話のもっていきかたを考えながら、ホーンブロワーがいった。「仕事をすませたまえ。終わったらこっちへくるといい。両国の友好関係に乾盃しよう」

その文句の出だしがぎこちないことはわかっていたが、〈魚の取りこみをすませろ〉

というフランス語が思いうかばなかった。しかし、イギリス海軍のラム酒が相手の気をそそるはずだ、と考えた——それに、〈両国の友好関係〉というフランス語を思いついたのに気をよくしていた。〈小舟〉のことをフランス語でなんといったかな？ シャループ（大型ボート）でいいだろう。さらに招待の言葉を続けると、漁師たちの一人が手を振って同意を表し、四人が魚の取りこみを続けた。作業を終えると、四人のうちの二人が、ドゥ・フレール号と並んでいたボートに乗り移った。漁船と変わらないくらいの大きさのボートであったが、引網を海中に張る作業に使うので、なにも不思議ではない。力強いオールさばきで、ボートが素早くホットスパーに近づいてきた。

「船長はわたしの個室で接待する」ホーンブロワーがいった。「ミスタ・ブッシュ、誰かに、もう一人の男を前部《おもて》へ連れて行って充分に世話をさせてくれ。飲み物を与えるように」

「アイ・アイ・サー」

舷側に下ろした索が魚の入った大きなバケツを引き上げ、それに続いて、紺のジャージイを着た男が二人、長靴をはいているにもかかわらず、身軽にのぼってきた。

「よくきてくれましたな、船長」艦中央部《ウエスト》でホーンブロワーが迎えた。「どうぞ、こちらへ」

艦尾甲板《コーターデッキ》から艦長室へと案内されながら、船長が物珍しそうにあたりを見まわしていた。彼が一つしかない椅子にソーッと腰を下ろし、ホーンブロワーは吊り寝台《コット》の縁に腰をのせた。紺ジャージイとズボンのあちこちに魚の鱗がついている——個室はあと一週間くらい魚のにおいが抜けないにちがいない。ヒュイットがラムと水を運んできて、ホーンブロワーが二つのグラスにたっぷりと酒を注いだ。船長が嬉しそうに一口飲んだ。

「魚獲の具合はどうですか?」ホーンブロワーが丁寧な口調できいた。

彼は、船長が非常にわかりにくいブルターニュ地方のフランス語で、さっぱ漁の利益の薄いことを説明するのを聞いていた。話題がいろいろなことに移っていった。ありがたい平和から戦争の可能性へと話を移すのはきわめて容易であった——海の男が二人出会えば、そのことを話題にせずにはいられない。

「軍艦の兵員補充に、非常な努力を払っているのでしょうな?」

船長が肩をすぼめた。

「もちろん」

その身ぶりが、言葉よりはるかに多くのことを告げた。

「なかなかはかどらないだろうな」ホーンブロワーがいうと、船長がうなずいた。

「しかし、軍艦は、もちろん、出港準備ができているにちがいないと思うが?」

ホーンブロワーは、〈非役係留〉というフランス語を知らないので、反対の表現で質問しなければならなかった。

「とんでもない」船長がいった。さらに言葉を続けて、フランス海軍当局に対する軽蔑を表明した。就役準備を終えた戦列艦は一隻もないと。

「もう一杯どうぞ、船長」ホーンブロワーがいった。「当然、フリゲート艦が真っ先に兵員の補充を受けるのでしょうな？」

たぶん、補充可能なかぎりは。ブルターニュ人のその船長は、確信がなかった。もちろん、出港準備が整った艦はあったのだ——ホーンブロワーはしばしその点を理解しかねていた。そのうちに、気がついた。フリゲート艦ロワール号は、極東海域に派遣されるべく、先週すでに出港準備を整えていた（ブルターニュ訛りの発音によるその艦名にホーンブロワーは惑わされた）が、相変わらずの海軍司令部のばかげたやり方で、他艦の乗組員の中核にするために、ロワール号の訓練を積んだ兵員の大部分が他へまわされてしまった。おそろしく酒が強いそのブルターニュ人の船長は、ブルターニュ人の胸の中にくすぶっている、現在フランスを支配中の無神論者政権に対する反感や、共和国海軍のばかげたやり方に対する海の男としての軽蔑の念を、隠そうとはしなかった。ホーンブロワーは、酒をちびちびとなめながら、外国語による会話の言外の含みを聞きもらさないよう神経を集中して、相手の話を聞いていた。ようやく船長が立ち上がって挨拶をした時、ホーンブロワーは、船長が帰らねばならないのはたいへん残念だ、とたどたどしいフランス語でいったが、それは本心であった。

「しかし、船長、たとえ戦争になっても、またお会いできるかもしれない。ご存じだとは思うが、イギリス海軍は漁船に戦いをいどむようなことはしない。あなたの漁獲の一部を、いつでも喜んで買いますよ」

　フランス人は、今はじっと彼の顔を見つめていた。たぶん、支払いの話が出そうになったからであろう。これがいちばん大事な一瞬なのだ、絶対に判断を誤ってはならない。いくら払うべきか？　なんといったらいいのだ？

「そうだ、今日の分をお払いしなければならんな」ポケットに手を入れて、ホーンブロワーがいった。十フラン金貨を二枚取り出して、相手のカサカサに荒れた手のひらにのせると、船長は、日焼けした顔に驚愕の表情がうかぶのを抑えきれないでいた。驚きに続いて強欲、さらに疑念、打算、そして最後に意を決したように手のひらを握りしめて、金貨をズボンのポケットに入れた。船長の顔に、死にかけたしいらの色が変わってゆくように、それらの表情が次々にうかんだ。たったバケツ二杯のさっぱに金貨で二十フラン——たぶん船長は、二十フランで自分と妻子の一週間の生活をまかなっているのであろう。十フランあれば、雇っている連中の一週間分の給料が払える。これは、非常に大切な金だ——このイギリスの艦長は、金の値打ちを知らないのか、あるいは——。しかし、少なくとも、そのフランス人船長が二十フランだけ金持ちになったことは疑いない事実であるし、少なくとも、これから先まだ金貨が入手できる可能性が残っているわけである。

「またお会いできることを楽しみにしていますよ、船長」ホーンブロワーがいった。

「それに、もちろんおわかりと思うが、こうして海に出ていると、陸上での出来事のニュースを聞くのは、いつの場合でも嬉しいことです」

二人のブルターニュ人がからのバケツをもって舷側を下りて行き、後に残ったブッシュがしぶい表情で甲板の汚れを見ていた。

「拭けばきれいになるよ、ミスタ・ブッシュ」ホーンブロワーがいった。「収穫豊かな一日を終えるのにふさわしい作業になる」

5

ホーンブロワーが目をさました時、個室の中は真っ暗闇であった——艦尾の二つの窓の外も真っ暗闇であった。横向きに体を丸めてうとうとしていたが、そのうちに艦の時鐘が鋭い音をたてて一度鳴ったのにハッと我に返り、あおむけになって、いらだちと満足感が入り混じった気持で体を伸ばしたまま、考えをまとめようとした。真夜中に艦の針路を変えるのに起こされてベッドに戻った時に夜半直の一点鐘（午前〇時三十分）が鳴ったから、今のは朝直の一点鐘（午前四時三十分）であったのにちがいない。途中で起こされた時間をべつにしても、六時間眠った——艦長であることの大きな利点である。あの時にベッドに入った当直者が再び甲板に上がってからすでに三十分たっている。

彼が横たわっている吊り寝台《コット》が、ゆっくりとなめらかに揺れている。そのままで判断できるかぎりでは、ホットスパーは、右舷正横に弱い風を受けてゆっくりと走っているのにちがいない。当然そうあるべきなのだ。もうすぐ起きなくてはならない——反対側に体を向けて、また眠りに落ちた。

っていた。

「二点鐘です」グライムズが、明かりをつけたランプをもって艦長室に入ってきて、いった。「二点鐘です。わずかにもやがかかっています。ミスタ・プラウスが針路を変えたいといっています」グライムズはやせっぽちの若い水兵で、西インド諸島航路の定期船の船長の給仕をしていた、といっていた。

「外套をとってくれ」ホーンブロワーがいった。寝巻きの上に外套を着ているだけでは、もやのかかった夜明けは寒かった。ホーンブロワーは、ポケットにマリアが作ってくれた手袋が入っているのに気づき、感謝の気持を新たにしながらはめた。

「十二尋《ひろ》です」前部投鉛台《フォア・チェーン》で測深しながら艦が新しい針路にのると、プラウスが報告した。

「よし」

身支度を整え、朝食をとる時間がある。時間は充分——ホーンブロワーは、いろいろな望みが頭をもたげるのを感じた。コーヒーを一杯飲みたい。濃く、口が火傷するほどに熱いコーヒーを、二杯も三杯も飲みたかった。といって、わずか二ポンドのコーヒーしかもっていなかった。一ポンドが十七シリングもしては、それ以上買う余裕がなかった。艦隊に関する国王の勅書が発表されたその前夜にホイストで勝ったあの奇跡的な救いともいえる四十五ポンドは、たちまち減ってしまった。艦上で着る衣類と剣を質《しち》から出さねばならず、艦長室の家具を買わねばならなかったし、自分の給料を受け取るまでのマリアの生活費に十七ポンドおいてこなければならなかった。だから、〈艦長の個人的食糧〉を買う金はほとんど残らなかった。彼は、一頭の羊も豚も買っていない――にわとり一羽すらも。メイスン夫人が卵を六ダース――かんなくずにくるんで、海図室の床に縛りつけてある樽に入っている――と、塩をきかせたバターを六ポンド買ってきてくれた。あと、砂糖一かたまりと幾瓶かのジャムで、金がなくなってしまった。ベーコンもなければ、瓶詰めの肉もない。昨日はさっぱで夕食をすませた――あの魚を諜報資金で買ったことが多少の気慰みにはなるが、さっぱはまずい魚である。それに、もちろん、海の男たちは、自分と同じ世界の生き物である魚に対してばかげた偏見を抱いている。彼らは、塩漬けの牛肉や豚肉という十年一日の如き食事に、魚という邪魔物が入りこんでくるのを極度に嫌う――もちろん、その点については、魚を調理したあとにいつまでもそのにおいが残り、調理用具は海水でかんたんに洗うだけなのでなかなかにおいが抜けないという事実を、考慮に入れてやるべきである。しだいに明るくなってゆく夜明けのたまたまその瞬間に、艦中央部《ウエスト》の索かけに縛りつけられたボートにかかっている網の下で、子羊の一頭が目をさましてバーアーと尾を引きながら鳴き声を発した。ホットスパーの就役準備中に、士官集会室《ワードルーム》の士官たちが金を出し合って四頭買い入れた子羊で、そのうちに彼らは子羊のローストに舌鼓を打つはずである――ホーンブロワーは、その日の士官集会室《ワードルーム》の夕食にはなんとしても自分を招待させるつもりでいた。そのことから、自分の空腹に気がついたが、その空腹も、コーヒーに対する渇望《かつぼう》に比べれば、問題ではなかった。

「当番兵はどこだ?」とつぜん、彼がどなった。「グライムズ! グライムズ!」

「はい?」

グライムズが海図室の入り口から顔をのぞかせた。

「服を着る、そのあと、朝食だ。コーヒーを飲む」

「コーヒーですか?」

「そうだ」ホーンブロワーは、〈このばか者〉と口に出かかったのを抑えた。悪態を言い返すことのできない人間、罪のないことが唯一の罪である男に悪態をつくのは、ホーンブロワーの性に合わなかった。なんとしても狐を射つ気になれない人間と同じである。

「コーヒーのことは、なにも知らないのだな?」

「知りません」

「わたしの樫の箱を取り出して、ここへもってこい」

ホーンブロワーは、十分の一リットルあまりの真水でひげ剃りの石けん泡を顔に塗りつけながら、コーヒーのことをグライムズに説明した。

「この中から、コーヒー豆を二十粒、取り出す。それを、ふたのない広口のつぼに入れる——つぼはコックから借りるのだ。そのあと、厨房の火で豆を炒る。慎重にやれ。絶えず豆を揺り動かす。真っ黒でなく、茶色になるまで炒る。焦がすのではなくて、炒るのだ。わかったか？」

「はい、なんとか」

「炒り終わったら、わたしからいわれたといって、軍医のところへもって行く」

「軍医ですか？　わかりました」グライムズは、ホーンブロワーのひたいにいらだちのしわがよるのを見て、話の中に軍医という言葉が出てきたことに対する驚愕を間一髪の差で抑える程度の分別はあった。

「彼のところに、ヤラッパ根をすりつぶすすりこ木と鉢がある。そのすり鉢で豆を砕くのだ。細かく砕く。細かく砕くが、いいか、粉にするのではない。火薬の大きな粒程度にする、粉末火薬のことではないぞ。わかったか？」

「はい。わかったと思います」

「次に――もういい、それだけやり終えたら、またわたしのところへこい」

グライムズが敏捷に用を果たす男でないことは明らかであった。ホーンブロワーが、ひげを剃り、身支度を整え、朝食の遅れに憤懣をたぎらせて艦尾甲板《コーターデッキ》を歩いているところへ、怪しげな粉の入ったなべをもって、ようやくグライムズが現われた。ホーンブロワーがコーヒーの沸かし方をかんたんに説明すると、グライムズが自信なさそうに聞いていた。

「さっ、やってこい。そうだ、グライムズ！」

「はい？」

「卵を二つ食べる。フライド・エッグズが作れるか？」

「え——作れます」

「黄身が固まりかけたところで止めろ。それと、バターとジャムのつぼを出しておけ」

ホーンブロワーは、分別など風の中に投げ捨てた気持であった——なんとしても、充分な朝食をとるつもりでいた。ところが、その中に分別を投げ捨てたその風が、とつぜん強まった。ホットスパーを押し戻すような感じの突風がなんの前触れもなく起こり、艦が舳先を風下におとして向きを変える間に、氷のように冷たい春の俄雨《にわかあめ》が激しい勢いで降り始めた。ホーンブロワーは、朝食の準備ができたことを告げにきたグライムズを一度は身ぶりで追い返し、艦が針路に戻ると、ようやく、二度目に現われたグライムズについて行った。天候が回復し空がしだいに明るくなってきたので、のんびりしているひまがなくなった。

「ミスタ・ヤング、十分後に戻ってくる」

海図室は、艦長室に隣接したきわめて小さな部屋で、艦長室、海図室、艦長用の配膳室と便所が、ホットスパー号の小さな艦尾楼《プープ》のすべてであった。ホーンブロワーは、海図室の小さなテイブルの前の椅子に体を押しこんだ。

「朝食の準備ができた時においでにならなかったので」グライムズがいった。

前に卵がおかれた。白身の縁が黒くなっている。見ただけで、黄身が固いのがわかった。

「わかっている」ホーンブロワーが唸った。グライムズを責めるわけにはいかない。

「コーヒーを注ぎますか？」グライムズがいった。海図室のドアが閉まっているので、それに押し付けられて身動きできない格好でいた。彼がポットからコーヒーを注ぎ、ホーンブロワーが一口飲んだ。やっと飲むに耐える程度に暖まっているだけで熱くはなく、しかもどろどろしていた。

「この次の時には、もっと熱くしておけ」ホーンブロワーがいった。「それに、もっとよく濾《こ》すのだ」

「イエス・サー」遠くから聞こえてくるような声でグライムズがいった。終わりの〈サー〉は聞こえないくらいであった。

ホーンブロワーが彼の方に目を上げた。グライムズは怯えきっていた。

「どうしたんだ？」

「これをお見せしたいと思って、とっておきました」グライムズが、悪臭を放つどろどろしたものが入っているなべを差し出した。「初めの二つの卵はいたんでいました。誤解されるといけないので――」

「もういい」グライムズは、卵を盗んだといわれるのを恐れていたのである。「そんなもの、はやく向こうへもって行け」

いたみかけている卵を買ってくるというのは、いかにもメイスン夫人らしいやり方である。ホーンブロワーはあまり気味のよくない卵を食べながら——その二つも、いたんでいるわけではなかったが、においがついていた——卵の不満はジャムで補えばいい、と思った。ビスケットに貴重なバターを塗った。さあ、いよいよジャムだ。黒すぐり！よりによって、こんなものを！ホーンブロワーが、さきほどから出かかっていた呪いの言葉を吐くと、体を押しこむように海図室に入りかけていたグライムズが、文字通りとび上がった。

「はい？」

「たわけ者、おまえにいっているのではない」ついに抑えきれずに、ホーンブロワーがいった。

ホーンブロワーはジャムが好きであったが、あらゆる種類の中で、黒すぐりをもっとも好まなかった。ないよりはまし、ともいえないくらいであった。とにかく、これで我慢するほかはない——板のように固いビスケットをかじった。

「食事を出す時は、いちいちノックをするな」グライムズにいった。

「はい。しません。二度としません」

コーヒー・ポットをもっているグライムズの手が震えており、ホーンブロワーが目を上げると、唇もブルブル震えていた。どうしたのだ、と語気鋭くききかけたが、すぐさま答えに気づいて口をつぐんだ。グライムズは体刑に怯えているのである。ホーンブロワーが一言命じたら、グライムズは舷門の格子蓋《ぶた》に縛りつけられ、身もだえする体の骨から肉がちぎれるくらい鞭打たれるかもしれない。海軍の艦長の中には、そのような朝食を出されたら、たちまち体刑を命じる者がいる。これくらいなにもかも不満だらけの朝食をすることとは、二度とないであろう。

誰かがドアをノックした。

「入れ！」

ドアがあいたとたんに外へとび出さないよう、グライムズが隔壁に体を押しつけた。

「ミスタ・ヤングからです」オロックがいった。「また風向きが変わり始めました」

「すぐ行く」ホーンブロワーがいった。

彼が狭い入り口から出て行く時、グライムズが壁に体を押しつけて、怯えていた。ホーンブロワーは艦尾甲板《コーターデツキ》に出て行った。六ダースの卵の半分が腐っている。二ポンドのコーヒー——毎日飲んだら、一月《ひと》ともたない。黒すぐりのジャム、それもいくらもない。衛兵のそばを通る時はそのようなことが頭にうかんでいたが、快い海の風に触れ、職業的な問題に相対すると、たちまちにして消えてしまった。

プラウスが望遠鏡で左舷方向を見ていた。ほとんど夜が明けきっており、さきほどの雨でもやが消えていた。

「左舷正横にブラックストウンズ岩礁が見えます」プラウスが報告した。「ときおり砕け波が目につきます」

「たいへんけっこう」ホーンブロワーがいった。不満だらけの朝食のおかげで、少なくとも、重大な一日が始まる直前の不安を味わわなくてすんだ。事実、熱した頭の中ですでに形を整えていた計画を進めるための命令を下すのに、数秒を費やして考えをまとめなければならないくらいであった。

「きみは目はいいか、ミスタ・オロック？」

「そうですね――」

「いいのか、悪いのか？」

「はい、いいです」

「それなら、望遠鏡をもってマストの上に登れ。停泊地への入り口を通る時、船の動きを観察するのだ。見張りの者と相談しろ」

「アイ・アイ・サー」

「おはよう、ミスタ・ブッシュ。総員呼集だ」

「アイ・アイ・サー」

これまでにも何回かあったが、ホーンブロワーは、新約聖書の中で、次のような言葉で自分の権限を表明した古代ローマの百人隊の隊長のことを思い出した――「わしが一人の男に来いといったら、その男は来る、べつの男に行けといったら、その男は行く」イギリス海軍も古代ローマの陸軍も、軍律の面ではまったく同じである。

「さて、ミスタ・プラウス。いま、視水平の距離はどれくらいだ？」

「二マイルです。あるいは、三マイル」まわりを見まわし、その質問に虚をつかれて乱れた考えをまとめながら、プラウスが答えた。

「わたしは四マイルだと思う」ホーンブロワーがいった。

「そうかもしれません」プラウスが認めた。

「太陽が昇り始めている。大気が澄み始めている。間もなく十マイルになるだろう。風は北西だ。湾の入り口まで近づこう」

「アイ・アイ・サー」

「ミスタ・ブッシュ、トゲンスルを下ろしてくれ。コースも。トプスルとジブだけで充分だ」

「アイ・アイ・サー」

そうしておくと、人目につきにくくなるし、速度を落とすことによって、ブレスト港の航路筋を横切る時にそれだけ長く観察できることになる。

「よく晴れた日の日没時の方が」ホーンブロワーがプラウスにいった。「もっと都合がいい。太陽を背にして港内を見ることができる」

「はい。そのとおりです」プラウスが答えた。そう答えた彼の陰気な顔に、艦長の考えに対する尊敬の表情がうかんだ。もちろん彼は、湾口が東西に広がっているのを知っていたが、その事実を基に考えを進めたり計画をたてるようなことは思いつきもしなかった。

「しかし、われわれは今ここにいる。たまたまこの機会を得た。風と天候がわれわれに味方している。再びこのような機会が得られるのは、何日先になるかわからない」

「はい」

「針路は東微南だ、ミスタ・プラウス」

「アイ・アイ・サー」

ホットスパーが這うように進んだ。くもっているが見通しがきき、視水平が刻々と遠ざかってゆく。向こうに、フランス本土、ポワーント・サン・マテュー――マシュウ岬――がはっきりと見える。そこから陸地が湾曲して、視界から消えている。

「風下艦首方向に陸地！」フォア・トップマストの見張台からオロックがどなった。

「それがもう一つの岬です」プラウスがいった。

「トゥラーンゲ」ホーンブロワーが同意し、すぐさま発音を英語風に〈ツーリングェット〉に直した。これから先、何カ月、何年、このあたりをうろつくことになるかわからないし、命令を下した時、士官の誰一人、地名を聞き違えるようなことがあってはならない。

その二つの岬の間で、大西洋が荒涼としたブルターニュの海岸に押し入り、内陸の奥深くに達して、ブレスト軍港の停泊地を形成している。

「まだ水路の見分けはつかないか、ミスタ・オロック？」ホーンブロワーがどなった。

「まだです。まだ明確ではありません」

平時にこのような任務について外国の岸に近づく軍艦——イギリス海軍の軍艦——は、非常に不利な条件を背負っている。艦は、あらかじめ許可を求めて許されないかぎり——悪天候で危険にさらされている時はべつだが——外国の領海に入ることはできないし、外国の海軍基地の制限海域内に侵入すれば、関係政府間で抗議文のやりとりが行なわれることはまちがいない。

「陸からの射程内に入らないよう、気をつけてくれ」ホーンブロワーがいった。

「はい。もちろん、入りません」プラウスが答えた。

ホーンブロワーの言葉の言外の意味に気がついて、プラウスは慌てて後の力のこもった答えを付け加えたのである。各国は、その特定地点にとくに大砲を据えていなくても、大砲によって支配できる水域の主権を主張している。事実、国際法は、無根拠に領海を三マイルと決める国際協定締結の方向に進みつつある。

「デッキ！」オロックがどなった。「マストが見えます。わずかに見えます」

「見えるかぎり数えるのだ、ミスタ・オロック、慎重に数えるのだぞ」

オロックが報告を続けた。見張所では経験を積んだ水兵が彼のそばについているが、聞いていたホーンブロワーは、彼らの観察をうのみにするつもりはなかったし、ブッシュがいらだちを抑えきれないようすでいた。

「ミスタ・ブッシュ」ホーンブロワーがいった。「十五分後に下手回しで艦をまわすつもりだ。すまないが、望遠鏡をもって、ミズン・トップマストの見張所に上がってくれないか？　オロックが見たものがすべて見えるはずだ。ノートに控えてもらいたい」

「アイ・アイ・サー」

彼は、一瞬にして横静索《シュラウド》にとりついた。間もなく、若い水兵も及ばないような速さで段索《ラットライン》を駆け上り始めた。

「それで戦列艦十二隻になります」オロックがどなった。「トップマストが接いであるものは一隻もありません。帆桁《ヤード》もかかっていません」

横にいる水兵が彼の報告を遮った。

「風下艦首方向に砕け波！」

「それがパルケットだ」ホーンブロワーがいった。

片側にブラックストウンズ岩礁、その反対側にパルケット、さらに奥の中央に〈乙女〉岩礁があって、ブレスト軍港に入る航路の目標になっている。今日のように大気が澄んで風の弱い日は、それらの岩礁は恐れるに足りないが、これまで嵐のさいにそれらの岩礁が何百人もの命を奪っている。プラウスが落ち着かないようすで羅針儀箱《ビナクル》の方へ行って方位を確かめては引き返してきた。ホーンブロワーは、慎重に風向きを見ていた。フランス艦隊に出港準備が整っている戦列艦が一隻もないのであれば、無用の危険を冒す必要はない。風向きが変わったらホットスパーはあっという間に湾内に吹き寄せられるかもしれない。彼は、まわりの水平線に姿を現わした岩だらけの海岸を望遠鏡で見まわした。

「よし、ミスタ・プラウス。パルケットの風上を通れる間に、下手回しで艦をまわそう」

「アイ・アイ・サー」

プラウスがはっきりと安堵の表情を見せた。艦を危険にさらさないことが彼の任務であり、彼が安全度に充分な余裕のある海面を好むことは明らかである。ホーンブロワーが当直士官の方を見た。

「ミスタ・プール！　下手回しで艦をまわしてくれ」

号笛がかんだかい音を発し、命令が次々に下された。水兵たちが転桁索《ブレース》にとりつき、上手舵がとられている間、ホーンブロワーは慎重に岸を見渡していた。

「舵《ステレー・アズ・ユー・ゴー》中央!」

ホットスパーは、この上なくなめらかに新しい針路にのった。ホーンブロワーは、艦の動き方がしだいにわかってきた――花婿が花嫁のことを知るように。いや、今のは不都合な比喩だ、直ちに頭から振り払わねばならない。彼は、自分とホットスパーが、自分とマリアより、はるかにお互いに適合していることを祈った。そんなことより、なにかほかのことに考えを向けなければならない。

「ミスタ・ブッシュ! ミスタ・オロック! これ以上有益な観察ができないとわかったら、下りてきてくれ」

艦は、新たな雰囲気に包まれて、生き生きとしている。ホーンブロワーは、任務を果たしている乗組員たちを見ていて、そのことを敏感に感じとった。艦上の人間は一人残らず、自分たちが、身を挺してボウニイに立ち向かっていること、大胆にもフランスのもっとも重要な海軍基地の中をのぞいていること、イギリスが海上でいかなる挑戦にも対応する準備が整っているのを宣言していることを、充分に意識している。大冒険が目前に迫っている。ホーンブロワーは、ここ数日間、感謝にみちた気持で、いつでも手に取れるよう剣の焼き入れができた感じを味わっていた。艦と乗組員は、いかなる難事にも対処できる状態にある。決闘にのぞむにさいして、自分の剣の重みとバランスを熟知

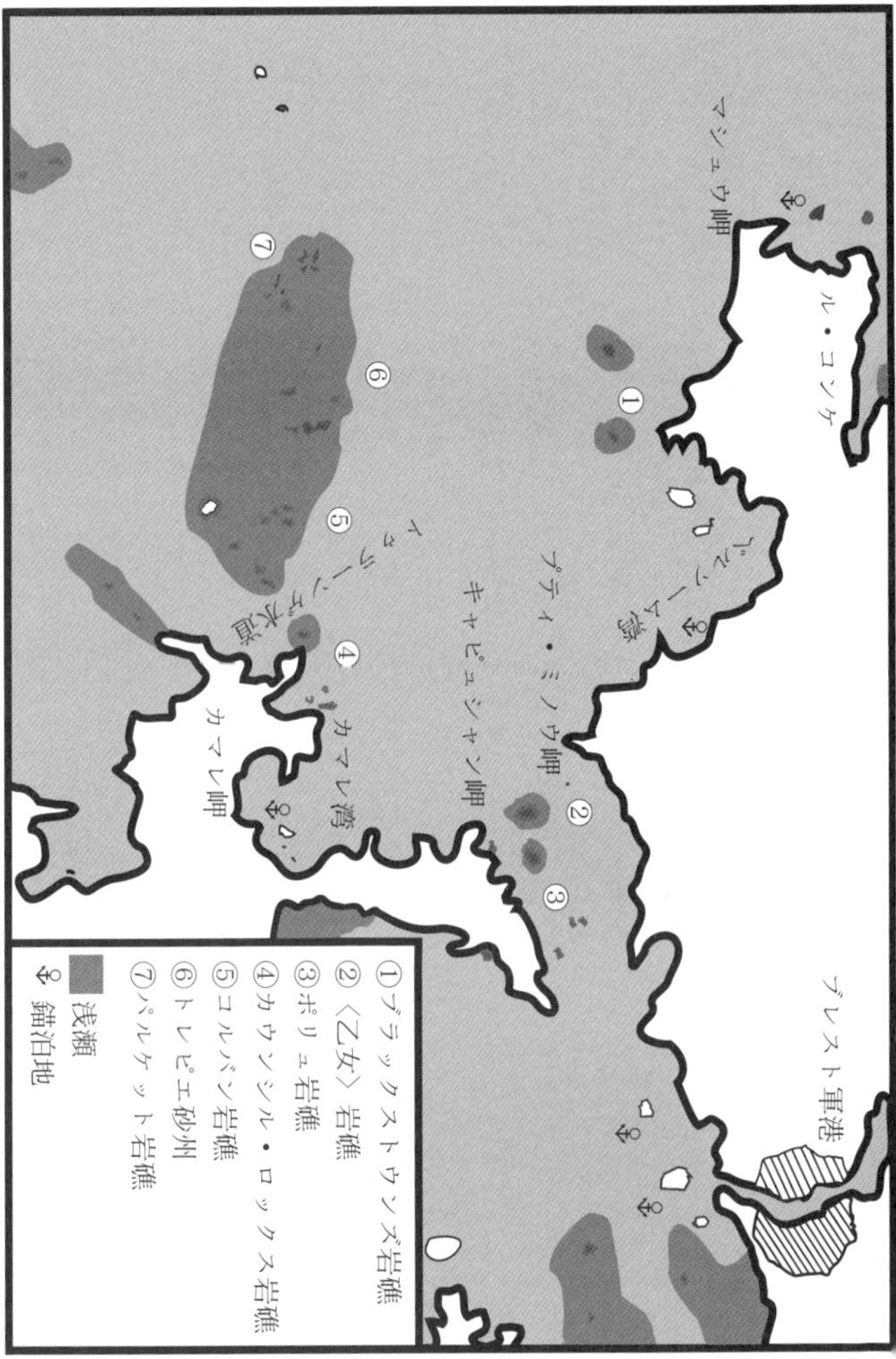
マシュウ岬
ル・コンケ
ベルトーム湾
プティ・ミノウ岬
キャピュシャン岬
カマレ湾
カマレ岬
ブレスト軍港
①
②
③
④
⑤
⑥
⑦
①ブラックストウンズ岩礁
②〈乙女〉岩礁
③ポリュ岩礁
④カウンシル・ロックス岩礁
⑤コルバン岩礁
⑥トレピエ砂州
⑦パルケット岩礁
浅瀬
錨泊地

している剣士のような気持であった。

オロックが現われて敬礼し、ホーンブロワーは彼の報告を熱心に聞いた。ミズンマストの見張台に上がっているブッシュにいまだに湾内が見えて、彼が下りてきていないのは幸運であった。報告は、一人の士官の言葉がべつの士官の耳に入らぬよう、個々に行なわれなければならないが、ブッシュにしばらく離れていてくれというのは、気のきかないやり方である。ブッシュは、それから数分間たって下りてきた。彼は紙と鉛筆で記録してきたが、オロックがそうしなかったことを責めることはできない。停泊地にいた十三、四隻の戦列艦は、出港準備が整っているものは一隻もなく、そのうちの三隻はいずれも少なくともマストが一本欠けている。六隻のフリゲート艦のうち、三隻はトップマストが接いであり、一隻は帆桁《ヤード》もかかっていて、帆がたたんである。

「それは、ロワール号にちがいない」ホーンブロワーがブッシュにいった。

「あの艦《ふね》をご存じなのですか？」ブッシュがきいた。

「あそこにいることは知っている」ホーンブロワーが答えた。さらに事情を説明してもよかったのだが、ブッシュがそのまま報告を続けたし、ホーンブロワーは、千里眼という自分の評判に新たな事項を加えるのに異存はなかった。

一方、停泊地におけるかなり活発な動きが観察された。ブッシュは、はしけや雑役船が動きまわっているのを見たし、大艦へのマスト取り付け作業専門に艤装された二股起《シヤ》重機船《ース》が確認できたように思う、といった。

「ありがとう、ミスタ・ブッシュ。すばらしい成果だ。可能なかぎり、毎日観察しよう」

「イエス・サー」

継続的観察を行なえば、情報が等比級数的に増える——錨地を変えた艦《ふね》、トップマストを接いでいる艦《ふね》、索具《リギン》を取り付けている艦《ふね》。変化を観察することは、一回だけの観察から推断した結果よりはるかに重要な事柄を教えてくれる。

「さて、もっと漁船を捜そう」ホーンブロワーがいった。

「イエス・サー」

ブッシュがパルケットの方へ望遠鏡を向けた。航行標識がのっている不機嫌な感じの岩礁が、大西洋のうねりにのって上下しているように見える。

「砂洲の風下側に一隻おります」ブッシュがいった。

「そんなところで、なにをしているのだろう？」

「ロブスター漁です。獲物を取りこんでいるところのようです」

「ほー？」

ホーンブロワーは、生まれてこの方、ロブスターを食べたことは二度しかなく、二度とも、飢えと寒さに強いられてプロ賭博師のようなことをやっていたあのわびしい、苦渋にみちた日々を過ごしている頃のことであった。金持ちの連中が夕食を注文し、彼にも相伴させてくれたのである。人生でのあのいまわしい時期に終止符が打たれたのが、わずか二週間前にすぎないのに気づいて、強い衝撃をうけた。

「そうだな」ホーンブロワーがゆっくりといった。「今夜の夕食にロブスターを食べよう。ミスタ・プール！　艦を心持ちあの砂洲へ寄せてくれ。ミスタ・ブッシュ、すまないが、艦尾ボートが降ろせるよう、準備をさせてもらいたい」

あの頃と今の違いは、まったく信じられないくらいである。今は、金色に輝く四月の、地獄の辺土のような、平和と戦争の間にある奇妙な日々である。今は多忙をきわめる日日で、自分は漁船の船長たちと世間話をし、わずかばかりの魚に金貨を払っている。今は、部下を訓練し、その訓練を利用してホットスパー号の癖のすべてを知ることができる。湾内をのぞきこんで、フランス艦隊の臨戦準備の進行度を探ることができる。このイロワーズ湾――つまり、ブレスト軍港への進入路――の潮の干満や潮流を調べることができる。港への兵員、資材の動きを観察することによって、ブレスト軍港のフランス海軍当局が当面している困難の内容を手に取るように知ることができる。

ブルターニュは、フランスの突端にある貧困な地方で、生産的でないし人口も少なく、ブレスト軍港と国の他の部分との陸路による連絡はこの上なく困難である。船が航行できる川もなければ運河もない。艦隊の艤装に必要な莫大な量の重い資材を陸路ブレストへ運ぶことは絶対に不可能である。一等級戦列艦の大砲の重量は二百トンである。ベルギーの鋳造工場で作られた大砲や錨、砲弾をブレストへ運んでくるには、船による以外に途がない。一等級戦列艦のメンマストは、長さが百フィート、径が三フィートもある――それが運べるものは船しかなく、それも特別の設備を施した船にかぎられる。

ブレスト軍港に非役係留されていた艦隊の乗組員を揃えるのには、二万の兵員が必要である。水兵は――どれくらい集められるかわからないが――海路を経由しない場合は、ルアーブルやマルセイユといった商港から何百マイルもの距離を行軍してこなければならない。二万の兵員は、食糧と衣類を、それもきわめて特殊な食糧と衣類を必要とする。ビスケットを作るための小麦粉、牛や豚と、それを塩漬けにする塩、その肉を貯蔵する樽が必要である――それらをどこから運んでくる？　しかも、それらの支給は、その日ぐらしの間に合わせで行なうことはできない。出港準備を整えるためには、各艦とも百日分の糧食が必要である――正確には、出港前の毎日の所要量のほかに、二百万人日相当の糧食を蓄積しなければならない。何百隻もの沿岸航行船が必要である――ホーンブロワーは、北のウェッサン島、南のラズ岬をまわって、少数の船が絶えずブレストに入って行くのを観察した。万一戦争になったら――開戦の暁には――その補給路を断つのがイギリス海軍の当面の仕事になるはずである。もっと正確には、それは軽量艦の仕事、つまりホットスパー号の任務となるはずである。このあたりの状況を詳しく知っておけばおくほど有利になる。

ブレスト軍港を改めてのぞきみるためにホットスパーがまたもや岸に寄ってパルケットの近くを通り過ぎた時、そのような考えがホーンブロワーの頭を満たしていた。今日の午後の風は南東風で、ホットスパーは斜め後方から風を受けてトプスルでゆっくりと走っており、見張員が爽やかな陽光を受けてそれぞれの見張台に上っている。フォアマストとミズンマストから相ついで報告があった。

「デッキ！　航路を船が下ってきます！」

「フリゲート艦です」ブッシュがチーズマンの報告を補った。

「よし、わかった」ホーンブロワーが大声で答えた。フリゲート艦の出現は、イロワーズ海における自分の行動とまったく無関係であるかもしれないが、その反対である可能性の方が強い。彼は、艦上を見まわした――水兵たちは砥石《ホーリーストーン》をもって日課の甲板磨きをやっているが、必要とあらば五分間でその状態を一変させることができる。一瞬のうちに、戦闘準備を整えることも、全部の帆をいっせいに上げることもできる。

「舵中央《ステレー・アズ・ユー・ゴー》」彼が操舵手に唸るようにいった。「ミスタ・カーギル、軍艦旗を掲げてくれ」

「あそこに見えます」プラウスがいった。望遠鏡にフリゲート艦のトゲンスルが映った。順風を受けて、四、五マイル先でホットスパーの行く手を横切る針路をとって、航路筋を下ってくる。

「ミスタ・ブッシュ！　観察が終わりしだい、ただちに甲板に下りてきてもらいたい」

「アイ・アイ・サー」

ホットスパーは、ゆっくりと走り続けた——慌てて帆を増やして無心を装うのは無意味である。フランス艦隊は、あらゆる方面から、入港航路におけるホットスパーの行動の報告を受けているにちがいない。

「彼らを信用するわけではないでしょうな？」艦尾甲板《コーターデツキ》に戻ったブッシュが、心持ち不安そうにきいた。その不安は、ブッシュのいつも冷静な態度の変化で表明されているのではなく、彼が自ら進んでかくもはっきりと意見を述べた、という事実に表われていた。

ホーンブロワーは、相手に後ろを見せたくなかった。彼は、相手の風上という有利な立場にあるし、一瞬のうちに帆を上げて風に向かい、岸から離れることができるが、そうはしたくなかった。かりに自分がそうしたら、相手のフリゲート艦も同様にし、自分が尻に帆をかけて大西洋上に追い出されるという不面目な結果になるのがわかっていた。大胆な行動の方が乗組員の士気を高め、フランス人に一目おかせることになるし、これがもっとも重要な点であるが、自分に関する自分自身の疑念を取り除いてくれる。これは、一つの試練である。本能が、慎重に考えよ、と告げた。しかし、彼は、慎重というのは臆病の言い訳と同じである、と自分に言い聞かせた。理性は、慎重を期する必要はない、といい、恐怖心は、あのフランスのフリゲート艦はおまえを射程内に誘いこんでおいて圧倒するつもりでいる、と告げた。自分は理性の告げるところに基づいて行動し、恐怖心の忠告は忌避すべきである、と考えたが、同時に、鼓動の高まりや手のひらの汗、脚を無数の針で刺されるような感じが消えてくれることを願った。ブッシュが自分をハンモックに押しつけるようにそばに立っていなければいいのに、そうすれば艦尾甲板《コーターデッキ》を行ったり来たりすることができるのだが、と思ったが、すぐさま、今のこの瞬間、甲板を行ったり来たりして、自分が決断を下しかねていることを衆目にさらすことなど、とんでもないことだ、と自分に言い聞かせた。

今日は、順風を利して、沿岸航行船がひっきりなしにブレスト軍港から出てきている。宣戦が布告されたのであれば絶対にそんなことはしないはずだ。彼は三隻の漁船の連中と話をしたが、開戦間近を思わせるようなことをいった者は一人もいない——彼らは自分を安心、油断させるべく共謀しているのかもしれないが、そのようなことはまずありえない。かりに、一時間ほど前に開戦の知らせがブレスト軍港に届いたとすると、あのフリゲート艦がこんなに早く出港準備を整えて航路に出てくることは、絶対に不可能である。また、その判断をべつの角度から支持したのは、たとえ宣戦が布告されていなくても、今の場合、フランス海軍当局がフリゲート艦を港外に出してくるのはきわめて自然なやり方である、という考えであった。傍若無人なイギリスのスループ艦が港外を巡航していると聞いたら、彼らは、他艦の中核をなしている水兵たちをかき集めてフリゲート艦の乗組員を揃え、イギリス艦を追い払うためにフリゲート艦をくり出してくるはずだ。自分は絶対に追い払われてはならない。この風はまだ幾日も続くはずであるし、いったん風下方向へ逃げたら、また引き返してブレスト軍港の観察を始めるのにたいへんな時間を要する。

今では、フリゲート艦の船体が見えてきた――望遠鏡を通して吃水線まで見える。大きい。艦尾甲板《コーターデッキ》と艦首楼《フォクスル》のものをのぞいて、ペンキを塗った砲門が片舷に二十ある。たぶん、十八ポンド砲であろう。相手はたんにホットスパーの倍の数の大砲を載せているだけでなく、四倍もの弾量の砲弾を片舷斉射することができる。しかし、砲を押し出していない。それを見てホーンブロワーは、相手の帆桁《ヤード》の方へ望遠鏡を上げた。一心に目をこらした――今の場合、自分の判断力のみならず、視力も重要な役割を果たす。自分の目に狂いがないことを確信した。フォア・ヤード、フォア・トプスル・ヤード、メン・ヤード、メン・トプスル・ヤード――いずれも鎖で支えていない。あのフリゲート艦は、戦闘準備ができているのであれば、そのような手抜かりは絶対にしていないはずである。戦闘を予定しているのではない――相手は待ち伏せていたのではない。

「なにか、命令は？」ブッシュがきいた。

ブッシュは、戦闘に備えて甲板上を片付け、砲門を開いて砲を押し出したいのである。

そのようなことをすれば戦闘を挑発するようなもので、ホーンブロワーは、戦いを仕掛けたという非難をイギリスにもたらすようなことはいっさいしてはならないと強調したコーンウォリスの文書と口頭による命令を思い出した。

「ある」ブッシュの質問に答えた。しかし、ホーンブロワーの目がキラッと光ったのを見ると、一瞬にしてブッシュの顔にうかんだ安堵の色が、たちまちもとの不安な表情に戻った。

「ミスタ・ブッシュ、敬礼の交換をするのだ」ホーンブロワーがいった。胸の中が興奮でわきかえっている時に、むりやり冷静で堅苦しい態度をとることに、一種異様な気持の高揚を味わった。安全弁が作動しなかった時の、ワット氏発明による蒸気機関の内部は、このような状態であったのにちがいない。

「アイ・アイ・サー」ブッシュがいった。規律正しく上官の言葉に答えるには、ほかにいいようがない。

「やり方を覚えているか、ミスタ・ブッシュ？」

ホーンブロワーは、これまでにフランスの軍艦に対して敬礼したことは一度もない――海軍士官としての全経歴を通じて、相手を発見することはとりもなおさず戦闘を意味していた。

「イエス・サー」

「それでは、命令してくれ」

「アイ・アイ・サー。総員呼集！　総員呼集！　舷側に整列せよ！　ミスタ・ワイズ！　整列させろ！　海兵隊軍曹！　艦尾甲板《コーターデッキ》に部下を整列させよ！　きびきび動け。鼓手は右。掌帆手！　太鼓に合わせて号笛を吹鳴する準備をしろ」ブッシュがホーンブロワーの方に向き直った。「太鼓と号笛のほかには、軍楽隊がおりません」

「相手はそれ以上のことは期待していないはずだ」望遠鏡に目を当てたまま、ホーンブロワーがいった。軍曹一、伍長一、兵十二と鼓手がスループ艦に配属される海兵隊員のすべてであるが、ホーンブロワーは海兵隊員のことなど念頭になかった。注意をフランスのフリゲート艦に集中していた。フランスの艦の甲板で十本以上の望遠鏡がホットスパーに向けられていることは疑いない。ホットスパーの甲板で乗組員の動きが活発になり始めると同時に、先方の乗組員の動きも活発になってきた。彼らも舷側に整列しているが、その人数たるやたいへんなものである。興奮した四百人のフランス人が部署につく音が水面を渡ってきた。

「静かにしろ！」ちょうどその瞬間にブッシュが命令した。言葉を続ける彼の声がいつもと違っていた。相手に聞かれたくないので低い声でいっている。「蛙野郎どもに、イギリスの乗組員の整然たる動きを見せてやるのだ。顔を上げろ、体を動かすな」

紺の上衣に白のズボン――フランスの海兵隊員が艦尾甲板《コーターデッキ》に整列している。〈付け剣〉をする時の鋼のきらめきと真鍮の楽器の輝きが目についた。両艦がしだいに近づいているが、大きな帆を張ったフリゲート艦がスループ艦の前方に出てきた。ますます近づく。ホットスパーの方が訪客である。ホーンブロワーは望遠鏡をしまった。

「今だ」彼がいった。

「鼓手！」ブッシュが命じた。

鼓手が急連打を始めた。

「捧《ささ》げー、銃《つつ》！」海兵隊長が号令し、それよりはるかに小さい声で、「一、二、三！」

隊員のマスケット銃と軍曹の半矛《はこ》が、訓練されたとおりの見事な動作で捧げられた。

掌帆手たちの号笛が鳥のさえずりに似た長い音を発した。ホーンブロワーは、帽子をとって胸に合わせた。帽子の縁に手を当てる敬礼はこのような場合にはしない。今や艦尾《コーター》甲板《デッキ》に立っているフランスの艦長の姿が見える。がっしりした体格の男がフランス風に帽子を頭上に上げている。胸に輝いている星章は、ボウニイが制定した新奇なレジョンドヌール勲章なのであろう。ホーンブロワーは、ハッと我に返った。自分の方が先に敬礼したのであるから、自分の方が先に儀礼を停止しなければならない。呻くようにブッシュに一言いった。

「鼓手！」ブッシュが号令すると、急連打が止まった。それとともに、ホーンブロワーが期待していたより心持ち不揃いに、号笛の音が止まった。フランス側の艦尾甲板《コーターデッキ》で、誰か――たぶん、鼓手長――が、鈴のついた長い指揮棒を上げて、垂直に甲板上にトンと下ろした。間髪を入れず、太鼓が、それも五つか六つが、興奮をそそるような勇壮な音をたてて鳴り始め、続いて、理解しがたい音の入り混じった、ホーンブロワーがなんとしても好きになれない音楽が、水面を渡って聞こえてきた。終止符を打つような太鼓の連打とともに、ようやく音楽が終わった。ホーンブロワーが帽子をかぶると、フランスの艦長もかぶった。

「担《にな》えー、銃《つつ》！」海兵隊長がどなった。

「全員！　解散っ！」ブッシュがどなり、今度は低い声で、「騒ぐな！　静かにしろ！」

乗組員たちは興奮しており、解散の命令と同時に喋り始めるにちがいない――彼らもまた、大砲を撃ち合うことなくこれほどフランスの軍艦に近づいたのは、生まれて初めてであった。しかし、ブッシュはあくまで、ホットスパーの乗組員全員が規律正しく冷静な人間であるとフランス人たちに思いこませるつもりでいた。ワイズが籐のステッキを振ってブッシュの命令を守らせた。籐のステッキに尻を打たれて誰か無分別な男が低い苦痛の叫びを一声発したほかは、全員が整然と解散した。

「やはり、ロワール号でしたな」ブッシュがいった。フリゲート艦の艦尾の渦巻模様の中に金文字で書かれた艦名が見えた。ホーンブロワーは、ブッシュがその情報の出所をいまだに知らないのを思い出した。たとえ見当はずれではあっても、自分がなんでも知っていると思いこませておくのは、愉快である。

「それに、逃げ出さないことにしたのは、当を得ていました」ブッシュが言葉を続けた。今の場合、ブッシュの目が尊敬の念に輝いているのを見て、自分はなぜ深い後ろめたさを感じるのだろう？　ブッシュが、自分の鼓動の高まりも手のひらの汗も知らないからだ。

「おかげで、わが方の連中は、フランスの軍艦をじっくりと見る機会を得たわけだ」落ち着かない気持で、ホーンブロワーがいった。

「たしかにそのとおりです」ブッシュが同意した。「しかし、あの曲をフランスのフリゲート艦の演奏で聞くとは、夢にも思っていませんでした！」

「どの曲を？」ホーンブロワーはうっかりきき、すぐさま、弱点をさらけ出した自分に激しい怒りを覚えた。

「イギリス国歌です」ブッシュがなにげなく答えた。幸いにも、彼は、自分の国の国歌に気づかない人間がいようとは、夢にも考えていなかった。「われわれの方に軍楽隊がいたら、彼らのマルセイエーズを演奏しなければならないところでした」

「そうだったな」ホーンブロワーがいった。なんとしても話題を変えねばならなかった。

「見ろ！　彼らはトゲンスルを下ろしている。急げ！　時間を計れ！　向こうの乗組員の訓練のほどを見るのだ」

6

今は疾風が吹いている。西からの、二段縮帆《リーフ》された帆がやっと広げていられるほどの強さの風である。先週までの好天気が終わりを告げ、今や大西洋が本来の姿を見せつけている。ホットスパーは、限度一杯に縮帆《リーフ》したトプスルで、左舷開き《タック》の詰め開き《クロースホールド》で風と戦っていた。カナダから三千マイルの距離を経てフランスに達したにもかかわらず、いっこうに衰えを見せない大うねりに、左舷艦首を向けていた。艦は、横に揺れ、艦首をもち上げてはつっこみ、また横に揺れた。トプスルが非常に強い風圧を受けているために、風の方向にはほとんど傾かない程度に安定している。右舷に大きく傾き、一瞬そのままの姿勢でいて、今度は水平に戻る。しかし、横揺れ《ローリング》がそのように制限されてはいるものの、縦揺れ《ピッチング》ははなばなしく、艦底を波が通り過ぎるたびに、艦全体がもち上がり、落ちこむので、甲板に立っている者は、船体が上下するたびに、足の裏に対する板の圧力の増減を感じる。風が索具《リギン》に当たってかんだかいうなりを発し、船体が、まず中心からもち上がり、続いて艦首尾が上がり、前後に曲げられる形になるなど、あらゆる種類の緊張を受けてうめいている。しかし、そのうめきは、安心をもたらす音である。鋭いひび割れの音や異常な音はなく、聞こえるのは、たんに、ホットスパーが硬直したもろい艦《ふね》ではなく、柔軟な対応能力をそなえていることを告げる音であるにすぎない。

ホーンブロワーが艦尾甲板《コーターデッキ》に出てきた。艦の動きの変化に対応できず、船酔いで青ざめてはいたが、その船酔いは、海峡を下ってきた時ほどひどくはなかった。外套に顔を埋めており、これほどのひどい揺れにはまだ足が慣れていないために、横揺れのたびになにかにつかまらなければならなかった。艦中央部《ウエスト》からブッシュが、続いて掌帆長《ボースン》が現われた。ブッシュは、敬礼をすると、向きを変えてワイズと並んだまま、探るように艦上を見まわしていた。

「強風を一度経験しないと、なにがゆるむか、わかりません」ブッシュがいった。

完全に縛りつけてあったり固定されているように見える装具や器材でも、荒天続きで思いがけない緊張を受けると、驚くほどゆるみやすい傾向を示すもので、ブッシュとワイズはその点検を終えてきたところであった。

「なにか不都合な点は？」ホーンブロワーがきいた。

「中錨のほかは、ささいなものばかりです。中錨はしっかり固定しておきました」

ブッシュは、笑みをうかべ、目を輝かせていた。この天候の変化、風のうなり、荒天に対処する忙しさを楽しんでいることは明らかである。両手をすり合わせ、強風を大きく吸いこんだ。ホーンブロワーは、自分もかつては荒天を楽しみ、もっと荒れることを願ったことがあったのを思い出して自らを慰めるほかはなかったが、今はそれもうつろな記憶、空虚な望みにすぎないのを苦にがしく思った。

ホーンブロワーは、望遠鏡を取り上げて、まわりを見た。今のところ、空気は澄んでいて、彼方に水平線が見えた。右舷艦尾方向《スターボード・コーター》の彼方で、なにか白いものがチラッと望遠鏡に映った。できるだけ姿勢を安定させて、もう一度視野に捉えようとした。あれはアール・マン——ブルターニュ語の奇妙な名前の岩礁——に打ち寄せている波だ。ブレスト軍港への進入路の周辺に散らばっている岩礁や洲の中で、いちばん南でいちばん沖合いにある岩礁である。見ていると、新たなうねりが全姿を現わした岩にぶつかった。波が砕けて一等級戦艦のメンマストほどの高さの白い泡の柱となり、やがて風に吹き消された。その時、横なぐりの雨を伴った突風が艦に襲いかかって視界が艦の周辺に狭められ、ホットスパーは、マストに触れんばかりにたれこめた雲の下で、荒れている灰色の狭い海の中心と化した。

艦は、ホーンブロワーとしてはぎりぎり一杯の近さまで岸に接近している。臆病な男なら、荒天のきざしに気づくやいなや、艦をはるか沖合いに出したにちがいないが、そうすれば、その男は、風向きの変化とともに、自分が監視すべき地点からいつの間にかはるか風下に押し流されているのに気づくことになりかねない。そうなると、部署へ引き返すのに何日もかかることになる——その間はフランス側にとっては順風で、彼らは人目につくことなく思いのままの行動がとれる。それは、あたかも、海図上の経線に平行した一線が引かれているようなもので、片側に無謀、反対側に大胆さがあり、ホーンブロワーは、無謀との境目すれすれのあたりで行動している。今は、これ以上なにもすることがなく、ただ——海軍の場合はつねにそうだが——見守り、待つだけである。風向きの変化を一瞬も見落とさないよう慎重を期しつつ風と戦い、一方に帆を開いて北に向かい、向き直って苦労しながら南下し、それをくり返しながら、またまた危険を冒して近接観察ができる機会が到来するのを待ちながら、ブレスト港外を行き来する。昨日は一日じゅうそれをくり返したが、目前に迫っている戦争がいよいよ開戦となった暁には、何カ月も何年もそれを続けることになる。またもや船酔いが起きたのを隠すために、艦長室に入った。

しばらくたって船酔いがある程度おさまった時、音高いノックが聞こえた。

「なんだ?」

「見張台の者がどなっています。ミスタ・ブッシュが呼び下ろしています」

「すぐ行く」

甲板に出ると、ちょうど見張りの男が後支索《バックステー》に移って甲板まで滑り下りてくるところであった。

「ミスタ・カーギル」ブッシュがいった。

「交替の見張りを登らせてくれ」

ブッシュがホーンブロワーの方に向き直った。

「風でこの男がいっていることが聞こえないので、呼び下ろしました。さっ、どういうことなのだ？」

見張りが、士官二人と相対しているのにとまどったようすで、帽子を手にして立っていた。

「重要なことかどうか、よくわかりません。しかし、この前視界が開けた時に、例のフランスのフリゲート艦がチラッと見えたんです」

「どっちの方角だ？」強い口調でホーンブロワーがきいた——当初のきびしい口調を、口を開く寸前になんとかやわらげた。この男をおどしても、失うものはあっても得るところはなにもない。

「艦首風下方向二ポイントの方角です。船体は水平線下にありましたが、トプスルが見えました。見覚えがあります」

あの敬礼交換後、ホットスパーは、イロワーズ海峡のいろいろな方角にいるロワール号をしばしば見かけた——隠れん坊のような感じであった。

「相手の針路は？」

「トプスルを二段縮帆《リーフ》して、右舷開き《タック》の詰め開き《クロースホールド》で走っていました」

「よく報告した。部署に帰ってよい。交替の男と二人で見張りを続けろ」

「アイ・アイ・サー」

男が引き返して行き、ホーンブロワーは海を見渡していた。またもや見通しが悪くなり、視水平の距離が狭まった。強風を冒してロワール号が動きまわっているのは、不思議といえるであろうか？　荒天下で乗組員の訓練をしているのかもしれない。いや、もっと正直に考えなければならない——今の考えは、フランス人のやり方にそぐわない。フランス海軍には、けちともいえるほどにものを大切にするという、はっきりした傾向がある。

ホーンブロワーは、ブッシュがそばにきて、自分が口を開くのを待っているのに気がついた。

「どう思う、ミスタ・ブッシュ？」

「わたしは、あの艦《ふね》はゆうべバーソン湾に投錨したものとばかり、思っていました」

「そうだとしても驚くことではないな」

ブッシュがいっているのは、湾口の沖合いにあって、西の北寄りの風であれば、錨索《ケーブル》を長く延ばすことによってたいがいの風がしのげるベルソーム湾のことをいっているのである。また、そこに投錨していたのであれば、陸と連絡がついたはずである。十マイル離れたブレスト軍港から陸路送られてきたニュースや命令を受けることができる。相手は、宣戦が布告されたことを聞いたのかもしれない。不意をついてホットスパー号を拿捕するつもりでいるのかもしれず、こちらはその想定のもとに行動しなければならない。その場合にもっとも安全な措置は、上手回しに艦首をめぐらせておくことだ。右舷開き《タック》で南に向かえば、行動しうる海域が広くなり、風下の岸による危険にさらされることなく、ロワールのはるか前方にあって、追跡してきても笑っていられる。しかし――それでは、〈そこに問題がある〉とハムレットが独語した場合と同じことになる。コーンウォリスが到着した時に、自分は部署からはるかに離れていることになる――たぶん、何日間も。いや、ここは、自分の艦を危険にさらすべきだ。ホットスパーは、二国の強大な海軍の激突を考えた場合、取るに足りない存在である。自分個人にとっては大切な艦だが、コーンウォリスにとっては、自分が集めた情報の方がこの艦より何百倍も重要である。

「ミスタ・ブッシュ、この針路を維持する」ホーンブロワーがいった。

「相手は、艦首風下方向二ポイントの方角にいました」ブッシュがいった。「遭遇した時は、充分風上側に針路をとっているべきだと思います」

ホーンブロワーは、すでにそのことは計算していた――べつの答えが出ていたら、五分前に艦首をめぐらせて、安全圏に向かって突っ走っているはずである。

「また見通しが少し開けてきました」まわりを見ながらブッシュがいったとたんに、見張りがどなった。

「見えました！　右舷正横から一ポイント！」

「わかった！」

突風がやや静まって、見張台と甲板の会話がかろうじて可能になった。

「たしかにあそこにいます」望遠鏡をのぞきながら、ブッシュがいった。

波でホットスパーがもち上がった時、ホーンブロワーは、相手のトプスルがわずかに見えた。風下の転桁索《ブレース》をいっぱいに張りつめている帆桁《ヤード》の端が視界に映った。ホットスパーは、少なくとも四マイル、相手の風上にいる。

「やっ！　開きを反対側に変えています！」

トプスルが長方形に広く見えてきた——一瞬ばたついて落ち着いた。今では、相手の帆がホットスパーのトプスルと平行になった。両艦が同じ開きで走っている。

「われわれを確認するやいなや、開きを変えました。相変わらず、隠れん坊をやっているようですな」

「隠れん坊？　ミスタ・ブッシュ、わたしは、宣戦が布告されたのだと思う」

そのような重大な事柄を、鉄の意志の持ち主と同じように静かなさりげない口調で口にするのは容易ではなかったが、ホーンブロワーはできるだけ試みた。ブッシュは、そのように感情を抑制することができなかった。目を丸くしてホーンブロワーの顔を見ると、ピューと口笛を鳴らした。しかし、今は、ホーンブロワーがすでにたどった線に従って考えを進めることができた。

「あなたの考えが正しいと思います」

「ありがとう、ミスタ・ブッシュ」ホーンブロワーは、意地の悪い口調でいい、すぐさま後悔した。艦長としての緊張の捌《は》け口をブッシュに求めるのは公正なやり方ではないし、そのように緊張していたことを表に示すのは、沈着冷静を理想とするホーンブロワーの考え方に反する。次に下す命令で、傷ついたブッシュの気持が確実に他へそらされるはずであるのが、ありがたかった。

「総員、部署につかせた方がいいな、ミスタ・ブッシュ。戦闘準備、ただし砲は押し出さない」

「アイ・アイ・サー！」

ブッシュの顔にうかんだ笑みが、瞬時にして彼の胸中にたかまった興奮を示していた。彼はすでに立て続けに命令を発していた。艦内全体に号笛が鳴り響いた。海兵隊の鼓手が転がるように甲板に駆け上がってきた。やっと十二歳になったかと思えるような少年で、装具をごちゃごちゃに身につけたり抱えたりしていた。艦尾甲板《コーターデッキ》に達すると、一応〈気をつけ〉の姿勢をとるような格好を見せるやいなや、初めに太鼓のばちを高く上げるという日頃の訓練も忘れ、慌てふためいて急連打を始めた。

プラウスがやってきた——航海長代理であるので、戦闘中は、艦尾甲板《コーターデッキ》の艦長のそばが彼の部署である。

「目下、右舷正横にいます」ロワール号を見ながら、彼がいった。「上手回しをするのにずいぶん時間がかかりました。あれが精一杯なのでしょう」

計算にさいしてホーンブロワーが考慮に入れた要素の一つは、上手回しのさいにホットスパーの方がロワールより素早く艦首をめぐらすことができるはずだ、という点であった。ブッシュがきて敬礼した。

「戦闘準備を完了しました」

「ごくろう、ミスタ・ブッシュ」

今の数分間が、海軍軍人の日常の縮図であった。決断の一瞬、火事場のような全員の動き、興奮、そして——落ち着き、再び長い待機期間に入る。双方の艦が四マイルの距離を間においていて詰め開き《クロースホールド》で波をけたてている。ホットスパーはロワールの風上側にいる。その四マイルの間隔と風の方向がホットスパーの安全を守っている。その間隔が維持できるかぎり、艦は安全である。もし維持できなかったら——不測の事故が発生したら——ロワールの四十門の十八ポンド砲がかんたんにホットスパーを粉砕する。艦は、名誉ある最期をとげるべく戦うことはできても、勝利をおさめる可能性はまったくない。開戦準備は、いわば一種の意志表示にすぎない——兵員が死に、あるいは無残にも手足を失うが、その結果は、ホットスパーがおとなしく降伏した場合となんら変わらない。

「操舵手は誰だ？」プラウスが誰にともなくいい、操舵の監督に行った——たぶん、彼の頭にも同じような考えがうかんでいたのであろう。

掌帆長《ボースン》が体を左右に振りながらやってきた——帆や索具《リギン》全般の操作指揮者である准士官の彼は、戦闘にさいしては特定の部署がなく、思いのままに歩きまわることが許されている。しかし、今は非常に形式張った態度でいた。たんに帽子に手を当てて敬礼するかわりに、ブッシュに向かって帽子をとり、強風にあおられる弁髪に肩を打たれながら、帽子を手にして立っていた。なにかいいたいことがあって、その許可を求めているのにちがいない。

「艦長」ブッシュがいった。「ミスタ・ワイズが、乗組員に代わって、質問しております。宣戦が布告されたのでしょうか？」

イエス、と答えるべきか？　それとも、ノー、か？

「蛙どもは知っているが、われわれは知らない——まだ、今のところは、という意味だ、ミスタ・ワイズ」乗組員が考えればその理由がきわめて明確である場合、艦長が無知を認めるのはいっこうに害がないし、彼らは考えるはずである。これは士気を鼓舞する演説を一席ぶつのにいい機会かもしれないという気がしたが、考えて、その時機ではない、と判断した。しかもなお、ホーンブロワーは、今の場合、さきほどのぶっきらぼうな返事になにか補足する必要があるのを、本能的に感じ取った。

「平時と戦時で責務遂行の仕方に相違があると思っている者がいたら、その男は痛い思いをすることになるはずだ、ミスタ・ワイズ。みんなにそういってくれ」

当面、これで事足りる。プラウスが戻ってきて、目を細めて索具《リギン》を見上げ、艦の動きを見定めていた。

「メン・トップマストのステースルを広げるのは、大丈夫でしょうか？」

言外にいろいろな意味を含んだ質問であったが、答えは一つしかなかった。

「ノー」ホーンブロワーがいった。

そのステースルを広げれば、ホットスパーの速度は多少上がるかもしれない。しかし、それによって艦がかなり傾くはずであり、風にさらされる面が広くなって、風圧角が相当大きくなる。ホーンブロワーは、乾《ドライ》ドックに入っているホットスパーを見ていて、艦底の湾曲部縦材の曲がり具合を知っているので、艦の水中効率を維持しうる角度の限度を推測することができた。その二つの点は互いに相殺されるにしても、第三の点が決定的な要因であった――いくらかでも帆の面積を増すことは、それだけなにかがはずれるなり吹きとばされる危険性を増すことになる。事の大小にかかわらず、索が一本切れたりトップマストが折れるような事故が発生したら、たちまち艦は、なんらなすすべもなく敵の砲の射程内に入ってしまう。

「風が弱まったら、真っ先にその帆を広げよう」拒絶の口調のきびしさをやわらげるようにホーンブロワーがいい、さらに付け加えた。「あの艦がとっている針路を確認しておいてくれ」

「確認してあります」プラウスが答えた――感心な男だ。

「ミスタ・ブッシュ！　非直の者を解散させてよし」

「アイ・アイ・サー」

この追跡――この競走――は、何時間も、いや何日も続くかもしれないし、機が熟さないうちから乗組員を疲労させることは無意味である。強風が突風を含んで、雨と水しぶきを甲板に叩きつけている。相手の方を見やると、ロワール号の姿がまたもや視界から消えており、ホットスパーはおもちゃの小舟のように風と浪にもまれていた。

「あそこの連中の何人くらいが船酔いになっているだろう？」ホーンブロワーがいった。痛む虫歯にソーッと触れるような調子で、その不快な言葉を口にした。

「かなり大勢いると思います」ブッシュが完全に無表情な口調で答えた。

「相手がまた見えたら、呼んでくれ」ホーンブロワーがいった。「もちろん、必要が生じたらいつでも呼んでくれてよい」

それを、できるだけ威厳をこめた口調でいった。その後、艦尾の自分の個室に帰るのに非常な苦労をした。目まいで、足下の甲板の上下動や、倒れこんだ吊り寝台《コット》の揺れ方が実際以上にひどく感じられた。しばらくたつと、ブッシュ自身が彼を呼びにきた。

「見通しが開け始めました」嵐の騒音を越えて、ブッシュがドア越しにいった。

「よし。すぐ行く」

甲板に出ると、すでに影のような姿が見えており、間もなく霧が切れたとたんに、ロワール号がはっきりと見えた。風下の転桁索《ブレース》を張りつめて艦と帆桁《ヤード》の角度を小さくし、大きく傾いたまま走っている。風上側の艦首から雲のように水しぶきを上げており、水平に戻った船体が波にのってもち上がった時、数えられるくらいにはっきりと砲門が見えた。続いて、また傾いた時、艦底の赤茶色の銅板がチラッと見えた。それを見てホーンブロワーが気づいたことを、プラウスとブッシュが期せずして同時に口に出した。

「上手回しの途中で風上に進出してきました！」ブッシュがいった。

「正横から一ポイント以上前に出ています」プラウスがいった。

ロワールの方がホットスパーより速く走っていて、それだけ前に出ている。フランスの艦船設計の方がイギリスより優れていることは、誰もが知っている——たいがいの場合、フランスの艦船の方が速い。しかも、今の場合、その速度の差が災厄につながるかもしれない。しかし、それよりもっと悪い知らせがあった。

「それに」一語一語が苦痛を与えるかのように、ブッシュがゆっくりといった。「どうやら、風上側に近寄ってきているようです」

ブッシュがいっているのは、風によって風下へ押しやられる度合いが、ロワールの方がホットスパーより少ない、ということである——その結果、ホットスパーはしだいに相手の方に、相手の大砲の方に押し流されている。ホーンブロワーは、ブッシュのいうとおりであるのを知り、かすかな胸騒ぎを覚えた。今のような天候が続くと、ロワールが砲門を開いて砲撃を開始するのは、もはや時間の問題にすぎなくなる。かくして、災厄から逃れるもっとも単純な手段を断たれたわけである。ホットスパーの方が速く、相手より風上に詰めて走ることができるのであれば、思いのままの距離を維持することができる。彼の第一の防禦線が突破された。

「べつに不思議はないな」ホーンブロワーがいった。あくまで艦長としての威厳を保つつもりで、冷静なさりげない口調でいった。「わが方の倍の大きさがあるのだから」

詰め開き《クロースホールド》で風上に迫る場合、船体の大きさは重要な意味をもつ。艦の大小にかかわらず、ぶつかってくる浪は同じで、小さい方がより風下へ押し流される。さらに、大きい艦は竜骨が水面下により深く、波浪の下に達して、静かな水で安定を維持することができる。

三本の望遠鏡がいっせいにロワール号に向けられた。

「舳先を風にまともに向けています」ブッシュがいった。

ロワールの帆が、瞬時、裏帆を打つのがホーンブロワーの目に映った。風上に四、五ヤード寄るために、前進速度を少々犠牲にしているのだ。速度がまさっているからそうする余裕がある。

「そう。わが方が少し前に出て並びました」プラウスがいった。

あのフランスの艦長は、航海術に長じている。数理的には、風上の艦に接近しようとしている場合にとるべき最良の針路は、相手を風向きにまともな方向に追いこむことであり、現にホットスパーはそういう状態におかれている。詰め開き《クロースホールド》でもとの針路に戻ったロワールは、風上に向けて二十ないし三十ヤード近づいている。二十ないし三十ヤードの接近を何回もくり返した上に、より風上に詰めて走れることによる距離の短縮を合わせると、いずれそのうちに差を大きく縮めることができる。

三本の望遠鏡が下ろされ、ホーンブロワーは二人の部下の目を見返した。二人は、この危機に対して彼が決断を下すのを待っている。

「総員呼集を命じてもらおうか、ミスタ・ブッシュ。上手回しで艦の向きを変えることにする」

「アイ・アイ・サー」

危急存亡の一瞬である。万一、ホットスパーの操艦を誤ったら、艦は破滅である。かりにも上手回しに失敗したら——いつかカーギルが操艦を誤った時のように——艦は何分間も海上で動きを止め、急速に近づいてくるロワールの方へ押し流されることになる。

その間にも、この強風で、たとえもっと重要なものが吹きとばされないにしても、帆が千々に引き裂かれてますます動きがとれなくなる。この方向転換は、一分《ぶ》の狂いもなく完璧に行なわれなければならない。偶然、当直士官はカーギルであった。彼にその任務を与えることができる。あるいは、ブッシュかプラウスに。しかし、ホーンブロワーは、何人《なんぴと》といえども自分以外の人間にその責任を負わせることは、自分を見ている乗組員の目のみならず自分自身の目に対して、絶対に許されないことであるのを充分に承知していた。

「ミスタ・カーギル、わたしが上手回しで艦の方向を変える」これで責任の所在が明確不動になった。

彼は、舵輪のそばへ行って、あたりを見まわした。緊張と胸の高鳴りを感じたが、それがかえって快く、自分がこの危険をはらんだ一瞬を楽しんでいるのに気がついて驚いた。すぐさま、艦を操ること以外、いっさいを頭からむりやり振り払った。全員が部署についており、彼らの目がこちらを見ている。しっかりと両足をふんばって前方の海面を見つめている耳のそばで、強風がかんだかい音をたてていた。これがその一瞬だ。

「しっかりやれよ」操舵手にいった。「艦首をおとせ」

一瞬、間をおいて、ホットスパーが応えた。今や艦首がまわり始めている。

「下手舵！」ホーンブロワーがどなった。

前帆帆脚索《ヘッドスル・シーツ》とはらみ索《ボーライン》が操作され、ホーンブロワーは、獲物のあとをつける虎のように、一心に艦の反応ぶりを見ていた。

「タックとシート！」とどなっておいて、舵輪の方に向き直った。「今だ！　舵反対！」

艦が急速に風の方向に向きを変えている。

「メン・ヤードまわせ！」水兵たちは、気をたかぶらせ、神経をピンと張っている。は《ボー》らみ索《ライン》と転桁索《ブレース》が放たれ、ホットスパーが風の方向にまともに向いたその瞬間に、帆桁《ヤード》が重い動きで向きを変えた。

「今だ！　当て舵！　いっぱいに切れ！」激しい口調でホーンブロワーが操舵手に命じた。艦は急速に向きを変えていて、舵が充分にきくだけの惰性がついており、艦首をめぐらせすぎないうちに押さえることができた。

「舵いっぱい開き！」

上手回しが完了した。ホットスパーは、一秒、一ヤードの無駄もなく、一つの開きからべつの開きに移り、艦首右舷に浪を受けながら走っている。しかし、安堵や喜びを感じているひまはなかった。ホーンブロワーは急いで左舷に行き、望遠鏡でロワールを見た。当然ながら、相手も方向転換を行なっている。風上に向かっての追跡の基本的なやり方は、追う者が追われる者と同時に開きを変えることである。しかし、ロワールの方は上手回しをするのに多少時間が余分にかかる。相手は、ホットスパーのフォア・トプスルが裏帆を打った瞬間に、開きを変えるというこちらの意図に気づいたのにちがいないが、たとえロワールの水兵たちが方向転換に備えて部署についていたところで、こちらは二分ほど相手に先んじたはずである。それに、ロワールは、上手回しのさいの艦首のまわり方がこちらよりはるかに遅い。ホットスパーが帆一杯に風をはらんで新しい針路を走っている今ですら、ロワールのフォア・トプスルはいまだに裏帆を打っており、艦首がまだまわっている。上手回しに時間をとられればとられるだけ、相手は風上に向かっての競走で後れをとることになる。

「向こうより風上に出ました」望遠鏡をのぞきながら、プラウスがいった。「相手を引き離しています」

ホットスパーは、つめ寄られた貴重な間隔をいくぶんなりとも回復し、ホーンブロワーの第二の防衛手段が第一の手段より有効かつ強力であることが実証された。

「方位を確認してくれ」ホーンブロワーが命じた。

新しい針路に落ち着くと、ロワールは持ち前の強みをまたもや発揮し始めた。こちらを上回る速度と、より風上に詰めて走れる性能が物をいい始めた。再びホットスパーの斜め後方から正横にせり上がってきた。次に、しばし舳先をまともに風の方向に向けて、ホットスパーとの間隔をつめることができる。全員が傾斜した甲板の上で物につかまり、風が悲鳴のようなうなりを発している中で、ホットスパーは海面に艦首を叩きつけるように走り続けたが、一分が一秒のような、一時間が一分のような感じで時が過ぎていった。

「そろそろ、また上手回しをするべきでしょうか?」ブッシュが意を決しておそるおそるきいたが、理論的に上手回しをすべき瞬間は過ぎつつあった。

「もう少し待とう」ホーンブロワーがいった。「あのスコールがこちらに達するのを待つのだ」

突風が艦に襲いかかり、やがて豪雨で視界が完全に遮られた。ホーンブロワーは、つかまってその上から相手をのぞいていた舷側のハンモック・ネッティングから離れて、急傾斜している甲板を舵輪の方へ上って行った。拡声器を取り上げた。

「上手回し、用意」

突風で水兵たちは彼のいっていることがほとんど聞こえなかったが、すべての目が彼を見守り、全員が注意を集中しているので、周到な訓練を積んだ彼らが命令を誤解する恐れはまったくなかった。突風が思いがけない時に風向きを一ポイントか二ポイント変える可能性があるので、スコールの中で方向を変えるのは、一歩誤れば失敗しかねない作業である。しかし、ホットスパーは非常に操りやすい艦で――操帆、操舵を誤らなければ――緊急事態に対処できるだけの余地がある。風がわずかに向きを変えて艦が押し戻されそうになったが、充分な舵効速度がついていたことと適切な命令で、事なくすんだ。全員が懸命に帆を固定している時、突風が静まり、冷たい、目をあけていられないような豪雨が止み、風下へ移って行ったスコールが相変わらずロワールの姿を視界から遮っていた。

「やったぞ！」ブッシュが満足げにいった。彼は、ホットスパーがらくらくとべつの針路をとっている間、ロワールが相変わらずもとの針路を進んでいて、両艦の間隔が急速に開いて行く光景を頭に描き、大いに楽しんでいた。

みんなが、スコールがかんだかいうなりを発しながら、波頭が白く砕けている灰色の海の上を、フランスの方角に去って行くのを見ていた。次の瞬間、雨の幕の中に、しっかりした中核体がしだいに形を整えてくるのが見えた——その輪郭が刻一刻とはっきりしてきた。

「なんという——」ブッシュが叫んだ。彼は、あまりにも混乱し仰天していて、呪いの言葉が途中で消えてしまった。ロワールがスコールの中から現われて、ホットスパーと同じ針路をとり、前と同じ間隔を保ったまま、容赦なく追跡してきていた。

「あの手は二度と使わない方がよさそうだな」ホーンブロワーがいった。口をひきしめて、なんとか笑みをうかべていた。

あのフランスの艦長が徒者《ただもの》でないことは明らかである。彼は、ホットスパーが開きを変えるのに最適の瞬間をみすみす見逃したのに気づき、艦がスコールに包まれるのを見て、こちらの行動を予測したのだ。彼は、こちらとまったく同じ瞬間に上手回しを命じたのにちがいない。その結果、彼は艦をまわしている間も時間的あるいは距離的に失ったものはごくわずかで、その失った部分も、両艦がお互いの姿を見ることができるようになった頃にはすでに取り戻していた。彼が危険な敵であることは疑う余地がない。フランス海軍でもとくに有能な艦長の一人であるのにちがいない。この前の戦争で高名をはせた者が何人かいた。その連中が、イギリスの圧倒的な海軍力の前に屈して、大部分の者が捕虜として終戦を迎えたことはたしかだが、彼らはアミアンの講和条約で自由の身となった。

　ホーンブロワーは、ブッシュとプラウスに背を向けて、事態を慎重に検討するために、傾いている甲板を苦労しながら歩いた。これは容易ならぬ事態である、かつて当面した中で最悪の状態に劣らぬ危機である。風浪が容赦なくホットスパーをロワールの方へ押しやっている。甲板を歩こうとしている今ですら、艦が普通の縦揺れ《ピッチ》あるいは横揺れ《ロール》のリズムを崩して船体を震わせ、不意に傾くのが感じられる。これは、風と波の異常な組合わせによって生じる一種の定常波が、破城槌のようにホットスパーの風上側の舷側に激しくぶつかっているのである。数秒おきにその波がぶつかってきてホットスパーの前進を阻止し、風下へ艦全体を押しやる。ロワールも同じ波に遭遇しているのだが、船体が大きいのでさほど影響を受けない。その波が、他の自然的要素とともに、両艦の距離を詰めるのに一役買っている。

かりに、近接戦を強制されたら、どうなる？　いや、そのことはすでに考えた。自分の艦は操作しやすく訓練を充分に積んだ乗組員に恵まれているが、この荒海ではその利点も、船体の大きい相手の方が甲板が安定しているという事実で大きく減殺される。斉射弾量比が四対一という違いは、あまりにも大きすぎて危険を冒すことはとうてい考えられない。一瞬、ホーンブロワーは、将来の歴史に残った自分の名前が見えるような気がした。今度の戦争で最初にフランス海軍に敗れたイギリスの艦長として名が残るかもしれない。なんというくだらない名の残り方だ！　戦闘の場面を想像すると、冷たい強風に吹きさらされている今でさえ、血が熱してくるのを感じた。マクベスに登場する王たちのように、世の終わりを告げる雷鳴に合わせて、恐怖にみちた場面が次々に目にうかんだ。彼は死を思った。捕虜になった場合を考えた。捕虜の方はすでにスペインで経験しており、放免されたのは奇跡というほかはない。この前の戦争は十年も続いたし、今度もそれくらい続くかもしれない。十年の虜囚生活！　その十年間に、仲間の士官たちが武勲をたてて名声をうたわれ、拿捕賞金で財をなしている間に、自分は獄舎で気も狂わんばかりの焦燥、苦悩のうちに日々を過ごし、やがて狂人同様の有様で世に戻るが、その頃には人々は完全に自分のことを忘れ去っている――マリアにすら忘れられているにちがいない、と想像した。砲弾に手足をもぎとられるより死を選ぶのと同様に、そんな目に会うより死んだ方がましだ。あるいは、そう思っているのも（と残酷に自分に告げた）、生死の選択を迫られないうちだけのことかもしれない。自分は死にたくないのだから、いざその場になったらひるむかもしれない。自分は死を恐れていない、ただ、人生の興味ある楽しい事柄すべてを経験しないで終わるのが残念なだけなのだ、と思いこもうとしたが、いつの間にか、恐怖しているという不快な事実を直視できない自分を嘲笑《あざわら》っているのに気がついた。

彼は、その暗い気分を振り払った。自分は危機に直面しているのだ、今は不健全な内省をしている場合ではない。いま自分が要求されているのは決断と創意だ。ブッシュとプラウスの二人と目を合わせた時、それまでの暗い考えを押し隠して無表情を装った。「ミスタ・プラウス」彼がいった。「きみの航海日誌をもってきてくれ。海図を見てみよう」

その下書き日誌には、針路の変更、毎時計測された速度など、いっさいが記入してあり、それを基に二人は、最後にアール・マンを出発した時から始めて、現在の艦の位置を算出——あるいは推測というか——することができる。

「風下へ二ポイント押し流されています」元気のない口調でプラウスがいった。彼の馬《うま》面《づら》が、海図台を前にして椅子に坐っているホーンブロワーを見下ろしているうちに、ますます長くなっていくように見えた。

「一ポイント半かそれ以下だ。この二時間、潮流がわれわれに幸いしている」

「そうだといいのですが」プラウスがいった。

「もしそうでなかったら」平行定規を使いながら、ホーンブロワーがいった。「計画をたてなおすまでのことだ」

ホーンブロワーは、他人が消沈した気持をそのまま表にあらわすと、いらだちを覚える——彼自身が失望落胆を充分以上に経験しているからである。

「あと二時間以内に」プラウスがいった。「われわれは相手の射程内に捉えられるにちがいない」

ホーンブロワーがプラウスの顔を凝視し、その微動もしないきびしい視線を受けて、プラウスはようやく自分が敬語を使わなかったのを思い出し、慌てて言い直した。ホーンブロワーは、いかなる危機に直面している場合でも、軍規から逸脱することを許さなかった——かりにも許したら、将来それがどのような結果になるかを充分に承知していた。たとえその将来がなくなるかもしれない今の場合でも。相手に自分の意が通じたからには、これ以上とやかくいう必要はなかった。

「これを見てもわかるとおり、われわれはウェッサン島の風上を通ることができる」海図の上に引いた線を見下ろしながら、彼がいった。

「うまくいけば、という感じです」プラウスがいった。

「らくらくと通れる」ホーンブロワーがいった。

「らくらく、とはいえないように思えます」プラウスが異議を唱えた。

「近ければ近いほどいい」ホーンブロワーがいった。「しかし、われわれの望みどおりになる事柄ではない。これ以上、一インチといえども風下へ押し流されてはならない」

彼は、ロワールが追跡針路を維持しえないよう、風上よりにウェッサン島のできるだけ近くを通る可能性を、一度ならず考えてみた。そうすれば、岩に体をこすりつけて、厄介な付着物をおとす鯨のように、ホットスパーは追跡者を振り切ることができる。創意に富んだ面白い思いつきだが、風が現在の方向を変えないかぎり実行不能である。

「しかし、たとえウェッサン島の風上を通ることができたとしても」プラウスがいった。「どういう点でわれわれの役にたつのか、理解できません。その頃には、すでに射程内に捉えられているのですから」

ホーンブロワーは、鉛筆を下においた。「ミスタ・プラウス、きみは、今のこの瞬間に軍艦旗を降ろした方が、苦労をしなくてすむ、といいたいのだろう」といいかけたが、たとえ皮肉を意図している場合でも、降伏の可能性を口にすることは戦時条例に反するのを、危うく思い出した。そのかわりに、自分が考えている計画の内容をいっさい知らせないことにより、プラウスを罰してやることにした。それに、その計画が失敗に終わった場合、べつの防衛手段を考えなければならなくなるので、知らせないことはその意味でも良策である。

「その時がきたら、どういうことになるか、見よう」そっけなくいい、椅子から立った。

「甲板でみなが待っている。そろそろ、また上手回しをする時間だ」

甲板に出ると、風の勢いはいっこうに弱まっていなかった。しぶきがとび散っていた。ロワールが風下正横にいて、間隔を狭めるために艦首をまともに風に向けていた。水兵たちはポンプにとりついている――このような荒天の下では、緊張でひずんだ船板のはぎ目から入りこんだ水を排出するために、二時間ごとに三十分間ポンプを動かさなければならない。

「ミスタ・プール、ポンプの排水作業が終わりしだい、上手回しをする」

「アイ・アイ・サー」

前方にウェッサン島があり、その島を利した自分の計画があるが、それまでに少なくとも二回は上手回しを行なわねばならず、そのたびに、操艦を誤って、ホットスパーと自分自身を敵手に委ねる可能性が生じてくる。前方の水平線に気をとられて足下の障害物につまずくようなことをしてはならない。はやる気持を抑えて能《あた》うかぎり手ぎわよく方向転換を行ない、完了した時の安堵感を意識的に無視した。

「今ので、優に六百フィートは引き離しましたな」ホットスパーの正横でロワールが右舷開き《タック》の針路に落ち着くのを見て、ブッシュがいった。

「つねにうまくゆくとはかぎらないかもしれない」ホーンブロワーがいった。「しかし、今度の走行区間を短くして、どうなるかようすを見よう」

右舷開き《タック》では、彼は目的物から離れて行くことになる。再び左舷開き《タック》に移った場合、今度はかなり長い間その針路を維持しなければならないが、それを不注意による手落ちのように見せかけなければならない。ブッシュを欺くことができれば、相手の艦長も騙されていると考えていい。

乗組員たちは、この帆走競走を現実に楽しんでいるようである。陽気で、風を欺いてホットスパーを一インチでも先に出すことに非常な喜びを味わっている。ロワールがしだいに差をつめてきていることは誰の目にも明らかであるにちがいないが、彼らはいっこうに気にしていない。相手を見ながら、笑い、冗談をいっている。彼らは、当面の危険の度合いにまったく気づいていない。いや、むしろ、その危険をわざと軽視している。イギリス海軍の幸運さか、あるいはフランス人のぶざまな操艦ぶりが自分たちを救ってくれるにちがいない。あるいは、自分たちの艦長の優れた技倆が——艦長を信頼していなかったら、彼らは今よりはるかに怯えているはずである。

また上手回しをしてウェッサン島をめざすべき時がきた。彼は、自ら指揮をして艦首をめぐらせた。方向転換が終わった時、自分が事態の対処に専念して不安、心配を忘れ去っているのに気づき、満足した。

「差が急速につまってきています」いかにも暗い表情でプラウスがいった。彼は、六分儀を手にして、ロワールのマストの先端と水線の間の角度を測り終えたばかりであった。

「そんなことは自分の目で見える、ありがとう、ミスタ・プラウス」かみつくようにホーンブロワーがいった。その点、このように荒い海面上では、目測の正確度はいかなる計器観測にも劣らない。

「任務ですから」プラウスがいった。

「きみが任務を遂行しているのがわかって、大いに安心したよ、ミスタ・プラウス」ホーンブロワーがいった。「きさまの任務なんか問題ではない」というに等しい口調でいったが、かりにそういっていたら、これも戦時条例に違反することになる。

ホットスパーは北向きの針路を維持した。スコールが艦を包んで視界を遮り、操舵手たちは必死で舵輪を操作しているが、激しい突風を受けた艦の舳先が風下におちるのを防ぎきれず、風向きが西へ一ポイント変わると今度は艦首を風上に向けるべく懸命に舵輪を操作していた。最後の一陣の突風がホーンブロワーの外套をはためかせて通り過ぎた。その風が操舵手たちのズボンの脚を吹き流しているので、彼らが腕を振り脚を揺すっている姿を船に不慣れな人間が見たら、なにか奇妙な儀式の踊りをおどっていると思うにちがいない。スコールが通り過ぎると、例によって、当面の任務に目を注いでいない連中が、いっせいに風下のロワールの方に目を向けた。

「あれを見ろ！」ブッシュが叫んだ。「あれを見てください！　彼は完全に裏をかかれましたよ！」

ロワールは、艦首をまわして開きを変えていた。ようやく右舷開き《タック》に落ち着いたところであった。あの艦長は頭を働かせすぎたのだ。ホットスパーがスコールに包まれている間に開きを変えるものと判断し、先手を打つつもりで艦首をまわしたのである。ホーンブロワーはロワールをじっと見つめていた。あのフランス人艦長は、頭を働かせすぎて失敗したことを、このような形で乗組員たちの前にさらけ出したことに、胸中にえたぎるような思いを味わっているにちがいない。それによって、彼の今後の判断に狂いが生じるかもしれない。焦り出すかもしれない。たとえそうであるにしても、こちらから見ているかぎりでは、そのような兆候は見えなかった。彼は、帆縁をはりだしかけたが、迅速、妥当な決断を下した。もう一度上手回しにするのには、艦が速度と操艦性を回復するまで、かなりの時間現在の針路を維持することが必要であるので、そのかわりに彼は、艦首をまわした時の惰性がまだついているのを利用し、上手舵をとって艦首を風下におとしながら下手回しを続け、一時は風上に艦尾を向ける格好になったが、完全に一回転してもとの開きに戻った。冷静な判断であり、失敗を最大限に逆用したわけであるが、それでもロワールは間隔を大きく開かれた。

「正横後方二ポイント」プラウスがいった。

「それに、風下へかなりおちています」ブッシュが補足した。

これで得られた最大の利点は、自分の計画を遂行するのに必要な、このままの開きで北に向けてかなり長い区間を直行することが可能になり、また誰の目にもそれが当然の措置であるように見える点である、と、ホーンブロワーは相手の艦を見ながら考えた。相手の艦長に疑念を抱かせることなく、左舷開き《タック》のまま長い距離を突っ走ることができる。

「このまま突っ走れ！」彼が操舵手にどなった。

「艦首を心持ち風下へおとせ！　舵《ステ》中央《レー・アズ・ユー・ゴー》！」

競走が再開され、両艦とも、いっこうに静まるようすのない強風と苦闘しながら、走り続けた。ロワールが横に揺れた時のマストの傾斜角度が大きいのが、ホーンブロワーの目に映った。帆が海面へグーッと近づくのが見え、ホットスパーも相手と同様に、相手より大きな角度で傾斜しながら走っているにちがいない、と思った。だから、自分が立っているこの甲板は信じられないほどの急傾斜をしているはずだ、と気づき、自分が艦の揺れに対する慣れを急速に取り戻しているのを誇らしく思った。ブッシュとほとんど同じように、横揺れ《ローリング》に対して、片脚をピンとつっぱり反対の膝をかなり曲げることによってバランスを保ち、甲板が水平に戻るのに合わせて体を起こすことができる。それに、船酔いもほとんどしなくなった――いや、そのことを思い起こしたのはまずかった。考えたとたんに吐き気がこみ上げてきた。

「同一の開きで長い区間を走るのは、相手に追いつく機会を与えているようなものです」望遠鏡と六分儀を操りながら、プラウスが不服そうにいった。「急速に差を縮めています」

「われわれは最善の努力を尽くしているのだ」ホーンブロワーが答えた。

船酔いから気をそらすために神経を集中してロワールを見つめている今、いろいろと細部が望遠鏡を通して見えた。目を休めるべく望遠鏡を下ろそうとした瞬間、まったく新しい事柄が目についた。風上側の砲門の形が変わっているように見え、さらに目をこらしていると、最初に一つの砲門から、次にべつの砲門から、やがて一列の砲門全部から、砲口がのぞき始めた。目に見えない乗組員たちが、滑車装置《テークル》の綱を懸命に引っぱって、急傾斜した甲板上を、重い大砲を引き上げているのにちがいない。

「砲を押し出しています」ブッシュが、やや不必要な報告をした。

「そうだな」

相手の真似をするのは、また無意味である。ホットスパーが押し出すのは、風下側の大砲である。そのために傾斜の角度が大きくなり、艦はそれだけ風上へ詰められなくなる。今のように急傾斜していては、いっぱいに横に傾いた時に砲門から海水が流れこむにちがいない。それればかりでなく、射角をぎりぎりいっぱいに上げたところで、船体の傾斜のために照準線はつねに水平線下に向いていて、たとえ砲手長たちが最良の一瞬をとらえて発射したにしても、遠くの目標に対して砲はまったく役にたたないはずである。

フォア・トップマストの見張台の見張りたちがなにかどなっていたが、間もなく一人が横静索《シュラウド》を伝って下り、艦尾甲板《コーターデッキ》へ走ってきた。

「なぜ水兵らしく後支索《バックステー》を使わないのだ？」ブッシュがかみつくのをホーンブロワーが押さえた。

「なんだ？」

「陸です」せきこむように水兵がいった。肌までびっしょりで体じゅうから水をたらしており、たれ落ちた水を風が吹きとばした。

「どの方角だ？」

「艦首風下側です」

「何ポイント？」

一瞬、考えていた。

「四ポイントは充分にあります」

ホーンブロワーがプラウスの方を見た。

「ウェッサン島です。充分な余裕をもって風上側を通過できます」

「確実を期したい。きみが登った方がいいな、ミスタ・プラウス。できるだけ正確に観測してくれ」

「アイ・アイ・サー」

プラウスに見張台まで骨の折れる登り下りをさせても害はない。

「もうすぐ発砲し始めると思います」その場を離れるプラウスを無視して、ブッシュが相手のようすを報告した。「応射しても、まだ無意味でしょうな。そろそろ開きを変えたらどうでしょう？」

ブッシュは、どのように分が悪くても一戦を交えるつもりでおり、ホーンブロワーに開きを変えるつもりがまったくないのに気づいていない。

「その時が来たら考えよう」ホーンブロワーがいった。

「砲撃を開始しました」

ホーンブロワーがさっと振り向くと、ひとかたまりの煙が強風に吹き流されるのを見るのにやっと間に合った。続いて、ロワールの舷側から次々と煙が上がったが、一秒とたたないうちに風が火薬の力を圧倒して吹き流した。それだけであった。相手が風下にいるので斉射の砲声は聞こえず、砲弾による水柱も見えなかった。

「射程が長すぎたようです」ブッシュがいった。

「この機会を利して砲術訓練をしているのだろう」ホーンブロワーがいった。

弾薬を装塡するために砲が引き戻され、ロワールの砲口が次々に艦内に消えて行くのが、望遠鏡を通して見えた。いっさいが、片舷斉射の砲声が聞こえないこと、ホットスパーが敵の砲火を受けているという事実、まぐれ当たりの砲弾で自分が今にも死ぬかもしれない、といったことすべてが、不思議に現実のことでないように思えた。

「まぐれ当たりを狙っているようですな」ブッシュがいったが、ホーンブロワーの考えをそのまま口に出したようなその言葉に、今の状況の神秘的で非現実的な感じがいっそう強まった。

「もちろん、そうだろう」ホーンブロワーはやっとの思いでそれだけいったが、今の奇妙な気分のせいもあって、風に吹き流された自分の声が遠くの方から聞こえてくるような気がした。

あのフランスの艦長に火薬や砲弾をかくも浪費することに異存がないとすると、ホットスパーの艤装に、速度を落とさせるに足るだけの損害を与えることに一縷《いちる》の望みをかけて、彼がこのような距離で、艦砲としては考えられないような距離で砲撃してくるのは、いたし方ないことなのであろう。ホーンブロワーは、頭がはっきりしていたが、誰か他人の冒険を見物しているような気がした。

プラウスが艦尾甲板《コーターデッキ》に戻ってきた。

「四マイル以上の距離をおいて、島の風上を通過することができます」風上側の艦首がはね上げたしぶきで、彼もさきほどの水兵と同じように、ずぶ濡れになっていた。プラウスがロワールの方を見た。「艦首を風下におとすお考えはないのでしょうな」

「もちろん、ない」ホーンブロワーがいった。ロワールが坐礁を避けるために上手回しをせざるをえなくなることを願って、こちらが風下に艦首をおとしたら、そのような計略が実を結ぶはるか以前に、相手と近距離で砲撃を交える破目に陥ってしまう。「あの島に達するのに、あとどれくらいかかるかな？」

「一時間たらずです。あるいは三十分くらいで。もうそろそろ甲板から見えるはずです」

「そのとおり！」ブッシュがいった。「見えました！」

艦首風下方向にウェッサン島の黒々とした海岸線がはっきりと見えた。今や三角形の三点、ウェッサン島、ホットスパーとロワール号の位置が明確になったので、彼は次の動きの機を計ることができる。現在の針路をあとかなりの時間維持しなければならない。たとえ気にいろうがいるまいが、敵の片舷斉射にもうしばらく耐えなければならない——たとえ気にいろうがいるまいが、というのはいかにもばかげた言葉で、敵の砲火を浴びるのを喜ぶ者などいるはずがない。島に望遠鏡を向けて、島と相対的な艦の動きを観察し、他に目を転じようとした時、一瞬あるものが目の隅に映った。それがなんであるかに気づくのに一、二秒かかった。百フィートの間隔をおき、十分の一秒の差で上がった水しぶき。一発の砲弾が一つの波頭で跳ねて次の波頭にとびこんだのだ。

「今度は、はっきり狙いをつけて撃ってきています」ブッシュがいった。ホーンブロワーがサッとロワールの方に目を向けると、敵の舷側からまた砲煙が一瞬見えた。弾着点は見えなかった。続いてまた砲煙が見えた。

「射撃の名手がいて、一つの大砲から次の大砲へと移りながら撃っているようだな」ホーンブロワーがいった。

そうであるとすると、その射手は、一発ごとに艦の横揺れがもっともいい状態になるのを待たねばならない——発射間隔は長くなるが、再び装塡して砲を押し出すのに要する時間を考えると、片舷斉射とさして変わりはない。

「今は砲声が聞こえます。水面を伝ってきています」

不気味な、一瞬手を叩くような音が、砲煙が見えた直後に伝わってくる。

「ミスタ・ブッシュ」しだいに近づいてくる危機に興奮がわき上がるのを感じて、ホーンブロワーがわざとゆっくりといった。「きみは、人員配置——部署表を暗記しているはずだ」

「イエス・サー」ブッシュが簡潔に答えた。

「こうしてもらいたいのだ」ホーンブロワーがまたロワールの位置を確認した。「艦《ふね》を自在に操作するに足る人員を、はらみ索《ボーライン》と転桁索《ブレース》に配置してもらいたい。しかし、同時に、片舷の砲にも砲手を揃えてもらいたい」

「容易なことではありませんな」

「不可能か？」

「近いです。しかし、やれます」

「では、すぐさま手配してくれ。砲手は左舷に配置してくれ」

「アイ・アイ・サー。左舷に配置します」

復唱は、誤解がないことを確認するための海軍のやり方である。ブッシュの口ぶりに、問いかけるような調子がかすかに含まれていた。今は左舷が敵とは反対側になっているからである。

「いいかね――」さらにゆっくりした口調で、ホーンブロワーが続けた。「艦が上手回しに入る時に、左舷の砲を押し出してもらいたいのだ、ミスタ・ブッシュ。その時は、わたしが命令する。次に、電光石火の如く砲を引き戻して、砲門を閉める。その時も、わたしが号令をかける」

「アイ・アイ・サー。砲を引きこみます」

「そして、砲手を右舷に移して砲を押し出し、いつでも発砲できる態勢をとるのだ。わかったかな、ミスタ・ブッシュ？」

「イ、イエス・サー」

ホーンブロワーが、またロワールとウェッサン島を見た。

「よし、ミスタ・ブッシュ。ミスタ・カーギルが特別任務のために必要とする四人をのぞいて、残りの人員の配置を始めてくれ」

いよいよ最後の断が下された。もし自分の計算が狂っていたら、自分は艦の乗組員全員の前に愚か者としての姿をさらすことになる。同時に、自分は死ぬか、捕虜になる。しかし、今は、かつて、敵の手中にあるレナウン号を奪還するために乗り移った時に一度経験したことのある燃えるような闘争心が、胸中に渦巻いていた。とつぜん、頭上で悲鳴に似たかんだかい音が鳴り、歩いていたブッシュですら、驚きのあまり、思わずハッと立ち止まった。索が一本、不思議にも空中で切れて、上部は風に水平に吹き流され、下部の先が舷外に落ちて引かれていた。これまでより幸運な一弾がホットスパーの甲板上二十フィートのあたりを通ったのだ。

「ミスタ・ワイズ！」ホーンブロワーが拡声器でどなった。「その揚げ索《ハリヤード》を滑車に通し直させろ」

「アイ・アイ・サー」

興奮と同時に、ホーンブロワーの胸の中にいたずらっ気が起き、もう一度拡声器を持ち上げた。

「それと、ミスタ・ワイズ！　きみが適当と思うのであれば、全員に、われわれは戦争状態にある、と伝えてよろしい」

その言葉で、ホーンブロワーが予期したとおり、艦全体から笑い声がわきおこった。しかし、それ以上ふざけている余裕はなかった。

「ミスタ・カーギルを呼んでくれ」

丸い顔にかすかに心配そうな表情をうかべて、カーギルが現われた。

「なにも、きみに手落ちがあって呼んだわけではない、ミスタ・カーギル。ある重要な任務のために、とくにきみを選んだのだ」

「イエス・サー？」

「ミスタ・ブッシュに話して、しっかりした水兵を四人もらい、艦首楼《フォクスル》の三角帆《ジブ》、揚索《ハリヤード》とジブ帆脚索《シート》についてもらいたい。わたしは、もうすぐ上手回しを始めるが、すぐさま考えを変えて現在の開きに戻る。だから、きみがなすべきことはわかるはずだ。わたしが合図をしたら間髪を入れずにジブを支索《ステー》に引き揚げて左舷に張り出すのだ。完全に理解してもらわないと困るのだが？」

カーギルが、何秒間かその指示について考え、答えた。「わかりました」

「裏帆を打って艦《ふね》の動きが止まるような破目に陥るかどうかは、すべてきみにかかっているのだ、ミスタ・カーギル。それ以後の措置は、きみ自身の判断を働かせるのだ。艦首がまわり始めて操舵性を完全に回復したら、すぐさまジブを下ろす。やれるか？」

「イエス・サー」

「よろしい、部署につきたまえ」

プラウスがそばで、そのやりとりを聞くために耳をつき出していた。馬面がいっそう長くなっていた。

「きみの耳は風のせいでばたついているのかな、ミスタ・プラウス?」気が張っているホーンブロワーが、きびしい口調でいった。口に出したとたんに後悔したが、今はつぐなっているひまなどなかった。

敵艦ロワール号が風下正横にきていて、その向こうにウェッサン島がある。島の沖に面した側のランプール湾が大きく開けて見えていたのが、今は狭くなり始めている。今だ——いや、あと一分待った方がいい。砲弾のかんだかい音と同時に激しい衝撃音が聞こえた。風上側の舷縁《ブルワーク》にぽっかりと穴があいた。砲弾が、傾斜している甲板の上を通って、内から外に抜けたのだ。そのそばの砲についていた砲手の一人が、木の削片による左腕の傷から流れ出る血を、信じられないような表情で見ていた。

「上手回しよーい!」ホーンブロワーがどなった。

いよいよ開始だ。すでに愚か者でないことを実証しているあのフランスの艦長を欺かねばならない。

「敵艦から目を離すな、ミスタ・プラウス。相手の動きを報告してくれ。操舵長、わずかに下手舵をとるのだ。ほんのわずかだぞ。いいか。下手舵！」

フォア・トプスルがばたつき始めた。いま、一秒、一秒が貴重だが、敵艦に決断させるために、もう少し遅らせねばならない。

「敵は下手舵をとっています！　艦首がまわり始めました！」

これが成否分け目の一瞬だ――実際には、すでにその瞬間、つまり敵の艦長が、こちらが砲火を避けるために方向を変えると判断して同時に方向を変えようとするその一瞬は、たった今すぎた。

「操舵長。下手舵いっぱい。タックとシート！」

ホットスパーが風上に艦首をまわし始めた。わずかに遅れたにもかかわらず、舵は充分に操舵性を維持している。

「ミスタ・ブッシュ！」

風上側では、砲門を開き、砲手が力をふりしぼって、傾斜した甲板上で砲を引き上げている。舷側を打った三角波が砲門から流れこんで、甲板が膝まで水浸しになった。しかし、左舷に押し出された砲口を敵艦に見せなければならない。

「敵は上手回しにまわり始めました！」プラウスが報告した。「転桁索《ブレース》を放っています！」

絶対まちがいがないことを確かめねばならない。

「メン・ヤードまわせ！」

　ここがいちばん危険なところである。

「敵艦は風の中心を通過しました。フォア・トプスルがまわり始めています」

「止めよ！」

　ホーンブロワーが拡声器でどなると、水兵たちがびっくりしてハッと動きを止めた。

「転桁索《ブレース》を引き戻せ！　まごまごするな！　操舵長！　左舵いっぱい！　ミスタ・カーギル！」

　ホーンブロワーが手を振ると、ジブがサッと支索《ステー》に上がった。第一斜檣《バウスプリット》で強力に支えられているジブは、放っておくと、抗しがたい力で艦を押し戻すことができる。カーギルと四人の部下は、力ずくでジブを左舷に張り出している。風がこちらの望みの方向に作用できる角度がわずかに保たれている。いや、ほんとにあるか？　あった。ホットスパーが、ひどい扱いを雄々しくも無視して、艦首をもとの方向へ戻し始め、その艦首に出合い頭にぶつかった波が艦首楼《フォクスル》にしぶきを浴びせた。艦首が速度をはやめながらもとの方向へまわった。カーギルと部下たちが、かくも重要な役割を果たしたジブを下ろしている。

「転桁索《ブレース》の者！　艦首がおち始めたぞ。転桁用意！　操舵長、当て舵。ミスタ・ブッシュ！」

砲手が滑車装置《テークル》にとびついて、砲を引き入れた。さすがはブッシュで、砲手の興奮を押さえ、砲が固定されたことを確認していた。砲門がバタバタと閉まり、砲手たちが右舷へ駆け寄った。ホットスパーが旋回を完了した今は、ホーンブロワーにもロワールが見えたが、プラウスは、命令されたとおり、相変わらず敵艦の動きを報告し続けた。

「敵は風上に向いたまま、右にも左にも回頭できないでいます。総帆が裏帆になっています」

ホーンブロワーが願っていたのは、まさにそれであったのだ。彼は、たぶん一度片舷斉射を交すだけで、風下に脱出できるはずだ、と信じていた。現在の状態は予測できなかったことではないが、いざ実現してみると、信じがたいほどの好条件であった。ロワールはまともに風に向かったまま、身動きできないでいる。敵の艦長は、ホットスパーの作戦に気づくのがわずかに遅すぎたのだ。上手回しを完了し、艦の操舵性を回復しておいてもう一度開きを変え、追跡してくるかわりに、彼はホットスパーの動きをまねてもとの方向に艦首を戻そうとした。しかし、乗組員が未熟である上に、慎重に計画した行動でなかったために、とっさの判断が惨めな失敗をもたらしてしまった。ホーンブロワーが見ていると、ロワールは、風下に艦首を振ってまた戻し、怯えた馬のように、強情に艦長の意に抗している。そして、風を真後ろから受けているホットスパーは、その頭で、ロワールめざして突っ走っている。ホーンブロワーは、興奮でますます冴えてきた頭で、急速に狭まっている距離を測っていた。

「ミスタ・ブッシュ、通りがかりの挨拶をするのだ！」彼がどなった。風を背に受けているので、拡声器を使う必要がなかった。「砲手ども！　敵のメンマストが照準に入るまで撃つでないぞ。操舵長！　右舵少々。できるだけ近くを通ろう」

昔からの教えによれば、片舷斉射をするのに理想的な距離は、〈ピストルの射程〉あるいは〈ピストルの射程の半分〉とさえいわれていて、二十ヤード、できれば十ヤードである。ホットスパーの右舷がロワールの右舷側を通りかけているが、ホットスパーがすでに砲を押し出して待機しているのに対し、ロワールは砲門を開いてすらいない――敵艦上の混乱ぶりを考えれば、無理もないことである。

艦が敵艦と並んだ。一番砲が発射した――ブッシュがそばで号令をかけた。彼は砲列を歩いて行って次々に号令をかけるつもりでいるらしいが、真後ろから風を受けている艦の速度がはやすぎた。他の砲がばらばらに発砲した。敵艦の舷側から木片がとびちり穴があくのが、ホーンブロワーの目に映った。風をまともに後方から受けているので、ホットスパーはほとんど横揺れしていない。縦揺れはしているが、冷静な砲手長なら十五ヤードの距離で目標をはずすことはありえない。ホーンブロワーは、ロワールの舷側の砲門が一つだけ開いたのに気がついた――砲手を揃えようとしているらしいが、すでに何分も手遅れである。次の瞬間、彼の位置が敵艦の艦尾甲板《コーターデッキ》と並んだ。右往左往している大勢の姿が見える。一瞬、例の艦長の姿が見えたような気がしたが、その瞬間にそばのカロネード砲が大音を発し、不意をつかれた彼はもう少しでとび上がるところであった。

「砲弾の上に散弾を入れておきました」砲手長が彼の方を向いてニヤッと笑った。「やつらは思い知ったはずです」

散弾一発分にはマスケット銃の銃弾が百五十個入っていて、ロワールの艦尾甲板《コーターデッキ》の人間を、ほうきではくようになぎ倒すはずである。こちらの艦尾甲板《コーターデッキ》に位置している海兵隊員が、新たな薬包の先を噛み切り込め矢を銃口から押しこんでいる――ホーンブロワーは気づかなかったが、彼らも発砲していたのにちがいない。ブッシュが戻ってきた。

「全弾命中です！」せきこむようにいった。「一発残らず、命中しました！」

ブッシュがかくも興奮するのはたいへん思いがけないことで、興味深くもあったが、そんなことにかまっているひまはなかった。ホーンブロワーは、振り返ってロワールを見た――まだ身動きできない状態でいる――今の斉射で乗組員がまたもや大混乱を起こしているにちがいない。そして、ロワールの向こうに、黒々と不気味なウェッサン島がある。

「左舵二ポイント」彼が舵輪にとりついている操舵手たちにいった。利口な人間なら、行動可能海域をできるだけ広げておく。

「風上に向かって、片付けてしまいましょうか？」ブッシュがきいた。

「ノー」

それは、彼が狂気じみた闘争心を抑えて下した適切な判断であった。一方的な片舷斉射を加えて有利な立場にあるとはいえ、自ら求めてロワールに決闘を挑むのには、ホットスパーはあまりにも微力である。敵艦がマストを一本なりとも失ったり、操舵不能になっているのであれば、彼はあえて試みたであろう。両艦の距離はすでに一マイルと開いている。敵艦のそばへ引き返すまでに、相手は混乱から立ち直っててぐすねを引いているにちがいない。思ったとおりだ――今では回頭し、操舵機能を回復している。再び戦いを挑むのは不可能である。

乗組員たちは、興奮して、猿のように喋り、猿のように甲板をはねまわっている。ホーンブロワーは、命令を徹底させるために拡声器を取り上げた。

「静まれ！」

その一声で艦全体が一瞬にして静まり返り、全員の目が彼に向けられた。奇妙なことに、彼はその視線をまったく意識しなかった。今や右舷艦尾方向《スターボード・コーター》に遠ざかって行くウェッサン島や、今は順風にのっているロワールとの距離を推測しながら、艦尾甲板《コーターデッキ》を行ったり来たりしていた。待ち、決断しかけてさらに待ち、ようやく命令を下した。

「上手舵！　ミスタ・プラウス、メン・トプスルに裏帆を打たせろ」

今や艦はイギリス海峡の入り口にさしかかっていて、後方風上にロワール号、前面風下には無限の逃走可能海域が広がっている。もしロワールが順風にのって襲ってきたら、しだいに海峡内に誘いこむ。真後ろからの追跡であり、夜も近づいているので、艦が危険にさらされる可能性はまずないし、ロワール号の方は、いつイギリス海軍の強力な戦隊に遭遇しないともかぎらず、危険の度合いが高まる。そこで彼は、万が一にも敵艦が誘惑にまけることを期待して、一時停船《ヒーブツー》した。間もなく、相手の帆桁《ヤード》がまわって艦首を風上にまわし、右舷開き《タック》になった。敵は、ブレスト軍港を風下におくべく、引き上げて行く。賢明で安全な行動である。しかし、全世界の目に、ホットスパーの乗組員全員の目に——その点では同様にロワール号の乗組員全員の目に——映っているのは、ホットスパーの挑戦に対してロワールが尻っ尾を巻いて逃げて行く、という光景である。敵艦が逃げて行く姿に、ホットスパーの乗組員は規律を忘れて歓声をあげた。ホーンブロワーがまた拡声器を取り上げた。

「静まれ！」

その声がざらついているのは、緊張と疲労の影響が、勝利の瞬間に一気にふき出てきたからである。次の命令を下すのに、気を静めて考え、思考力を呼び戻さなければならなかった。拡声器を索の端環に差しこみ、ゆっくりとブッシュの方を向いた。無意識で行なったその二つの身の動きが、立って彼を見守ったまま一場の演説を期待している乗組員たちに、この上なく劇的な印象を与えた。

「ミスタ・ブッシュ！　非直の者を解散させてよし、ご苦労であった」最後の文句を口にするのには、疲労でかなりの努力を要した。

「アイ・アイ・サー」

「砲を固定したら、戦闘配置解除」

「アイ・アイ・サー」

「ミスタ・プラウス！」ホーンブロワーは、ウェッサン島の方をチラッと見て、回復しなければならない距離を目測した。「艦を左舷開《タック》きの詰め開《クロースホールド》きにしてくれ」

「左舷開《タック》きの詰め開《クロースホールド》き。アイ・アイ・サー」

理屈の上では、今の場合に彼が下す必要のある命令は、それだけであった。これで、もはや疲労に身を任せていいのだ。しかし、かんたんな説明をしておくことは、必要でないにしても、少なくとも望ましい。

「できるだけ早く、部署に戻らなければならない。当直交替時間に呼んでくれ」それらの言葉を口にしながら、そこに含まれている意味を思いうかべた。これで、自分は吊り寝台《コット》に倒れこんで疲れ果てた脚を休ませ、体じゅうの緊張をほぐし、疲労に身を任せ、疲れた目を閉じて、あと一、二時間は決断を下す必要がないという事実に心を休めることができるのだ。その時、ハッと驚いて我に返った。そのようなことは想像だけで、彼自身は、全員の視線を受けていまだに艦尾甲板《コーターデッキ》に立っていた。ここでいわねばならないことはわかっていた――なにが必要であるのか、承知していた。自分は、幕が下りた舞台を去る哀れな俳優のように、芝居がかった退場をして見せなければならないのだ。それが、単純な海の男たちに対しては疲労を忘れさせる効果があって、何カ月かたった頃に思い出されて彼らの話題になるし、これがそれを口にしなければならない唯一の理由なのだが、ブレスト軍港封鎖中の果てしない労苦に対する慰めとなるのである。彼は、疲れた脚を動かして艦長室に向かい、後で語り継がれるよう、できるだけ大勢の人間の耳に達する位置を選んで、立ち止まった。

「われわれは、ブレスト軍港に引き返して監視を続ける」劇的に間をおいた。「ロワールがいようがいまいが、問題ではない」

7

ホーンブロワーは、狭苦しい海図室で夕食をしていた。この塩漬けのビーフは新しい樽のものであるにちがいない。今までのとはにおいがまったく違っているが、不快なにおいではない。べつの軍需部倉庫で質の違う塩で漬けたのであろう。彼は、マスタードのつぼにナイフの先を入れた。そのマスタードは士官集会室《ワードルーム》から借りた、懇願して借りたもので、彼は気がとがめた。士官集会室《ワードルーム》も今ではいろいろな貯蔵品が少なくなっているにちがいない——一方の自分はマスタードをまったくもたずに出港したが、これも、艦の就役準備中の結婚の忙しさにとりまぎれたからである。

「入れ！」ノックに吠えるように答えた。

〈若い紳士諸君《ヤング・ジエントルメン》〉の一人、カミングズであった。彼らは、兵学校の成績優秀者の中から志願してきた、いわば国王の御墨付のついた連中で、艦は経験豊かな士官候補生のかわりに彼らを割り当てられて大いに迷惑しているが、これまた大急ぎで就役準備を整えなければならなかったおかげである。

「ミスタ・プールからの伝言です。沿岸封鎖戦隊に新たな艦が加わりました」

「よし。すぐ行く」

夏の美しい日であった。紺碧の空にいくつかの積雲がくっきりとうかんでいる。ミズン・トプスルを揚げて一時停船《ヒーブツー》しているホットスパーは、ほとんど横揺れをしていない。ブレスト軍港への進入航路のはるか奥深くに入りこんでいるために、東からの弱い風がたとえ陸地を離れても小波一つ起こす機会がないからである。艦尾甲板《コーターデッキ》に出ると、ホーンブロワーは、当然ながら陸地方向を見まわした。艦は湾口の真ん中に位置していて、出港航路をまっすぐ見通す格好になっている。片側にキャピュシャン、その反対側にプティ・ミノウがあり、ホットスパーは――平時の場合もそうだが、今はもっと強力な理由から――慎重にその二つの岬の砲台の射程外に位置を占めている。湾の奥に〈乙女〉とポリュの二つの岩だらけの島があり、〈乙女〉の向こうの港外停泊地にフランス海軍が投錨している。沖合いの水平線のすぐ向こうに圧倒的に強力な海峡艦隊が控えているために、彼らはこの見張艦の常駐を許容せざるをえない。

ホーンブロワーは、次に、当然ながら、沖合いの艦隊の方に目を向けた。本隊は、敵に戦力を知られないよう、視界の外にひそんでいて、ホーンブロワーも現在の正確な隻数は知らない――戦列艦が十二隻くらいいるらしい。しかし、わずか三マイル沖合いのはっきり見えるあたりに、沿岸封鎖戦隊がいる。たくましい感じの二層甲板艦が、フランス海軍がこの傍若無人な見張艦たちを追っ払うつもりで出撃してきた場合、いつでもホットスパーと二隻のフリゲート艦、ドリス号とナイアド号を支援できる態勢でゆうゆうとうかんでいる。これまで、戦列艦はその三隻であったが、ホーンブロワーが見ると、四隻目が詰め開き《クロースホールド》でゆっくりと近づいていた。ホーンブロワーが、すぐさま、またプティ・ミノウ岬の方を見た。思ったとおり、岬の断崖の上にある信号塔の腕木信号機が、垂直からガクッと水平に下がってまた垂直に戻った。そこにいる見張りが、四隻目の戦列艦が沿岸封鎖戦隊に加わったことをフランス艦隊に合図しているのである。もっと些細な動きまで一部始終が報告されるので、見通しのいい日には、フランス艦隊の提督は、数分もたたないうちに情報を受ける。許容しがたい邪魔物である。その信号塔は、ラズ岬をまわってひっきりなしにブレスト軍港に忍びこむ沿岸航行船の安全確保に大きな役割を果たしている。あの信号所に関して、なんらかの措置を講じなければならない。

ブッシュは、彼が辛抱強く——というよりは辛抱しきれないようすで——ホットスパーの信号係士官に仕立てるべく訓練しているフォアマンをどなりつけていた。

「あの番号がまだ読み取れないのか?」きびしい口調でブッシュがきいた。

フォアマンが望遠鏡をのぞきこんでいた——彼は、望遠鏡に当てていない目もあけておいて使わないでいるこつを、まだ身につけていない。いずれにしても、風がこちらから向こうの艦の方向に吹いているので、信号旗を読み取るのは容易ではない。

「七十九です」ようやくフォアマンがいった。

「珍しく、正確に読み取ったな」ブッシュが不思議そうにいった。「それで、次はどうするのか、拝見しよう」

フォアマンは、やるべきことを思い出すと、パチッと指を鳴らして、羅針儀箱《ビナクル》にのっている暗号書の方へ急いで行った。ページをめくろうとしたとたんに、小脇に抱えていた望遠鏡が滑って甲板に落ちたが、それを拾い上げて、やっと通信内容を見つけた。ブッシュのそばへ戻ってきたが、ブッシュが胸の前でグイッと親指を傾けて告げたので、慌ててホーンブロワーの方に向き直った。

「トナント号です」

「ミスタ・フォアマン、そんな報告の仕方はないはずだぞ。正規の形式でできるだけ詳しく報告するのだ」

「トナント号です。砲八十四門。ペリュー艦長」ホーンブロワーのきびしい表情と沈黙に促されて、フォアマンは、さらにいうべきことを思い出した。「沿岸封鎖戦隊に参加」

「ごくろう、ミスタ・フォアマン」ホーンブロワーがこの上なく形式張った口調でいったが、ブッシュはすぐさま、目の前でなく艦首楼《フォクスル》にいる人間にどなっているような大声で、フォアマンをどなりつけた。

「ミスタ・フォアマン！　トナント号が信号を送っている！　急げ」

フォアマンが定位置に戻って、望遠鏡をもち上げた。

「あれは、わが艦の番号です」

「そんなことは五分前からわかっておる。信号を読むのだ」

フォアマンが、望遠鏡をのぞいては暗号書を見、通信内容を確認して、怒りをたぎらせているブッシュの方へ顔を上げた。

「〈ボートを送れ〉といっています」

「初めからわかっているのだ。もうすでに常用信号を暗記していい頃だぞ、ミスタ・フォアマン。何カ月もやっていることだ。艦長、トナント号が、ボートを送れ、といっています」

「ありがとう、ミスタ・ブッシュ。諒解の返事をして、艦尾のボートを下ろさせてくれ」

「アイ・アイ・サー。諒解の返事をしろ！」一瞬後に、またブッシュがどなった。「その揚げ索《ハリヤード》ではない、こののろまな――不注意な若紳士《ヤング・ジエントルマン》め。それではミズン・トプスルが邪魔になってトナントから信号旗が見えんのだ。メン・トプスルの桁端《ヤーダーム》に揚げろ」

ブッシュがホーンブロワーの方を見て、諦めたように両の手のひらを広げた。一つには、頭の悪い若い部下たちの訓練の成果に対する諦めの念を表明したのであるが、同時に、ホーンブロワーの好みでフォアマンを、もっと適当な表現でなく〈ヤング・ジェントルマン〉と呼ばなければならないことに対するある種の気持を表明したのである。すぐさまブッシュは、艦尾ボートを下ろしているカミングズを監督するべく、その場を離れた。ホーンブロワーは、絶えずしかりつけどなりつける方が若い連中のためだという一般の考え方に、必ずしも賛成しているわけではなかったが、職務遂行中の彼らをしぼりあげることの効果は認めていた。彼らはそれだけ早く仕事を覚える――いつの日かフォアマンが、死体が散乱する大海戦の硝煙と混乱の中で信号の送受を行なうことになる可能性が充分にあるし、カミングズも、敵艦に切りこむために大急ぎでボートを下ろして兵員を乗せる作業を指揮することになるかもしれないのだ。

ホーンブロワーは、夕食の途中であったのを思い出した。

「ボートが帰ってきたら呼んでくれたまえ、ミスタ・ブッシュ」

これが黒すぐりのジャムの最後のつぼである。ホーンブロワーは、つぼの中身がしだいに減ってゆくのを残念そうに見ながら、強いられた結果とはいえ、自分がいつの間にか黒すぐりジャムの味が好きになっているのを認めた。海に出て四十日たった今では、バターも卵もとっくになくなっている。今後の七十一日間、艦の糧食が尽きるまで、塩抜きのしていない塩漬けの牛豚肉、干し豆、ビスケット、という水兵と同じ食事をすることになる。週二回のチーズと、日曜日の獣脂プディング《スエット》。

なにはともあれ、ボートが戻ってくるまで、仮眠をするひまがある。事態が緊迫して睡眠がとれない場合に備えての心得ではあるが、自分を見たらたちまち殺してしまうはずの敵兵二万がわずか五マイル先にいるにもかかわらず安心して眠ることができるのは、イギリスの強大な海軍力のおかげである。

「ボートが舷側に近づいています」

「よし」眠そうな声でホーンブロワーが答えた。

ボートは積荷を満載していて、舷縁《ガンネル》が海面すれすれまで下がっている。水兵たちはホットスパーまで漕ぎ帰るのに苦労したにちがいない。からでトナント号へ向かう時は帆が使えて、満載しての帰りは向かい風で漕がなければならなかったのは、まったくの不運というほかはない。近づいてきたボートから、なにかが吠えるような奇妙な音が聞こえてきた。

「あれはいったい、なんだ?」舷門のそばにホーンブロワーと並んで立っていたブッシュが、独り言のようにいった。

ボートにたくさんの麻袋が高だかと積み上げてある。

「とにかく、新鮮な食糧だ」ホーンブロワーがいった。

「メン帆桁端《ヤーダーム》に小滑車《ホイップ》を取りつけろ!」ブッシュがどなった——妙なことに、ボートの中から同じような声が聞こえた。

フォアマンが舷側を登ってきて、報告した。

「キャベツ、ジャガイモ、チーズです。それに去勢牛が一頭」

「これはすごい、新鮮な肉だ！」ブッシュがいった。
五、六人の水兵が帆桁端《ヤーダーム》の滑車《ホイップ》の索を引いて、麻袋が次つぎに甲板に引き上げられた。積荷がなくなると、ロープ網のかたまりが現われた――相変わらず吠えるような声を発している。その下に吊り索が通され、ほどなく牛が甲板に引き上げられた。育ちの悪い哀れな去勢牛が、モーとかすかに鳴き声を発した。くるまっている網の目を通して、怯えた目でまわりの人間を見ていた。フォアマンが報告を終えると、ブッシュがホーンブロワーの方に向き直った。
「トナント号が、プリマス軍港から艦隊あてに二十四頭の牛を運んできました。これが、本艦への割当分です。明日処理して一日吊るしておけば、日曜日にステーキがおあがりになれます」

「そうだな」ホーンブロワーがいった。

「乾ききらないうちに血を拭きとれば、甲板はきれいになります。その点の心配はありません。それに、胃袋料理も食べられます！　タンも！」

「そうだな」ホーンブロワーがいった。

彼は、あの怯えきった目が頭から離れなかった。ブッシュがそんなに大喜びしないでくれればいいのに、と思った。彼はまったく違った気分でいた。持ち前の豊かな想像力で牛を処理する光景を思いうかべると、そのようなやり方で得られた肉を食べたいという気持はまったく起きなかった。なんとしても話題を変えねばならない。

「ミスタ・フォアマン！　艦隊からの書面はなにもないのか？」

フォアマンがハッと思い出して、ばつの悪そうなようすでポケットに手をつっこみ、厚みのある包みを取り出した。ホーンブロワーの顔にうかんでいる憤怒の表情を見ると、サッと青ざめた。

「二度とこんなことをするでないぞ、ミスタ・フォアマン！　なによりも、連絡文書が最優先だ！　きみには、じっくりと思い知ってもらう必要があるが、今が格好の機会だ」

「ミスタ・ワイズを呼びましょうか？」ブッシュがきいた。

掌帆長《ボースン》の籐のステッキは、砲尾を抱くようにかがみこんだフォアマンの尻や背にこっぴどい仕置きを加えることができる。ホーンブロワーは、怯え、恐怖の情が、フォアマンの顔にうかぶのを見た。この若者は、あの牛と同じように怯えきっている。ときおり海軍生活で見かける体罰を、極度に恐れているらしい。ホーンブロワー自身もかつては同じような恐怖心を抱いていた。若者に思い知らせるために、必死に哀願しているその目を、五秒ほどじっと見つめていた。

「いや」ようやく彼がいった。「そのようなことは、ミスタ・フォアマンは一日で忘れてしまう。一週間、毎日思い出す処置をとることにする。ミスタ・フォアマンには、一週間、酒の支給停止だ。また、候補生室の誰かが彼に酒を分け与えたら、その者自身、二週間の支給停止だ。ミスタ・ブッシュ、充分に監視したまえ」

「アイ・アイ・サー」

ホーンブロワーは、ぐったりしたフォアマンの手から包みをひったくって、いかにも軽蔑した態度で背を向けた。十五歳の若者が酒の支給を停止されたからといって、べつに害はない。

艦長室に戻ると、タールを塗ったキャンバスの包みをナイフで開いた。真っ先に転がり出たのはぶどう弾であった。海軍は何世紀間もの経験で、このような包みの作り方をすることになっている――荒天下にボートで運ばねばならない場合、タール塗りのキャンバスが内容物を海水から守ってくれるし、包みが敵手に落ちる危険がある場合には、ぶどう弾が海底に沈めてくれる。公文が三通と、私信の大きな束が一つ入っていた。ホーンブロワーは、急いで公文書を開封した。最初の書面には、〈ウィリアム・コーンウォリス、海軍中将〉と署名してあった。通常の形式で、新たな状況の説明で始まっている。トナント号搭乗の勅任艦長《ポスト・キャプテン》エドワード・ペリュー卿が、先任士官として、沿岸封鎖戦隊の指揮官に任ぜられた。「従って貴官に対し、艦隊司令長官の権限に基づくものとして勅任艦長《ポスト・キャプテン》エドワード・ペリュー卿の命に従い、その言葉に細心の注意を払うことを要求かつ命令する」次の文書は、勅任艦長《ポスト・キャプテン》エドワード・ペリューと署名してあって、三行のそっけない公用語で、ペリューがこれよりホーンブロワーとホットスパー号を自分の指揮下にあるものと考える旨が確認されていた。三通目は、これまでの二通の公式的な書き出しと違って、〈拝啓《サー》〉が省いてあった。

親愛なるホーンブロワー

きみが自分の指揮下にあることを聞いて、わたしはこの上なく嬉しく思った。また、今度の戦争ですでにきみが示した行動について聞いたことは、かつてわたしの指揮下にあったインディファティガブル号に乗っていた中でももっとも優秀な士官候補生であったきみに対するわたしの評価を充分に裏付けてくれた。今後、フランス軍をいためつけボナパルトに目に物見せる手段方法を思いついたら、遠慮なくわたしに提案してもらいたい。

きみの誠実なる友人
エドワード・ペリュー

それは、心を暖め慰めてくれる非常な好意にみちた手紙であった。文字通り心暖まる手紙で、それを手にして坐っているホーンブロワーは、体内の血行が早まるのを感じた。そのために、思考力が早くも活発に動き始めたような気がし、プティ・ミノウ岬上のあの信号所についていろいろな考えがうかび、種々さまざまな計画が頭の中で芽生え始めた。それらの考えが形を整え始めた――熱した頭の温室のような温度の中で、急速に生長し始めた。無意識のうちに、椅子から立とうとした――艦尾甲板《コーターデッキ》を歩きまわらないかぎり、これらの計画を成熟させたり、内に高まりつつある圧力の捌け口を得ることはできない。しかし、包みの中のほかの手紙のことを思い出した――フォアマンと同じ過ちを犯してはならない。自分あての手紙がある――同じ筆跡のものが一、二……六通。マリアからの手紙にちがいない、とようやく気がついた――自分の妻の筆跡に気がつかなかったとは、なんとも奇妙だ。自分あての手紙をあけようとして、またもや手を止めた。それ以外の手紙は、彼でなく、それを心待ちにしているはずの乗組員たちにきたものである。

「ミスタ・ブッシュを呼んでくれ」彼がどなった。やってきたブッシュは、一言の言葉もなく手紙の束を渡され、また、艦長が顔も上げずに一心に読みふけっているのを見たブッシュは、一言も発せずに出て行った。

ホーンブロワーは、自分がマリアの最愛の夫であるという文句を何度も読んだ。最初の二通には、自分の天使がいなくて淋しくてならないこと、あの二日間の結婚生活がこの上なく楽しかったこと、自分の英雄が危険に遭遇していないよう祈っていること、靴下が濡れたら絶対に取り替えねばならないこと、などが記してあった。三通目はプリマスの消印が押してあった。マリアは、プリマスが海峡艦隊の基地であることを確かめると、軍務でホットスパー号が万が一にも帰港した場合、その場にいられるよう、プリマスに居を移す決心をした。それに、愛する夫にそれだけ近くなるからであることを、感傷的な言葉で記している。地回りの小型帆船に乗ってプリマスへ旅したが、生まれて初めて海の上を走り、彼方の陸地を見つめているうちに、勇敢なる海軍士官である夫の気持がよりいっそう理解できるようになった。今は、掌帆長《ボースン》の未亡人である非常に立派な女性の経営する下宿屋に落ち着いている。

四通目は、いきなり、愛する夫にとってこの上なく喜ばしい重要な知らせがあるということで始まっていた。マリアは、それを、こよなく愛しこよなく思慕する自分の偶像にどのように表明したらいいかわからない。すでに無上の幸福をもたらした自分たちの結婚が、今や、さらに神の恵みを受けようとしている、少なくとも自分はそう思っている。ホーンブロワーは急いで五通目の手紙を開き、彼女の勇猛果敢な戦士がロワール号との戦いでさらに武勲を重ねたことをたったいま知ったが、そのために彼が死の危険に必要以上に身をさらさなかったことを祈っている、という追而書《おってがき》は、サッと目を通すにとどめた。彼は、前の手紙による知らせが確認されたことを知った。マリアは、自分がそのうちに、理想の夫の子供の母親になるという非常な幸運に恵まれることを、ほぼ確信している。そして、六通目がそれをさらに確認していた。クリスマスか新年に出産するかもしれない。そして、ホーンブロワーは、あとの方の手紙では、思慕するも遠隔の地にある彼女の宝物より、生まれてくる赤ん坊の方により多くの紙面が費やされているのに気がつき、苦笑した。いずれにしてもマリアは、男子であればそのケルビム（智天使）のような子が高名な父親の生き写しであることを、女子であれば父親の優しい心根を受けついでいることを、心底から願っている。

なるほど、それがさきほどの知らせであったのか。ホーンブロワーは、その六通の手紙を机の上に散らかしたまま坐っていたが、胸中に同様の混乱をきたしていた。父親になるという実感を味わうのを先へ延ばすつもりもあって、彼は、まず、自分が妻に書き送った二通の手紙のことに考えを集中した。前の住所あてになっているので、マリアが受け取るまでにかなりの日数がかかるにちがいない。その内容は、比較的堅苦しく、冷ややかな感じを与えかねない。さっそくそのつぐないをしなければならない。自分が歓喜していようといまいと――その時点では自分の気持を決めかねていた――その知らせに対する喜びと愛情にみちた手紙を書かねばならない。軍務に没頭していたために、結婚という事実が記憶の中で非現実的な感じに包まれていた。新婚生活があまりにも短く、当時は出港準備で多忙をきわめていたために、あの結婚がいつまでも効果を持続していることが不思議に思えた。今回の知らせは、それ以上に永続的な効果があったことを示している。自分が父親になる。喜んでいるのかいないのか、彼はなんとしても自分の気持がつかめなかった。生まれてくる男子——あるいは女子——に自分の欠点だらけの気性を受けついでもらいたくないことはたしかである。その子が自分に似ていればいるほど——容貌あるいは気質の面で——自分は残念に思うにちがいない。しかし、それは本心なのであろうか？　自分の特質が末代まで引き継がれるかもしれないという事実に、なにか誇らしさ、歓びを感じていないか？　自分自身に対して正直であることは、たいへん困難であった。

当面の生活から考えが逸れていった今、新婚生活のことを細部にいたるまではっきりと思い出すことができた。マリアの献身的な愛情、かくも熱い愛情を受けているからこそ自分は心底から愛を惜しみなく与えることができるのだと信じていたマリアの姿を、はっきりと思い起こした。彼女に対する自分の真の気持を、絶対に彼女にさとらせてはならない、そのような残酷なことは考えることすら許されない。彼は、手を伸ばしてペンと紙を引き寄せると、左の羽根のペンであることにいつものように世俗的な怒りを感じた。がちょうの左の羽根からとったペンは右の羽根のものより安い。書く時に末端が、右羽根のように都合よく肘の方へ傾かないで、書く者の目の方へ延びているからである。

しかし、少なくとも、先端は書きやすいように削ってあるし、インクはまだねばついていない。彼はきびしい表情で仕事にとりかかった。それは、無限の愛情を表明する作文に似た、いわば文章の練習のようなものであった。しかもなお、書いている自分がいつの間にか笑みをうかべているのに気がついた。胸の中にわき上がった愛情が、腕を通じてペン先に伝わってゆくのを感じた。自分は、自身が考えているほど非人情、非良心的な人間ではないのだ、と自ら認めそうな気持にすらなりかけた。

手紙の終わり近くになって、〈妻〉や〈子供〉の同義語を頭の中で探し求めているうちに、ペリューからの手紙が目に止まり、文字通りハッと息をのんで、考えが一瞬のうちに、自分の職務、敵を殺戮《さつりく》する計画、自分が現在住んでいるきびしい世界、に立ち戻った。ホットスパーは静かな海面にゆったりとうかんでいるが、ほとんど停止状態にあるという事実そのものが、ブレスト軍港の方から風が吹いていて、いつなんどき見張りの者が大声で、海の支配権を求めて決戦を挑むべくフランス艦隊が出動しつつあるのを告げるかわからないことを意味している。それに、自分には計略がある——マリアへの手紙の最後の部分を読み返している時ですら、頭にうかんだブレスト軍港入り口付近の海図にとかく注意を引かれて、文字がぼやけた。なんとしてもはやる心を抑えて、書き始めと同じ調子でマリアあての手紙を書き上げなければならない。焦りを抑えて手紙を書き終え、読み返し、折りたたんだ。衛兵に大声で命ずると、火のついた封ろう用のろうそくをもってグライムズがきた。面倒な手順で封印をすませると、救われた思いで封書を横に押しやり、手を伸ばして新しい紙を引き寄せた。

HMスループ艦ホットスパー号。プティ・ミノウの南沖合い三海里の海上にて。

一八〇三年五月十四日

拝啓——

完全に不慣れな事態に対処するぶざまな努力、蜜のように甘い言葉遣いはもはや終わった。今は、〈将来の幸福な生活におけるわが最愛の伴侶〉に対して書いているのではない。今は、自信を有し意欲に溢れている一つの仕事に相対しているのであり、文章については、これまでに数限りなく書いた公文書の、洗練を要しないきびしい言葉を使用するだけで事が足りる。筆を止めて考える必要もなく、素早く書いていった。信じがたいことであるが、マリアのことに気を奪われている間に、諸計画が完全に形を整え熟成していたからである。その紙の一面と裏の半面を使って、計画を細部にいたるまで書き上げた。結びの文句を書いた——

敬具
ホレイショ・ホーンブロワー

宛名を書いた――

HMSトナント号
勅任艦長《ポスト・キャプテン》エドワード・ペリュー卿

二通目の手紙に封印をすると、双方を取り上げた。一通は新しい生命に関するものであり、もう一通は死と苦悩に関する手紙である。しかし、そのようなことはたんなる夢想にすぎない――それよりはるかに重要なことは、自分の提案をペリューが認めるかどうか、という点である。

8

ホーンブロワーは、吊り寝台《コット》に長々と横たわって、時間がたつのを待っていた。眠ればいいのだが、午後の今はどうしても眠れなかった。いずれにしても、夜に備えて体力を蓄えておく必要があるので、横たわっている方がはるかによく、落ち着かぬままに甲板に出て行けば、疲れるばかりでなく、自分の不安と緊張を部下の前に露呈することになる。というわけで、できるだけ寛ぎ、両手を頭の後ろに当ててあおむけに横たわっていた。甲板から聞こえてくる物音が、艦の日常作業が順調に行なわれていることを告げている。頭の真上の梁に取り付けさせた吊り羅針儀が機能を発揮して、足踏み状態を続けているホットスパーの艦首方向のわずかな変化を示しており、それと、艦尾の窓から差しこんで梁に当たっている陽光の動きとを合わせると、いろいろなことがわかる。それらの窓に今はカーテンがかかっており、艦の動きにつれてゆっくりと揺れているカーテンのまわりから陽光が入りこんでくる。たいがいの艦長は色鮮やかなさらさでカーテンを作り——家具かけにも使い——金持ちである場合にはダマスコ織を用いることとすらあるが、そこにかかっているのはキャンバス製のカーテンである。艦内にある中でいちばん上等の目の細かいキャンバスで、二日前かけられたばかりである。士官集会室《ワードルーム》からの贈り物で、ホーンブロワーは心が和む思いでその時のことを思い起こした。彼の不在中にしばらく艦長室に入らせていただきたいというブッシュの謎めいた願いを認めると、ブッシュ、プラウス、軍医のウォリスと主計長《パーサー》のハフネルが贈ってくれた。ホーンブロワーが艦長室に戻ると、一同がそこにいて、部屋のようすが一変していた。カーテンがかかっており、まいはだをつめたクッションがいくつかあり、乗組員の中の無名の画家が艦のペンキで赤や青のばらと緑色の葉を描いたベッドおおいがあった。ホーンブロワーは、驚きのあまり、喜びを隠すすべもないまま室内を見まわした。士官集会室《ワードルーム》の連中の許容しがたい資材乱用に対し、十人中九人の艦長が見せるにちがいない厳しい不機嫌な表情を、面にあらわすいとまもなかった。彼としては、とぎれがちな口ぶりで彼らに礼をいうのがやっとであった。しかし、最大の喜びを味わったのは、この出来事を現実的な目で見てあれこれ考えた後のことであった。彼らは、冗談として、あるいはくだらないご機嫌とりのつもりで、こんなことをしてくれたのではない。彼は、信じがたきを信じ、彼らは自分に好意を抱いているからこんな贈り物をしてくれたのだ、という事実を認めざるをえなかった。これは、彼らの判断力がいかに貧弱であるかを如実に示している——感謝の念と後ろめたさが胸中で相克した。しかもなお、彼らがあえてこのようなことをしてくれたという事実が、ホットスパー号が一個の団結した戦力に固まりつつあるのを裏書きしていることを、奇妙な考え方のようだが否定できなかった。

グライムズがノックをして入ってきた。

「当直員が呼集されています」

「わかった。すぐ行く」

号笛の音と下士官のどなり声が艦内に響きわたっているので、グライムズはわざわざ起こしにくる必要はなかったが、ホーンブロワーは、たったいま目をさましたふりをしなければならなかった。襟飾り《ネッククロス》を結び直し、上衣を着て靴をはき、甲板に出て行った。

ブッシュが紙と鉛筆を手にして立っていた。

「腕木信号機が信号を送っていました。四時十五分と四時半の二度にわたって、長い信号を送りました。短いのが二回——また始めました」

信号機のひょろ長い腕木が、さかんに上下に動いている。

「ありがとう、ミスタ・ブッシュ」信号機がせっせと信号を送っていたことがわかりさえすればいいのだ。ホーンブロワーは、望遠鏡をもち上げて、沖合いに向けた。沿岸封鎖戦隊が晴れ渡った空を背景にくっきりとうかんでいる。水平線近くまで傾いた太陽はまだ明るすぎて、そちらに望遠鏡を向けることはできなかったが、戦隊はそのはるか北寄りにいる。

「トナントがまた信号を送っていますが、九十一の数字旗です」

事前の打ち合わせで、九十一の数字で始まる信号はすべて無視することになっていた。トナント号は、プティ・ミノウ岬のフランス人たちを欺いて、戦隊がなにか強力な作戦展開を企図しているかのように見せかけるために信号を送っているにすぎない。

「ナイアドが移動を開始しました」ブッシュがいった。

フリゲート艦は、最小限度の帆を張ったまま、カマレ湾を監視していた南寄りの部署を離れて、他の僚艦と合流すべくゆっくりと北上している。太陽が今では海面に達している。透明に近い空気中に含まれた水分のわずかな違いで光線の曲折が奇妙な変化を起こし、沈み行く真っ赤な太陽の形が多少ゆがんで見える。

「長艇《ロング・ボート》を枕くさびから引き上げています」ブッシュが報告した。

「そうだな」

太陽が半ば海中に沈み、上半分が光線の曲折作用で普通より倍以上も長く見える。優秀な望遠鏡をもっているにちがいないプティ・ミノウ岬の見張りが、ドリスや他の艦上で行なわれている準備活動を見届けるに足る明るさが充分に残っている。太陽が沈んだ。その上空の一片の雲が金色に輝き、見ているうちにピンク色に変わった。夕闇が迫ってきた。

「ミスタ・ブッシュ、当直員を転桁索《ブレース》につかせてくれたまえ。メン・トプスルに風をはらませて、右舷開き《タック》にしてもらいたい」

「右舷開き《タック》。アイ・アイ・サー」

ホットスパーは、しだいに深まる暗がりの中を、ドリス号に続いて、大艦二隻がいるマシュウ岬の方向にゆっくりと走り始めた。

「信号機がまた動き始めました」

「ありがとう」

暗みを増した空を背景にうき上がっている信号機の向きを変えた腕木がようやく見える程度の明るさが残っていた——イギリス側の最後の艦が動き始めたこと、戦隊が北に集中して、南側の航路に対するイギリス海軍の監視がゆるんだことを告げている。

「艦をこのまま走らせ続けるのだ」ホーンブロワーが操舵手たちにいった。「蛙どもに、こちらの意図を知られないように」

「アイ・アイ・サー」

ホーンブロワーは、不安を感じていた。トゥラーンゲ岬側の水路からあまり遠くへ離れたくなかった。戦隊の方へ望遠鏡を向けた。戦隊の彼方の水平線に沿って、空が横一線に赤く映えている——その残照を背景に、戦列艦の帆が驚くほど黒々とうき上がっている。残照が急速に色褪せてゆき、上方に金星が見えた。向こうにいるペリューは、最後の最後まで我慢している。ペリューは、鉄のような意志の持ち主であるばかりでなく、絶対に敵を過小評価しない男である。ようやく、行動を起こした——空にうき上がっているトプスルの長方形が短くなり、一瞬ためらうと、また元の長さに戻った。

「戦隊が風上に艦首を向けました」

「ありがとう」

空の明るみが完全に消えて、すでに前方の艦のトプスルが見えなくなっていた。ペリューは、完璧に機をつかんで行動した。プティ・ミノウ岬のフランス兵たちは、ペリューが夜のとばりにおおわれた東方を見て、今や自艦は敵から見えないものと判断し、東方から見ている者にはいまだにその動きが見えることに気づかずに艦首を風上に向けた、と考えずにはいられない。ホーンブロワーは、あたりを見まわした。目が疲れ疼《うず》くので、巻きしめて舷縁にとりつけてあるハンモック・ネッティングに手をかけたまま、目を閉じて休めた。一分がかくも長く思えたことはいまだかつてなかった。目を開いた。空の明るみが完全に消えている。太陽が輝いていたあとに金星が光っている。自分のまわりの人間の姿がほとんど見えない。光度の明るい星が、一つ、二つと見え始めた。プティ・ミノウ岬の名も知れぬ見張人の視界から、ホットスパーの姿は完全に消えているにちがいない。ゴクッとつばをのみこんでぴんと気を引きしめ、行動を開始した。

「トプスルとトゲンスルを取りこめ！」

水兵たちが素早く登り始めた。静かな闇の中で、五十人が段索《ラットライン》を登るために横静索《シュラウド》が震える音がはっきりと聞こえる。

「さて、ミスタ・ブッシュ、下手回しだ。針路は南微西」

「南微西にとります」

続いて、次の命令を下す時がきた。

「トゲンマスト（下から三つ目の継ぎマスト）を全部降ろせ！」

日頃の訓練と経験が価値を発揮するのは今だ。かつては苦しい練習にすぎなかったことが、暗闇の中で一点の狂いもなく実行された。

「フォアとメンのトップマストのステースルを張れ！　フォアスルをとりこめ！」

ホーンブロワーが羅針儀箱《ビナクル》の方へ歩いて行った。

「これだけの帆で、艦《ふね》の反応はどうだ？」

姿がほとんど見えない操舵手が、試みに舵輪を右へ左へまわしてみている間、沈黙が続いた。

「大丈夫です」

「よし」

ホーンブロワーは、できるかぎり、ホットスパー全体の輪郭を変えた。艦首と艦尾の帆と裾帆を張っているだけで、トゲンマストを全部降ろしているので、この暗い夜では、経験豊かな船乗りといえども、二度、三度と見直さなければこちらの正体は判別できない。ホーンブロワーは、羅針儀箱《ビナクル》の薄明かりで海図をのぞいた。神経を集中して見ていたが、そのような努力は不必要であった。この二日間、海図を徹底的に調べ、この特定の部分は暗記していた。はっきりと頭に刻みこまれていて、死ぬまで——それが今日になるかもしれないが——覚えているにちがいないと思った。顔を上げると、思ったとおり、薄明かりを見つめていたために、一時的に闇の中でまったく目がきかなかった。

「ミスタ・プラウス！　これからは、必要な時はきみが海図を見てくれ。ミスタ・ブッシュ！　測深にもっとも手慣れた者を二人選んで、わたしのところへよこしてくれ」黒い人影が二つ現われると、ホーンブロワーがきびしい口調で指示を与えた。「それぞれ、両舷のメン投鉛台《チエーン》にのれ。できるだけ音をたてないようにするのだ。わたしが命ずるまで投げてはならん。索を巻き取って、今度は四尋《ひろ》（一尋は六フィート）まで延ばしておく。艦《ふね》は三ノットで進むが、満潮近くになったら、ほとんど進まなくなる。絶えず索を手にしていて、なにに触ったかを低い声で申し送るのだ。申し送りの中継ぎの者を配置する。わかったか？」

「アイ・アイ・サー」

第二折半直《ドッグ・ワッチ》の終わりを告げる四点鐘が鳴った。

「ミスタ・ブッシュ、鐘を鳴らすのは、今のが最後だ。戦闘配置につかせてくれ。いや、待った。各砲とも、砲弾を二個装塡して押し出しておく。くさびを打ちこんで、俯《ふ》角いっぱいに砲口を下に向ける。みんなが部署についた後は、絶対に音をたてさせないこと。一言も発してはならない、囁き声一つといえども。梃棒《てこ》を甲板に取り落とした者は、笞二十四打の刑に処する。絶対に音をたててはならん」

「アイ・アイ・サー」

「よろしい、ミスタ・ブッシュ。かかりたまえ」

　各員が部署につき、砲門が開かれ、砲が押し出される間、大小さまざまの音が艦上を圧した。間もなく、艦が静まり返った。砲手から艦底の火薬庫係、フォアトップの見張台にいたるまで準備が完了したまま、ホットスパーは、正横後一ポイントの方角から風を受けて、静かに南下した。

「初夜直の一点鐘（午後八時三十分）です」プラウスが囁き、羅針儀箱《ビナクル》の砂時計を逆に立てた。

一時間前に潮が上げ潮に変わった。あと三十分で、南のカマレ岬の砲台の庇護下に群れひそんでいる沿岸航行船が繋索を放ち始めるはずだ――いや、今すでに始めているにちがいない、ようやくそれだけの水深になっているはずだ。彼らは、上げ潮にのって危険なトゥラーンゲ水道を上り、岬をまわって湾内に入るべく、大櫂《スイープ》で漕いだり、小錨を使って隠れ場所から出つつあるにちがいない。安全区域である〈乙女〉岩礁に達し、そこから潮流にのって、満載している補給品、索類、帆布をフランス海軍が首を長くして待っているブレスト軍港の航路筋に入るつもりでいる。ホーンブロワーは、北のプティ・

ミノウ岬の敵兵が興奮してせかせかと動きまわっている様が想像できた。敵は沿岸封鎖戦隊の動きに気づいているはずである。目のきくフランスの見張りが、不安におののいている司令部に、イギリス側が隠しきれなかった兵力集中と攻撃準備の模様を報告している。大型フリゲート艦二隻を含む四隻の戦列艦で――本隊の応援を得なくても――千人以上の上陸部隊を編制することができる。そのあたりの沿岸には、それに倍するフランスの歩兵と砲兵がいるにちがいないが、五マイルの距離にわたって配置されているために、暗夜に思いがけない地点に集中攻撃をかけられると弱い。向こうにも、反対側のマシュウ岬の砲台の庇護下にひそんでいる沿岸航行船がかなりの数に達している。それらの船は、何週間もかけて、砲台から砲台へと何百マイルもの距離を這うように進んできて、小さな入り江や湾の中で舷をよせ合い、最後のもっとも危険なブレスト軍港への進入を果たす機会が到来するのを待っている。そこへ沿岸封鎖戦隊が威嚇するように接近してきたので、イギリス側がなにか新たな攻撃を、砲火を冒しての捕獲作戦か、焼打ち船、あるいは最新流行のロケット弾で攻撃してくるのではあるまいかと考え、戦々恐々としているにちがいない。しかし、イギリス戦隊が北に戦力を結集したために、少なくとも、南側は監視がとけ、プティ・ミノウの信号所はそのことを報告しているはずである。沿岸航行船――シャスマレ（ドーバー海峡フランス側の沿岸漁船）――は、カマレ岬をまわり、潮流を利して危険きわまりないトゥラーンゲ水道を上って湾内に入ることができる。ホーンブロワーは、その抜け道をふさぐためにホットスパーが反転したのを見られていないことを願っていた――というよりは、確信していた。艦はどのようなフリゲート艦よりも吃水が六フィート浅くて、フランスの大型沿岸漁船と大差なく、大胆に艦を操れば、何者にも気づかれることなくトゥラーンゲの岩礁や浅瀬の中に入って行けるはずである。

「二点鐘です」プラウスが囁いた。今は潮流がもっとも速く、水深三十フィートに達した海水が、四ノットの速さでトゥラーンゲ水道を通り抜け、岬の先端をまわって湾内に入っている。水兵たちは規律を守っている――落ち着けない人間が二人、ふざけ始めただけで、それも下士官の小声のきびしい叱責でピタッと止んだ。

「右舷、海底に測鉛とどきました」舷門から囁きが伝わり、一瞬おいて、「左舷、海底にとどきました」

二人の測鉛手は、測鉛と海面の間に二十四フィートの索を出しているが、今のように艦がゆっくりと前進していると、重い鉛といえどもある程度斜めに引かれる格好になる。実際の水深は十六フィートほどしかないのにちがいない――艦底からは五フィート。

「申し送れ。海底の感触は？」

十秒で返事が戻ってきた。「砂底です」

「岬の岩礁の沖合いにちがいありません」小声でプラウスがいった。

「そうだな。操舵手、右舵一ポイント」

ホーンブロワーは、夜間用望遠鏡で前方を見た。影のような海岸線がかすかに見える。そう、白いものが見えるのは、カウンシル・ロックスなるその岩礁に打ち寄せたゆるやかな波が砕けているのであろう。舷門から囁きが伝わってきた。

「岩底になりました、少し浅くなっています」

「よし」

右舷にもかすかに白いものが見える。進入航路の外側に入り乱れている岩や浅瀬――コルバンとかトレピエと名づけられているもの――の砕け波だ。夜の微風が相変わらず同じ方向から吹いている。

「きいてくれ。底はどうだ?」

申し送りが途中で切れて、重ねて質問をしたために、返事がくるまでに少々時間がかかった。

「岩底です。しかし、艦はほとんど動いていません」

今や、ホットスパーは、水位が上がってきた潮流にさからっていて、艦底から海底まで一ヤードほど余すのみで、宙に浮いて静止した格好になっている。風が流れに向けて艦を押し、急流が後方へ流れ去っている。ホーンブロワーは、頭の中で、すべての要素を考慮しつつ計算した。

「操舵手、左舵二ポイント」

今やホットスパーは風下の転桁索《ブレース》をいっぱいに張って——警告するかのようにジブが二度ばたついた——かにのように横流れに潮流をよぎっているので風圧角を考慮しなければならず、きわめて精密な計算を要した。

「ミスタ・ブッシュ、左舷の測鉛手のところへ行って、ようすを報告してくれ」

なんという美しい夜であろう。さわやかな微風が索具《リギン》に当たって溜め息のような音を発し、星が輝き、岸を打つ波のやわらかい音が聞こえる。

「艦は動いています」ブッシュが囁いた。「岩底で、左舷の測鉛が艦の下側に入っています」

ホットスパーのかにのような動きがそのような結果をもたらしているのだ。

今や、沿岸航行船が浅瀬を通り抜けて水路に入るに足る水深がある。あとそう長くはないはずだ——上げ潮は四時間半しか続かず、運搬船はまごまごしていられない。この月のない闇夜の、このような潮の具合の時間を選ぶことをペリューに提案したのは、それらをすべて計算した上であった。しかし、たとえホットスパーが進路を取り囲んでいる岩礁にのり上げないまでも、これがばかげた大失敗に終わる可能性はもちろんある。

「見てください！　あれを！」ブッシュが緊張した口調で囁いた。「正横前一ポイントの方角です！」

見えた。影のような輪郭、暗い海面上の黒々としたかたまり。それだけではない——

大檣《スイープ》が海面を打つ音。まだある――その向こうに黒々としたかたまりが続いている。最新情報によると、カマレ湾に沿岸航行船が五十隻集結しているとのことで、それら全部がいっせいに港内進入を企てる可能性が充分にある。

「ミスタ・ブッシュ、右舷の砲列の方へ行ってくれ。砲手たちに注意してもらいたい。わたしの命令を待って、発砲する時は確実に全弾を命中させること」

「アイ・アイ・サー」

できるだけの処置を講じはしたものの、運搬船よりホットスパーの方がはるかに目につきやすいはずである。今はすでに気づかれているにちがいない。もっとも、フランス人たちが航行に気を奪われていれば話はべつだ。やはり気づかれた！　いちばん近くにいる船から叫び声が聞こえ、続いて僚船への呼びかけと警告の叫び声があがった。

「ミスタ・ブッシュ、撃ちかた、はじめ！」

闇の中で、真っ赤な閃《せん》光、耳が裂けるような砲声、硝煙のにおい。また、閃光、砲声。ホーンブロワーは、砲声を越えて命令が通じるよう、手探りで拡声器を捜した。しかし、ブッシュは見事な指揮ぶりを示しており、砲手たちも冷静で、それぞれの砲が、砲手長が目標を見定めた上で発射されている。砲口が俯角いっぱいに下を向いているので、各砲の二個の砲弾はなめらかな海面すれすれに飛んで行くはずである。ホーンブロワーは、直撃を受けた船から悲鳴が聞こえたような気がしたが、砲が間断なく発射されているので確信はもてなかった。微風が艦に沿って硝煙を吹き流し、その硝煙のかたまりが黒い波のようにホーンブロワーのまわりを通り過ぎてゆく。彼は、煙の波の中から体をのりだした。砲声、台車が甲板の上を前後に動く音、砲手長の号令などが入り混じって、耳をろうする騒音がひっきりなしに続いている。砲の閃光が、すぐそばの海面のなにかを照らし出した――沈没しつつある船の甲板が海面すれすれになっている。薄い舷側が六発ほどの砲弾を受けたにちがいない。騒音を通して、投鉛台《チエーン》から叫び声が聞こえた。

「一人、舷側を登ってくるぞ!」

必死になって泳いだ者がホットスパーにたどりついたのだ。そのような捕虜はブッシュに任せておけばいい。右舷に黒々とした船の輪郭がさらに現われ、砲に新たな目標を与えている。運搬船の群れは、ホットスパーが風の力で逆らっている三ノットの潮流に押し流されている。いくら懸命に大櫂《スイープ》を引こうと、フランス船の乗組員たちはその潮流に逆らって進むことはできない。横へそれることはできる――しかし、一方はカウンシル・ロックスと名付けられた岩礁で、反対側をコルバンやトレピエといった砂洲や岩が取り巻いている。ホットスパーは、ガリバーと同じような経験をしている――巨人ロワールに対しては小人であったのが、小人国の船のようなこれら運搬船に対しては巨人であった。

左舷四十五度方向の小さな閃光が五つ、六つ、ホーンブロワーの目に止まった。二千ヤード離れたトゥラーンゲ岬の砲台が発砲しているのであろう。その距離では、彼らがホットスパーの砲の閃光を目標に幸運なまぐれ当たりを狙ってくるのは、いっこうにかまわない。相変わらずゆっくりと動いているホットスパーは、いわば移動標的であるし、フランス兵たちは、運搬船に当たるのを恐れて思うように狙いがつけられないはずである。そのような状態における夜間砲撃は弾薬の浪費にすぎない。フォアマンが、興奮に我を忘れたようすで、艦尾甲板《コーターデッキ》のカロネード砲の砲手にどなっていた。

「あいつは坐礁してるんだ！　ほっとけ――沈んだも同然だ！」

ホーンブロワーがさっと振り向いて、その方を見た。その運搬船が岩にのり上げているのは明らかで、砲撃するに値しない。彼は胸の中で、フォアマンの評価表に点を加えた。士官候補生たる者にふさわしくない下品な言葉を使ってはいるが、若くて興奮しているにもかかわらず適切な判断を下している。

「四点鐘です」耳をろうする騒音の中で、プラウスが報告した。それを聞いたとたんに、ホーンブロワーは、自分自身も冷静な判断力を維持しなければならないのを思い起こした。考え計算するのは困難で、海図を頭に思いうかべるのはより困難であったが、しかもなお判断力を駆使しなければならない。

「下手回しだ――ミスタ・プラウス」一瞬遅く、自然な口調で正式に指示を与えるべきであったのに気がついた。「左舷開き《タック》にしてくれ」

「アイ・アイ・サー」

プラウスが拡声器を取り上げ、闇の中のどこかで、訓練で鍛えられた連中が帆脚索《シート》と転桁索《ブレース》にとりついた。ホットスパーが艦首をめぐらせた時、べつの黒い輪郭が水道からこちらに向かってきた。

「降伏する！　降伏する！」船の誰かがどなっていた。

誰かが、ホットスパーの斉射で撃沈されないうちに降伏しようとしている。船は潮流に押し流されて艦の舷側にぶつかったが、すぐさま、離れて行った。早くもホットスパーの横を通り抜けて闇の中へ消えて行ったので、はやまって降伏を申し出る必要はなかったのだ。

「そこの測鉛手！」ホーンブロワーがどなった。「水深を報告せよ」

「二尋《ふたーつ》！」叫び声が答えた。ホットスパーの竜骨から海底まで六インチしかないが、艦はすでに片側の危険個所から離れて、反対側の岩礁に近づいている。

「左舷の砲につけ！　右舷の測深を続けよ！」

ホットスパーが新しい針路に落ち着いたとたんに、べつの不運な運搬船が闇の中から近づいてきた。一瞬の静寂の中で、ブッシュが左舷の砲手に、撃ち方用意、の号令をかけるのが聞こえ、続いて砲声が轟いた。砲煙が渦巻き、その雲のような煙の中から測鉛手の叫び声が聞こえてきた。

「みーっつ！」

砲煙の渦巻き具合と測鉛手の報告がくいちがいを生じている。

「さらに半尋《ひろ》！」

「ミスタ・プラウス、風が変わり始めているにちがいない。羅針儀を見ていてくれ」

「アイ・アイ・サー。五点鐘です」

ほとんど満潮近くになっている——これも忘れてはならない。艦尾甲板《コーターデッキ》左舷のカロネード砲の砲手たちが砲を旋回限度いっぱいにまわしているので、ホーンブロワーがその方角を見ると、一隻の運搬船が横を通り抜けて逃げて行こうとしているのが見えた。その黒々とした船から閃光が二つ、同時にホーンブロワーは足下に衝撃を感じた。あの運搬船は砲を搭載していて、そのおもちゃのような砲を斉射し、少なくとも一発が命中したのだ。豆鉄砲の斉射に等しいものだが、たとえ四ポンド砲弾といえども、ホットスパーの薄い舷側に穴をあけることができる。カロネード砲が轟音を発して応えた。

「もう少し風上に詰めてくれ」ホーンブロワーが操舵手たちにいった。いいながら、測鉛手の報告を聞き取っていた。「ミスタ・ブッシュ、風上に詰める間、左舷砲列、撃ち方用意」

ホットスパーが風上に艦首を向けた。上層甲板《メンデッキ》から、砲手たちが梃子棒やかなてこで懸命に向きを変えている砲の車輪や滑車のきしみが聞こえてきた。

「照準せよ！」ブッシュが号令をかけ、緊張した一瞬後、「撃て！」

砲がほとんど一斉に発射され、ホーンブロワーは——そうでないことはわかっていたが——その直後に、運搬船の群れに砲弾が命中する音が聞こえたような気がした。砲煙に視界をふさがれている間に、船団の方角から悲鳴や叫び声が聞こえてきたのはたしかであったが、そんなことに気をとられているひまはなかった。上げ潮の時間はあと三十分しかない。もはや、これ以上運搬船が水道を上ってくることはない。たとえ上ってきたにしても、カウンシル・ロックスを通り過ぎないうちに潮が引き始めてしまう。それに、一刻の猶予もなく、ホットスパーをまわりの岩礁や洲から脱出させなければならない。沖に出るのには、もうすぐ変わるはずの現在の潮流を利用しなければならず、たとえ半潮といえども艦底が海底について身動きができなくなる可能性があり、夜明けとともに、なすすべなくトゥラーンゲ砲台の砲火にさらされるという、不面目きわまりない破目になってしまう。

「お別れを告げる時がきたな」彼がプラウスにいった。彼は、緊張と興奮で自分がうわついた気分になりかけているのに気づき、愕然とした。さもなければ、今のようなばかげた言葉は口にしなかったはずである。まだまだ気をゆるめることはできないのだ。上げ潮より下げ潮で坐礁する方がはるかに危険である。ゴクッとつばをのみこんで気をひきしめ、懸命の努力で自制心を取り戻した。

「ミスタ・プラウス、わたしが操艦する」拡声器をもち上げた。

「転桁索《ブレース》につけ！　下手回し用意！」

さらに号令をかけると、舵輪がまわって艦が向きを変え、羅針儀についているプラウスが刻々と向首方向を報告した。これから、まわりを取り囲んでいる洲や岩礁の間を縫うように通り抜けなければならない。のんきな水兵たちは意気盛んに騒々しく喋り合っていたが、ブッシュの激しい一言でピタッと静まり、ホットスパーは教会のような静けさに包まれてゆっくりと前進を続けた。

「日没以来、風向きが三ポイントほど変わっています」プラウスが報告した。

正横わずか後ろから風を受けているので、操艦が容易であったが、今は、計算でなく勘にたよらなければならなかった。ホーンブロワーは、上げ潮の時でも一部が海面に現われているような浅瀬の上を、満潮前の水深を利して、紙一重の危険を冒しながら進入した。今度は、測鉛と、見える範囲内の海岸線や岩礁をたよりに、手探りに近い状態で脱出しなければならない。舵輪が右に左にまわって、艦がゆっくりと首を振りながら進んだ。思わず息をのむような数秒間、艦首が風下におちて裏帆を打ちかけたが、ホーンブロワーがとっさに命じて舵輪をいっぱいに逆転させ、危機を脱した。

「潮だるみになりました」プラウスが報告した。

「わかった」

潮だるみ――これで予測外の要因が邪魔をしなければ、まず大丈夫だ。風は弱くはあるが、ここ数日間、南東方向から吹き続けている。他のすべての要因とともに、それも考慮に入れておかなければならない。

「五尋《いつーつ》！」測鉛手が報告した。

「やれやれ」プラウスが呟いた。

ホットスパーは、これで初めて艦底下に二十フィートの水深を得たのであるが、まだあちこちに岩礁が突出していて、完全に危地を脱したわけではない。

「右舵一ポイント」ホーンブロワーが命じた。

「六尋《むっつー》！」

「ミスタ・ブッシュ！」あくまで沈着冷静であらねばならない。激しい疲労にもかかわらず、痴呆のように大声で笑いたい衝動にかられていたが、安堵の情など、人間的な感情はいっさい表わしてはならない。「砲を固定させてくれたまえ。それが終わったら、総員戦闘配置を解いてよろしい」

「アイ・アイ・サー」

「ミスタ・プラウス、きみの非常に有能な助力に感謝する」

「わたしが？」プラウスが、とまどいながら卑下した言葉を口にしていた。ホーンブロワーは、びっくりしたプラウスのとがったあごがさかんに動いているのが想像できたが、そのとりとめのない言葉を無視した。

「ミスタ・プラウス、艦を一時停船《ヒーブツー》させてよろしい。夜が明けて、プティ・ミノウの砲火を浴びるようなことになってはまずい」

「はい、もちろん、そうです」

万事うまくいった。ホットスパーは、侵入し、無事脱出した。南からの沿岸航行船は、当分忘れることのないこらしめを受けた。今や、夜がさほど暗くないのがはっきりしてきた。目が闇に慣れたというようなことではなく、それよりもっと具体的な事柄がそう告げている。人の顔が、今は、甲板の向こう側にいる者までぼんやりと白く見える。ホーンブロワーが後方を見ると、ケラーンの低い丘の稜線が色の薄い空を背景に黒々とうき上がっており、それを眺めているうちに、丘の上方に銀色がうっすらと広がってきた。彼は、その瞬間まで、今が月の出の時間であるのをすっかり忘れていた——それが、ペリューにあてた手紙の中で指摘しておいた要因の一つであったのだ。ふっくらと中高の月が丘の上空に現われて、静かに湾を照らした。トゲンマストが元通りに立てられているところで、トプスルが張られ、ステースルがとりこまれた。

「あの音はなんだ?」艦首方向のどこかから伝わってくる鈍い響きのことをきいた。

「船匠《だいく》が穴をふさいでいるのです」ブッシュが説明した。「あの最後の船が、右舷艦首の水線のすぐ上に穴をあけたのです」

「負傷者は？」

「一人もいません」

「よろしい」

意志力をふりしぼって、堅苦しい口調で質問をし、会話に終止符を打った。

「ミスタ・ブッシュ、きみに任せても、ここから先は道に迷うこともあるまい」彼がいった。そらぞらしく響くことはわかっていたが、冗談めいた口調になるのを抑えられなかった。転桁索《ブレース》についている者たちがメン・トプスルを裏帆にしているので、ホットスパーは平穏に停止していられる。「ミスタ・ブッシュ、平常の当直に戻していい。まちがいなく夜半直（十二時〜午前四時）の八点鐘に起こさせてくれ」

「アイ・アイ・サー」

あと四時間半は平安を楽しむことができる。彼は、疲れきった心身を休めたくてならなかった——休めるというよりは、忘却の中に沈めたかった。遅くとも夜明け一時間後には今夜のようすの報告が届くのを、ペリューは期待しているであろうし、その報告書を書くのに一時間はかかる。それに、この機会を利して、マリアに手紙を書き、外部の世界に届く可能性を期待しながら、手紙を報告書とともにトナント号に送り届けておかねばならない。マリアへの手紙は、ペリューへの報告書を書くより時間がかかるはずだ。その時、べつのことを思い出した。もう一度、気力を奮って疲れを押し隠し、指示を与えた。

「そうだ、ミスタ・ブッシュ！」

「はい？」

「朝直（午前四〜八時）中に艇をトナントへ派遣する。士官で、いや乗組員で手紙を出したい者は、その機会を利用するといい」

「アイ・アイ・サー。ありがとうございます」

　艦長室に戻ると、靴を脱ぐのに非常な努力を要したが、当番兵のグライムズがきてその労苦を救ってくれた。グライムズが、靴を脱がせ、外套を脱ぐのを手伝い、襟飾《ネッククロス》りをゆるめてくれた。ホーンブロワーは、黙ってやらせておいた――疲労がひどくて体面をとりつくろっている気力すらなかった。一瞬、靴下だけになった疲れた足を動かして楽しんだが、次の瞬間、手足を広げてばったりと吊り寝台《コット》に倒れこみ横向き加減に半ばうつ伏せになり、両腕に頭をのせた。グライムズがソーッと毛布をかけて部屋を出て行った。

　グライムズに揺り起こされた時、利口な寝方でなかったのをつくづくと思い知らされた。体じゅうの関節が痛み、冷たい海水で顔を洗ったが、まだ頭がはっきりしなかった。人が大酒を飲んだ後の酔いをさますのに苦労するように、長時間の緊張の影響を振り払うのに苦労をした。しかし、机に向かって報告書を書き始めた時には左羽根のペンが動かせる程度に回復していた。

拝啓、

今月十六日のご指示に従い、十八日午後実行に移り……

最後の一節は、夜が明けて書きこむべき事柄を自分の目で確かめるまで、そのままにしておかなければならなかったので、報告書を横において、べつの便箋を引き寄せた。二通目の手紙は、書き出しの文句をすら、ペンの端を噛みながら考えねばならず、「愛するわが妻よ」と書くと、またペンを噛んで考えた。やがてグライムズがきた時は、救われる思いがした。

「ミスタ・ブッシュの伝言です、夜明け間近になりました」

その言葉で、手紙をしめくくることができた。

「さて、最愛の妻よ――」マリアの手紙をさっと見て、愛情豊かな言葉を選んだ。「――わが天使よ、任務でまたもや甲板に出なければならないので、これでこの手紙を終えることにする――」また妻の手紙を見て言葉を捜した。「――わが妻に、生まれる子供の母親に、かぎりなき愛をこめて。

愛情溢れる夫　ホレイショ」

甲板に出ると、夜が急速に明けていた。

「ミスタ・ヤング、メン・トプスル・ヤードをまわしてくれ。少し南へ移動しよう。おはよう、ミスタ・ブッシュ」

「おはようございます」

ブッシュはすでに、望遠鏡で南のようすを見ようとしていた。しだいに明るさが増し、近づくにつれて、急速にはっきりと見え始めた。

「あそこに見えます！　すごい——一、二、三隻——それに、向こうのカウンシル・ロックスに二隻のりあげています。航路筋に見えるのも残骸のようです——われわれが沈めた船だと思います」

半潮なので、夜明けのきらめく陽光の中に、岩礁、浅瀬、岸に点在している破船が、水晶のような光を背景に黒々とうかび上がっていた。いずれも、封鎖を突破しようとした報いを受けた沿岸航行船である。

「いずれも、穴だらけで、水浸しになっています」ブッシュがいった。「船や積荷が救助できる可能性はまったくありません」

ホーンブロワーは、早くも頭の中で、報告書の最後の一節の文案を考えていた。

「今回の遭遇戦により、十隻を下らない沿岸航行船が撃沈され、あるいは坐礁を強制されたものと信ずるに足る理由があります。この幸運なる結果は、ひとえに……」

「たいへんな富の喪失ですな」残念そうにブッシュがいった。「あの岩にのりあげているのだけでも、かなりの賞金額になったでしょう」

その点は疑う余地がないが、昨夜のあの決定的な一瞬には、敵船を捕獲することなど論外であった。ホットスパーの任務は、あらゆるものをできるだけ破壊することであり、獲物の半ばが遁走するのをみすみす見逃しながら、ボートを派遣して何隻かを捕獲し、貧しい艦長の財布を満たすことにあったのではない。ホーンブロワーが答えようとした瞬間、右舷正横の静かな海面に、とつぜん、相ついで三つの水柱が立ち、言葉を遮られた。一発の砲弾が海面を跳ねながら艦の方に近づき、六百フィートほどの距離のあたりでついに沈んだ。同時に砲声が耳に達し、二人がすぐさま望遠鏡で見上げると、トゥラーンゲ砲台が硝煙に包まれていた。

「好きなように撃て、蛙殿」ブッシュがいった。「今さら、手遅れだ」

「確実に射程外に出ておいた方がいい」ホーンブロワーがいった。「艦を回してくれたまえ」

彼は、敵の砲火を受けながら完全に無関心なブッシュの態度を、できるだけ真似ようと努めた。二十四ポンド砲の斉射で艦が被弾する可能性がまったくないよう措置をとるのは、臆病だからでなく、思慮を働かせているのだ、と自分に言って聞かせたが、それでも、ややもすれば自分を嘲笑いそうになった。

しかもなお、自らを祝する気持を抑えきれない事柄が一つあった。今の会話の中で捕獲賞金の話が出た時、自分は言葉を控えた。賞金制度は有害無益だ、と激しい口調でいいかけたのを、なんとか抑えた。そうでなくても、ブッシュは自分を変人と思っていることであり、賞金制度——働きにふさわしい報奨金を受けるという制度——に関する意見を表明していたら、ブッシュは、自分をたんなる変人と考えるだけではすまなくなっていたにちがいない。自分を、狂人であり、自由主義的、革命的、反国家的であり、従って危険な人間である、と考えるであろう。

9

ホーンブロワーは、待っているボートに下りて行くべく、舷側に立っていた。彼は、堅苦しい口調で、規定に定められた言葉を口にした。

「ミスタ・ブッシュ、艦の指揮をきみに委ねる」

「アイ・アイ・サー」

ホーンブロワーは、下りかけるべく身構えた時、まわりを見まわすべきであるのを思い出した。ブッシュがこの儀式のために、編物——フランス語でクローシェという編み方——の上手な水兵に命じて白い麻糸で作らせた白手袋をはめている、儀仗兵がわりの若者たちをにらみつけるように見渡した。今度は、艦長下船の礼を号笛で吹奏している掌帆手たちの一人一人を、頭から足の先までゆっくりと見まわした。一通り見終えると、舷側を下りて行った。彼の足がボートの漕ぎ手座に達したとたんに号笛吹奏が止んだ——ホットスパーの乾舷（水線から最上甲板までの部分）はそれほどに低いのだ。礼式規定によると、儀式は下船する士官の頭が甲板と同じ高さになった時に止めることになっている。ホーンブロワーは、帽子、手袋、剣、しぶきよけの外套などが邪魔になって、よろめくように艇尾座席《スターンシート》に腰を下ろすと、吠えるようにヒュイットに命令した。鉤竿をはずしてボートが艦から離れ、たくましい腕四本がバランス・ラグ（小船用の帆の一種）の揚げ索《ハリヤード》を引く間、艇内が一瞬混乱をきたした。緑色の波に手が届くような、海面と同じ高さに坐っているのが、非常に奇妙な気がした。ホーンブロワーが最後に艦を下りた時から、八週間以上たっている。

　風が南寄りに五、六ポイント変わったので帆を詰め開き《クロースホールド》にする必要もなく艇が針路を維持すると、ホーンブロワーは、海面に静かにうかんでいるホットスパーの方を振り返った。専門家としての目で艦の輪郭を見渡し、再び艦外からの観察者として、それぞれのマストの相対的な高さ、檣座の間隔、第一斜檣《バウスプリット》の傾斜の具合などに注意を向けた。今では、帆走中の艦のいろいろな癖について非常に多くのことを知っていたが、つねに新たに知ることがあるものである。しかし、今の場合はそれどころではなかった。一陣の突風で艇が大きく傾き、とつぜんホーンブロワーは、周囲の状況と自分自身に不安を感じた。ホットスパーなら問題にしない小さな波も、小艇で受けると巨大な感じで、艇は、傾いているだけでなく、今では、グーッともち上げられては急降下するという非常に不快な動きをくり返している。ホットスパーの甲板の心強い安定感――その動きに苦労のあげくようやく慣れたのだが――に比べると、この新たな海のようす、艇の奇怪な揺れ方は、非常な不安を抱かせた。ホーンブロワーが、これから参加しようとしている会合への期待に非常な緊張と興奮を覚えていたので、なおさらであった。彼は、待ち伏せていたかのように急に襲ってきた船酔いを必死に抑えて、ゴクッと生つばをのんだ。気をまぎらわせるために、待ちきれないくらいにゆっくりと近づいているトナント号に注意を集中した。

トナント号は、メンのトゲンマストの先に、他の就役艦がつけている細長い旗でなく、海軍士官の誰もが夢にみる幅の広い旗を掲げている。自艦のみならず、他の艦に対しても指揮権を有する艦長の標識である。ペリューは、勅任艦長《ポスト・キャプテン》のなかでもかなり先任であるばかりでなく、将官に昇進したら直ちに重要な司令官職に任ぜられることはまちがいない。海峡艦隊所属の少将たちで、ペリューが沿岸封鎖戦隊の司令官に任ぜられたことを苦々しく思い羨望している者が何人もいるはずである。一艘の小艇がトナント号の右舷舷側に横づけになった。白地に赤線が入っていて、海軍省が支給する実用本位の小艇と設計がまったく違っている。その艇の乗員が、同じ白地に赤線の入っている制服を着ているのが見えた。誰か非常におしゃれな艦長が訪艦するのであろう——いや、艦長というよりは将官である可能性の方が強い。胸に勲章のリボンを並べ華やかな肩章をつけた姿が舷側を上って行くと、号笛吹奏と軍楽隊の演奏とおぼしき音が海面を伝わってきた。次の瞬間、フォア・トップマストにイギリス海軍旗がスルスルと揚がった。海軍中将だ！　あれはコーンウォリスだったのだ。

ホーンブロワーは、〈全艦長集合〉という簡潔な信号で自分も召集されたこの会議がたんなる社交的な集まり以上のものであるのに気がついた。自分のみすぼらしい身なりを眺めまわして大いに気にしたが、その時、外套の前を開いて左肩の肩章が見えるようにしておかなければならないのを思い出した——二年前に海尉艦長《コマンダー》に仮任命されたままついに本任命されなかった時の安っぽくみすぼらしい肩章である。ホーンブロワーは、舷門で出迎え役を果たしている当直士官が望遠鏡から目を離して命令を下すと、白手袋をはめた舷門送迎兵のうちの四人があたふたと姿を消したのを、はっきりと見た。たんなる海尉艦長《コマンダー》が誤って中将と同じ儀礼を受けることがないよう、とられた処置である。

提督の艇が舷側から離れて、そのあとにホットスパーの艇が横づけになった。ホーンブロワーは、船酔いがさしてひどくなく、自艦の体面を傷つけることがないよう、艇の扱い方を神経質に気にする程度にしっかりしていた。しかし、すぐさま、艇の扱い方に対する心配より、舷側を上って行くことに全神経を集中しなければならなかった。相手は非常に丈の高い二層甲板艦で、舷側の上部がかなり内側に湾曲しているので助かりはするが、正装で動作が不自由な背のひょろ高いホーンブロワーが、威厳を崩さずに上るのは困難な仕事であった。なんとか甲板にたどりつき、面映《おもは》ゆく当惑していたが、衛兵の捧げ銃《つつ》に対して、帽子の縁に手を当てて答礼するのをなんとか忘れないですんだ。

「ホーンブロワー艦長ですか？」当直士官がたずねた。左肩だけについている肩章で、沿岸封鎖戦隊、いや海峡艦隊中ただ一人の海尉艦長《コマンダー》のホーンブロワーであることは承知していた。

「このヤング・ジェントルマンがご案内します」

トナント号は、たんなる七十四門艦ではないので、ホットスパーの狭苦しい甲板に比べると、信じがたいくらいに広く見えた。トナント号は、大きさと各部の材料寸法が三層甲板艦に匹敵する八十四門艦である。艦は、フランス海軍が、訓練と規律によらず、たんなる武力によってイギリスの七十四門艦を圧倒するつもりで大型艦を建造した時代の名残りである。その思惑の結果は、トナント号が今はイギリスの軍艦旗を掲げているという事実にはっきりと示されている。

艦に常時搭乗している将官がいないので、大きな艦尾楼《プープ》にあったいくつかの個室が、ペリューのために一連の続き部屋に改造されている。驚くほどぜいたくなしつらえであった。衛兵のそばを通り抜けると、甲板に、驚くなかれ、絨毯が敷いてある——音もなく足が沈むようなウィルトン絨毯であった。控えの間に、目がさめるような真っ白の麻ズボンをはいた給仕がいて、ホーンブロワーの帽子、手袋、外套を受け取った。

「ホーンブロワー艦長がお見えになりました」案内のヤング・ジェントルマンが、ドアを開いて取り次いだ。

甲板梁《デッキ・ビーム》は絨毯から六フィートの高さにあり、ペリューはその高さに慣れていて、握手をするのに、まったく体をかがめないで歩いてきたのに比べ、ホーンブロワーは五フィート十一インチの体を無意識のうちに折り曲げていた。

「会えて、ほんとうに嬉しいよ、ホーンブロワー」ペリューがいった。「ほんとに嬉しい。手紙というのはなんとしても意が尽くせないので、きみにはいろいろと話したいことがあるのだ。それはともかく、紹介しよう。閣下はすでにきみをご存じのはずだな?」

ホーンブロワーは、ペリューに対して口にしたのと同じ丁重な挨拶を口にしながら、コーンウォリスと握手をした。さらに紹介が続いたが、いずれも、海軍勝利の模様を《海軍広報《ガゼット》》で読んだ者なら誰でも知っている名前であった——プリンス号のグリンダル、マイナター号のマースフィールド、テリブル号のヘンリイ・ポーリット卿、その他五、六人いた。ホーンブロワーは、陽光輝く外部から室内に入ってきたばかりであるにもかかわらず、目が眩む思いがした。それらの中で、肩章を一つしかつけていない士官がもう一人いたが、その肩章を右肩につけているのは、彼もまた、勅任艦長《ポスト・キャプテン》という栄光ある階級に達したこと、あと生き続けて三年の先任序列を得さえすれば二つ目の肩章をつけることができ、戦死することなく生き続ければ、やがては将官という高位に到達するはずであること、を示している。階級上の彼と海尉艦長《コマンダー》の差は、海尉艦長《コマンダー》と下っ端海尉との差よりはるかに大きい。

ホーンブロワーは、すすめられた椅子に腰を下ろすと、無意識のうちに椅子をわずかに後ろへ押しやり、最下級士官、大差のある最下級士官である自分ができるだけ人目につかないようにした。部屋は、ダマスコ織と思われる高価な布地で仕上げられており、そのナツメグ色と紺の色どりは地味ではあるが、驚くほど目を慰めてくれる。陽光が艦尾の大きな窓から差しこんで、揺れている銀のランプをきらめかせている。立派な革装のものをまじえた書物が並んでいる棚があったが、ホーンブロワーの鋭い目が、ボロボロに読み古された〈航海便覧〉とフランス沿岸に関する海軍省出版物があるのを見て取った。部屋のつきあたりに、目ざわりにならないよう格好よく布におおわれた大きなかたまりが二つあるが、軍艦のことをよく知らない人間なら、そのおおいの下に十八ポンド・カロネード砲が二門あることは気づかないにちがいない。

「これでは、戦闘準備をするのに、五分は充分にかかるだろうな、エドワード卿」コーンウォリスがいった。

「ストップ・ウォッチによると」ペリューが答えた。「隔壁を含めていっさいを下にしまうのに、四分十秒ですみます」

ちょうどその時、これまた真っ白い麻ズボンをはいたべつの給仕が入ってきて、充分に訓練された貴族屋敷の執事のような格好で、ペリューに小声で二言、三言いい、ペリューが立ち上がった。

「紳士諸賢、食事《ディナー》にしましょう」彼が一座に告げた。「失礼して、案内させていただきます」

艦の縦方向に取り付けられた隔壁のドアが開かれると、中はダイニング・ルームにな
っていた。白のダマスコ織におおわれた長方形のテイブルの上で、銀器やグラス類が輝
いており、白い麻ズボンをはいた何人もの給仕が壁ぎわに並んでいた。イギリス海軍の
艦長は、当然ながら昇進以来つねに艦長名簿の自分の序列に注意を払っているので、席
順については一点の疑念もなかった。ホーンブロワーと右肩肩章だけの艦長がテイブル
の下座の方へ行きかけた時、ペリューが、席順を確かめているみんなの動きを止めた。
「閣下のご提案により」彼が一同に告げた。「今日は席次を無視することにした。それ
ぞれの席が名札で示してあるはずだ」
今度はみんなが自分の名札を懸命に捜し始めた。ホーンブロワーは、自分の席がヘン
リイ・ポーリット卿とフェイム号のホウザー艦長にはさまれ、向かいがコーンウォリス
の席であるのに気がついた。
「わたしがエドワード卿に提案した理由は」ゆっくりと自分の席の方へ歩いて行きなが
ら、コーンウォリスがいった。「こうでもしないと、わたしたちはいつでも艦長名簿の
隣人と並んで坐ることになるからだ。とくに沿岸封鎖のような任務についている場合は、
単調を救う変化が望ましい」

彼が椅子に腰を下ろし、坐り終わるとほかの連中がそれぞれ席についた。ホーンブロワーは、作法に注意しながら慎重に腰を下ろしたが、しかもなお、〈士官の頭が上層甲板《メンデッキ》の高さに達した時〉という文句になぞらえて、いたずらっぽく、頭の中で、海軍礼式令の規則に新たな一文を付け加えずにはいられなかった――〈提督の尻が椅子の座に触れた時……〉。

「ペリューはいつも美味な食事を供してくれるのだ」今や給仕たちがテイブルの上に次次と並べている皿をしきりに見まわしながら、ヘンリイ卿がいった。いちばん大きな皿が彼の前におかれ、巨大な銀の皿おおいがサッと取り払われると、見事なパイが現われた。パイ皮が城の形に築き上げられ、その小塔に紙のイギリス国旗が立っている。

「これはすばらしい！」コーンウォリスが声をあげた。「エドワード卿、この本丸の下になにが入っているのだ？」

ペリューが物悲しげに首を振った。「たんに、ビーフと腎臓《キドニイ》だけなのです。そのビーフもバラバラになるまで煮たものです。今回本艦に割り当てられた牛は、例によって、肉が普通の人間が食べるのには固すぎるので、シチューとして煮る以外、消化しうる状態になりませんでした。それで、その腎臓を利して、ステーキとキドニイのパイにしたのです」

「しかし、この小麦粉は？」

「軍需部の糧食係士官が一袋送り届けてくれたのです。いかにも彼らがやりそうなことですが、残念ながら船底の汚水に浸っていたために、上の方にわずかにパイ皮が作れる程度しか使えるものが残っていなかったのです」

艦のビスケットを盛り上げた銀のパン入れをさしたペリューの身ぶりが、もっと運がよかったら、どのパン入れにも焼きたてのパンが山のように盛り上げられていたはずであるのを、告げていた。

「美味であることは疑いない」コーンウォリスがいった。「ヘンリイ卿、このすばらしい胸壁をあえてこわす気になれるようであったら、申し訳ないが、わたしに少々切り取ってもらえまいか?」

ポーリットが、切り盛り用の大型ナイフとフォークを使ってパイを切り分け始め、その間にホーンブロワーは、侯爵の息子が伯爵の息子に、軍支給の牛と水浸しになった小麦粉から作られたステーキ・アンド・キドニイ・パイを盛り分けてやっているという現象について、あれこれと考えていた。

「きみの横にあるのは、ポークのシチューなのだ、ホウザー艦長」ペリューがいった。

「少なくとも、わたしのコックがそう呼んでいるのだ。普通のものより塩辛いとしたら、その中に流したコックの涙のせいだ。ダラム艦長が海峡艦隊でただ一頭の生きている豚をもっているのだが、たとえ黄金の山を積んだところで手放す気はないので、哀れなコックは塩漬けの豚肉で間に合わせるほかはなかったのだ」

「そのコックは、少なくともこのパイでは見事な腕前を示している」コーンウォリスがほめた。「芸術家に等しい腕前の持ち主にちがいない」

「平和時に彼を雇って」ペリューがいった。「開戦になったので連れてきたのです。戦闘部署では、下層甲板右舷《ローワーデッキ》の砲手です」

「彼の砲手としての腕前がこの料理ほどに見事なものであるのなら」給仕が酒を注いだグラスの方に手を伸ばしながら、コーンウォリスがいった。「フランス海軍の撃滅を期して、乾盃！」

みんなが口々に同調して乾盃した。

「新鮮な野菜だ！」狂喜した口調でヘンリイ卿がいった。「カリフラワー！」

「今頃、きみの方の割当て分が、艦《ふね》に向かっているはずだ、ホーンブロワー」コーンウォリスがいった。「われわれは、きみのことを忘れないよう、心がけているのだ」

「ホットスパーは、ヒッタイトのウリアと同じですな」テイブルの端のコリンズという気難しい感じの勅任艦長《ポスト・キャプテン》がいった。「戦いの最前線に出ている、という点で」

ホーンブロワーは、コリンズのその言葉に感謝した。それは、一瞬の光明のように、これまで気づかなかった真実に目を開かれたからである。つまり、自分は、野菜が充分にある本隊といるよりは、たとえ食糧が不自由であっても戦いの最前線に出ている方を好む、ということである。

「はしりのにんじんだ！」野菜料理の皿を一つ一つのぞきこみながら、ヘンリイ卿が感嘆の言葉を続けた。「いったい、これは？　とうてい信じられない！」

「春野菜ですよ、ヘンリイ卿」ペリューがいった。「グリーンピースやいんげんはまだ先になりますがね」

「すばらしい！」

「鶏を、どうやってこのように太らせるのだ、エドワード卿？」グリンダルがきいた。

「たんに餌の問題にすぎない。これも、わたしのコックの秘密なのだ」

「みなが関心を抱いているのだから、その秘密は公表すべきだな」コーンウォリスがいった。「船酔い生活をしている鶏が太るというのは、たいへん珍しいことだ」

「お言葉に従って、公開しましょう。この艦には、六百五十人の兵員がいます。毎日、五十ポンド入りのパン袋が十三個からになります。秘密は、その袋の扱い方にあるのです」

「どういう扱い方だ？」数人が口を揃えてきいた。

「中身をあける前に、袋を叩き、ゆする。割れ屑が出ないように加減をしながら、強く叩く。そして、中のビスケットを素早く取り出すと、驚くなかれ！　びっくりしてふだんの住まいから逃げ出したまま、べつの住まいを捜すひまのないぞう、むし、やうじが袋の底にいっぱいいる。紳士諸賢、ビスケットを食べて栄養充分なぞうむしくらい鶏を太らせる餌はないのだ。ホーンブロワー、きみの皿はまだなにものっていない。自分で好きなものをとりたまえ」

ホーンブロワーは、それまで、鶏料理を皿にとろうと考えていたのだが――内心、思わずニヤッと笑ったが――今の話を聞いてその気がなくなった。ビーフステーキ・パイは需要が多くてすでになくなりかけているし、下級士官として、先任者がおかわりをするつもりでいる料理に手を出すべきでないことは充分承知していた。玉ねぎがたっぷり入っているポーク・シチューは、テイブルの向こう端にある。

「手始めに、これからいただきます」自分の前の、まだ手がつけられていない料理の皿をさしながら、いった。

「ホーンブロワーの料理に対する判断力には、われわれは脱帽しなければならんな」ペリューがいった。「それは、わたしのコックがとくに自慢にしている特別料理なのだ。ポテト・ピューレと合わせて食べた方がいいぞ、ホーンブロワー」

塩漬けの豚を使った料理で、ホーンブロワーは礼を失しない程度にたっぷりと自分の皿にとったが、中に黒っぽい薄片が入っていた。この上なく美味な料理であることは、一点の疑いの余地もなかった。ホーンブロワーは、ありったけの知識であれこれ考えた結果、その黒い薄片は、話に聞いたことはあるが一度も賞味したことのないトリュフにちがいない、と結論した。彼ならマッシュト・ポテトと呼ぶそのポテト・ピューレは、艦上でもイギリスの安食堂ででも、一度も食べたことがないすばらしい味であった。控え目ながらも完璧な味つけで、天使がマッシュト・ポテトを食べる場合があるとすれば、必ずやペリューのコックに作らせるにちがいない。彼がとくに食べたくてならなかった春野菜とにんじんをとると皿がいっぱいになり、それらと塩漬けの豚肉料理を味わうのは、まさに悦楽そのものであった。彼は、自分が狼のようにがつがつ食べているのに気づいてハッとしたが、ソーッとテイブルを見まわすと、ほかの連中もむさぼり食っていて会話などしている余裕はなく、ナイフやフォークの音にときおり呟きに似た話し声がまじるだけであった。

「ワインはいかが」「閣下、ご健康を祝して」「グリンダル、その玉ねぎに順風を送って（こちらへよこして）くれないか？」といった言葉である。

「ヘンリイ卿、このガランティーヌはいかがですか？」ペリューがきいた。「給仕、ヘンリイ卿に新しい皿を」

その言葉によってホーンブロワーは、自分が食べている料理の本当の名前を知った。ポーク・シチューがまわってきたので、給仕が間髪を入れずに取り替えてくれた皿にたっぷりととった。この世のものとは思えないような味のソースにつかっているすばらしい玉ねぎを心ゆくまで賞味した。そのうちに、魔法のようにテイブルの上が片づけられて新しい皿が並び、大小の干しぶどうと二色のジェリイで作られたプディングが供された。このすばらしいゼラチンを作るのに、例の牛の足を煮たり濾《こ》したり、たいへんな手間がかけられているのにちがいない。

「そのプディングに使う小麦粉がなかったのです」ペリューが申し訳なさそうにいった。「厨房の連中が、堅パンを砕いて、できるだけのことをしたのです」

その、できるだけのこと、というのは、およそ考えられるかぎり完璧に近く、果物の豊かな味を最高に生かすしょうがのかおりがかすかにまじっている甘いソースがかかっていた。ホーンブロワーはいつの間にか、万が一にも勅任艦長《ポスト・キャプテン》になり賞金で豊かな身分になったら、艦長室の貯蔵食糧に大いに関心を払わなければならないな、と考えていた。その点についてはマリアはあまり手助けにならないにちがいない、と思い、残念な気持がした。そのままマリアのことを思いうかべているうちに、またもやテイブルの上が片づけられた。

「カーフィリはいかがですか？」給仕が耳もとで小声でいった。「それとも、ウェンズリデイル？　あるいは、レッド・チェシャ？」

それらは、すすめられているチーズの名前であった。彼は手当たりしだいにとった——名前がどうあろうと、彼にとっては同じようなものであった——が、間もなく、ウェンズリデイルと上等のポート・ワインが、栄光にみちた行進の最高潮の場面で意気揚々と馬にまたがっている天の双子、カストルとポルクス（船乗りの守護神）のような至上の組合わせであるという、画期的新発見をした。美食で満腹し、二杯のワイン——彼が自らに課している限度——を飲んだ今、その新発見に、コロンブスやクックに劣らぬ非常な喜びを味わった。それとほとんど同時にべつのことを発見して、大いに興を覚えた。それぞれの前におかれた彫刻入りの銀のフィンガーボウルはたいへん優雅であった——そのように立派なものを最後に見たのは、士官候補生時代にジブラルタルの総督官邸の夕食会に出席した時であった。器の中にレモンの皮が一片うかんでいるが、そのレモンの皮がうかんでいる水はたんなる海水であるのを、ホーンブロワーは唇を軽く濡らしながらソッと味わって発見した。なにか心が暖まるような事実であった。

　コーンウォリスの青い目が、じっと彼を見つめていた。

「ミスタ・ヴァイス（寓意劇の道化役）、国王に乾盃だ」コーンウォリスがいった。

　ホーンブロワーは、至福のピンク色のもやの中から、ハッと我に返った。ロワール号に追われていたホットスパーを操った時と同じように、気をひきしめてかからなければならない。一座の注意を引きつけうる一瞬が到来するのを待たねばならない。その一瞬をつかむと、グラスを手にして立ち上がり、長年の伝統による最下級士官の役目を果たした。

「紳士諸賢、国王陛下に乾盃！」

「乾盃!」一同が声を合わせていい、中には、「神の恵みあれ」とか「ご治世がいつまでも続くことを」などと付け加える者もあり、一同が腰を下ろした。

「クラレンス公爵殿下からうかがったのだが」ヘンリイ卿が座談的な口ぶりでいった。「あの方はご存じのように背が高く、艦隊勤務中、父君国王陛下の健康を祈って乾盃するたびに甲板梁《デッキ・ビーム》に頭をぶつけたので、海軍軍人の特権として坐ったままで乾盃するお許しを国王にお願いすることを、真剣に考慮されたそうだ」

テイブルの別の隅で、フロラ号のアンドリューズ艦長が会話を続けていた。

「一人あたり十五ポンドだ」彼がいっていた。「それがわしの艦の水兵たちが賞金として支払いを受けた金額なのだが、われわれはすでにカーザンド湾にあって出港準備を終えていたのだ。女たちはすでに艦から下りていたし、物売り船も近くにいないので、わしの部下たちは——それも二等水兵だが——いまだに一人あたり十五ポンドの金をもっているのだ」

「使う機会ができた時に、大いに役にたつよ」マースフィールドがいった。

ホーンブロワーは、素早く暗算をした。フロラ号の乗組員は三百人程度で、その三百人に賞金の四分の一が分配された。艦長は一人で四分の一もらえるので、アンドリューズは——一括でなく、分割でもらうにしろ——どこかでの幸運な航海の途中、海上でフランス商船を何隻か拿捕したことにより、たぶんなんら危険を冒さず一人の人命を失うこともなく、四千五百ポンドの賞金を得たことになる。ホーンブロワーは、マリアの最後の手紙を思い出し、四千五百ポンドの使い途を考えるなどして、物悲しい気持に襲われた。

「海峡艦隊が帰港したら、プリマスはたいへん賑やかなことになるだろう」アンドリューズがいった。

「それが、諸君に説明したかったことなのだ」その会話に割りこんで、コーンウォリスがいった。なにか、感情を消したきっぱりした口調で、その穏和な顔が仮面のように無表情であったので、みんなの目が彼に注がれた。

「海峡艦隊はプリマスに帰港しない」コーンウォリスがいった。「この機会に、その点をはっきりさせておきたい」

沈黙が流れたが、その間にコーンウォリスがきっかけを待っていたのは明らかであった。気難しい感じのコリンズがそのきっかけを提供した。

「水はどうなるのですか？　糧食の補給は？」

「補給品は、われわれのところへ送り届けられる」

「水をですか？」

「そうだ。わたしは、水運搬船を四隻、建造させた。それらの船が水を運んでくる。軍需部の補給船が、新鮮な食糧、野菜、生きた牛その他を、積めるだけ積んでくる。それによって壊血病が防げるはずだ。わたしは、一隻といえども、補給のために艦を帰港させることはしないつもりだ」

「となると、冬の強風季になるまで、わたしたちはプリマスへ帰れないわけですね？」

「たとえ強風季になっても、帰らん」コーンウォリスがいった。「いかなる艦、いかなる艦長といえども、わたしの特命がないかぎり、プリマスに入港することは許されない。諸君のような経験豊かな艦長に、その理由を説明する必要があるかな？」

他の者同様、ホーンブロワーにはその理由は明らかであった。南西の強風が吹き始めたら、海峡艦隊はどこかへ退避しなければならなくなるかもしれないが、南西からの強風が吹いているかぎり、フランス艦隊はブレスト軍港から脱出することはできない。しかし、プリマス湾は操艦が困難である——東風が吹いたら艦隊の出港が、場合によっては数日も遅れ、その間、風は、脱出するフランス艦隊にとっては順風である。そのほかにも数多くの理由がある。まず病気で、いかなる艦長といえども、艦の航海期間が長いほど乗組員の健康状態がよくなることを知っている。脱走兵の問題。乗組員が上陸して酒色にふけると、軍規が乱れがちになるという事実もある。

「しかし、強風が吹き始めたら、どうするのですか？」誰かがきいた。「われわれは海峡を北へ吹き上げられてしまうかもしれません」

「いや」コーンウォリスがきっぱりといった。「強風で部署から吹き流された場合の指定集合地は、トー湾（イギリス南西部、トーキーの近く）だ。そこに錨泊する」

混乱した呟き声が、その指示の受け取られ方を示していた。トー湾は、風にさらされた居心地の悪い錨泊地で、西風を遮るものがほとんどないが、いったん風向きが変われば艦隊が直ちに出発できるという利点があり、動きの鈍いフランス艦隊が艦列を整えて湾口に出るまでに、ウェッサン島沖に達することができる。

「となると、わたしたちみんな、戦争が終わるまではイギリスの土が踏めない、ということですね？」コリンズがいった。

コーンウォリスの表情が笑顔に変わった。「そこまでいう必要はない。きみたちの誰でも、きみたち全員が上陸できる……」言葉を切っている間に、笑みがますます広がった。「わたし自身が上陸したその瞬間から」

笑声がわき起こった。不承ぶしょうの笑いであったかもしれないが、尊敬の念がこもっていることに変わりはなかった。注意深くその場のようすを見守っていたホーンブロワーは、とつぜん、新たな事実に気がついた。コリンズの質問や発言はすべて、核心をつくきわめて適切なものであった。ホーンブロワーは、なにか用意されていた科白《せりふ》を聞かされているような気がしたが、コリンズがコーンウォリス直属の先任艦長《ファースト・キャプテン》、つまりフランス海軍でいう参謀長に相当する職責の人間であるのを思い出すと、その疑いがますます強まった。彼は、その明朗な態度の裏に、このような誰にも気づかれない深い思慮、知謀を秘めているコーンウォリスに、尊敬の念を抱かずにはいられなかった。また、輝かしい武勲をたてたり貴族の出身であったり、自分より序列がはるかに高いこれらの艦長がいる中で、そのことに気づいたのがこの場の最下級士官たる自分であることに、誇らしい気持になった。非常な自己満足と、かつて経験したことのない愉快さを味わった。

自己満足とワインの酔いが重なって、初めは提督のその言葉のもつ意味に対する理解が鈍っていたが、ハッと気がつくと、すべてが一変してしまった。新たに頭にうかんだ事柄に、たちまちゆううつの淵に投げこまれた。詰め開き《クロースホールド》で帆走しているホットスパーが波の頂きを越えて彼方の斜面を滑り下りる時の、腹の底がからになるような感じを現実に味わった。マリア！　もうすぐ会えるという陽気な文句の手紙を書いたばかりである。ホットスパーには、あと五十日分しか食糧と水が残っていない。新鮮な食糧の補給でその日数が多少は延びるかもしれないが、水だけはどうにもならない（と彼は考えていた）。彼は、食糧、水、薪の補給を受けるために、ホットスパーが定期的にプリマスに帰港するもの、と思いこんでいた。これでマリアは、妊娠中に自分に会うという心の慰めを得ることができなくなった。また、自分自身も、身重の彼女に会うという楽しみが味わえなくなった（その思いによる反応の激しさに彼は驚いた）。それにもう一つある――彼女に手紙を書いて、約束が守れなくなったこと、お互いに会う機会がなくなったことを告げなくてはならない。自分は彼女に非常な苦痛を与えることになるが、それも、彼女の偶像が約束が守れない男、いやたぶん守る気持すらない男であることを、彼女に知らせることによる苦痛だけにとどまらない。

彼は、テイブルのまわりの会話の中に自分の名前が出たのを聞き、マリアに関する思いからハッと我に返った。一座のほとんど一人残らずが彼の方を見ており、彼は、話されていた事柄を思い出すべく、無意識に記憶した言葉を慌てて思い起こした。誰かが——コーンウォリス自身であったにちがいない——彼がフランス沿岸で収集した情報は満足すべきものであり、大いに得るところがあった、といった。しかし、なんとしても、その次にいわれたことが思い出せず、彼は、一同が注目している中で、平静を装って困惑を押し隠そうと努めながらテイブルを見まわしていた。

「みんなが、きみの情報の出所を知りたがっているのだ、ホーンブロワー」コーンウォリスが促したが、一度口にしたことをくり返しているのは明らかであった。

ホーンブロワーは、きっぱりと首を振って拒否した——それが、事態を分析するいとまもなく、拒否の仕方のそっけなさを巧言でつくろういとまもなく、彼が瞬間的に示した反応であった。

「ノー」首を振った身振りの意味をはっきりさせるためにいった。

この場にこれだけ大勢の人間がいる——このような人数に知られたら、秘密は絶対に守れない。自分が内密の取引きをし、イギリスの金を——正確にはフランスの金貨を——惜しげもなく与えているあのさっぱ漁やロブスター漁をしている漁師たちは、そのことをフランス当局に知られたらたちまち死刑に処せられてしまう。彼らが死ぬということだけでなく、今後、情報が得られなくなってしまう。彼は、自分の秘密がそのまま秘密であり続けることを激情的といえるまでに願っているが、同時に、現在、そのうちの誰かが将来の自分の経歴に影響力をもつことになるかもしれない高級士官たちに囲まれている。しかし、幸いなことに、彼は、虚をつかれた驚きのあまりそっけなく拒否してすでに意志表示をした——これ以上はっきりした意志表示の仕方はないわけで、その点はマリアのおかげであった。これ以上マリアのことを考えてはならないし、なんとかそっけなさを和らげる方法を見いださなければならない、と考えた。

「鶏を太らせる方法より重要な事柄です」彼がいい、次の瞬間、名案がひらめいて、責任を転嫁した。「直接命令がないかぎり、自分の作戦行動の内容を公表することは控えたいと思います」

神経を極度に緊張させていた彼は、コーンウォリスの反応の中に同情が含まれているのを感知した。

「公表する必要はない、とわたしは思う」コーンウォリスがいい、ほかの連中の方を見た。いま、顔を彼らの方へ向ける直前、ホーンブロワーの方に近い彼の左のまぶたがチラッと動いたように見えたのは、錯覚であろうか？　ウィンクであったのか？　ホーンブロワーは確信がもてなかった。

会話が今後の作戦に関する論議に移っていった時、精神感応ができそうなまでに神経を研ぎすましていたホーンブロワーは、それまでの一座の雰囲気にあるべつのものを感じ取り、激しい反感を抱いた。戦いの場にあるこれら士官たち、戦列艦の艦長たちは、情報収集といった些細ないわば汚れ仕事を、下級士官に、高慢な彼らの一べつにも値しないような人間に任せておくことで満足している。彼らは、自分たちの高貴な白い手を汚すつもりはない。取るに足りないスループ艦の取るに足りない海尉《コマンダー》艦長がその仕事をやるつもりでいるのであれば、侮蔑感を抱きつつ大様に任せておく。

しかし、その侮蔑は決して一方的なものではない。前線にある艦長たちは、それぞれ戦闘組織の中である位置を占めてはいるが、その位置はきわめて些細なものであり、たとえ口まで上がってきた心臓をのみ下し、緊張による五体の震えを押さえるすべを学ぶ必要があるにしても、誰でも艦長の職務は果たせるのだ。ホーンブロワーは、危険などまったく存在しない今のこの瞬間、それとさして違わない症候を経験していた。上等のワインと美食、マリアのこと、艦長連に対する反感などが一つになって、彼の胸の中に、今にも噴き溢れんばかりに魔女の調合薬を作り出した。幸運にも、沸き立っているその薬が、初めに一つ、さらに一つと、次々に考えを生み出した。それらの考えが、一本の鎖のように論理的につながっていった。ホーンブロワーは、マクベスの中の魔女が親指の痛みで邪悪な物の接近を知るのと同じように、一つの計画がしだいに形を整えてゆくことを予告する血のざわめきを感じた。間もなくその計画が成熟し完成され、ホーンブロワーは、霊的な苦悶が通り過ぎると、頭が冴え、平静な気持になった。それは、高熱による危機が去った後の頭の冴えに似ていた——あるいは、事実、そうであったのかもしれない。

その計画には、夜明け一時間前に半潮になる暗夜が必要である——そのような条件は、不変の法則に従って、いずれは自然が提供してくれる。さらに、ある程度の幸運と、決意、迅速な行動が必要だが、それらはどのような計画にも必要な要素である。痛手を被る可能性は絶えず存在するが、計画にそのような危険性はつきものであろう。また、完全なフランス語の話せる人間の協力が必要であり、冷静な目で自身の能力を測ったホーンブロワーは、自分が不適格であるのを承知していた。無一文の亡命者で、少年時代のホーンブロワーの家庭教師であったフランスの貴族は、フランス語と作法を教えこむ点ではかなり成功（音楽とダンスでは完全に失敗）したが、音痴の生徒の発音を正すことはついにできなかった。文法と構文は非常によくできたが、彼をフランス人とまちがえる者は一人もいない。

ホーンブロワーは、一座が散会し始めた頃には、必要と思われる事柄をすべて見きわめていて、提督の艇が呼ばれた時、機会を見てさりげなくコリンズのそばに立った。

「海峡艦隊に完全なフランス語が話せる者がいますか？」彼がきいた。

「きみ自身、フランス語を話すではないか」コリンズが答えた。

「わたしが考えている役割には不充分です」コリンズが知っているのに気をよくするよりは、彼がそのようなことまで知っているのに驚嘆した。「フランス人と同じようにフランス語が話せる人間が、うまく利用できるかもしれません」

「コタードがいるな」あごをこすって考えながら、コリンズがいった。「マールボロ号の海尉だ。ガーンジイ島の出身だ。フランス人と同じように喋れる――子供の頃からフランス語を話していたらしい。彼になにをやらせたいのだ？」

「閣下の艇がきました」息せききった伝令がペリューに報告した。

「いまお話ししている時間がありません」ホーンブロワーがいった。「計画を書面でエドワード卿に提出することはできます。しかし、完全にフランス語が話せる人間がいないと、提出しても無意味です」

集まってきた連中が、今は舷門に向かっていた。コリンズは、海軍の礼式に従って、コーンウォリスより先に艇に乗り移らなければならない。

「コタードを、特別任務で借りるよ」コリンズが急いでいった。「きみのところへ行かせるから、使えるかどうか、ようすを見るといい」

「ありがとうございます」

コーンウォリスが、主人役のペリューに礼をいい、ほかの艦長たちに別れを告げていた。コリンズは、控え目に、しかし驚くほど素早く、礼をすませ別れを告げて舷側に消えていった。コーンウォリスは、儀仗兵と軍楽隊と整列した少年水兵たちが儀礼を行ない、フォア・トップマストから彼の旗が下ろされている間、艇に下りて行った。彼が艦から離れると、艦長の個人支出でまかなわれたきちんとした身なりの乗組員に操られて、派手な色に塗り直された艇が次々に横付けになり、先任順序に従って艦長が次々に下りて行き、それぞれの艦へ帰って行った。

最後に、乗艦した日に支給された衣類のままの姿の水兵たちが乗っているホットスパーのくすんだ色の小艇がきた。

「失礼します」ペリューに手を差し出して、ホーンブロワーがいった。

ペリューが大勢の人間と握手をし別れの言葉をくり返しているので、ホーンブロワーはできるだけかんたんに別れの挨拶をした。

「健闘を祈る、ホーンブロワー」ペリューがいい、ホーンブロワーはサッと一歩さがって敬礼をした。彼の頭が上層甲板《メンデッキ》と並ぶまで号笛が奏され、次の瞬間、彼は、いずれもみすぼらしい帽子、手袋、剣を身につけたまま、今にもひっくり返りそうな格好で艇にとび下りた。

10

「ミスタ・ブッシュ、この機会を利して」ホーンブロワーがいった。「前にいったことを重ねていっておく。きみが参加の機会を得られなかったことを、気の毒に思う」

「仕方がありません。これが海軍のやり方なのです」暗い艦尾甲板《コーターデツキ》でホーンブロワーと向き合っている黒い影がいった。諦めの言葉であったが、その口調はいかにも残念そうであった。ブッシュが、命を危険にさらすことを許されないのを残念がり、一命を失うことになりかねないホーンブロワーが、興奮のかけらもなく、不安などまったく感じていないような堅苦しい口ぶりでそのブッシュを慰めるのも、すべて戦争という論理的狂気の一部である。

ホーンブロワー自身は、かりに奇跡が起きて、彼がこの夜襲に直接参加することを禁じる命令が届いたとしたら、自分が非常な安堵感を、その安堵感に劣らない歓喜を味わうにちがいないことを、充分に知っていた。しかし、「敵前上陸部隊は、ホットスパー号艦長ホレイショ・ホーンブロワーの指揮下におかれる」と命令書にはっきり書かれているので、そのような奇跡はありえない。そのことは、命令書のその前の部分に説明してあった……「コタード海尉はブッシュ海尉の先任者であるが故に」コタードは、自艦から他艦へ臨時に転出し、その艦の兵員が大部分を構成している奇襲上陸部隊の指揮をとるわけにはいかないし、彼を、彼より序列の低い士官の下につけることはできず、それを解決するにはホーンブロワーが指揮をとる以外に途はない。あの豪華な艦長室の静寂の中で命令書を書いていたペリューは、現在イギリスで奇妙に人気を博している北欧神話の中のヴァルキリイと同じ立場にあった――つまり、戦死すべき人間を選ばなければならなかった。紙の上を走るペンの音が、ブッシュが生き残りホーンブロワーが死ぬことを意味することになるかもしれなかった。

しかし、べつの面からの見方もあった。ホーンブロワーは、ブッシュが指揮官に任命されていたとしても、自分はいっこうに喜ばなかったにちがいないことを、しぶしぶながら認めないわけにはいかなかった。今度の作戦は、ある種の熱情と絶対正確なタイミングで行なわなければ、成功の見込みはまったくといっていいほどなく、ブッシュにはその能力が欠けている。ばかげているようではあるが、ホーンブロワーは自分が指揮をとることになったのを喜んでおり、彼なりの考え方からすれば、それは彼の性格的欠陥を示す一つの証拠であった。

「わたしが帰還するまで、どうすべきかわかっているだろうな、ミスタ・ブッシュ？

わたしが生還しない場合のことも？」

「イエス・サー」

自分の死の可能性についていかにもさりげなく話している時、ホーンブロワーは背筋を冷たいものが走るのを感じた。今から一時間後には、自分は、手足を失い硬直しつつある死体となるかもしれない。

「それでは、支度をするとしよう」いかにも無頓着な態度で背を向けた。

艦長室に入るやいなや、グライムズがきた。

「艦長！」グライムズがいい、ホーンブロワーはサッとそちらを見た。グライムズは、二十代初めのやせた神経質で興奮しやすい男であった。今は、その顔が真っ青で――給仕としての役目で、甲板に出て日に当たることがほとんどない――唇を不気味なまでに震わせていた。

「どうしたのだ！」ホーンブロワーがきびしい口調できいた。

「いっしょに連れて行かないでください！」せきこむようにグライムズがいった。「わたしをいっしょに連れて行くお考えはないでしょう、そうでしょう？」

それは、驚愕するような一瞬の出来事であった。ホーンブロワーは、海軍に入って以来、これにわずかなりとも似た経験をしたことがなく、唖《あ》然とした。これは、臆病をむきだしにしている――上官反抗とすら解釈できるかもしれない。この五秒間に、グライムズは、笞打ちの刑どころか、絞首刑に処せられても仕方がないようなことをしてしまった。ホーンブロワーは、物もいえぬまま、茫然と突っ立って相手を見つめていた。

「わたしはなんの役にもたちません」グライムズがいった。「ひ、悲鳴をあげるかもしれません！」

それは非常に重要な点であった。ホーンブロワーは、奇襲に関する命令を発した時、グライムズを自分の伝令兼副官に選んだ。その選定になんの疑念も抱いていなかった――彼は非常に不注意な〈戦死者の選び手〉であった。今や、その不注意の結果を思い知らされることになった。怯えている男、恐怖で頭の働きが鈍っている男をそばにおいていると、全作戦が失敗する危険性がある。しかもなお、口をついて出た言葉は、初めの考えを反映していた。

「おまえは絞首刑に処せられても仕方がないのだぞ！」彼が声をあげた。

「助けてください！　絞首刑にしないでください！　おねがいです――」グライムズは、失神しそうになっていた――今にもひざまずかんばかりであった。

「いい加減にしろ――」ホーンブロワーがいった。彼は、臆病心そのものでなく、その臆病心をさらけ出した男に侮蔑を感じた。次の瞬間、そのような侮蔑を感じる権利が自分にあるのか、と自問した。続いて、海軍のためを考え、さらに――。そんなくだらない分析をしているひまなどなかった。

「よし！」激しい口調でいった。「おまえは艦にとどまっていてよい。黙らんかこの愚か者！」

グライムズが感謝の意を表しかけたが、ホーンブロワーがきびしい口調で遮った。

「二艘目の艇のヒュイットを連れて行く。彼を呼べ」

このような謀略的作戦の最後の仕上げをする場合、いつも時間が飛ぶように過ぎてゆく。ホーンブロワーは、反り身の斬り込み刀《カットラス》の鞘《さや》の吊り輪にベルトを通し、腰に巻いてバックルをかけた。吊り紐でぶらさげた剣は動きの邪魔になるし、なにかに当たって音を発するかもしれず、彼が考えている奇襲には短剣の方が扱いやすい。ピストルをもって行くことを考えたが、これまたおいて行くことにした。ピストルはある種の状況の下では役にたつかもしれないが、かさばっていて足手まといになる。ここにもっと静かな得物がある——長いソーセージのような、丈夫な帆布の袋に砂を詰めたもので、手首にかける輪がついている。ホーンブロワーは、いつでも使えるようにそれを右ポケットに入れた。

ヒュイットがきて、役割のかんたんな説明を受けた。グライムズを横目でチラッと見たその目に、ヒュイットの考えがはっきりと表われていたが、そんなことを相談しているひまはなかった——その問題は後で考えるほかはない。本来グライムズが受けもつはずの包みの内容が説明された——暗灯の火が消えた場合に使う火打ち道具、油をしみこませた布、燃えの遅い火縄と速い火縄、瞬間発火用の青花火。ヒュイットは、それらを一つ、一つ真剣な表情で覚えこみ、砂袋を手のひらにのせて重みをみた。

「よし。行こう」ホーンブロワーがいった。

「艦長！」その瞬間に、グライムズが哀願するような口調でいったが、ホーンブロワーはそれ以上聞く気がなく、聞いているひまもなかった。

甲板は真っ暗で、ホーンブロワーの目が闇に慣れるのにかなり時間がかかった。

士官が次々に準備完了を報告した。

「いうべきことはわかっているのだろうな、ミスタ・コタード？」

「イエス・サー」

フランス人特有の興奮性は、コタードにはまったくなかった。いかなる指揮官といえども満足するような沈着な男である。

「下士官以下、五十一名、集合しました」海兵隊の大尉が報告した。

昨夜艦に集まったそれら海兵隊員は、プティ・ミノウの望遠鏡に発見されないよう、一日じゅう下層甲板《ローワーデッキ》に身をひそめていた。

「ありがとう、ジョウンズ大尉。マスケット銃に弾薬が装塡されていないことを確認したかね？」

「イエス・サー」

緊急命令が発せられるまでは、一発といえども発射されてはならない。敵を倒すには、銃剣、銃床、砂袋を使うが、誤発の絶無を期するには、弾薬を抜いておく以外に方法はない。

「上陸部隊の第一陣が全員漁船に乗り移りました」ブッシュが報告した。

「ありがとう、ミスタ・ブッシュ。よし、ミスタ・コタード、われわれも出発しよう」

今夜、まだ早い時間に、乗組員の不意をついて拿捕した漁船が、舷側に横づけになっていた。乗組員は下に閉じこめられている。彼らが驚いたのは、長期にわたる戦争の場合、漁船は中立とみなされる、という伝統的なしきたりが無視されたためである。彼らはみんなホーンブロワーとは顔見知りで、しばしば金貨と引き換えに獲物を彼に売っているのだが、それでも、船は後で返すといわれても信用しなかった。その漁船がいま舷側に横付けになっており、ヒュイット、コタード、ホーンブロワーの順で乗り移った。いつもえび捕りかごがおいてある船底に、八人の水兵がしゃがんでいた。

「サンダースン、ヒュイット、ブラック、ダウンズ、オールにつけ。それ以外の者は舷《ガン》縁《ネル》より姿勢を低くしていろ。ミスタ・コタード、ここへ坐って、わたしの膝によりかかりたまえ」

ホーンブロワーは、みんながそれぞれの位置につくのを待った。漁船の黒い輪郭は、暗夜でも同じように見えるはずだ。いよいよ、出発の時がきた。

「出発」

オールが水をかき、二本目はより効果的に、三本目はなめらかに、ホットスパーから
しだいに離れて行った。みなは一種の冒険に向かっており、その原因が自分にあるのを、ホーンブロワーは痛いほど意識していた。自分がこの計画を思いつかなかったら、みんなは今頃、艦上で安眠していたはずである。自分が提案をしなかったら生きているはずの人間が、明日は死ぬかもしれない。

不吉な考えを振り払い、その直後に、グライムズのことが頭にうかんだのも振り払った。グライムズは自分が帰還するまでまちがいなく元気でいるはずであり、その時までは彼のことに頭を煩わせないことにした。とはいうものの、舵をとることに神経を集中しているホーンブロワーの頭に、計画を検討していた最中の艦の雑音のように、艦に残っている乗組員たちがグライムズをどのように扱っているだろう、という考えがひっきりなしにうかんだ。艦を離れる前に、ヒュイットが事の次第を仲間に話したことは、まずまちがいないからである。

ホーンブロワーは、舵柄《チラー》に手をかけて、プティ・ミノウに向かって、針路を北に保った。一マイル半の距離だが、自分があの小さな桟橋を見逃して奇襲が惨めな大失敗に終わるようなことがあってはならない。彼は、湾口の北岸の急な丘の輪郭をたよりに、船の針路を決めている。ここ何週間もその丘を見ているので、今ではすべてが頭に刻みこ

まれており、信号塔の西四分の一マイルの地点で海に流れこんでいる小川の両岸の切り立った丘の肩が主要な目印であった。その両岸の肩の間隔が狭まって見えることがないよう船を進めなければならなかったが、何分かたつと、暗い空を背景にそびえ立っている腕木信号機がかすかに見えたので、あとはらくであった。

オール受けがきしみ、オールの先がときおり水をはね上げた。船を上下させている静かな波は、黒いガラスでできているように見えた。音を忍ばせ人目につかぬように接近する必要はなかった——逆に、漁船がいつもと同じようすで近づいているように見せかけねばならなかった。その切り立った丘の裾の海岸に、半潮時に使用できる小さな桟橋があり、漁船はいつもそこに船をつけて、獲物中の上物をもった男を二人ほど上陸させる習慣になっていた。その後、生きたロブスターを十四ほど入れた籠を頭にのせた男たちは、船が潮流や風の具合で遅くなっても市場の開場に間に合うよう、山道を走って丘を越え、ブレストへ行く。ホーンブロワーは、雑用艇《ジョリーボート》に乗って安全な距離からそのようすを観察したが、幾晩も続けて観察した結果、漁師たちとの会話では聞き出しえなかったその事実を確認した。

見えた。桟橋がある。ホーンブロワーは、舵柄《チラー》を握っている手に思わず力をこめた。桟橋の先端に立っている歩哨の大きな声が聞こえた。

「誰だ？」

ホーンブロワーが膝でコタードを促したが、その必要はなく、コタードがすぐさま答えた。

「カミーユだ」彼がどなって、フランス語で続けた。「キリアン船長の漁船だ」

すでに船は桟橋に横付けになっていた。すべてを左右する重大な一瞬である。フォクスル号の水兵班長である大男のブラックは、その機会が到来するやいなやなすべきことを、熟知していた。コタードが船底から喋った。

「おまえんとこの将校用のロブスターがあるんだ」

立ち上がって桟橋の方へ手を伸ばしたホーンブロワーは、見下ろしている歩哨の黒い輪郭がやっと見えるだけであったが、すでにブラックが船首から豹のように桟橋にとび上がり、ダウンズとサンダースンが続いた。影の素早い動きが見えたが、音はいっさい聞こえなかった――完全に音なしの行動であった。

「大丈夫です」ブラックがいった。

繋索を手にしたまま、ホーンブロワーは、ヌルヌルした桟橋の縁を伝ってとび上がり、四つん這いになった。ブラックが、死体のようにぐったりした歩哨の体を両腕で支えて立っていた。砂袋は音をたてない――背後から首筋に激しい一撃を加え、崩れ落ちるのを抱き止めるだけで事がすむ。歩哨はマスケット銃を落としてすらいなかった。歩哨と銃がともにブラックの太い腕にしっかりと抱かれていた。

ブラックが歩哨を桟橋のヌルヌルした板石の上に横たえた。気を失っているのか死んでいるのか、いずれにしても問題ではなかった。

「声を発したら、喉をかき切れ」ホーンブロワーがいった。

すべてが整然と行なわれているが、しかもなお、悪夢のようで、現実のこととは思えなかった。索を巻結びに繋柱にかけるべく向き直ったホーンブロワーは、自分がいまだに野獣のように歯をむきだしているのに気がついた。コタードがすでに彼の横にきており、サンダースンが船首の索をしっかりと繋柱に結びつけていた。

「さっ、行こう」

桟橋はわずか数ヤードの長さしかなく、その向こう端の、小道が分かれて砲台へ上って行くところに、二人目の歩哨がいるはずである。船から、からの籠を手渡しで二つ上げ、ブラックとコタードが頭にのせて歩き始めた。コタードが真ん中で、左側にホーンブロワーがつき、右腕で砂袋が自由に扱えるよう、ブラックが右側を歩いた。歩哨がいた。正式な誰何《すいか》はせず、警備隊の司令官に支払われる桟橋使用料と、暗黙のうちに認められているロブスターについてコタードが喋っている間、なにか冗談をいっていた。そこまではきわめてありきたりの出会いであったが、機をみてブラックが籠を落として砂袋で一撃を加え、三人で歩哨にとびかかった。コタードが両手で歩哨の喉をしめあげ、ホーンブロワーが確実を期して力いっぱい砂袋で殴りつけた。あっという間に終わり、

あたりの静かな暗がりを見まわしているホーンブロワーの足もとに歩哨が横たわってい
た。彼とブラック、コタードの三人は、フランス軍の防衛陣地に入りこんだくさびの先端であった。いよいよ、くさび全体を打ちこむ時がきた。三人の後に、漁船に身をひそめていた六人が続き、その後ろに、ホットスパーの艇をつらねてきた七十名の海兵隊員や水兵たちがいた。

三人は、歩哨を引きずって栈橋に戻り、ボート番の二人に引き渡した。急な小道を、ホットスパーの甲板から望遠鏡で観察したにすぎない山道を登るべく顔をひきしめたホーンブロワーの後ろに、八人の手勢が続いた。ヒュイットがすぐ後ろにいた。静まり返った夜気の中を熱した金属と獣脂のにおいが伝わってきて、暗灯の火がまだついているのがわかった。山道は小石だらけで滑りやすく、ホーンブロワーは力を奮ってあえぎながら登って行った。必死で急ぐことはなく、敵の歩哨線内の民間人がかなり自由に通行していると思われる区域に入りこんではいたが、慌てて音をたて、人の注意を引く必要はなかった。

間もなく、山道の勾配がかなりゆるやかになった。やがて平らになり、べつの小道と直角に交差した。

「とまれ！」ホーンブロワーは、低い声でヒュイットにいったが、ヒュイットが後方に伝えている間に、さらに二歩、前に出た。不意に停止を命ずると、後ろの者が前の者につきあたることになる。

そこが頂上であることはまちがいなかった。頂上が平らになっているために、ホットスパー艦上から望遠鏡で観察できなかった区域である。艦をかなり沖合いに出してマストの最高部に登ってもこのあたりを観察することはできなかった。高だかとそびえる信号塔ははっきりと見え、その下に屋根らしきものがかすかに見えたが、この平地になにがあるのか見ることはできなかったし、ホーンブロワーは、漁師との会話から手がかりすら得られないでいた。

「待て！」彼が後方へ囁き、両手を前に差し出して慎重に前進した。間もなく両手が木の柵に触れた。ごくありきたりの柵で、軍用の障害物ではない。今度は、かんぬきのついているかんたんな門があった。信号所は厳重に警戒されてはいないらしい――柵と門は、無用の者の侵入に対する穏やかな警告にすぎない――もちろん、フランスの沿岸砲台に囲まれているのだから、厳重に警戒する必要はないわけである。

「ヒュイット！　コタード！」

二人がやってきて、三人で闇の中へ目を凝らした。

「なにか見えるか？」

「家のようです」コタードが囁いた。

二階建のなにかだ。下の方に窓がいくつかあり、上の方は一種の展望台のようになっている。信号塔の勤務者がそこに住んでいるのにちがいない。ホーンブロワーがソーッとかんぬきを抜くと、門が音もなくあいた。次の瞬間、とつぜん耳の近くで音が聞こえ、ハッと身をこわばらせたが、すぐさま緊張をほぐした。雄鶏が鳴いたもので、パタパタと羽ばたいている音が聞こえた。信号所の勤務者が籠で鶏を飼っているらしく、雄鶏が夜も明けないのに時を告げたのだ。これ以上ぐずぐずしている必要はない。ホーンブロワーが、門まで呼び寄せた手勢に命令を囁いた。今が決行の瞬間だ。今のこの瞬間、海兵隊員が砲台への道を中途まで登っているにちがいない。命令を下そうとした一瞬、べつのものが目にとまって、ハッと息をのんだ。同時にコタードが彼の肩をつかんだ。前面の窓の二つに明かりが見える。小さな明かりだが、闇に慣れた目には小屋全体を照らし出しているかのように見えた。

「続け！」

みなが突進した。ホーンブロワー、コタード、ヒュイットと斧をもった男二人が一団をなし、マスケット銃をもったあとの四人が、小屋を囲むべく散った。小道がまっすぐドアに通じており、またしてもかんぬきがかかっているのを、ホーンブロワーが必死であけようとした。しかし、ドアはあかなかった。内側に掛け金がかかっており、かんぬきをガタガタさせた音を聞きつけて、中から仰天したような叫び声が聞こえた。女の声だ！　耳ざわりな大声だったが、女の声であることはたしかであった。ホーンブロワーの斜め後ろにいた斧の男がドアを打ち破るべく斧を振り上げたが、もう一人が斧で窓を叩きこわして中にとびこみ、続いてコタードがとびこんだ。女の声が悲鳴と化した。掛け金が抜かれてドアがサッとあき、ホーンブロワーがとびこんだ。

獣脂ろうそくが奇妙な光景を映し出しており、ヒュイットが暗灯のシャッターを開いて大きくした光を半円にサッと振り、その光景をいっそう明るく照らし出した。マストの支柱のような役割を果たすべく四十五度の角度に組み合わされた太い材木の小屋梁があった。その残りの床の面積を、テイブル一つと何脚かの椅子、藺《い》草の敷物、ストーブといった家具類が占めている。その中央に剣とピストルをもったコタードが立ち、つきあたりに悲鳴をあげている女が立っていた。黒い髪をもじゃもじゃにしたものすごく太っている女で、やっと膝に達する男物の寝巻きを着ているだけであった。奥に通じるドアから、寝巻きの下から毛むくじゃらの脚をむきだしにしたひげだらけの男が現われた。女は相変わらず悲鳴をあげていたが、コタードが、弾薬の入っていないはずのピストルを振りまわしながら大声にフランス語でなにかいうと、悲鳴が止んだ。それも、コタードの威嚇が功を奏したからではなく、夜明け前の闖《ちん》入者に対する女の好奇心のせいのようであった。彼女は皿のように目を丸くしてみなを見つめ、体のむきだしの部分を申し訳程度に隠そうとしてみせた。

しかし、決断を下さねばならなかった。今の悲鳴がフランス兵に危急を告げたかもしれない、たぶん告げたであろう。腕木信号機の主柱によせかけてある梯子が天井のはね上げ戸に達している。上階に信号機の腕木を操作する装置があるのにちがいない。寝巻き姿のひげ面の男が通信手なのであろう。たぶん、民間人で、妻といっしょに仕事場に住んでいるのだ。上部の展望台の造りから下部の部屋が容易に造れたのが、二人にとっては好都合であったのにちがいない。

ホーンブロワーは信号機を焼き払うためにきたのであり、たとえ民間人の住居が犠牲になろうと、問題ではなかった。手勢のほかの連中が狭い居間に入り込んできた。寝室からマスケット銃の二人が現われたが、べつの窓を打ち破って入ったのだろう。ホーンブロワーは、一瞬、思案した。今のこの瞬間にフランス兵と戦っていることを予期していたのに、すでに目的物を掌握し、女を捕える結果になってしまった。しかし、すぐさま頭を働かせて考えをまとめた。

「マスケット銃の者は外に出ろ」彼がいった。「柵まで行って警戒するのだ。コタードはあの梯子を登れ。見つかるかぎりの暗号書を運び下ろせ。その他の書類も。急げ――二分間与える。この暗灯をもって行け。ブラック、この女に着せるものを捜せ。ベッドの上の衣類でいいだろう。着せたら二人を外へ連れ出して見張るのだ。ヒュイット、ここを焼き払う準備はできているか？」

パリの〈モニトゥル〉紙が、無法なイギリス兵による女性虐待を大きく書き立てるかもしれない、という考えがチラッと頭にうかんだが、いくら慎重に扱っても書き立てるはずだ、と考えた。ブラックが刺し子ぶとんを女の肩にかけ、二人を追い立てながら正面のドアから出て行った。ヒューイットは考えを決めかねていた。これまで家を焼き払った経験がなく、新たな事態に対処しかねているのが見て取れた。

「ここだ」信号機の主柱の根本を指さして、ホーンブロワーがきびしい口調でいった。主柱のまわりを太い梁が囲んでいる。ホーンブロワーがヒューイットと力を合わせて家具類をその下に押し当て、寝室からも急いで引き出してきた。

「ぼろきれをもってこい!」彼が声をかけた。

コタードが片腕いっぱいに本を抱えて、梯子を下りてきた。

「よし。火をつけよう」ホーンブロワーがいった。

冷酷に家を焼き払うのは、なにか奇妙な感じがした。

「ストーブを使っては」コタードが提案した。

ヒューイットがストーブの口を開いたが、熱くてそれ以上手を触れることができなかった。彼が背を壁で支えながら、ストーブに足を当てて押した。ストーブが倒れ、床に火の粉を散らして転がった。しかし、ホーンブロワーは、ヒューイットの包みから青花火を一握りつかみ出した。まだろうそくがともっているので、導火線に火をつけることができた。最初の導火線がパチパチと燃え、間もなく花火が炎を噴き出した。硫黄と硝石に火薬がまぜてある――青花火はこういう仕事にもってこいだ。彼は、油をしみこませた布の上に炎を噴いている花火を投げると、次々に花火に火をつけて投げ出した。

地獄のなにかの光景のようであった。不気味な青い光が部屋を照らし出したが、すぐさま煙が視界を遮り、花火がシューッと音をたてやがて轟音を発するうちに、硫黄のにおいがみんなの鼻を襲った。その間、ホーンブロワーは、花火の導火線に火をつけては、居間や寝室のいちばん効果がありそうな場所へ青い炎を投げた。ヒュイットが、一瞬の頭のひらめきで、床の敷物を引きはがして炎を上げている油布の上に投げかけた。すでに材木がパチパチと音をたてて、青い炎やたちこめる煙と競うかのように、黄色い火の粉をまきちらし始めていた。

「これで大丈夫だ！」コタードがいった。

敷物から立ち上がった炎が斜めに組んである材木の一本に燃えつき、間もなく新たな炎がザラザラした表面をなめ始めた。三人が魅せられたように、その場の光景を見守っていた。この岩山の頂上では、井戸も泉もあるはずがなく、完全に火の手がまわったら消すことは不可能である。ホーンブロワーが割れ目に青い炎を押しこんだ壁が、二個所で燃え始めた。その一個所からとつぜん炎が二フィートほど壁沿いにはね上がるやいなや、一連の破裂音と同時に火の粉がとび散った。

「さっ、行こう！」彼がいった。

外の空気は冷たく澄んでいた。三人は、炎に眩んだ目をまばたきながら、でこぼこの地面をよろめくように進んだ。ほんのかすかな明るみが空中に広がっていた——夜明けを告げる微光であった。刺し子ぶとんを体に巻きつけて立っている太った女の輪郭が、ぼんやりとホーンブロワーの目に映った。奇妙な泣き方ですすり泣いていて、二秒おきくらいに、大きな音をたてて涙をのみこんでいた。誰かが鶏の籠を蹴とばしたらしく、薄明かりの中のそこらじゅうで鶏がコッコッと鳴いているように思えた。小屋の中は完全に燃え上がっていて、空が薄明るくなった今、その空を背景に、腕木をだらっと垂らした奇妙な格好で立っている信号機の巨大な主柱が見えた。主柱から八本の頑丈な索が下方に広がり、岩に埋めこまれた柱に取り付けられている。索が、大西洋の強風に対して微動もしないように主柱を支え、その埋め柱が、信号所のまわりに設けられた柵の柱の役を果たしている。下方の谷間から運び上げたと思える土がわずかばかりの地面をおおっていて、庭を作ろうというはかない試みがなされている。何本かの三色すみれ、一かたまりのラベンダーと、誰か慌て者に踏みつけられた哀れなゼラニュームが二本。

しかし、空の明るみは、まだわずかに目につく程度であった。小屋をなめつくしている炎の方がはるかに明るかった。ホーンブロワーが見ていると、階上の一方の端から噴き上がった煙が炎に照らし出され、その直後に、すでにひずみかけている材木の間から炎が舞い上がった。

「あそこには、たいへんな量のロープ、滑車、梃棒が蓄えてありました」コタードがいった。「もはや、ほとんど残っていないでしょう」

「もう誰にもあの火を消すことはできない。ところで、海兵隊からはなんの連絡もないな」ホーンブロワーがいった。「さっ、みんな、行こう」

彼は、信号所に充分に火がまわらないうちに敵兵が現われたら、マスケット銃の男たちと自分で、敵兵をくいとめて時間をかせぐつもりでいた。今や、その必要もなく、すべてがきわめて順調に進んだ。事実、あまりにも順調であったので、みんなが揃うのを待っている余裕があった。何分かのんびり過ごすと、急ぐようすもなく一列に並んで門を出た。夏の海の上にかすかなもやがかかっている。ホットスパーのトプスル——艦尾方向いっぱいに引き付けられたメン・トプスル——は、船体よりはるかによく見え、真珠色のもやの中の灰色の真珠のようであった。門のそばの太った女は、もはや人目などかまわず、刺し子ぶとんが肩からずり落ちたままの姿で、両腕を振りまわし、かんだかい声でみなに呪いの文句を吐いていた。

みなが斜面に面したその右手の霧のかかった谷間から、トランペットからっぱのような楽器の音が聞こえてきた。

「連中の起床らっぱだ」ホーンブロワーに続いて小道を滑り下りながら、コタードがいった。

彼が言い終わるか終わらないうちに、べつのらっぱが鳴り始めた。一、二秒後にマスケット銃の銃声が一発聞こえ、銃声がしだいに数を増すにつれて太鼓の連打が鳴りわたり、さらにいくつかの太鼓が警報を発し始めた。

「あれが海兵隊です」コタードがいった。

「そのとおり」ホーンブロワーがきびしい口調でいった。「続け！」

銃声は、砲台攻撃に向かった海兵隊員の不手際を示している。歩哨がいたにちがいないが、音をたてることなく処理すべきであったのだ。しかし、いずれにしても敵に知られてしまった。警備隊――完全装備の兵二十名ほど――が防戦し、今や本隊が出撃準備を整えている。あれは、稜線の手前側の兵舎にいる砲兵隊であろう――銃や銃剣での戦いにはあまり役にたたないが、今のこの瞬間、稜線の向こう側にいる歩兵一個大隊が目をさましつつある。それらの考えがはっきりと形を整えないうちに、ホーンブロワーは、命令を下して、砲台に向かう右手の小道を突っ走った。稜線を越えるまでに、新たな計画ができていた。

「とまれ！」

みなが彼の後方に集合した。

「弾をこめろ！」

薬包が歯でくいちぎられた。火皿に火薬が入れられ、さらに銃やピストルの銃口から火薬が注ぎこまれた。からの薬包を丸めた紙を銃口から押しこみ、口にくわえていた銃弾を吐き出すようにその上に入れ、込め矢を差しこんだ。

「コタード、銃の者を連れて側面にまわれ。残りの者はわたしに続け」

湾曲した胸墻の狭間《はざま》から四門の三十二ポンド砲がのぞいている。その向こう側で、夜明けの光を受けた赤い制服の海兵隊員の散兵線が、銃口の閃光と硝煙でわずかに所在のわかるフランス兵をくいとめている。コタードと彼の部下、未知の兵力がとつぜん側面に出現したために、フランス兵は一時的に退却した。

胸墻の内側の壁の中央で赤い上衣を着たジョウンズ大尉と部下四人がドアをあけるのに苦労していた。大尉の横に、ヒュイットのと同様に、青花火、速燃性と遅燃性の導火線をそれぞれ巻いた枠の入っている包みが、広げてあった。彼の横に二人の隊員の死体が転がっており、一人は無惨に顔を撃ち抜かれていた。ホーンブロワーがその方へ行くとジョウンズが顔を上げたが、ホーンブロワーは相談などに無駄な時間を費やさなかった。

「どけ！　斧！」

ドアは、鉄で補強された分厚い木でできているが、民間人の盗みを防ぐためのものにすぎない。歩哨が一人くらいついていたのであろう。斧をふるうとかんたんに割れた。

「砲の火門を全部ふさいでおきました」ジョウンズがいった。

それは、必要な作業のもっとも些細な部分にすぎない。砲の点火孔に鉄の大釘を打ちこめば、砲は現在の交戦期間中は使用不能になっているが、整備係がドリルで仕事にかかったら一時間ほどのうちに大釘を抜いてしまう。ホーンブロワーは、胸墻の踏み段に足をかけて、前方を見ていた。フランス兵が新たな攻撃を開始すべく集合している。しかし、斧の柄がドアの割れ目に差しこまれて梃がわりに使われている。ブラックが板の端をつかんで、ものすごい力で引きはがした。さらに十回あまり斧で叩き、板を引きはがすと、ドアに穴があいた。かがめば、真っ暗な内部に入って行ける。

「わたしが行く」ホーンブロワーがいった。ジョウンズ大尉や海兵隊員に任せておけなかった。自分以外、誰も信頼できなかった。速燃性導火線の枠をつかんで、叩き割られたドアをくぐり抜けた。足もとに木の階段があったが、予期していたので転がり落ちるようなことはしなかった。屋根の下で身をかがめ、手探りで下りて行った。踊り場が曲がり角になっていて、さらに暗い階段が続いている。そのうちに、前に差し出している手がサージのカーテンに触れた。カーテンを引きあけて、慎重に奥へ入って行った。完全な暗闇であった。そこは火薬庫であった。火薬係が、靴底のくぎの火花で火薬に火がつくのを防ぐために、織物の耳で作ったスリッパーをはく区域である。まわりを手探りで慎重に調べた。一方の手が薬包の山に触れた。すでに火薬が詰められているサージ製の筒である。片方の手がザラザラした樽の表面に触れた。火薬樽だ——蛇にでも触れたかのように、思わずハッと手を引っこめた。そんなばかな真似をしているひまはない、まわりを死の使者に取り囲まれているも同然なのだ。

激しい感情が唸り声となり、斬り込み刀《カットラス》を引き抜いた。薬包の山の側面を二回突くと、ありがたいことに、裂け目から火薬が流れ落ちる囁きのような音が聞こえた。導火線をしっかりと取り付けなければならない。かがんで、べつの薬包に斬り込み刀《カットラス》を突き立てた。導火線を延ばして、中ほどをしっかりと斬り込み刀《カットラス》の柄《つか》に巻きつけ、端を床の火薬の山の中に押しこんだ。わずかな火花で爆発するのだから、必要以上に慎重な処置かもしれない。斬り込み刀《カットラス》をグイッと引き抜かないよう、この上なく慎重に導火線を延ばしながら、カーテンの外へ出た。しだいに明るさを増している方へ階段を上って行き、角をまわった。ドアの割れ目から差しこんでいる光が目が眩むように明るく、速燃性導火線を相変わらず延ばしながら這い出ると、思わず目を閉じた。

「ここで切れ！」彼が命じると、ブラックがサッとナイフを取り出して、ホーンブロワーの手が示している導火線の部分をゴシゴシと切った。

速燃性導火線は、目でたどれないくらいに速く燃える。火薬庫の奥まで延びている五十フィートあまりの長さは、一秒たらずで燃えてしまう。

「それを一ヤード切り取れ！」遅燃性導火線を指さして、ホーンブロワーがいった。

遅燃性導火線は厳重な規格に基づいて作られている。風のまったくないところでは、正確に、一時間に三十インチ、二分間に一インチの割で燃え進む。しかし、ホーンブロワーは、砲台の爆破に一時間も余裕をとるつもりは毛頭なかった。銃声が聞こえてきた。丘の方から太鼓の響きが伝わってくる。ここで冷静を維持しなければならない。

「もう一フィート切り取って、火をつけろ！」

ブラックが切っている間に、ホーンブロワーは、速燃性と遅燃性の双方の導火線を、離れないようにしっかりと結び合わせていた。目前の重要な作業を進めつつ、情勢全般について考えをめぐらせなければならなかった。

「ヒュイット！」顔を上げてどなった。「注意して聞け。稜線の向こう側の、少尉が率いている海兵隊まで突っ走れ。われわれがこれから撤退するから、桟橋上方の最後の斜面で掩護《えんご》せよ、と彼に伝えるのだ。わかったか？」

「アイ・アイ・サー」

「すぐ行け」

その任務を与える相手がグライムズでなくてよかった。導火線をつなぎ終え、ホーンブロワーがあたりを見まわした。

「その死体をここへ運んでこい！」

ブラックが、質問もせずに、死体をドアのそばへ引きずってきた。ホーンブロワーは、初めは石を捜して見まわしたのだが、あらゆる意味で死体の方がいい。まだ硬直しておらず、ホーンブロワーが導火線の余分なたるみをぼろぼろのドアの奥へ押しこんでおいて、死体のぐにゃっとした腕を、結び目から速燃性導火線の上にのせた。死体が導火線の存在を隠す役割を果たす。思ったより早くフランス兵が到着した場合、貴重な何秒間かをかせぐことができる。火が速燃性導火線に届いたら、死体の腕の下をサッと通り過ぎて、一瞬にして火薬庫に達する。火薬庫のようすを調べるために彼らが死体を動かしたら、ドアの奥に延びている導火線の重みで、結び目がサッと引きこまれ、これまた何秒かかせげる――たぶん、燃えている端が階段をずり落ちて、火薬庫にとびこむことになるだろう。

「ジョウンズ大尉！　撤退準備をするよう、みんなに伝えてくれ。すぐにだ。ブラック、その燃えている導火線をよこせ」

「わたしにやらせてください」

「うるさい」

ホーンブロワーが、いぶっている遅燃性導火線をとって、燃えを早めるために息を吹きかけた。目で導火線をたどって、結び目を見た。その結び目から一インチ半の点を頭に入れた。黒点があって、目印の役目をしている。一インチ半。三分。

「ブラック、胸墻に上がれ。いいか。逃げろ、とどなるのだ。よし、どなれ！」

ブラックがどなり始めるのと同時に、ホーンブロワーが、火のついている端をその黒点に押しつけた。二秒待って、引っこめた。遅燃性導火線が二方に燃え始めた——一方は、無害な余剰分の方へ、もう一方は、一インチ半先の結び目とその先の速燃性導火線に向かって。ホーンブロワーは、燃えているのを確認すると、急いで立ち上がって、胸墻にとびのった。

海兵隊は隊伍を整えて彼の前を通り、コタードと水兵がその後に続いていた。あと一分半——一分、マスケット銃の射程に入らない程度の間隔をおいて、フランス兵がその後を追って登ってきた。

「急いだ方がいいぞ、コタード。こい！」

二人が小走りに走り始めた。

「列を乱すな！」ジョウンズ大尉がどなった。彼は、整然と退却しないで敵前から逃げ出したら部下が恐慌状態をきたすのを恐れているのだが、何事も場合によりけりだ。海兵隊員が走り出し、ジョウンズが剣を振りまわしてどなっていたが、効き目がなかった。「こいよ、ジョウンズ」そばを通り抜けながらホーンブロワーがいったが、ジョウンズはわき上がる戦意に思慮を失い、ただ一人立ち止まって敵の方を向き、フランス兵に罵言を浴びせていた。

その時、爆発が起きた。足下の大地が前後に揺れてみんながつまずき、よろめいた。耳を圧する爆音が轟き、空が暗くなった。ホーンブロワーが後ろを見た。煙の柱がいまだに空高く噴き上がっていて、中に含まれている黒い破片が見えた。やがて、その柱がふくらみ、頂上がきのこのように広がった。十ヤードほど離れたあたりになにかが激しい勢いでぶつかり、はね上がった石片がホーンブロワーの足のまわりに散った。なにかが、なにか巨大なものが、唸りを生じ、くるくるまわりながら弧を描いて宙を飛んできた。火薬庫の屋根から吹きとばされた半トンほどの大石が、必然の目標を目ざすかのようにジョウンズの赤い上衣の真上に落ち、その下の哀れなものを完全に抹殺せずにはいられない凶暴な決意にかられているかのように、赤い上衣を引きずってズルズルと滑り落ちてきた。ホーンブロワーとコタードは、催眠術にでもかけられたように、恐怖のまなざしで、その大石が自分たちの左手六フィートほどのあたりで止まるのを、凝視していた。

ホーンブロワーにとって、正気を保ち我に返るのに、この上なく困難な一瞬であった。頭を振って気を取り直した。

「行こう」

彼は、相変わらず冷静な判断を下さねばならない立場にあった。みなが、桟橋上方の最後の斜面に達していた。側面掩護を命ぜられた少尉指揮下の海兵隊員が、そこまで撤退して整列し、ひしひしと迫ってくるフランス兵に発砲していた。そのフランス兵は紺の制服に白い縫い取りがついている——砲台周辺で抵抗した砲兵ではなく、歩兵である。

その後方を、陽気な太鼓のリズム――襲歩――に合わせて、歩兵隊の長い列が駆け足で近づいてくる。

「おまえたちはボートに乗れ」砲台から集まってきた水兵と海兵隊員の一団にホーンブロワーがいい、少尉の方に向き直った。

「ジョウンズ大尉は死んだ。ほかの者が桟橋に着きしだい、大急ぎで引き上げられるよう、心構えていてくれ」

「イエス・サー」

敵の方に背を向けているホーンブロワーの背後から、とつぜん、大工が木に斧を打ちつけるような鋭い音が聞こえてきた。ホーンブロワーがハッと振り向いた。コタードがよろめいており、剣とこれまで抱え続けていた本や書類がその足もとに落ちた。次の瞬間、ホーンブロワーは、彼の左腕が、糸で吊るされてでもいるかのようにブラブラ揺れているのに気がついた。血が噴き出た。マスケット銃の弾がコタードの上膊部に当たって骨を粉砕したのだ。彼が倒れかかったのを、まだ残っていた斧の男の一人が抱き止めた。

「アッ――アッ――アッ！」砕けた腕に触られて、コタードが息をのんだ。当惑したような目でホーンブロワーを見た。

「撃たれたのはなんとも残念だな」ホーンブロワーがいい、斧の男に命じた。「ボートまで連れて行け」

コタードが右手で地面をさかんにさしているので、ホーンブロワーが、もう一人の斧係にいった。

「本や書類を拾い集めて、おまえもボートへ行け」

しかし、コタードはまだ満足しなかった。

「わたしの剣！　わたしの剣！」

「きみの剣はわたしがもって行く」ホーンブロワーがいった。ばかばかしいまでに名誉を重んずる気持が頭にしみこんでいるので、コタードは剣を戦場に残して行くのに耐えられないのだ。ホーンブロワーは、コタードの剣を拾い上げながら、自分が斬り込み刀《カットラス》をもっていないのに気がついた。斧の男が本や書類を拾い集めた。

「ミスタ・コタードが下りるのを手伝え」ホーンブロワーがいい、思いついて付け加えた。「彼の傷の上の方にスカーフを巻いて、強く締め上げるのだ。わかったか？」

もう一人の斧の男に支えられたコタードは、すでによろめきながら山道を下っていた。一歩、一歩が苦痛であった。コタードが足を踏み出すたびに、「アッ――アッ――アッ――アッ！」という胸を刺すような声がホーンブロワーの耳に達した。

「きたぞ！」海兵隊の少尉がいった。

ときたま発砲して機をうかがっていたフランス兵が、本隊の接近に勇気を得て、突撃してきた。ホーンブロワーが急いで見やると、ほかの連中はみな桟橋に達していた――兵員を満載した漁船はすでに桟橋を離れようとしている。

「部下に、走れ、と命じてくれ」彼がいい、海兵隊員が走り始めると、その後に続いた。

滑り転がり、追ってくるフランス兵の叫び声を背に受けつつ、桟橋を目ざして山道を懸命に駆け下りた。しかし、桟橋には、昨日ホーンブロワーが慎重を期して命じておいた掩護隊がいた。軍曹指揮下のホットスパーの十三名の海兵隊員であった。彼らは桟橋上に胸壁を築いていたが、これも、大急ぎで撤退する場合を想定してホーンブロワーが命じておいたことであった。腰の高さより低く、岩や小石を詰めた魚樽で急造したものである。みながその胸壁をとびこえた。しんがりのホーンブロワーは、身構えて、手足を広げてとびこえ、向こう側でよろめいたが、奇跡的に姿勢を立て直した。

「ホットスパーの海兵隊員！　胸壁につけ！　ほかの者は艇に乗れ！」

十二名の海兵隊員が胸壁を前にして片膝をついた。十二挺のマスケット銃が胸壁の上で水平に構えられた。それを見て、追ってきたフランス兵がためらい、止まろうとした。

「低く狙え！」海兵隊の少尉がガラガラ声でどなった。

「ミスタ・なんといったか、さがって部下を艇に乗せろ」ホーンブロワーがきびしい口調でいった。「きみたちが雑用艇《ヨール》で桟橋を離れる時、すぐ繋索が放てるよう、大艇《ランチ》に用意させておいてくれ」

フランス兵がまた前進してきた。ホーンブロワーが振り返ると、最後の隊員に続いて少尉が艇にとび乗るところであった。

「よし、軍曹。一発見舞ってやれ」

「撃て！」軍曹がどなった。

見事な一斉射撃であったが、ほめているひまなどなかった。

「引き上げろ！」ホーンブロワーが叫んだ。「ランチへ！」

彼が桟橋の縁に達した時には、ホットスパーの海兵隊員がとびこむ勢いで艇が離れかけていた。ホーンブロワーは一ヤードほどの水面をとびこえなければならなかったが、両足が舷縁《ガンネル》に達し、そばにかたまっている連中の中へ頭から倒れこんだ。幸いにもコタードの剣を手離すことを忘れなかったので、誰をも傷つけることなく、自分も怪我をしないで艇の底に落ちこんだ。オールと鉤竿が桟橋から艇を突き離し、艇がグーッと離れて行く間に、ホーンブロワーは這い進んで艇尾座席《スターンシート》に坐った。もう少しでコタードの顔を踏みつけるところであった。コタードは、明らかに意識を失ったようすで、底板の上に横たわっていた。

今では、オールがいっせいに水をかいていた。二十ヤード離れ、三十ヤード離れた時、ようやく最初のフランス兵の一団が叫びながら桟橋の突端に達して、怒りと興奮を手足の動きに表わしていた。貴重な一秒か二秒、彼らは手にもったマスケット銃のことを忘れてすらいた。ランチの中で体をよせあっている連中が大声で罵言を浴びせ、ホーンブロワーの憤怒をかきたてた。

「だまれ！　貴様たち、だまれ！」

一瞬にしてランチを包んだ静けさは、騒音より不快であった。桟橋から一、二発の銃声が聞こえ、ホーンブロワーが肩越しに見ると、一人のフランス兵士が片膝をついて狙いをつけ、目標を選び、遠見に銃身の長さが縮まり、やがて銃口がピタリと自分に向けられるのが見えた。慌てて船底に身を投げこむことを考えている時、銃声が響いた。激しい衝撃が体に伝わり、自分がよりかかっている艇尾の頑丈な樫の肋材に銃弾がめりこんだのに気づいてほっとした。頭の働きを回復した。前を見ると、ヒュイットが人をかきわけて自分の方に近づくのが見え、一瞬の恐怖を表わさないよう、できるだけ平静な口調でいった。

「ヒュイット！　舳先の砲につけ。ぶどう弾が装塡してある。艇が適当な向きになったら発射しろ」今度は、漕ぎ手と舵柄《チラー》を握っているカーギルにいった。「左舵いっぱい。右舷オール、逆漕しろ」

「左舷、逆漕」

ランチの動きが停まった。艇首をまっすぐ桟橋に向けており、他の連中を押しのけたヒュイットが、冷酷な表情で、四ポンド・カロネード砲の俯仰装置をいじりながら狙いをつけていた。間もなく、片側に体をよけておいて引き縄をひいた。とつぜんの反動で艇全体が、走行中に岩に激突した感じで、グイッと押し戻され、硝煙がゆっくりと艇をおおった。

「右舷、漕ぎ方始め！　力いっぱい漕げ！　右舵いっぱい！」艇がゆっくりと舳先をめぐらせた。「左舷、漕ぎ方始め！」

四分の一ポンドのぶどう弾九個が、桟橋の上の人のかたまりを突き抜けた。もがいている姿、身動きもしない姿が、横たわっていた。ボナパルトは二十五万の将兵を率いているが、今やその何人かを失った。満槽の一滴とすらいえない、たぶん一分子程度の人数であろう。艇がマスケット銃の射程外に出た。ホーンブロワーが、自分と並んで艇尾《スターン》座席《シート》に坐っているカーギルの方を向いた。

「受けもちの任務を立派に果したな、ミスタ・カーギル」

「ありがとうございます」

カーギルは、ホットスパーの海兵隊員とともに上陸し、舟艇を指揮して撤退準備を整えておく任務を与えられていた。

「しかし、ランチを先に出して、雑用艇《ヨール》を最後に残しておく方がよかったかもしれん。そうすれば、ランチは桟橋から離れて、あとの者の掩護ができたはずだ」

「その点は考えました。しかし、最後の瞬間まで、いちばん後に下りてくる人数がわかりませんでした。そのためにランチを残しておいたのです」

「あるいは、きみの考えが正しかったのかもしれん」しぶしぶといったが、すぐさま、自分の言葉が公正を欠いているのに気づいた。「いや、正しかった、と確信している」

「ありがとうございます」カーギルがまたいい、間をおいていった。「ごいっしょに行けなかったのが残念です」

人の中には奇妙な好みの人間がいるものだ、と、腕を粉砕されて意識を失ったまま自分たちの足下に横たわっているコタードを見下ろして、ホーンブロワーは内心苦々しい思いを抱いたが、栄誉を、さらに、その栄誉がもたらす昇進を渇望している性急な若者たちの不満をなだめておく必要があった。

「頭を働かせるのだ」筋の通る文句を考えるべく気を取り直しながら、彼がいった。「誰かが桟橋の指揮をとらなければならなかったし、それにはきみが最適任だったのだ」

「ありがとうございます」カーギルが改めていったが、相変わらず残念そうな口調であるのが滑稽であった。

とつぜん、ホーンブロワーは思い出し、半身になって肩越しに後方を見た。自分がなにを捜しているのかわかってはいたが、思わず見直さなければならなかった。丘の輪郭が変わっていた。その時、頂上からいまだに一条の煙が立ち上っているのが目についた。

腕木信号機は消えていた。高だかとそびえて、自分たちの行動を監視し、沿岸封鎖戦隊の動きを逐一報告していた物は、もはやそこになかった。訓練精到なイギリスの水兵、艤装者、船匠《だいく》といえども——かりにそのような仕事を与えられた場合——一週間以内に再建することはできない。フランス人の場合には、少なくとも二週間はかかるにちがいない——彼自身は三週間とみた。

そして、前方に、三十分前に見た時と同じようにメン・トプスルをいっぱいに回したホットスパーがみなを待っている。一週間ほどにも思える三十分間であった。漁船と雑《ヨ》用《ール》艇はすでに艦の左舷にまわりかけており、カーギルが右舷を目ざした。このように波が静かで風が弱い時は、舟艇は艦に風よけになってもらう必要はなかった。

「オール納め！」カーギルが号令してランチが艦の舷側に横付けになると、ブッシュが頭のすぐ上から見下ろしていた。ホーンブロワーが手摺《すり》索をつかんで甲板に上がった。真っ先に上がるのが艦長の権利であり、義務でもある。ブッシュの祝いの言葉を遮った。

「ミスタ・ブッシュ、負傷者をできるだけはやく上げてくれ。ミスタ・コタードに担架を下ろしてくれ」

「負傷したのですか？」

「そうだ」ホーンブロワーは不必要な説明をする気はさらになかった。「彼を担架に縛り付け、桁端《ヤーダーム》に滑車《ホイップ》をつけて引き上げるのだ。片腕が粉砕されている」

「アイ・アイ・サー」今ではブッシュは、ホーンブロワーが話をするような気分でないのに気づいていた。

「軍医は準備が整っているか？」

「すでに手当てを始めています」

ブッシュが手を横に振って、雑用艇《ヨール》から上がり、仲間の肩をかりて下へおりて行く二人の負傷者の方をそれとなく示した。

「よろしい」

ホーンブロワーは自分の個室に向かった。報告を書かねばならない、と説明する必要はなく、口実を口にする必要もなかった。いつものように、戦闘行動の後は、腰を下ろして疲れを忘れたいと願う気持より、自分の個室で一人になりたい、という気持の方が強かった。しかし、二歩踏み出した時、ハッと立ち止まった。今度の仕事がこれで完全に決着したわけではない。まだ心の安らぎを味わうことは許されず、疲れを押してめったに口にしない呪いの言葉を吐いた。

グライムズの問題を片付けなければならない、それも直ちに。どうすべきか、決断を下さなければならない。罰するか？　臆病を理由に一人の人間を罰するか？　それは、髪が赤いからといって人を罰するのとなんら変わりない。ホーンブロワーは、歩きまわる元気がないまま、まず片足で立ち、続いてもう一方の足を下ろししながら、疲れきった頭をもっと活発に働かせようと努めた。臆病心をさらけ出したがためにグライムズを罰する？　その方がまだ筋が通る。理由がどう変わろうとグライムズの役にたつわけではないが、ほかの者が臆病心をさらけ出すのを抑える効果はある。士官の中には、規律を守るためでなく、神の教えに背いた者が地獄へ落ちるように、罪の代償として刑罰を科すべきだと考えて、刑に処する者がいる。ホーンブロワーは、一部の士官が当然と思っているような、神に似た権限が自分にあるとは思っていなかった。

しかし、なんらかの処置を講じなければならない。軍法会議にかけることを考えた。証人は自分一人しかいないが、法廷は自分が真実を告げていることを知ってくれるはずである。自分の証言がグライムズの運命を決し、その後——絞首刑か、軽くて五百回の笞打ちの刑。苦痛でグライムズが悲鳴をあげ、やがて意識を失い、翌日の刑に備えて介抱され、それをくり返しているうちに、精神力も体力も失って、たわごとしか口にできない痴呆となりはてる。

ホーンブロワーは、それを考えるのがいやでならなかった。しかし、乗組員がすでに事情を推察しているにちがいないのを思い出した。グライムズはすでに罰を受け始めているにちがいないが、ホットスパーの規律はあくまで守られなければならない。自分は責務を全《まっと》うしなければならない。海軍士官であることの代償を払わねばならない、船酔いに耐えねばならないのと同じように——一命を危険にさらさなければならないのと同様に。直ちにグライムズを拘禁させ、二十四時間の拘禁期間中に最終的決断を下そう。寛ぎに対する期待感を完全に失ったまま、艦長室に向かった。

そして、ドアをあけると、もはや問題は消滅していた――身の毛がよだつような恐ろしさだけが残った。ランプを支える鉤《かぎ》にロープを通して、グライムズがぶらさがっていた。床に膝がつかんばかりに足を引きずって、艦のゆっくりした動きに合わせて揺れていた。顔が黒ずみ、舌が長く垂れている――そこにぶらさがっている恐ろしい姿は、グライムズとは別人のようであった。グライムズは、奇襲作戦に参加する勇気はなかったが、乗組員が感情をあらわに示し、ようやく自分の行ないの意味に気づいた時、これを実行するだけの、吊り寝台《コット》の端に窮屈な格好でひざまずき、吊り寝台《コット》の揺れに引かれて落ちてゆっくりと窒息するという死に方を選ぶだけの意志力がまだ残っていたのだ。

ホットスパーの乗組員全員の中で、これを実行するのに必要な他人との隔絶が可能であったのは、艦長当番であるグライムズただ一人であった。彼は、笞打ち刑か絞首刑を予測し、仲間の侮蔑に苦しんだ――彼が攻撃に参加することを恐れたあの信号所が無力な民間人夫婦によって守られていたのは、なんとも皮肉なことである。

うねりにのってホットスパーがゆっくりと揺れると、ゴロッと垂れている首とぐったりと垂れさがっている両腕が、その動きに合わせて揺れ、足が床をこすった。ホーンブロワーは、自分を捉えた恐怖を振り払い、疲労と不快感を押して、冷静に考える力を取り戻した。艦長室の入り口へ行った。ホットスパーの海兵隊員はついさきほど帰艦したばかりであるので、まだ衛兵が配置についていないのは無理からぬことであった。

「ミスタ・ブッシュを呼んでくれ」彼が外に声をかけた。

一分とたたぬうちにブッシュがやってきて、死体を見るとハッと立ち止まった。

「ミスタ・ブッシュ、あれをすぐさま運び出させてもらいたい。海中に投げ捨ててくれ。きみがそうしたいと思うなら、正式に水葬に付してもよい」

「アイ・アイ・サー」

ブッシュは、正規の応諾の返事をすると、後はグッと口を結んでいた。いま艦長室にいるホーンブロワーが、甲板にいた時よりもっと話したがらない気分になっているのを見た。ホーンブロワーは、隣の海図室に入って行き、小さな椅子に腰をはめこむように坐ると、両手をピタッとテイブルにのせたまま、身動き一つしないでいた。ほとんど間をおくことなく、ブッシュがよこした作業班が到着したのが聞こえた。大きな驚きの声、笑いに似た声などが耳に達したが、彼が隣室にいることに気づくと、一瞬にして止んだ。声がかすれた囁きに変わった。ドスンという音が一、二度、続いてなにかを引きずる音が聞こえ、死体が運び出されたのを知った。

やがて、冷静を取り戻した間に下した決断を実行すべく、立ち上がった。しっかりした足どりで艦長室に入って行ったが、心なしか、気が進まぬまま決闘の場にのぞむ人間のような感じであった。入りたくなかった、その部屋がいやでならなかったが、ホットスパーのような小さな艦では、ほかに行く場所がなかった。慣れるよりほかはなかった。中甲板のカーテンで仕切られた個室のどれかに移り、准士官をここへ上げることができる、という思いつきを振り払った。そんなことをすれば、万事が非常に不便になるし——もっと重要なことだが——限りない噂の種となる。この部屋を使うほかはなく、あれこれ考えているうちに不快が軽減するにちがいない。それに、疲労が激しく、立っていられないくらいであった。吊り寝台《コット》に近づいて行った——首にロープを巻いたグライムズがその上にひざまずき、とび下りる光景が、目にうかんだ。むりやり、その光景を、過去の出来事と冷酷に受け取ることにした。これは、現在だ。靴をはき、斬り込み刀《カットラス》の鞘を腰につけ、砂袋をポケットに入れたまま、吊り寝台《コット》に倒れこんだ。それらを取りはずしてくれるグライムズは、もはやいない。

11

ホーンブロワーは、宛名、日時、さらに拝啓という文字を書いたところで、その報告を書くのが容易でないことに気がついた。その手紙が《海軍公報《ガゼット》》に載るのはまずまちがいないと思ったが、それは、書き始めるべく机に向かった時からわかっていたことである。海軍省に到着する数百の報告書の中から掲載に値するものとして選ばれた少数の手紙の一つとして、〈公報掲載文〉になるはずであり、彼としては初めてのことである。伝統に従った標準的な、ありのままの記述をした報告書を書けばいいのだ、と自身にい聞かせていたのだが、しかもなお、気後れしているわけでは毛頭ないにしても、いま、筆を止めて考えずにはいられなかった。この手紙が公報に載るということは、世界じゅうの人間に読まれるということである。全海軍の将兵が読むということは、自分の部下たちが読むということであり、神経質な連中が不注意な字句を一つ残らず見つけ出してその意味をあれこれ推量するはずであることを、充分以上に承知していた。

それよりもっと重要な点がある。イギリスじゅうの人間が読むということは、マリアが読むということである。彼女がこれまでついぞ見ることができなかった自分の生活に対するのぞき穴を提供することになる。海軍当局の自分に対する評価を考えれば、自分が経験した危険を、控え目ながら、はっきりと読み取れるようにするのが望ましいが、それでは、自分がマリアに書こうと考えている陽気な軽い調子の手紙と真っ向から矛盾することになる。マリアは利口な女で、彼女を騙すことは不可能である。自分の手紙を読んだ後で公報掲載文を読んだら、ホーンブロワーの家名の跡継ぎたるべき子供を宿しているこの時期に、彼女の不信と不安をかきたてることになり、母子双方に最悪の結果をもたらすことになりかねない。

彼は、二者択一を迫られ、結局マリアに重点をおかなければならない、と決めた。自分が遭遇した困難と危険を控え目に表現するが、しかもなお、海軍のことにうといマリアには想像がつかなくても、当局が言外の意を汲み取ってくれることを期待することはできる。またインクにペン先をつけ、しばし羽根の端を嚙みながら、自分がこれまでに読んだ公報掲載文はいずれも同様の困難を味わいつつ書かれたのであろうか、と考え、たぶん大部分はそうなのであろう、と断じた。とにかく、報告書は書かなければならないのだ。避けることはできない——同様に、先へ延ばすことも許されない。「貴命令に従い」という前置きを書くと、ようやくペンが走り始め、文章が次々に頭にうかんできた。書くべきことをすべて思い出さなければならない。「本艦の副長ミスタ・ウィリアム・ブッシュは、上陸部隊への参加を申し出て立派な心構えを示したが、わたしは、艦にとどまって指揮を掌握することを命じた」それから先は苦労することなく書けた。「今回の上陸作戦に志願したHMSマールボロ号のチャールズ・コタード海尉は、そのフランス語の知識により、非常に貴重な貢献をした。彼が切断手術を要する負傷をおい、いまだに生命が危険状態にあることを報告しなければならないのは、非常に遺憾である」そのほかにも書きもらしてならないことがある。「ミスタ」――ファースト・ネイムはなんといったかな？――「航海士ミスタ・アリグザンダー・カーギルは、撤退のさいの乗船を監督する任務を与えられ、非常に満足すべき任務遂行ぶりを示した」次の一文はマリアを安心させるにちがいない。「信号所は、わたしの直接指揮にあった一隊がなんら抵抗を受けることなく占領し、機密書類を確保した後、火を放って完全に破壊した」頭脳明晰な海軍士官なら、大量の戦死者を出した作戦より、一名の人命をも失うことなく遂行された作戦を高く評価するはずである。

いよいよ次は砲台の報告である――慎重に書かなければならない。「勇敢にも砲台を確保した海兵隊のジョウンズ大尉は、不幸にして火薬庫の爆発に巻きこまれ、まことに遺憾ではあるが、ここに彼の戦死を報告する。なお、彼の指揮下の隊員数名が、戦死あるいは行方不明となった」そのうちの一人は、死後も生ける時と同様の貢献をした。ホーンブロワーは思い直した。あの火薬庫の入り口での数分間は、いまだに思い起こすのも耐えがたかった。書き続けた。「海兵隊のリード少尉は、側面防御を担当した上、撤退を掩護して損害を最小限度にくいとめた。彼の行動は惜しみなき推賞に値するものである」

真実であり、書くのが楽しい事柄であった。次に移った。「砲台が完全に破壊されたことをここに報告するのは、わたしのもっとも欣快《きん》とするところである。胸壁は砲身とともに崖下に崩れ落ち、砲架は破壊されたが、砲台内部で一トン余の火薬が爆発したことを考えれば、その状態はご理解いただけるはずである」あの砲台には、三十二ポンド砲が四門あった。あの砲一門の一回の装薬量は十ポンドであり、胸壁の地下深くに設けられていたあの火薬庫には、一門あたり五十発分の火薬が保管されていたはずである。かつて胸壁があった跡は噴火口に似た穴になっている。

あと書くことはあまりない。「撤退は整然と行なわれた。次に戦死者、負傷者、行方不明者の氏名を列記する」名簿の下書きが彼の前にあり、それを慎重に書き写した――それらの名前が公報に載ることに、未亡人や息子を失った両親が慰めを見いだすかもしれない。水兵一名が戦死し、数名が軽傷を負った。それらの氏名を列記して、新たな一節を書き始めた。「海兵隊。戦死者。大尉、ヘンリイ・ジョウンズ。二等兵、――」その時、あることに気づき、ペンを宙にうかせたまま考えていた。公報に名前が載るのは、慰めをもたらすだけではない――両親や未亡人は、戦死者の未払い給料となにがしかの賜金を受け取ることになる。ブッシュが急いで入ってきた時も、まだ考えていた。

「艦長、甲板から見ていただきたいものがあります」

「よろしい。すぐ行く」

間もなく考えが決まった。「水兵戦死者」の見出しのついた節には、名前が一つ記してあるだけであった——二等水兵、ジェイムズ・ジョンスン。もう一つ、名前を書き加えた。「ジョン・グライムズ、艦長当番兵」書き終えると、ペンをおき、甲板に出た。

「あれを見てください」勢いこんで岸をさし、望遠鏡を差し出しながら、ブッシュがいった。

これまで容易に目についた信号塔と砲台がなくなり、あとに土の盛り上がりしか残っていない光景は、いまだに目新しい思いがした。しかし、ブッシュがいっているのはそれではない。馬に乗って斜面を進んでいるかなりの人数の一団があった——ホーンブロワーは、望遠鏡を通して羽飾りや金モールが見えるような気がした。

「あれは、将官連中にちがいありません」興奮した口調でブッシュがいった。「損害の模様を見にきたのです。司令官、行政長官、工兵隊長その他でしょう。もう少しで射程内に捉えることができます。彼らに気づかれないように接近して、素早く砲を押し出し、仰角いっぱいに照準すれば——あれだけ大きな目標ですから、一回の斉射で少なくとも一発は命中するはずです」

「やれないことはないな」ホーンブロワーが認めた。風見の吹流しを見上げ、岸に目を移した。「艦を下手回しにして——」

ホーンブロワーが言葉を続けるのをブッシュは待っていたが、あとが続かなかった。

「命令を下しましょうか？」

また間があいた。

「いや」ようやくホーンブロワーがいった。「やめた方がいい」

ブッシュは優秀な部下であるので、抗言こそしなかったが、失望がはっきりと顔に表われていたので、提案拒否の影響を和らげるために説明する必要があった。将官を一人殺すことができるかもしれないが、たんなる竜騎兵にすぎない公算が大きい。それに引き換え、このあたりの沿岸部の現在の防備の弱さに、相手の注意を強力に引きつけることになるであろう。

「そうなれば、彼らは野砲をもってくる」ホーンブロワーが続けた。「九ポンド砲にすぎないが——」

「そうですね。うるさいことになります」ブッシュがしぶしぶと認めた。「なにかお考えはありませんか？」

「考えるのは、わたしではない。彼だ」沿岸封鎖戦隊の全作戦はペリューの責任であり、彼の功績になる。彼が、ペリューの司令官旗がひるがえっている戦隊の方を指さした。

しかし、司令官旗はもはや揚がっていなかった。ホーンブロワーの報告書をトナント号に届けたボートが、補給品だけでなく、公文書をもって戻ってきた。

「艦長」その文書を渡した後、オロックがいった。「司令官が、あなた宛ての手紙をもった男を、トナント号から、わたしといっしょによこしました」

「どこにいる?」

支給品の普通の水兵服を着たごくありきたりの水兵のように見えた。豊かなブロンドの髪を弁髪にし、帽子を手にして立っている姿は、長年の水兵生活を示している。ホーンブロワーが手紙を受け取って、封を切った。

親愛なるホーンブロワー

公文できみに伝えられた知らせをここで改めて確認しなければならないこと、また、今回のきみの報告書が、わたしが直接読む最後のものとなることは、たいへん残念なことである。将官旗が到着し、わたしが、ロシュフォール封鎖のために集結しつつある戦隊を指揮する少将として、その旗を掲げることになった。わたしのあとは、ウィリアム・パーカー少将が沿岸封鎖戦隊の司令官になることになっており、きみの行動自体が明確にきみ自身のことを告げるのはたしかであるが、わたしは彼に対してきみのことを極力推奨しておいた。しかし、司令官というものは、個人的な知り合いというか、ひいきの人間がいるものだ。わたし自身がH・Hという頭文字の人間をほしいままにひいきにしていたことを考えると、そのようなことをとやかくいうことはできない。さて、話題を変えて、もっと個人的な事柄に移ろう。

わたしは、きみの報告書で、きみが不運にも当番兵を失ったことを知り、その代わりとして、きみに断わりなしに、ジェイムズ・ダウティを送り届けることにした。彼は、マグニフィセント号の故スティーヴンズ艦長の当番を務めた男で、ホットスパーへの転籍を志願するようわたしが説得した。紳士の身のまわりの世話をやくことに長年の経験を積んでいるということであり、彼がきみの気にいり、長年きみの世話をしてくれることを心から願っている。その間、彼を見てわたしを思い起こしてくれれば、たいへん嬉しい。

きみの心からの友人
エド・ペリュー

頭の回転のはやいホーンブロワーをもってしても、その手紙を読んだ後、その内容がもついろいろな意味を理解するのに時間を要した。すべてが悪い知らせであった。司令官が交替することも悪い知らせなら、意味は違うにしても、自分の日常生活を嘲笑うにちがいない貴人の元従僕を押し付けられることも悪い知らせである。しかし、海軍生活が人に教えこむ事柄があるとすれば、それは、急激な変化に対して諦めを抱くことである。

「ダウティ？」ホーンブロワーがいった。

「はい」

ダウティは、丁重な感じを与えたが、その目の動きに人をからかっているような感じも見受けられるような気がした。

「おまえはわたしの召使いになる。任務を果たせば、なにも恐れることはない」

「イエス・サー。ノー・サー」

「手回り品をもってきたか？」

「アイ・アイ・サー」

「副長が誰かに命じて、おまえのハンモックを吊るす場所を教えてくれる。わたしの書記と同じ場所になるはずだ」

艦上の二等水兵で、みなとハンモックを並べて寝なくてすむのは、艦長当番だけであった。

「アイ・アイ・サー」

「それが終わったら任務につけ」

「アイ・アイ・サー」

それからわずか数分後に、艦長室にいたホーンブロワーが顔を上げると、入り口を静かに入ってくる人影があった。衛兵が、艦長一人だ、と告げた場合、専属の従僕はノックをしなくていいことを、ダウティは知っている。

「夕食はおすみになりましたか？」

前夜は一睡もせず、昼間の仮眠もろくにとれなかった一日が終わったところなので、その質問にすぐには答えられなかった。答えを待つ間、ダウティは礼儀正しくホーンブロワーの左肩越しに目を向けていた。驚くほど青い目であった。

「いや、まだだ。なにか適当に用意してくれ」

「イエス・サー」

青い目が室内を見まわしたが、なにもなかった。

「ない。個人用貯蔵食品はなにもない。厨房へ行くのだ。ミスタ・シモンズがなにか見つけてくれる」艦のコックは准士官であるので、名前の前に〈ミスタ〉をつけて呼ばれる資格がある。「いや、待て。艦内のどこかに、ロブスターが二匹ある。海水の樽に入って、どこかの円材《ブーム》にぶらさがっているはずだ。それで思い出した。おまえの前任者が死んで二十四時間近くたつが、その樽の水がかえてない。すぐさまかえてくれ。当直士官のところへ行って、わたしからだといって甲板洗い用ポンプを作動してもらうのだ。そうすれば、一匹食べたあとの一匹が生きている」

「イエス・サー。それとも、いま二匹ともゆでておけば、今夜は熱い料理で、あすは冷たい料理でお上がりになれます」

「そうだな」ホーンブロワーがどっちつかずの返事をした。

「マヨネーズ」ダウティがいった。「艦内に卵があるでしょうか？　サラダ・オイルは？」

「そんなものはない！」歯ぎしりをするような口調でホーンブロワーがいった。「この艦には、その二匹のえび以外、個人用食料はなにもないのだ」

「わかりました。それでは、今回のにはバター・ソースを使い、明日はなにか考えます」

「なんでも好きなようにして、おれを煩わすな」ホーンブロワーがいった。

彼は、しだいにいらだちが深まり、機嫌の悪さが度を増していた。砲台を奇襲しなければならなかったばかりでなく、ロブスターを生かしておくことまで覚えていなければならない。しかも、ペリューはブレスト軍港封鎖艦隊から転出する。いま読み終えたばかりの命令書に、明日の新旧司令官旗に対する礼砲について、具体的な指示が記してあった。その上、明日は、どんなものか知らないがマヨネーズなどとぬかしおるこのダウティ奴《め》が、自分のつぎだらけのシャツをいじくるにちがいない。

「イエス・サー」ダウティがいい、入ってきた時と同じように音もなく出て行った。

ホーンブロワーは、歩きまわっていらだちを鎮めるべく、甲板に出た。わずかに吹き始めた快い夜の微風が、気持を和らげるのに役立った。また、風上側を彼に譲るためにみんなが急いで風下側へ移って行ったことにも、気分をよくした。自分には望みのままの広さ——前後に大股で五歩あるける広さ——があるが、ほかの士官たちは、今は窮屈な思いで夜気を楽しまねばならない。それでいいのだ。自分は、下書き、清書、機密文書綴り用の写し、と、ペリュー宛ての報告書を三度も書かねばならなかった。艦長の中にはそのような仕事を書記に任せる者もいるが、ホーンブロワーは絶対に任せなかった。艦長書記は、とかく、機密文書を扱う立場を悪用しがちである。士官たちの中には、艦長の自分に対する評価や作戦計画の内容を知りたがる者がいる。書記のマーティンは、そのような機会は絶対に得られない。彼は、艦の総員名簿、在庫報告書その他、艦長職につきものの煩わしい事務を扱っていればいいのだ。

　今やペリューが艦隊を離れることになったが、これは非常な災厄であった。今日の午前中、ホーンブロワーは、そのうちにいつか、自分も、勅任艦長《ポスト・キャプテン》に昇進し艦長に任命されるという無上の喜びを味わう日がくるかもしれない、となにげなく考えたことがあった。そのためには、艦隊内と海軍省内に有力な支持者がいることが絶対必要である。ペリューの転出により、艦隊内の支持者を失うことになった。パリー提督の引退によって、すでに海軍省内には友人がいない——海軍省には知り合いはただの一人もいない。海尉《コマン》艦長《ダー》への昇進は、信じがたいような幸運によるものであった。戦争が終わってホットスパーの乗組員が解雇された場合、いずれもおじだのいとこだのと引きのある若い野心に燃える海尉艦長《コマンダー》が三百人も自分と職を争うことになる。自分は、半給を受けて陸上で朽ち果てるかもしれない。マリアを抱えて。マリアと子供を抱えて。どのように考えても希望のもてる状態ではない。

こんな考え方をしていたのでは、自分を包みこもうとしているゆううつ感を振り払うことはできない。マリアには、彼女が誇りを抱き、安心するような、考えられるかぎり陽気で愛情にみちた手紙を書いた。あそこに、夕空の中で金星が輝いている。この海の風は、気分を刺激し、疲れを癒《いや》し、この上なく快い。これが神経をすりへらした今の自分が考えているよりはるかにましな世界であることはたしかだ。丸一時間、甲板を行ったり来たりしているうちに、ようやく自分でもそう思いこむことができた。一時間たった頃には、その快いまでに単調な運動で、活発すぎる頭脳の働きがしだいにおさまっていた。今では健康的な疲労感を覚えており、それに気づいたとたんに、自分が非常に空腹であるのを知った。どのように気が散っていようと、意識的にあるいは無意識のうちに、艦上の出来事はたちまち気がつくので、ダウティが一度ならず甲板にチラッと姿を見せたのに気づいていた。夜があたりをすっぽりと包み、これ以上待ちきれない気持になった時、散歩に邪魔が入った。

「夕食の支度ができました」

ダウティが丁重な態度で彼の前に立った。

「よろしい。すぐ行く」

ホーンブロワーが海図室のテイブルについた。狭い中で、ダウティが彼の椅子の横に立った。

「ちょっとお待ちください、厨房からお食事を運んでまいります。リンゴ酒をお注ぎしてよろしいですか？」

「なにを注ぐ……？」

しかし、ダウティはすでにコップに注ぎ始めていて、注ぎ終わるとすぐさま姿を消した。ホーンブロワーは、おそるおそる味わってみた。口あたりはやや荒いが精製されており、果物の味やかおりは豊かだが甘ったるくなく、すばらしいリンゴ酒であることは疑いの余地がなかった。何カ月も水槽に入っている水しか飲んでいない今は、まさに天国の味であった。二度ほどなめるように味をみると、首を後ろに倒して一息に飲み干した。酒が快く喉を流れ落ちていった。この奇妙な出来事について考えるいとまもないうちに、またダウティが音もなく海図室へ入ってきた。

「皿が熱いですから」彼がいった。

「これは、いったい、なんだ？」

「ロブスターのカツレツです」リンゴ酒を注ぎながらダウティがいい、わずかに目につく程度の身ぶりで、同時にテイブルの上においた木の鉢を示した。「バター・ソースです」

信じられなかった。皿にのっているきちんと形の整った茶色のカツレツは、外見《そとみ》はロブスターと似ても似つかないものであったが、ホーンブロワーが慎重にソースをつけて口に入れると、すばらしい味であった。肉をほぐしたロブスター。そして、ダウティがひび割れた野菜皿のふたをとると、夢にも似た喜びを覚えた。金色のすばらしい新ジャガイモ。急いで口に運び、もう少しで口を焼きそうになった。その年初めての新ジャガイモほど美味なものはない。

「艦あての野菜といっしょに届いたものです」ダウティが説明した。「危ういところで、やっと手に入れました」

この新ジャガイモを危ういところでどこから手に入れたのかは、きく必要がなかった。主計長《パーサー》のハフネルのことはよく知っていたし、士官集会室《ワードルーム》の連中の旺盛な食欲は充分に想像がつく。ロブスターのカツレツ、新ジャガイモ、美味なバター・ソース――パンの器に入っている艦の堅パンにはぞうむしがわいていることなど考えないことにして、夕食を楽しんだ。彼はぞうむしには慣れていた――航海に出てひと月ほどたった頃、陸上での貯蔵期間が長ければもっと早く、ぞうむしは必ずわく。カツレツを口に運びながら、堅パンのぞうむしごときにこの夕食の楽しみの邪魔をさせてはならない、と自分にいい聞かせた。

リンゴ酒を一口飲むと、ようやく気がついて、どこから手に入れたのだ、ときいた。

「代わりの品を約束したのです」ダウティがいった。「独断で、四分の一ポンドの煙草と引き換えにすることを」

「誰がもっていたのだ？」

「口外しない、と約束をしましたので」

「なるほど、ま、いいだろう」ホーンブロワーがいった。

リンゴ酒の出所は一つしかない――昨夜彼が拿《だ》捕した漁船のカミーユ号だ。あの漁船に乗っていたブルターニュの漁師たちは、もちろん船に一樽積んでいたにちがいなく、誰かがそれを盗んだのだ――たぶん、書記のマーティンであろう。

「一樽全部を買ったのであればいいが」

「残念ながら、ほんの一部です。残っていただけ買いました」

二ガロン入りのリンゴ酒の樽なら――ホーンブロワーはもっと大きな樽であることを心中願ったが――マーティンが二十四時間以内に一ガロン以上も飲んだとは考えられない。ダウティは、マーティンと同室になって、その樽の存在に気づいたのにちがいない。

ホーンブロワーは、わずか四分の一ポンド程度の煙草という交換条件とはべつに、かなりの圧力がかけられたのにちがいない、と思ったが、そんなことはどうでもよかった。

「チーズをどうぞ」ダウティがいった――ホーンブロワーはそれ以外のものはすべて食べ尽くしていた。

しかも、そのチーズ――乗組員用に支給されたチーズ――は、かなり味がよく、バターも新鮮であった。補給品受領のボートで新しい樽がきたのを、くさくなったこの前の支給分がまだ残っているにもかかわらず、ダウティがなんとか手に入れたのにちがいない。リンゴ酒のつぼがからになり、ホーンブロワーは、ここ何日も味わったことのない寛いだ気持になった。

「今から寝る」彼が告げた。

「イエス・サー」

ダウティが海図室のドアをあけ、ホーンブロワーが艦長室に入って行った。甲板梁《デッキ・ビーム》から吊り下げられているランプが揺れていた。つぎだらけの寝巻きが吊り寝台《コット》の上においてあった。歯を磨き就寝の支度をしている間もダウティがそばにいるのが気にならなかったのは、たぶんリンゴ酒のせいなのであろう。彼が上衣を脱ぐと、そばでダウティが受け取った。足もとへズボンを脱ぎ落とすと、ダウティがサッと拾い上げた。彼が吊り寝台《コット》に入るのを待って、ダウティが毛布をかけた。

「この上衣にブラシをかけておきます。夜中に甲板にお出になる場合のガウンが、こちらにあります。ランプを消しましょうか？」

「ああ」

「おやすみなさい」

翌朝になるまで、ホーンブロワーは、グライムズがその部屋で首を吊ったことを忘れていた。翌朝になるまで、火薬庫の中に入っていたあの数分間のことを忘れていた。ダウティは早くもその存在価値を実証したのだ。

12

礼砲が発射された。ペリューの将官旗が掲げられ、ロシュフォールの封鎖を開始すべくトナント号が走り去った。ドレッドノート号がパーカー提督の旗を揚げ、双方の旗が各艦から十三発の礼砲を受けた。丘のフランス兵は、その砲煙を見、砲声を聞き、その中にいる海軍士官たちは、また一人の少将が海峡艦隊に参加したものと判断し、海上兵力の拡充競争でイギリス海軍がフランス海軍を引き離していることのこの新たな証拠に、物悲しそうに首を振っているにちがいない。

〈乙女〉岩礁を越えて湾口の奥を見ていたホーンブロワーは、ブレスト軍港の停泊地に投錨している軍艦を数えることができた。今では、十八隻の戦列艦と七隻のフリゲート艦がいるが、兵員が最低限度にみたず資材が不足しているとあっては、港外で彼らを待ち受け、日毎に士気と訓練度が高まっているコーンウォリス指揮下の十五隻の卓越した軍艦の敵ではなかった。ツーロン沖にネルソン、さらにペリューがロシュフォール沖で、ともに劣勢なフランス艦隊に挑戦し、それらの艦隊の保護のもとに、イギリスの商船隊は、私掠船《しりやくせん》以外には煩わされるものもなく、自由に航行することができる。また、集結して大船団を組んでいるそれら商船隊は、総兵力において封鎖艦隊を上回るいくつものイギリス戦隊によって絶えず厳重に警護されている。索具や麻、木材や鉄や銅、含油樹脂《テルペン》や塩、綿花や硝石などがイギリス諸島に思いのままに運びこまれ、思いのままに分配されて、各地造船所の昼夜を分たぬ建艦活動を支えている。一方のフランスの造船所は、血液の循環が断たれた後に壊疽《えそ》が発生するように、活動力を失ってゆくほかはない。

しかし、事態がまったく危険を伴っていないということでは決してない。ボナパルトは、総勢二十万の世界最強の陸軍を海峡沿いに配置しており、サン・マロからオステンデ、さらにその先の海峡に面した港に七千艘もの平底船を集めている。キース提督指揮下のフリゲート艦隊とそれを支援する戦列艦数隻が、ボナパルトの脅威に対して海峡の安全を確保している。イギリスが海上支配権を掌握しているかぎり、フランスが侵攻する可能性はまったくない。

しかし、ある意味では、その制海権は不安定であった。かりに、ブレスト軍港に停泊している十八隻の戦列艦が脱出し、コーンウォリス提督がなにかに気を取られている間にウェッサン島をまわって海峡を北上してきたら、キース提督の艦隊は追い払われるか、場合によっては殲滅《せんめつ》されてしまうかもしれない。ボナパルトが軍勢を船に乗せて海峡を押し渡るには三日あれば足り、ボナパルトは、すでにミラノやブリュッセルで行なってきたと同様に、ウィンザー城から布告を発することになる。それを不可能にしているのがコーンウォリスと彼の艦隊、ホットスパーとその強力な僚艦である。一瞬の不注意、判断の誤りで、ロンドン塔に三色旗がひるがえることになりかねない。

ホーンブロワーはブレスト軍港停泊地の敵艦を数えたが、数えながら、この毎朝の日課こそ、イギリスの海軍力の傍若無人ともいえる戦力誇示であることを、はっきりと意識した。イギリスは、心臓と頭脳と腕をもっており、自分とホットスパーが、その腕の末端の敏感な指先である。戦列艦十八隻停泊中、うち二隻は三層甲板艦。フリゲート艦七隻。昨日観察したのと変わりはない。夜陰に乗じて、フールあるいはラズ岬沖の水道を通って脱出した艦はない。

「ミスタ・フォアマン！　旗艦に信号を送ってくれ。〈敵艦停泊中。情勢不変〉」

フォアマンはその信号をこれまでに何回となく送っているが、ホーンブロワーがそれとなく見ていると、彼は暗号書の番号を調べていた。フォアマンはその責務上、一千の不定数による信号を暗記していなければならないのだが、時間に余裕がある時は、記憶を確認することがもっとも望ましい。ミスをすれば、あやまって〈敵艦脱出〉の警報を発してしまうかもしれないのだ。

「旗艦が了解しました」フォアマンが報告した。

「よろしい」

当直士官のプールが、その信号のやりとりを原文航海日誌に記入した。水兵たちが甲板を洗っており、水平線上に太陽が顔を出した。すべての面が、これまで同様のすばらしい好天の一日になることを告げている。

「七点鐘です」プラウスが報告した。

あと三十分で引き潮が終わる。上げ潮にならないうちに、陸に近いこの位置から後退しなければならない。

「ミスタ・プール！　下手回しにしてくれ。針路は西微北」

「おはようございます」

「おはよう、ミスタ・ブッシュ」

ブッシュは、それ以上話しかけるべきでないことを充分に承知していたし、それに、お互いに無言でいる間に、メン・トプスルをまわす時の掌帆手の転桁索《ブレース》を扱う手ぎわ、トプスルが風をはらんだ時のプールの操艦ぶり、などに注意を集中することができる。

ホーンブロワーは、いつものとおり、わずかの変化も見落としてはならないと、望遠鏡で北側の岸を観察していた。ジョウンズ大尉が死んだ場所の向こう側の稜線に注意をそそいでいる時、プールがまた報告した。

「風が西に変わりました。西微北の針路がとれません」

「西北西にとれ」望遠鏡に目を当てたまま、ホーンブロワーが答えた。

「アイ・アイ・サー。詰め開きで西北西」プールの声から、ほっとしたようすがかすかに感じられた。今の命令は実行不可能である、と艦長に告げる場合、士官はどうしても不安を抱く。

ブッシュが望遠鏡をもって横に立ち、自分と同じ方向を見ているのにホーンブロワーは気づいた。

「部隊が縦隊で進んでいます」ブッシュがいった。

「そうだな」

ホーンブロワーは、縦隊の先頭があの稜線を越えた時に気づいていた。今は隊列がどれくらい続くか、観察していた。切れ目なく稜線を越えて行き、望遠鏡で見ていると、芋虫がでこぼこの尾根を大急ぎで進んでいるように見える。そうか！　理由がわかった。芋虫の横に蟻の列が現われ、芋虫より急いで行くのが見えた。野砲だ——砲架に前車がつながっているものが六台で、一台の荷馬車が後についている。芋虫の頭は、尾が手前の稜線上に現われないうちにすでにその向こうの稜線を越えている。縦隊で一マイルに及ぶ歩兵部隊、五千余の兵——付属砲兵隊を伴った歩兵師団だ。ブレスト駐屯軍の一部が山地訓練に出かけているのかもしれないが、その動きは、演習の場合よりなにか目的があって先を急いでいるように見える。

海岸沿いにさらに望遠鏡をまわしたが、そのうちに、ハッと動きを止め、興奮に思わず息をのんだ。見紛う余地のないフランスの沿岸航行船のラグスル（一般の小船で見る縦帆）が、マシュウ岬の禿山の先端をまわってくる。さらに帆が見える——船の群れだ。ホットスパーを目の前において、運搬船の一団が真っ昼間に封鎖を突破し、ブレストに入ろうとしているのだろうか？　そんなことは、まずありえない。今度は、砲声が聞こえてきた。たぶん稜線の向こうへ見えなくなった野砲隊であろう。運搬船の後方にイギリスのフリゲート艦が一隻現われ、船団が船をまわそうとしているその瞬間に、また一隻現われた。船団が向きを変えると、どこの旗も掲げていないのが見えた。

「獲物です。それに、あれはナイアド号とドリス号です」ブッシュがいった。

あの二隻のフリゲート艦は、夜陰に乗じてウェッサン島の陸寄りのフール水道に入り、かたまってル・コンケのあちこちの入江にひそんでいた運搬船を追い出したのにちがいない。見事な作戦であることは疑いもないが、運搬船を追い出すことは、プティ・ミノウの砲台が破壊されて初めて可能になったのだ。二隻のフリゲート艦が、羊の群れに続く番犬のように、船団に合わせて針路を変えた。彼らは、誇らかに拿捕船を沿岸封鎖戦隊へ護送しているのだ。拿捕船はさらにイギリスへ送られ、売却されるであろう。ブッシュが望遠鏡から目を離してホーンブロワーを直視し、プラウスも二人のそばへやってきた。

「六隻です」ブッシュがいった。

「あの運搬船は、一隻あたり一千ポンドになります」プラウスがいった。「海軍用資材であればもっとになりますが、たぶんそうだろうと思います。六千ポンド。いや、七千ポンド。売るのは問題ないでしょうな」

宣戦にさいして発せられた国王の布告により、イギリス海軍が拿捕した艦船資材は——今では伝統となっているが——すべて捕獲者の財産となる。

「しかもわれわれは、その視界内にすらいなかったのですから」ブッシュがいった。その布告は、そのほかに、将官の取り分をのぞいた残余の賞金は、相手が降伏したり拿捕が完了した瞬間に、その獲物を視界内に捉えていた各艦の間で分配すべきことを規定している。

「そんなことは、とうてい期待できなかったことだ」ホーンブロワーがいった。彼は、本心から、ホットスパーは湾口監視の任務に専念していて、他のことに注意を向ける余裕がなかったことを言外に告げたのだが、あとの二人はその言葉を誤解した。

「そうですね、あの——」上官反抗の罪を犯すことにならないうちに、ブッシュが慌てて口をつぐんだ。彼は、「あのパーカー提督が司令官でいるかぎりは」と続けようとしたのだが、ホーンブロワーの言葉の意味がわかり、とっさに頭を働かせて言葉を切ったのである。

「八分の一で、一千ポンド近くになります」プラウスがいった。

その布告によって、賞金の八分の一は、拿捕に参加した海尉および准士官たちの間で分配されることになっている。ホーンブロワーはべつの計算をしていた。艦長の取り分は八分の二である。もしホットスパーがナイアド号とドリス号に協力していたら、彼には五百ポンドの金が入ったはずである。

「しかも、あれを可能にしたのは、われわれなのですからね」プラウスが続けた。

「あなたですよ、艦長――」ブッシュがまたもや中途で口をつぐんだ。

「戦争での運というのは、そういうものだ」軽い口調でホーンブロワーがいった。「あるいは、不運、というか」

ホーンブロワーは、賞金制度全体が悪であり、ややもすれば戦時における海軍の力を減殺しかねない、と信じていた。それは負け惜しみにすぎず、巨額の賞金を手に入れたら考えが変わるはずだ、と自分にいってみたが、現在の信念は揺るがなかった。

「艦首《おもて》の者！」羅針盤のそばから、プールがどなった。「メン投鉛台《チェーン》に出て、測深を開始せよ！」

丸めて舷縁につけてあるハンモック・ネッティングのそばにいた三人の先任士官が、いっせいにハッと我に返った。ホーンブロワーは、自分の許すべからざる不注意さに気がつくと、全身を恐怖の寒けが走るのを感じた。彼は、自分が決めた針路のことをすっかり忘れていたのだ。ホットスパーは物静かに危地に向かって走っており、坐礁の危険にさらされていた。すべては自分の過失だ、自分の不注意のせいだ。今のところは自責の念にかられている余裕すらなかった。震えを隠そうと努めながら、声を張り上げた。

「ありがとう、ミスタ・プール」彼が大声でいった。「今の命令は取り消しだ。艦をまわしてくれ」

ブッシュとプラウスは、慚愧《ざんき》に堪えない哀れな表情をうかべていた。ホットスパーが航行上の危険に遭遇しようとしている場合、艦長に報告するのが彼らの、とくにプラウスの任務である。二人は、彼の目を避けた。艦をまわしているプールの操艦ぶりに必要以上の関心を装っていた。艦が向きを変えると、帆桁《ヤード》がきしみながらまわり、帆がばたついたがすぐ風をはらみ、べつの方角から風が彼らの顔をなでた。

「下手舵いっぱい！」プールが号令して、艦の方向転換が完了した。「艦首帆桁《フォア・ヤード》まわせ！　はらみ索《ボーライン》を引け！」

ホットスパーが、新しい針路に落ち着いて、接近しすぎていた危険な岸からしだいに離れ、危険はいっさい除去された。

「お二人ともわかったかね」ホーンブロワーが冷ややかな口調でいい、ブッシュとプラウスの注意が完全に自分に向けられるのを待った。「賞金制度にはいろいろと不都合な点があるのだ。わたしは、いま、新たな欠点に気がついたが、きみたちも気がついたことと思う。行ってよろしい」

二人がこそこそと引きさがった後も、彼はハンモックのそばに残っていた——自分をきびしく責めていた。十年間の海軍生活で、一瞬注意を怠ったのは、これが初めてであった。無知、無謀による過ちを犯したことはあるが、不注意で過ちを犯したことはなかった。当直士官が愚か者であったら、たった今、取り返しのつかない破滅に陥っていたかもしれない。晴天、微風のもとでホットスパーが坐礁していたら、自分にとってすべてが終わりになるところであった。軍法会議、海軍から追放、そして……？　きびしい自己侮蔑の念にかられ、おまえは、マリアどころか、乞食をして自分一人の口をまかなう能力すらない男なのだ、と自分を叱った。たぶん、どこかの船の水夫になるだろうが、不器用でとかく考えにふけりがちになるところから、笞《むち》や籐杖の刑に処せられてばかりいるにちがいない。そうなれば死んだ方がましだ。思わず寒気を覚えて身を震わせた。

そのうちに、平静な表情で羅針儀箱《ビナクル》の横に立っているプールの方へ注意を向けた。彼が測鉛開始を命じた動機はなにであったのだろう？　たんなる予防措置にすぎなかったのか、それとも、艦がおかれていた状態に艦長の注意を引くための応変の措置だったのであろうか？　彼の今の態度や表情からは、その答えの手がかりすら得られない。ホットスパーが就役して以来、ホーンブロワーは慎重に部下の士官たちを観察してきた。プールに、表にあらわれない創意、機転があるとは思っていなかったが、自分が気づかなかった長所が存在するのかもしれない、と公正な気持で認めた。いずれにしても、あるものと考えるべきである。ゆっくりと艦尾甲板《コーターデッキ》を歩いて行った。

「ありがとう、ミスタ・プール」ゆっくりと、明確な口調でいった。

プールが帽子に手を当てて応えたが、その素朴な顔の表情は変わらなかった。ホーンブロワーは、自分の疑問に答えが得られないのにいらだちを——同時に興を——覚えながら、歩き続けた。相変わらず感じていた良心の呵責からの一時的な息抜きになった。

そのことで得た教訓は、その夏じゅう、彼の良心に重くおおいかぶさっていた。それさえなかったら、あの好天に恵まれた数カ月間のブレスト軍港封鎖は、ホットスパー号とホーンブロワーにとって、休暇のヨット遊び、不気味な要素を含んだ休日に等しかった。素人神学者の中には、罪を犯した者が地獄に落ちると、人間世界で犯した罪悪を、飽き飽きして耐えられなくなるくらい、むりやり反復させられることによって罰せられる、という者がいるので、ホーンブロワーは、そのすばらしい気候の何カ月かを、それ以上する気が起きなくなるまで楽しいことをして過ごした。誰にも記憶がないほどに好天に恵まれたその夏の間、ホットスパーは、毎日毎夜、ブレスト軍港への進入路を遊弋《ゆうよく》していた。変わり目近い上げ潮にのって湾口に接近し、抜け目なく変わり目近い引き潮にのって、安全な海域まで後退する。西風になれば、風下の危険な岸との間に充分な距離をおくべく沖に出るし、東風になれば、すぐさま、安全な港内にいる無力なフランス艦隊の鼻先まで引き返す。

その数カ月間は、ナポレオンの総勢二十万の大軍が、ケントの浜の三十マイル向こう側に陣取っていて、イギリスが恐るべき危機に直面している時期であったが、ホットスパーにとっては、多数の敵艦が視界内にいはしたが、平穏無事な月日であった。沿岸航行船が無謀な出入港を図って慌《あわただ》しい思いをしたことも時にはあったし、スコールに襲われてトプスルを縮帆するのに忙しい思いをしたこともあった。夜になって漁船と出会えば、ブルターニュの船長たちとラム酒を酌《く》み交して語り合い、カニやロブスターやさっぱを買ったり――布告されたばかりの海事法規の写しや一週間前の〈モニトゥル〉紙を買い取ったりする。

ホーンブロワーが望遠鏡で見ていると、砲台を再建している蟻のような労働者の大群が見え、二週間ほど、プティ・ミノウ岬に足場が組まれ、二股起重機《シャース》が組み立てられるのを見物し、さらに三日間、腕木信号機の主柱が立てられるのを見ていた。その後、垂直と水平の腕木が取り付けられた。夏がまだ終わらない頃にそれらの腕木が活動を開始し、またもや封鎖戦隊の行動を報告していた。

それも、湾の奥の停泊地にうずくまるように投錨しているフランス艦隊にとっては、さして役にたたないであろう。不活発な日々と劣等感が哀れな乗組員の士気に影響しているはずである。出港準備の整った艦の数が徐々に増えているかもしれない。乗組員も、遅々としてではあっても、しだいに見つかっているであろうが、日一日とたつほどに、戦闘員の質、海軍力は、絶えず海上で訓練し、世界各地から海路運ばれてくる物資で絶えず補強されているイギリス海軍の方が加速度的に有利になってきている。

それには代償が払われていないわけではない。制海権は、運命によって無償で与えられているのではない。海峡艦隊は、血と人命と、乗組員全員が自由と安逸を犠牲にすることで、代償を払っている。わずかながら、絶えず兵員が減っている。普通の病気によるものはごく少数である——イギリス本国から補給船がきた後で感冒が全艦隊に広がることがあり、船乗りの病気であるリューマチはつねに存在するにしても、外界から隔離されている働き盛りの男たちの間では、病気が発生することはきわめてまれである。

兵員の損失は、病気以外のことが主な原因になっている。一瞬の怠慢や不注意で帆桁《ヤード》から転落する者がいる。滑車装置《テークル》が非常に巧妙にできてはいるが、あくまで人力で重量物を揚げ下げしなければならないので、内臓や血管が破裂する者がおり、その例はあとを絶たない。塩漬け食料品の非常に重い樽が補給船からボートに下ろされ、さらに軍艦の甲板に引き上げられるさいに、指や足をつぶす者がいる。そして、手足にそのような傷を負った者は、軍医が懸命に手当てをするにもかかわらず、多くの場合、壊疽《えそ》から切断手術、死へとつながる。砲術訓練中に、砲の腔内の掃除が充分にすまないうちに薬包を押しこんで腕を失ったり、砲の後座線から離れていなかった、というような不注意者がいる。その年、退屈が錯乱と化してナイフが引き抜かれ、喧嘩で死んだ者が三人いた。

いずれの場合にも、死んだ男の命と引き換えにべつの命が失われる。癇癪を破裂させたらどういうことになるかを見せつけるために、他艦の乗組員を満載した艇が取り囲み、その艦の乗組員が舷側に整列している中で、絞首刑が行なわれる。一度は、乗組員が整列して、殺人より悪質な罪を犯した哀れな若い水兵の刑の執行を目撃した――その男は、上官に拳を振り上げたのである。永遠に灰色な非情な海の上で、艦が単調な遊弋を続けている場合、そのような出来事は不可避である。

ホットスパーが、いかなる形の安逸、単調な生活をも極度に嫌う男の指揮下にあったことは、幸運であった。イロワーズ海の海図は不正確なことで有名であった。ホットスパーは、測鉛を続け、岬と丘の頂きを利した慎重な三角測量を何回となくくり返した。艦隊が、甲板を一点の汚点もなく真っ白に保つのにきわめて重要な銀砂が欠乏した時、それを補ったのはホットスパーで、少人数の上陸が可能な人けのない小さな海浜を見つけては採取班を派遣し――かく、ボナパルトが自慢している全ヨーロッパ支配権を侵し――その貴重な砂を袋に詰めてきた。魚釣り競技が行なわれ、水兵たちの心に深く根ざしている食料としての魚に対する嫌悪感が払拭されんばかりになったこともある。それぞれの食事グループが釣った中で最大の獲物に煙草一ポンドが賞品に出されることになると、各グループはより有効な釣針や餌の考案に熱中した。操艦に関する実験も行なわれた。新旧さまざまな方法の試験が行なわれたし、慎重正確な測程に基づき、トプスルをグースウィング（帆の中央を締め上げて両翼だけ下がっている状態）にした場合の効果が確認された。また、舵が使えなくなったという想定のもとで、各当直士官が帆の操作だけで操艦することを試みた。

　ホーンブロワー自身は、航海術の問題を解くことで思考力が鈍るのを防いだ。太陰観測をするのに理想的なまでに条件が整っており、それらの条件を利して、果てしない計算を続けた結果、古代カルタゴ人の時代から論議の的になっている経度を正確に測定することができた。ホーンブロワーは、そのやり方に完全に習熟する決意でいたが、部下の士官たちや若き紳士《ヤング・ジェントルマン》たちは、自分たちも太陰観測をし答えを出さなければならないので、その決心にひそかに泣き事を並べていた。その夏、ホットスパー艦上で〈乙女〉岩礁の経度が百回以上も計算され、ほとんどそのたびごとに違った答えが出た。

　ホーンブロワーにとっては、非常に満足すべき暇潰しであった——自分が必要なこつを習得しつつあることがわかってきたので、ますます満足の度が深まった。毎週マリアに手紙を書きながら、その方面でも同様の熟練を志したが、同じような満足感はついぞ得られなかった。知っている愛情表現の言葉はきわめて限定されていたし、彼女がいなくて淋しいとか、妊娠が順調に進んでいることを祈る、という表現もごく限られた数の文句しか知らなかった。約束したとおりにイギリスへ帰れないことに対する言い訳の仕方は一つしかなく、マリアは手紙の中で、ややもすれば、その〈軍務の要求するところ〉に不平がましいことを書くようになってきた。水運搬船が定期的に到着して、すでに腐りかけている水をホットスパーに移すべく多大の労力が費やされるたびに、ホーンブロワーは、あの十八トンの水を艦内に引き取ることは、また一カ月マリアに手紙を書くことを意味するのだな、といつの間にか自分が考えているのに気がついた。

13

ホットスパーの時鐘が二点鐘を二回告げた――夕方の六時で、夕闇が迫る中で第一折《ドッ》半直《グワッチ》が終わった。

「日没です」ブッシュがいった。

「そうだな」ホーンブロワーが同意した。

「六時きっかりです。昼夜平分時です」

「そうだな」またホーンブロワーが同意した――相手がいおうとしていることがわかっていた。

「西の強風が吹き始めます。絶対にまちがいありません」

「吹きそうだな」きょう一日じゅう風のにおいを嗅いでいるホーンブロワーがいった。

その点に関しては、ホーンブロワーは異端者に等しかった。彼は、西から強風が吹き始めるのは、一日が一分長くなったり、十二時間が一分短くなるためではない、と信じていた。この時季に強風が吹き始めるのは冬が腰を据え始めたからなのだが、百人中九十九人までが、多少神秘めいてはいるが、もっと直接的な原因によるもの、と思いこんでいる。

「風が強まって、海面が多少波立ってきました」屈することなく、ブッシュが続けた。

「そうだな」

ホーンブロワーは、それはなにも、たまたま太陽が六時ちょうどに没したからではない、と明言したいのを我慢した。そのような意見を表明すれば、みんなは、子供と奇人と艦長連中に示す、異存を内に秘めた寛容な態度で聞き流すはずである。

「水は、二十八日分あります。漏損量を計算に入れて、二十四日分です」

「支給量を減量すれば、三十六日分だ」ホーンブロワーが相手の言葉を正した。

「イエス・サー」その二語にありとあらゆる重大な意味を含めて、ブッシュがいった。

「一週間以内に命令を下す」

いかな強風といえども一カ月間ぶっ続けに吹くことはとうてい考えられないが、水運搬船がプリマス軍港から大急ぎでやってきて補給をすませないうちに、第二の強風が吹き始めるかもしれない。六カ月間近く海上にあるホットスパーが、まだ一度も水の支給量を減量しなくてすんだのは、コーンウォリスによる補給組織のおかげであった。減量が必要になっても、時の経過がもたらす煩わしい心配事が一つ増えるにすぎない。

「ありがとうございます」敬礼をすると、ブッシュは、日常の任務を果たすべく、しだいに迫る闇の中で揺れ動いている甲板を歩いて行った。

頭を煩わさなければならないことが数限りなくある。昨日の朝、ダウティが、制服の上衣の肘に穴があき始めているのを指摘したが、正装のほかには上衣は二着しかもっていない。ダウティがたいへん器用につぎを当ててくれたが、艦内どこを捜しても、風雨にさらされて褪せた色に合う材料はなかった。それだけでなく、ほとんど全部のズボンの尻が紙のように薄くなっているが、ホーンブロワーは、水兵に支給されるブカブカのズボンをはく気はしなかった。しかし、在庫が急速に減っているので、なくならないうちに一着確保しておいた。彼は、分厚い冬の下着をきていた。この春は三組で充分であるように思えたが、今は、強風の中でしばしば肌までずぶ濡れになっても、着替えがなくて乾かしていられないかもしれない。自分を呪いながら、夜中に起こされる場合に備えて多少なりとも睡眠をとるべく、艦長室へ戻った。少なくとも、すばらしい夕食が腹に納まっている。ダウティが、毎週配給される牛の各部分でもっとも嫌われ拒否される尾をとろとろになるまで煮て、王侯にふさわしい美味な料理を作ってくれた。強風が続いたら、長い間での、あれが最後のまともな食事になるかもしれない――冬は、海と同じように陸にも影響を及ぼすので、来春まではジャガイモとゆでキャベツ以外、新鮮な野菜を期待することはできない。

慌しい夜になるかもしれないという予感が当たった。少し前に目をさまして、艦の少なからぬ動揺を感じながら、起きて身支度をしようか、それとも、どなって明かりをつけさせ、なにかを読もうか、と決めかねている時、ドアを激しくノックする音が聞こえた。

「旗艦から信号です！」

「すぐ行く」ダウティはまさに最高の召使いであった。そのノックと同時に、荒天用カンテラをもって現われた。

「厚地ラシャのジャケットの上に防水服をお召しになる方がいいと思います。暴風雨帽をどうぞ。ジャケットが濡れないよう、スカーフをお巻きになってください」

首に巻いたスカーフが、帽子と防水服の間から入りこんでジャケットを濡らしかねない水しぶきを吸収してくれる。二人で激しい艦の揺れによろめきながら、ダウティが、学校に出かける息子の世話をしている母親のように、次々と身支度をさせてくれた。支度が終わると、ホーンブロワーは荒れ狂う風の中に出て行った。

「旗艦から、白の信号弾一つと、青い光が二回です」ヤングが報告した。「沖合いの部署につけ、ということです」

「ごくろう。帆はどうなっている？」艦の動きから判断することができたが、確実を期したかった。まだ目が闇に慣れないので、自分で見ることができなかった。

「二段縮帆《リーフ》のトップスルとメン・コースです」

「コースを下ろして、左舷開《タッ》きにしてくれ」

「左舷開《タッ》き。アイ・アイ・サー」

沖合いの部署につけ、ということは、海峡艦隊全体が引きさがることを意味している。本隊は、嵐が強すぎて海上の部署が維持できない場合——片側のウェッサンとその反対側のスタートを避けて——トー湾に直行できるよう、風下の危険にみちた岸との間に充分距離をおくべく、ブレストの沖合い七十マイルまで後退する。沿岸封鎖戦隊はそれより三十マイル陸寄りに位置をとる。戦隊は、本隊の大艦より風上に詰めて走ることのできる艦で構成されているので、とつぜん風向きが変わってフランス艦隊が脱出を図る場合に備え、危険を冒してブレストにより近い位置をとることができる。

しかし、問題は、たんにフランス艦隊の脱出だけでなく、フランス艦船の進入を阻止しなければならない点である。大西洋の沖合いには、水と食糧が完全に欠乏しないうちにフランスの港に入る機会を必死でうかがっているフランスの小編制の戦隊が一個以上おり、ボナパルト自身の弟がアメリカ人の妻とともにその中の一隻に乗っている。そのために、ナイアドとドリスとホットスパーは、それを阻止し本隊に連絡できるよう、ブレストの近くにいなければならない。三艦とも当面の危険にもっとも対処しやすい艦である。また、対処できない場合、艦隊にとってもっとも軽い損失ですむ艦である。というわけで、ホットスパーは、強風の追風《おいて》で陸にたどりつこうとするフランスの艦船が通る公算がもっとも大きいウェッサン島の西方わずか二十マイルの部署についた。

ブッシュが闇の中から現われて、風の音を越えてどなった。

「やはり、彼岸嵐になりました」

「そうだな」

「ますます強くなると思います」

「そうだろうな」

今や一杯開き《クロースホールド》にしているホットスパーは、強風が左舷に打ちつける目に見えない大波にのって、前後左右に激しく揺れていた。ホーンブロワーは、ブッシュがこの天候の変化を楽しんでいるのが面白くなかった。長期にわたる好天の後の強い風と、風上に向かって部署を維持する労苦に、ブッシュは気分が爽快になっているが、艦の動きに合わせて体のバランスを保とうともがいているホーンブロワーは、この突然の変化に対する胃の反応の仕方に、多少の不安を抱いていた。

風がうなり、しぶきが甲板にとび散るので、暗夜は騒音にみちみちていた。子供の頃に見たホーンブロワーは、手摺りに取り付けられているハンモックにつかまっていた。サーカスの騎乗者が二頭の馬に片足ずつのせて直立し、リングの中をグルグルまわっていたが、今の彼に比べれば、あんな芸当は楽なものだ。だいいち、サーカスの騎手は、ほとんど定期的にバケツ何杯分ものしぶきを顔に叩きつけられるおそれはないのだ。

風の強さが、わずかながら変化していた。突風と呼ぶには値しない。ホーンブロワーは、風力が相対的な弱まりを示すことなく、徐々に強まっているのに気づいた。彼は、靴底や手のひらを通じて、ホットスパーの傾斜がしだいに大きくなり、艦の風に対する反応の仕方がしだいにこわばってゆくのを感じた。帆を広げすぎていることを示している。彼は、ヤングの耳もとへ口をもって行って、命令をどなった。

「トプスルを四段まで縮帆《リーフ》せよ！」

「アイ・アイ・サー」

風浪による夜の騒音に掌帆手のかんだかい号笛の音が入りまじった。艦中央部《ウエスト》では、よろめきながら急ぐ水兵たちを追い立てるように号令が発せられている。

「総員、トプスル縮帆《リーフ》！」

水兵たちがしっかりと物につかまりながら部署についた。何百回も行なわれた訓練が実を結ぶ時である。水兵たちは、もっと容易な条件のもとで体に叩きこまれた任務を、荒天下の真っ暗闇の中で遂行するのだ。ホーンブロワーは、ヤングがトプスルの張りを緩めるためにわずかに裏帆を打たせた瞬間、船体がほっと一息ついたのを感じた。今や水兵たちは、彼が甲板上でバランスを維持するのに苦労していることなど子供の遊びに等しいサーカスの曲芸のような作業を行なうべく登っている。いかなる空中曲芸師といえども、強風に吹きまくられてままにならない足場綱に身を托して暗闇の中で作業をしたり、無慈悲な荒海の海面上五十フィートの高所で宙吊りになったまま耳索《イアリング》を手渡してゆくのに必要な、訓練のみによって得られる体力を要求されることは、ないはずである。いつなにをするかわからないライオンに注意を集中している猛獣使いですら、上がっている人間をその不安定な足場から払い落とそうとする非情な帆ほど激しい敵意にみちたものと相対したことはないにちがいない。

舵輪がわずかにまわって、また帆が風をはらみ、ホットスパーは、大きく傾きながら、風との激しい抗争を続けた。自然の暴威に対する人間の創意の勝利の、これほど典型的な例はないであろう。艦を破滅に押しやろうとしている強風の企図を逆用しているわけである。ホーンブロワーは、物につかまりながら羅針儀まで行って艦の針路を調べ、頭に描き出した陸地との関係位置に対する流程《ドリフト》と風落《リーウエイ》を計算した。プラウスもその場にいて、同じことをしているらしかった。

「無事、陸地との距離を維持しているようです」プラウスは一語、一語、どならなければならなかった。答えるホーンブロワーも同じであった。

「ぎりぎりまで、この位置にとどまることにする」

このような場合に時間がたつ早さは、驚くほどであった。あと少しで夜が明ける。しかも、嵐はますます勢いを強めている——ホーンブロワーが前兆を察知してからすでに二十四時間たっているにもかかわらず、まだその勢力の峠に達していない。まだかなりの期間、あと三日間、場合によってはそれ以上、荒れ続けるであろう。勢いが衰えたとしても、それから先もかなり長い間西風が続いて、プリマスからの水運搬船や補給船の航行に時間がかかるかもしれないし、遅れながらも到着した頃には、ホットスパーは再び湾口近くの部署に戻っているかもしれない。

「ミスタ・ブッシュ！」風で聞こえないので、ブッシュの注意を引くためにホーンブロワーは手を伸ばして相手の肩に触れた。「今日から水の支給量を減らす。三分の二ガロンだ」

「アイ・アイ・サー。その方がいいと思います」

ブッシュは、水兵たちのみならず、自分自身の困苦をもまったく意に介しなかった。事は、多少不自由な思いをする、などという問題ではなかった——水を減らすことは困苦が増すことを意味している。一人あたり一ガロンという標準支給量は、それが通例とはいうものの、非常に少ない量で、人間が生きてゆくのにやっと足りる程度である。一日三分の二ガロンというのは、きわめてきびしい減量である——三、四日たつと、喉の渇きがあらゆる考えにつきまとい始める。それを嘲笑うかのように、現在ポンプが作動されている。ホットスパーが荒天の圧力に耐えられるのは、船体がばねのような弾力性をもっているからであるが、同時にそれは、海水が入りこむ機会が多いことを意味していて、圧力に耐えて湾曲している水線付近の継ぎ目から海水が入ってくる。艦底の湾曲部に一、二フィートから三フィートもたまってしまう。暴風が吹き荒れている間は、乗組員は一日に六時間――当直ごとに一時間――排水の重労働を強いられる。

夜が明けて空が灰色になったが、風はいまだに勢いを増していて、ホットスパーはこれ以上抗争することができなくなった。

「ミスタ・カーギル！」今はカーギルが当直士官であった。「一時停船《ヒーブツー》する。メン・トップマスト・ステースル以外は全部しぼれ」

ホーンブロワーが声をふりしぼってどなると、カーギルがようやく、諒解、とうなずいた。

「総員呼集！　総員呼集！」

数分間の困難な作業が終わると、艦の状態が一変した。トプスルが受けていた強大な圧力がなくなると、ホットスパーの傾斜がゆるやかになった。メン・トップマスト・ステースルが受ける圧力が弱いので艦がかなり安定し、舵輪は、艦をむりやり風上に詰める必死の努力を続ける必要がなくなった。今では艦は、前より自由に、より大きく上下動を続けているが、圧力に対抗する緊張ははるかに減じている。波にのって激しく上下し、風上側の舳先から波をかぶっているのは同じであるが、引きちぎられる危険を冒して抗するかわりに風に身を任せているので、動きはまったく変わっていた。

ブッシュが望遠鏡を差し出して、今では灰色の水平線がかすかに見える風上方向をさした。艦に向かって突進してくる波頭で、鋸の歯のようにぎざぎざに見える水平線であった。ホーンブロワーは体を構え直して、両手で望遠鏡をもった。艦が次々に襲ってくる波で上下に揺れ、海と空が交互に視野を走った。ブッシュが指さしているあたりを視界に捉えるのは容易ではなかった。ほんの一瞬、捉えては離れたが、くり返しているうちになにかがサッと映り、再びそれを捉えた。長時間の望遠鏡の使用でホーンブロワーは反射神経が発達しており、間もなく、断続的にではあったが、子細に見ることができた。

「ナイアド号です」耳もとでブッシュがどなった。

フリゲート艦は、風上側に七マイルほど離れていて、ホットスパーと同じように一時《ヒーブ》停船《ツー》している。縦幅が非常に短く縮帆帯のついていない新式の荒天用《ストーム》トプスルを張っている。帆の高さが低くなっていることだけでも漂駐《ライツー》している時はかなり有利であるはずだが、ホットスパーに目を戻して、メン・トップマスト・ステースルだけの艦の動きを見守っていたホーンブロワーは、荒天帆がなくても充分満足であった。望遠鏡を相手に返す時、なにか一言意見を述べるのが礼儀なのであろうが、強風の中での会話が困難なために礼儀などにかまってはおれず、ただうなずくだけで間に合わせた。しかし、西方にナイアド号が見えるということは、ホットスパーが部署を維持している証拠であり、ナイアドのさらに向こうの水平線に、前後左右に激しく揺れているドリスの姿がチラッと見えた。当面なすべきことはすべて手を打った。分別ある人間なら、可能な間に朝食をとっておくであろうし、艦のこれまでと違った新たな動きに対する胃袋の反応という些細な問題を、意志強固に無視するはずである。今なすべきことは、胃の不快な状態に耐えることであった。

艦長室に戻り、主計長《パーサー》のハフネルの朝の報告を聞くと、大いに満足した。暴風の兆候に気づくやいなや、ブッシュとハフネルがコックのシモンズを叩き起こして、乗組員の食糧を調理させたからである。

「それはよかったな、ミスタ・ハフネル」

「艦長の内務命令で決められていることです」

なるほどそうだった、とホーンブロワーは思い出した。西風といえども部署を維持せよ、というコーンウォリスの命令を読んだ後、その一項目を付け加えたのだ。コックのシモンズが、荒天で厨房の火をおとさざるをえなくなるまでに、ホットスパーの大釜で塩漬けの豚肉三百ポンドと乾燥えんどう豆を三百ポンドゆでておいた、という。

「いずれにしても、だいたいゆだった状態になっています」ハフネルがいった。

ということで、乗組員たちは、今後三日間――まさかの時は四日間――乾燥ビスケット以外になにか食べる物ができたわけである。半煮えの豚の冷肉と冷えたえんどう豆のスープが食べられる。後者は、童謡で、月の住人が口を焼いた、といわれている代物である。

「ありがとう、ミスタ・ハフネル。この暴風が四日以上続くことはないはずだ」

暴風は、現実に、彼がいった四日間続いた。人々の記憶で最良の夏に続き、最悪の冬をもたらした暴風であった。その四日間、ホットスパーは、大波に叩かれながら一時停《ヒーブ》船《ツー》し、ホーンブロワーは、心配のあまり、絶えず風圧と流速の計算をしていた。風が北よりに変わると、注意を北のウェッサン島から、ブレスト軍港への進入航路の南のサーン島に向けた。五日目に、ようやくホットスパーは三段縮帆《リーフ》で部署に戻り、コックのシモンズが再び厨房の火をおこして、豚の冷肉にかえて乗組員——それにホーンブロワー——に熱いボイルド・ビーフを供することができた。

しかし、三段縮帆《リーフ》での航行が可能な程度の強風とはいえ、大西洋の大うねりはいっこうに変わらず、ホットスパーは、うねりに高々ともち上げられては向こう側の斜面を滑り下り、風上側の艦首がうねりを受けた時にはらせん状の旋回がそれに加わる。とくに三角波にぶつかった時は、よろめくような変わった動きを示し、めったにないことではあったが、思いがけない大波のしぶきが帆におおいかぶさると、甲板が垂直になりそうなまでに大きく傾いた。しかし、各当直ごとの一時間のポンプ作業で艦底に水がたまるのを防ぐことができたし、二時間ごとに上手回しをすることによって辛うじて沖合いに退避し——回頭のたびに半マイル程度しか風上に進めなかったが——次に風の勢いが強まるまでに沖合いの安全な部署に戻ることができた。

その暴風は、好天続きでらくをした夏の代償を求めるかのように吹き荒れている感じであったが、案外それは、たんに夢想的な考えとはいえないのかもしれない。夏に局地的な高気圧が長期間続いたために、その間に西の低気圧が勢力を蓄積し、今になって例年にない激しさが発揮できるようになった、という考え方は、あながち無根拠ではないかもしれない、とホーンブロワーは考えた。その点はともかく、最初の暴風の後に四日間続いたたんなる疾強風がまたまた暴風に勢いを強め、西から颶風《ハリケーン》に近い激しさで間断なく吹き続けた。雲が垂れこめた灰色の陰うつな昼間と猛《たけ》だけしい暗夜の日々が続き、風で索具《リギン》が耳をろうするようなうなりを発し、ついには、五分間の平穏が得られるならどのような代償を払ってもいい気持になったが、たとえどのように高価な代償を払ったところで、一秒間の平穏も得られなかったであろう。ホットスパーの船体のきしみとうめきが風の音と入りまじり、現実に艦の木部が索具《リギン》に調子を合わせて震動し、騒音と艦の揺れによる疲労だけで力を使い果たした身心が、これ以上一分たりとも耐えられないように思えたが、そのような状態が何日も続いた。

その暴風が、トプスルが一段縮帆《リーフ》だけで足りる程度の疾強風にまで弱まったのもつかの間で、信じがたいことではあったが、またまた、一ヵ月で三度目の暴風になり、その間、艦の激しい動揺に投げ出されてあざだらけになっている全員の体に新たなあざが加わった。ホーンブロワーが精神的な危機に直面したのは、その暴風の期間中であった。それは、たんなる計算上の事柄ではなく、より深い精神的な問題であったが、彼は、ブッシュ、ハフネル主計長《パーサー》、ウォリス軍医らから毎日の報告を受けている間は、できるかぎり平静を装っていた。彼は、その三人を呼んで正式な作戦会議を開くことができるし、彼らに書面による意見の提出を求めて、万が一にも査問会議にかけられた場合に証拠として提出し、責任を逃れることができるが、そのようなことはとうてい性格に合わない。彼にとって、責任感は呼吸している空気と同じである——責任逃れを考えることは、息をいつまでも止めていられないのと同様に、不可能であった。

縮帆《リーフ》した帆が張れるようになった最初の日に、彼は決断した。

「ミスタ・プラウス、こちらの信号が読める距離までナイアドに近づくよう、針路をとってもらいたい」

「アイ・アイ・サー」

いつ果てるともしれない悪魔のような風に吹かれながら艦尾甲板《コーターデッキ》に立っていたホーンブロワーは、問いかけるように自分の顔をチラッと盗み見たプラウスが憎かった。もちろん、自分が直面している問題が士官集会室《ワードルーム》で論議されていることは、疑う余地がない。もちろん、彼らは飲み水が底をついていることを知っている。もちろん、彼らは、ウォリス軍医が歯肉潰瘍患者を三件発見したのを知っている——特殊な条件下における以外は壊血病を克服した現在の海軍では、壊血病発生のもっとも初期の症候である。もちろん、彼らは、現情勢に艦長がいつ屈するであろうか、と考えているはずである。たぶん、その日にちについて賭けをしているであろう。問題に直面し決断を下さねばならないのは、彼らではなく、あくまで自分である。

ホットスパーは、荒い海の上を、信号旗がナイアド号の視線に直角に吹き流される位置まで、相手の風下艦首方向にゆっくりと近づいて行った。

「ミスタ・フォアマン！　ナイアドに信号を送ってもらいたい。〈帰港許可を求む〉」

海峡艦隊の沿岸封鎖戦隊で視界内にあるのは、ナイアド号だけなので、その艦長が必然的に現部署における先任士官になる。ホットスパーの艦長より序列の低い艦長はどこにもいない。

「ナイアドが受信を確認しました」フォアマンが報告し、十秒ほど間をおいていった。

「ナイアドからホットスパーへ、〈疑問〉」

なんとか、もっと穏和な表現の仕方がなかったものか。ナイアド号のチェインバズ艦長は、〈許可要求の理由を知りたし〉といった信号が送れたはずである。しかし、一枚の旗による疑問表明の方がかんたんで迅速である。ホーンブロワーは、相手同様にかんたんな文句にした。

「ホットスパーからナイアドへ。〈水八日分〉」

ホーンブロワーは、ナイアドの旗揚索に返答がスルスルと上るのを見ていた。肯定ではなかった。許可とはいえ、条件つきの許可であった。

「艦長、ナイアドからホットスパーへ。〈あと四日とどまれ〉」

「ごくろう、ミスタ・フォアマン」

ホーンブロワーは、声にも顔にも感情を表わさないよう、懸命に努めた。

「あっちには、二カ月分ほどの水があるにちがいありませんな」腹だたしげにブッシュがいった。

「そうだといいがな、ミスタ・ブッシュ」

艦は、トー湾から二百十マイル離れている――順風で二日間の航程である。不測事態に対する余裕がまったくない。四日後に風が東に変わったら――その可能性は充分にあるが――トー湾に達するには一週間あるいはそれ以上もかかる。水運搬船が海峡を下ってくるかもしれないが、容易に自分たちが見つからないかもしれず、たとえ見つけたところで、海が荒れていてボート作業が不可能であることも充分に考えられる。ホットスパーの乗組員が水不足で死ぬ可能性が現実に存在する。帰港許可を求めたのは、ホーンブロワーとしてはなみなみならない決意によるものであった。彼は、帰港すること以外は念頭にない一部の艦長たちと同一視されることをあくまで嫌い、良識で考えられるぎりぎりの瞬間まで我慢をした。チェインバズ艦長は、他人の不運を意に介しない人間に見られるように、問題に対してまったく違った見方をした。これは、自分の決意の堅さを容易に誇示できるいい機会である、と。容易で気楽で安っぽいやり方である。

「ミスタ・フォアマン、この信号を送ってくれ。〈ありがとう。これより部署に復帰。グッドバイ〉。ミスタ・プラウス、今の信号が確認されしだい、針路を転じてくれ。ミスタ・ブッシュ、今日から水を減量する。二分の一ガロンだ」

あらゆる用途に対し、一日二分の一ガロンの水――それも腐りかけている水――は、塩漬けの食糧にたよっている人間にとって、健康維持に必要な最低限をはるかに下まわっている。それは、苦痛ばかりでなく病人の発生を意味しているが、同時に、最後の一滴が飲み尽くされるのが十六日先であることをも意味している。

チェインバズ艦長は先ざきの天候を予測していなかったのであろうが、信号交換が行なわれた四日後に西風が強まり、とうてい信じられないことながら、暴風続きのこの秋四度目の嵐となったことを考えると、いちがいに彼を責めることはできないかもしれない。ホーンブロワーがまた甲板に呼ばれ、縮帆《リーフ》したトプスルを下ろして再び荒天支索帆《ストーム・ステースル》に替える許可を求められたのは、午後直の終わり（午後四時）頃であった。その時すでに暗くなり始めていたことは、重要な意味をもっていて、太陽が六時に没する昼夜平分時がとっくに過ぎていることを示していた。同様に重要な点は、怒号する西からの強風が今では冷えびえとしていることであった。寒かった――凍るような、あるいは氷のような冷たさではなかったが、身にしみるような寒さであった。ホーンブロワーは、体を温めるべく不安定な甲板上を歩こうと努めた――体が温かくなったが、歩いたためではなく、体のバランスを維持するための努力によるものであった。ホットスパーが足下で鹿のように跳ねており、艦底近くから、ポンプによる排水作業の陰うつな音が聞こえてきた。

今では、六日分の水しかなかった――支給量を二分の一に減らして十二日分である。彼は、夜の暗さにも劣らぬ暗い気持になっていた。マリアに最後に手紙を出してから五週間たっており、彼女から最後の手紙を受け取ってから六週間たっている。西からの強風と嵐にさいなまれた六週間であった。彼女あるいは子供にどのようなことが起きているかわからないし、彼女の方も、ホットスパーや自分になにか起きているのではないかと心配しているにちがいない。

これまで以上に不規則な波が轟音を発して暗闇の中から現われ、ホットスパーの風上側の艦首に襲いかかった。ホーンブロワーは、艦の動きが鈍く重くなるのを足下に感じた。あの波で艦中央部《ウエスト》は一ヤード以上の深さの水におおわれたのにちがいない、五、六十トンもの重みが甲板上に投げ出されたに等しい。艦は、一瞬、死んだようにうかんでいた。次の瞬間、横に傾いた、初めはわずかに、続いて解き放されたように大きく傾いた。風の轟音を越えて奔流のように海水が流れ落ちる音がはっきりと聞こえた。振り払った水が排水口から滝のように落ちて行くと、艦はもがきながら息を吹き返して、波の頂きから谷底へと狂ったように跳ね始めた。あのような一撃は艦の命取りになるかもしれない、艦は二度と立ち上がれなくなるかもしれない、甲板が押し潰されて落ちこんでしまうかもしれない。べつの波が、狂った巨人が打ち振る大槌のような勢いで艦首に襲いかかり、また一波が後に続いた。

翌日はもっとひどく、ここ何週間もの狂ったような荒天の中でホットスパーが経験した最悪の日であった。風がわずかに向きを変えたか、勢いを増したのか、波の間隔が、とくにホットスパーの体質というか、構造や動きに不都合な状態になった。今では、艦中央部《ウエスト》が絶えず水浸しになっており、艦は、前の水を振り払ういとまもなく次の波をかぶって、息つく間もない有様で圧力に耐えている。そのために、ポンプが四時間のうち三時間は作動されていて、下士官や直外員、用にたりない男たちから海兵隊員まで含めて、全員が一日十二時間の重労働をしている。

報告にきたブッシュが、いつになくホーンブロワーの目を直視した。

「ときおりナイアドの姿が見えますが、信号交換はまったく不可能です」

今日が、チェインバズ艦長の命令で、港へ退避することを許された日であった。

「そう。この風と海の状態では、針路を変えることはできないな」

ブッシュの表情が内心の苦悩を示していた。現在のような波の衝撃に対するホットスパーの抵抗力には限度があるが、同時に、針路を変えて帆走に移るのはこの上なく危険な作業である。

「ハフネルの報告をお聞きになりましたか？」

「聞いた」ホーンブロワーがいった。

艦底に近い船倉に百ガロン入りの飲み水の樽が九つ残っているが、すでに百日も格納されているものである。このたび、その一つに海水がまじっていてほとんど飲用に適さないことがわかった。ほかの樽はもっとひどいかもしれない。

「ありがとう、ミスタ・ブッシュ」ホーンブロワーがいい、会話に終止符を打った。

「少なくともきょう一日は、このまま一時停船《ヒーブツー》を続けよう」

ホーンブロワーは、そうでないという予感はしていたが、これだけ勢いの激しい風がいつまでも続くはずがない、と思った。

風は続いた。ゆっくりと夜が明けると、艦は相変わらず黒ずんだ雲の下で必死に圧力に耐えており、波は相変わらず荒れ、風は相変わらず狂ったように吹きまくっていた。濡れて体にまつわりつく衣類を着たまま甲板に出たホーンブロワーは、いよいよ最後の決断を下すべき時がきたのを知った。当面の危険を熟知しており、夜の大半を費やして考えたあげく、ようやく最後の手を打つ心構えができた。

「ミスタ・ブッシュ、艦をまわそう」

「アイ・アイ・サー」

風を後方から受けるようになる前に、艦は、弱い側面を波にさらさなければならない。その間に、艦が真横に傾き、波の下に押しこまれ、破船と化す恐れのある数秒間を経なければならない。

「ミスタ・カーギル！」

これから、ロワール号に追われていた時よりはるかに危険な一瞬に直面しなければならないが、あの時と同じような緊迫した条件のもとで、カーギルがあの時と同じ任務を無事果たしてくれることを信じるほかはない。顔をつき合わせるようにして、ホーンブロワーが大声で指示を与えた。

「艦首《おもて》へ行け。フォア・トップマストのステースルが揚げられる状態で待機しろ。わたしが腕を振ったら揚げるのだ」

「アイ・アイ・サー」

「二度目に腕を振ったら引き下ろせ」

「アイ・アイ・サー」

「ミスタ・ブッシュ！　フォア・トプスルが必要になる」

「アイ・アイ・サー」

「グースウィングにする」

「アイ・アイ・サー」

「帆脚索《シート》のそばで待機してくれ。わたしが二度目に腕を振るのを待つのだ」

「二度目を待ちます。アイ・アイ・サー」

ホットスパーの艦尾は、ほとんど側面と同じくらい波に弱い。停止中に艦尾を波に向けたら、後方から大波をかぶる――艦尾ごしに襲いかかった波は艦尾から艦首までを一掃し、たぶん艦はその一撃に耐えられないであろう。フォア・トプスルが、それを避けるに足る前進力を与えてくれるはずであるが、広げれば風を受けて艦が大きく真横に傾いてしまう。〈グースウィング〉にする――帆の中央を締め上げたまま両端を引き下げておく――と、縮帆《リーフ》した場合より帆の面積が小さくなり、しかも強風で必要な前進速度が得られる。

ホーンブロワーは、舵輪の横の、はっきりと前方が見通せる位置についた。上方を見上げて、フォア・トプスルをグースウィングにする準備が整ったのを見届けたが、そのまま、荒れ狂う風に対するマストの動きをしばし見守っていた。次に、風上側の、巨大なうねりが艦をめがけて押し寄せている海面に注意を向けた。艦の縦横の揺れ具合を見た。自分の足をさらおうとしている烈風の力を測った。この風は、自分の知覚を鈍らせよう、自分を麻痺させようとしている。風で体の外部の感覚が鈍っていても、胆をすえて透徹した思考力を維持しなければならない。

三角波が風上側の艦首にぶつかって、巨大ではあるが目の細かいしぶきの柱をはね上げ、緑色の海水が艦中央部《ウエスト》を艦尾の方へ押し寄せてきた。ホットスパーが二度と立ち直れないように思え、ホーンブロワーはゴクッと生つばをのみこんだ。しかし艦は、ゆっくりと、いかにも疲れたようすで甲板の水を流し落とし、立ち直った。艦が水を振り落とした直後に、押し寄せてくる波が規則正しくなった一瞬が到来し、いちばん近い波頭に向けて艦首がわずかに上がり始めた。彼が腕を振ると、フォア・トップマストのステースルの細い先端が支索《ステー》をスルスルと上ってゆくのが見え、その風圧で艦が大きく傾いた。

「左舵いっぱい」彼が操舵手たちにどなった。

艦首に突出している第一斜檣《バウスプリット》にステースルの強大な風圧がかかって、ホットスパーが風見鶏のようにまわり始め、まわるにつれ、しだいに後方にまわった風の激しい力が舵効速度を与えてくれ、回頭の速度をはやめてくれた。艦は波の谷底にあったが、相変わらず回頭を続けた。彼がまた腕を振った。掌帆手たちが帆脚索《シート》を引くにつれ、フォア・トップスルの帆耳《クリュー》が見えてきて、帆が受けた風の衝撃で艦が前へとび出した。波が艦に届きそうになっていたが、艦が側面を波に向け、さらに艦尾を向けた時、ホーンブロワーの視界の隅から後方へ消えていった。

「当て舵！　舵中央！」

前檣帆《フォアスル》の風圧が、舵を使わなくても、真後ろから風を受ける方向に艦を向けてくれる。

事実、舵を使うと、その方向へ一気に回頭するのを遅らせることになる。艦の速度が最高に達したら、舵を使えばいい。ホーンブロワーは、追いかけてくる波の衝撃に備えて身構えた。一秒、二秒とたって波が追いついたが、艦尾が上がり始めていて、波の衝撃が勢いをそがれた。わずかな水のかたまりが艦尾手すり《タフレール》を越えてきただけで、ホットスパーが艦首をもち上げると、後方へ引いて行った。今は艦は波と競走している。波よりほんのわずか速く、海面を走っている。それが理想的な速度であった。グースウィングになっているフォア・トプスルの帆面積を増減する必要はまったくない。現状は、安全ではあるが、ナイフの刃の上でバランスをとっているように、破滅と紙一重のきわめて微妙な状態である。針路よりほんのわずか逸脱しただけで、艦は失われる。

「絶対に艦首をおとすな！」ホーンブロワーが操舵手たちにどなると、暴風雨帽の下からはみ出たびしょ濡れの白い巻き毛に頬を打たれている半白の先任操舵手が、フォア・トプスルを見つめたまま、うなずいた。波に追われるように走っている時の舵輪や舵の感触がいかに心もとなく不満足なものであるか、ホーンブロワーは充分に承知していた。その豊かな想像力で、舵輪をまわした時の一瞬の無反応状態、後方からもり上がってくる波に押されて、フォア・トプスルがはらんでいる風の圧力がわずかに減じた時の艦のためらい、急斜面を下って行く時の無制動に滑り落ちて行く感じが、現実に腕を伝わってくるような気がした。一瞬の不注意——一瞬の不運——が破滅をもたらしかねない。

とはいうものの、順風で海峡に向かって走っている今は、ひとまず安全であった。プラウスがすでに羅針盤をのぞいて、新しい針路を記録盤《トラバース・ボード》に記入しており、オロックの命令で水兵の一人が、ログを流して速度を測定するべく、よろめきながら艦尾へ行った。そのうちに、回頭作業の成功と新たな状況に対する歓喜を満面にうかべて、ブッシュが艦尾甲板《コーターデッキ》に上がってきた。

「針路、北東微東」プラウスが報告した。「速度は七ノット強」

今度は、まったく別種の問題に対処しなければならなかった。艦は海峡に入ろうとしている。前方に浅瀬や岬がある。それに、潮流——イギリス海峡の油断のならない潮流——に気を配らなければならない。しだいに浅く細くなる海峡と変化に富んだ潮流が大西洋のうねりに影響して、間もなく波の性質そのものが変わってくる。総体的な問題としては、海峡を北へ吹き上げられるのを避けること、特定の問題としては、トー湾への進入の仕方がある。とくに、今のように追風《おいて》を受けて疾走していては測深が不可能なので、潮汐表を検討し、慎重に計算しなければならない。

「この針路で進めば、ウェッサン島が見えるはずです」プラウスがどなった。

あの島が見えれば、非常な助けになる。今後の計算の確固たる基礎、新たな出発点が得られる。大声の命令で、オロックが見張りを強化すべく、望遠鏡をもってフォア・トップマストヘッドへ登って行き、ホーンブロワーは、一連の問題の第一段階について考えた――自分は意を決して甲板を離れることができるだろうか？　そして、第二段階――自分が計算をする場合、プラウスに同席させるべきかどうか？　必然的に、双方に対する答えは肯定であった。ブッシュは経験豊かな船乗りで、舵輪と帆に絶えず注意している方は、安心して任せておける。プラウスは、まずまずの航海士であり、法によって、針路を設定する場合にホーンブロワーと共同責任を負うことになっているので、いかに彼の同席がいやであっても、相談しなかったら、正当な苦情の原因を作り出すことになる。

というわけで、ホーンブロワーとプラウスが海図室で潮汐表などを基に計算しているところへフォアマンがドアを開けた。騒音でノックが聞こえず、ドアをあけたとたんにその騒音が一かたまりになってとびこんできた。

「ミスタ・ブッシュからの伝言です。右舷正横七、八マイルにウェッサン島が見えます」

「ごくろう、ミスタ・フォアマン」

ここ何週間ものあいだで初めてといえる幸運な出来事であった。これで、自然の暴威を自分たちの意のままに屈伏させるための次の苦闘を計画することができる。それは、苦闘としかいいようがなかった。操舵手たちにとっては三十分ごとに交替を必要とするような間断なき肉体の酷使であり、ホーンブロワーにとっては、今後三十時間、一分たりとも休む間のない緊張の連続となる。まず、左舷正横より二ポイント後方から風を受けるよう、針路を変えることが可能かどうかを確かめるために、舵輪をおそるおそるまわしてみた。三回試みて、風と波で操艦が不可能になりかけたので慌てて止めたが、海峡を北上するにつれて波頭の間隔が狭まると同時にフランス沿岸の潮流が変わったので、四回目の試みで成功した。今では艦は、操舵手たちが、まるで悪意にみちた生き物ででもあるかのように抵抗する舵輪と苦闘しているその舵の抗力を無視して、高速で突っ走っており、その間、掌帆手全員が、万が一にも帆の逆方向から風を受けることがないよう、懸命に転桁索《ブレース》を操作している。

今や、少なくとも、ホットスパーがまともに波の下に突っこんで行く危険はなくなった。もはや、たまたま間延びのした波の背に艦首を突っこんで二度と艦首をもち上げることができなくなる危険は解消した。フォア・トプスルの風圧とのバランスをとるためにミズン・ステースルを張ったので、右舷の砲門が海面すれすれになるまでに艦が傾いたが、操舵手たちは一息つくことができた。その恐怖にみちた状態が一時間続き、その間じゅうホーンブロワーは自分が息を止めていたような気がしたが、艦がまたもや風下に艦首をおとす傾向を示し出したのを操舵手が懸命に押さえ始めると、帆を引き裂いて、鞭のような音をたてて風に吹き流される無数の長旗に変えてしまう十二ポンド砲の砲声に似た大音とともに、殺していた息を一気に吐き出した。しかし、その一時的な成功によって、帆をミズン・トップマストのステースルにかえたのがよかったことが実証された。ステースルは、上端と下端を括帆索《ガスケット》でしっかりとくくりつけられたまま、わずかに一隅を示しているにすぎない。真新しい帆なので強大な風圧に耐えて、それを揚げる困難と労苦に報いてくれた。

暗く短い一日が終わって、今やすべてを烈風が怒号する暗闇の中で行なわねばならない。仮借のない風による感覚や頭の働きの鈍り、疲労が、睡眠不足によってますます度を深めた。感覚が鈍っていたので、ホーンブロワーは、足下の艦の動きの変化に気がつくのに時間がかかった。いずれにしても変化は徐々に進んでいたのだが、ようやく彼が気づくまでにはっきりしてきて、彼は、視覚にかわる触覚で、波の間隔が狭まり谷間が深くなっているのを知った。規則正しい大西洋の大うねりでなく、海峡の絶えず変化する荒波であった。

ホットスパーの動きが速く、ある意味ではより激しくなった。量は少なかったが、海水が艦首をのりこえてくる回数が多くなった。まだ海面よりはるか下方にあるが、海峡の海底は百尋の深さから四十尋までに浅くなっており、この西からの暴風が海峡の海面を平均海面よりはるかに高く押し上げているにしても、潮流の変化に注意しなければならない。加えて、今では海峡が狭くなっている。ウェッサン島とシリー諸島の間では広としした通路のあったうねりが、今では通路の狭さを感じており、それが海面の動きからはっきりと読み取れた。ホットスパーは今や絶えず水をかぶっていて、間断なきポンプ作業がやっと艦底の水を許容限度以内に押さえている。疲れ果て、水に渇し、空腹で、睡眠不足の男たちが、長い柄に体重を投げかけるたびに、もう一度くり返す力はないと思いながら、ポンプを動かしている。

朝の四時に、ホーンブロワーは風向きの変化を感じ、幸いにも一時間ほど針路を変えることができたが、やがて、とつぜん風が変わって、もとの針路に戻らなければならなくなった。しかし、計算によると、北へかなりの距離を進むことができた。そのことに満足して、海図室の机の上で腕に頭をのせ、思わず数分間の貴重な睡眠を得たが、それまでより激しく艦が跳ね上がって腕に頭をぶつけ、目をさましていかにも疲れたようすでまた甲板に出て行った。

「測深ができるといいのですが」プラウスがどなった。

「そうだな」

いま、暗闇の中にいてすら、ホーンブロワーは、予想外の距離を進むことができたことと海のようすの変化から、しばし艦を停めてもいい、と感じた。疲れた頭をなんとか働かせて流速と風圧を計算し、心を鬼にして疲労困憊《こんぱい》している乗組員を呼集し、彼がミズン・ステースルで艦をまわすべく緊張のうちに待機している間、グースウィングになっているフォア・トプスルをたたませた。切り立ったような波を艦首で受けるべく、一瞬の機を逃さずに舵輪をまわさなければならない。艦首を風上に向けて波に身を任せている艦の動揺は、今まで以上に激しく大きかったが、測鉛手たちは重測鉛を投入し、舷側に並んだ乗組員が、「注意《ワッチ》！ 注意《ワッチ》！」と叫びながら、それぞれが手にしている測深索《ライン》を順々に手放していった。三十八——三十七——また三十八尋になった。三回の測深に一時間かかり、全員が肌までびしょ濡れになって力を使い果たした。必要な資料のごく一部が得られたにすぎないが、その一時停船《ヒーブツー》期間中に疲れ果てた操舵手たちが一息入れることができたし、船体が受ける圧力が大いに減ったために、ポンプ作業班は着実に艦底の水位を低めることができた。

湿めっぽい夜明けとともにまたフォア・トプスルをグースウィングにすると同時に、ホーンブロワーは、正横後方より風を受けるべく、危険なまでに傾斜させることなく艦をまわすという、難作業をやりとげねばならなかった。回頭が終わると、甲板が絶えず水浸しになり、揺れるたびに船材が一本残らず呻くようなきしみを発し、オロックが望遠鏡をもって身を凍らせながら見張台に立つという、一時停船《ヒーブツー》以前の状態に戻って疾走を続けた。正午前にオロックが陸地を発見した。三十分後に、オロックの報告を確認すべく見張台に上ったブッシュが、艦尾甲板《コーターデッキ》に戻ってきた。ブッシュは見かけよりはるかに疲れており、汚れ落ちくぼんだ頰が無精ひげにおおわれていたが、しかもなお、驚きと喜びを表明することができた。

「艦長、ボルト岬です！」彼がどなった。「左舷艦首すれすれの方角です。それに、スタート岬がかすかに見えます」

「ありがとう」

たとえどならなければ通じなくても、ブッシュは、艦長の見事な航海術に対する自分の感嘆の気持を表明したかったのだが、ホーンブロワーは、それに答えるひまも忍耐心もなく、また力もなかった。この最終段階で風下に吹き流されないこと、非常に困難な条件下での投錨準備、といった問題が残っている。スタート岬から沖に向かう強い表面流を考慮せねばならず、ベリイ岬にできるだけ接近してその先端をまわらなければならない。スタート岬の風下側に近づくにつれて、とつぜん、風と海に表現しがたい変化が起きた。そこの鋸の歯のような荒浪は、五分前までホットスパーを苦しめていた大波に比べれば物の数ではなく、陸地が颶風《ハリケーン》の勢力をそいでおり、艦は今ではわずか全強風程度の追風《おいて》を受けて疾走している。ここにも、イロワーズ海と同じように、ニューストーン、ブラックストーンズという岩礁があり、艦はついに、ベリイ岬に接近する油断のならない進路に入った。

「戦列艦が投錨しています」しだいに開けてくるトー湾を望遠鏡で見渡しながら、ブッシュが報告した。「ドレッドノート号です。テメレア号がいます。海峡艦隊です。これは驚いた！　トーキ・ローズの方で一隻坐礁しています。二層甲板艦です――錨を引きずって行ったのでしょう」

「そうらしいな。ミスタ・ブッシュ、われわれは、右舷主錨に添錨をつけて投入しよう。添錨には大艇《ランチ》のカロネード砲を使うほかはあるまい。その方の準備をたのむ」

「アイ・アイ・サー」

トー湾の湾内ですら全強風程度の風が吹いている。二層甲板艦が錨を引きずったくらいであるから、いかに労力を費やしても、万全の措置を講じなければならない。一トンの右舷主錨から五十フィート離して錨索《ケーブル》に八百ポンド近い艇用のカロネード砲をつけたら、錨がういて引きずられるのをなんとか防ぐことができるであろう。かくして、グースウィングのフォア・トプスルとミズンの荒天用ステースルを張ったホットスパーは、海峡艦隊全艦が見守る中を、ベリイ岬をまわり、詰め開き《クロースホールド》でブリクサム桟橋に向かい、疲れ果てた掌帆手にフォア・トプスルをたたませながら風上に艦首を転じて、投錨した。その間に、乗組員が最後の力をふりしぼってトップマストを三本とも下ろし、プラウスとホーンブロワーは、錨を引きずっていないことを確かめるために、慎重に艦の位置を確認した。それらすべてが終わると、やっと旗艦に到着を報告する余裕ができた。

「旗艦が受信を確認しました」かすれた声でフォアマンが報告した。

「よし」

今にも倒れそうになるのをこらえて、なすべきことがもう一つあった。

「ミスタ・フォアマン、この信号を送ってくれ。〈飲料水必要〉」

14

トー湾は、見渡すかぎり、真っ白に波立っていた。陸地がある程度風の勢いをそいでいて、海峡の荒浪がベリイ岬に遮られてはいるが、しかもなお、風は激しい勢いで吹き、海峡を押し上ってくる荒浪が左方向に向きを変えて、弱まってはいるものの風と交差する格好で寄せており、それに潮流が加わって条件が複雑をきわめ、トー湾は沸騰している大釜のようにわき返っている。ホットスパーが到着してから四十時間、コーンウォリス提督が搭乗している巨大な三層甲板艦ハイバーニア号は、横に否定信号を付した信号旗七一五番を揚げていた。否定信号を付した七一五番は、小艇を使用してはならない、という意味である。

小船の操作の巧みなことで有名なブリクサムの漁師たちといえども、そのような状態のトー湾に乗り出して行くことはできず、そのために、錨泊しているホットスパーの乗組員たちは、三日目の朝まで半ガロンの水で辛抱しなければならなかった。そして、ホーンブロワーは、肉体と精神の両面から、艦上でもっとも惨めな存在であった。船倉がほとんどからになっている小型艦は、風と浪と潮流におもちゃのようにもてあそばれ、錨を下ろしたまま悍《かん》馬のように跳ねまわっていた。艦首を振ってはグイと止まり、波間に落ちこんではグイと止まる。トップマストを下ろしているために、傾斜が浅く動きのはやい横揺れ《ローリング》を起こした。この上なく丈夫な胃にとってさえかなりの試練と思えるような複雑な揺れ方であるのに、ホーンブロワーは決して胃が丈夫な方ではなく、軍艦なるものに初めて乗った日、つまりスピットヘッド港内に投錨していた老艦ジャスティニアン号に乗った日に船酔いになり、人々の笑い者になった思い出が不快な連想を呼び起こした。

その四十時間中、彼は嘔吐をし続け、船酔いによる陰うつな気持に加えて、立派な道路でわずか三十マイル離れたプリマスにマリアがいることが、ますますゆううつの度を深めた。コーンウォリスの建議に基づいて、政府は、ダートムーアの先のプリマスまで道を開き、集合基地にある海峡艦隊があの大海軍基地から容易に補給を受けられるようにした。ちゃんとした馬に乗って行けば半日でマリアを腕に抱き、胎児の発育状況を直接聞くことができる。彼自身も驚いているのだが、いつの間にか考えが子供に向けられていることが多くなっていた。乗組員たちは、艦首楼《フオクスル》や艦首副肋材《ナイト・ヘッド》（艦首のバウスプリットを左右から固定している柱材）にむらがって、ブリクサムの町や波止場を眺めていた。強風豪雨にもめげず、そこに女たちの、スカートをはいた姿が時折見え、みなは大勢のタンタロス（ゼウスの子。永劫の飢渇の罰を受けた）のようにその女たちを見つめていた。一夜充分に睡眠をとり、当直ごとに三十分のポンプ作業しか必要でなくなった今、男たちは早くも時間と精力をもてあまして、いろいろと想像をめぐらせていた。彼らが、女のことを思い、酒のことを思い、ほとんどの者が、ブリクサムの密輸ブランデイで意識を失うことを夢みているというのに、ホーンブロワーは嘔吐を続け、いらだっているばかりであった。

しかし、彼は、二日目の夜の後半は熟睡した。風が、弱まったばかりでなく、二ポイント北寄りに変わると、トー湾の状態が魔法のように一変したので、真夜中に錨が相変わらずしっかりと艦を保持していることを確かめると、疲労に屈して身動きもせずに七時間眠り続けた。ダウティが慌ててとびこんできた時は、まだ完全に目がさめていなかった。

「旗艦から信号です」

ハイバーニア号の旗揚索に一連の信号旗がひるがえっていた。風向きが変わったので、ホットスパーの艦尾甲板《コーターデッキ》から容易に読み取ることができた。

「あれは、われわれの番号です」望遠鏡をのぞきながら、フォアマンがいった。「真っ先に出ています」

コーンウォリスは、艦隊に対する食糧、弾薬、飲料水の補給を命じ、補給を受ける艦の順序を指示しているのだが、その信号によってホットスパーが他艦に優先して補給されることになっている。

「受信確認」ホーンブロワーが命じた。

「幸運でしたな」ブッシュがいった。

「そうだな」ホーンブロワーが同意した。ホットスパーが飲料水を要求したことをコーンウォリスが聞いたのにちがいないが、彼はそのほかにもなにか考えがあるのかもしれない。

「あれを見てください」ブッシュがいった。「瞬時も無駄にしません」

八本の大櫂《スイープ》で漕いでいるはしけ二艘が、六本オールの雑用艇《ヨール》を従えて、ブリクサム桟橋の突端をゆっくりとまわってくる。

「防舷物の準備をさせてきます」ブッシュがいい、急いでその場を離れた。

その二艘は飲料水運搬用のはしけで、すばらしい構造になっており、一連の巨大な鋳鉄のタンクを積んでいる。ホーンブロワーは、そのような最新式の水運搬船の話を聞いていた――一艘で五十トンの積載能力を有し、一万ガロンの飲料水を積んでいる。ホットスパーは、樽から大桶まで溢れんばかりに満たしても、その貯蔵能力は一万五千ガロンに達しない。

かくして、鋳物タンクに入ってからまだ幾日もたっていない新鮮透明な井戸水による ばか騒ぎが始まった。はしけが舷側に横付けになると、ホットスパーの水兵の一団が乗り移って最新式のポンプを動かし、舷門からさらに艦底に通じている四本のすばらしいキャンバス・ホースを通して水を押し上げた。長い間からになっていた甲板の大桶の中が洗われ、水が満たされると、たちまち乗組員が飲み干して、また満たされた。その瞬間は、乗組員たちは、ブランデイより新鮮な水を選んだにちがいない。

公然の楽しさこの上ない水の浪費であった。後で多少の人手をかけてその水を艦外に排出することになった水は艦底に流しこまれた。船倉の樽が水できれいに洗滌され、洗った水は艦底に流しこまれた。後で多少の人手をかけてその水を艦外に排出することになる。みんなが腹一杯飲んだ。ホーンブロワーは、飲めなくなるまで次々とコップを干したが、三十分もたたないうちにまた飲んでいた。雨後の砂漠の植物のように、体がふくらんでゆくような気がした。

「あれを見てください」望遠鏡を目に当てたまま、ブッシュがブリクサムの方をさした。

望遠鏡を通して、忙しそうに作業をしている大勢の人間と牛が見えた。

「食用処理しています」ブッシュがいった。「新鮮な肉が補給されます」

間もなく、べつのはしけが艦に近づいてきた。その中央あたりに設けられた枠に、切り整えられた牛の片身、丸ごとの羊や豚が吊り下げられている。

「ロースト・マトンもいいですな」ブッシュがいった。

荒地を越えて追い立てられてきた牛、羊、豚が、できるだけ鮮度を保つよう、補給直前に波止場で処理され、整えられている。

「あれで、四日分はあります」ブッシュが慣れた目で推算した。「それに、生きた牛が一頭、羊が四頭、豚が四頭います。失礼します、舷側に見張りを立ててきます」

乗組員の大部分は金をもっており、機会があれば惜しみなく酒に使うはずであるし、監視の目がゆるいと、補給船の男たちが乗組員に酒を売る。飲料水のはしけが作業を終えて引き返そうとしている。水の大盤振舞いは短時間で終わった。ホースが引き戻された瞬間から、艦は規則通りの生活に戻る。今からは、あらゆる用途を含めて、一人、一日、一ガロンになる。

飲料水のはしけにかわって、食糧のはしけが横付けになった。ビスケット入りの袋、乾燥えんどう豆の袋、バターの樽、チーズの箱、オートミールの袋などを積んでいるが、中でもとくに目を引いたのが、積荷のいちばん上にのっている焼きたてのパンが詰まった五、六個の網袋であった。四ポンドの食パン二百個——ホーンブロワーは、そのパリパリした口ざわりを思い、見ているだけでつばがわき出た。情深い政府が、コーンウォリスの厳重な指導のもとに、それらの美食を届けてくれている。海上での困苦は、自然条件に劣らず、大臣たちの愚かさによるところが大きい。

その日は一日じゅう、落ち着くいとまがなかった。ブッシュが敬礼して、最後の要求をもち出した。

「妻《ワイフ》たちに関する命令をまだお出しになっておりません」

「ワイフたち？」

「ワイフたちです」

その言葉を口にしたホーンブロワーの口調が疑問符を含んでいた。ブッシュの方は、完全に表情を消した平板な口調であった。イギリス海軍の艦《ふね》が港に錨泊している時は、女たちの乗艦が許されるのがつねであり、その中の一人か二人は本当の妻であるかもしれない。逃亡を予防するために上陸を禁止された男たちに対するささやかな代償といえる仕組であるが、女たちは必ずといっていいくらいひそかに艦内に酒をもちこみ、水兵部屋における酒色三昧《ざんまい》の大騒ぎは、ネロの宮廷にも劣らぬ破廉恥なものである。その当然の結果が性病と不規律であり、乗組員を精鋭な統一体に鍛え直すのには、何日も何週間もかかる。ホーンブロワーは、艦の見事なまとまりをぶちこわしにしたくなかったが、ホットスパーがトー湾に長期間錨泊するのであれば、伝統的に認められているその要求を拒否することはできなかった。なんとしても拒否できない事柄であった。

「きょうの午前中に命令を出す」彼はいった。

その数分後に、十人あまりの乗組員に聞こえるあたりでブッシュを呼び止める機会を捉えることは、さして困難ではなかった。

「ああ、ミスタ・ブッシュ！」ホーンブロワーは、自分の口調が、自分自身が心配しているほど大げさな芝居の科白《せりふ》もどきに聞こえないことを祈った。「いろいろとやらねばならない仕事がたまっているな」

「はい。このさい張り直しておきたい静索がかなりあります。それに動索も補修しなければなりません。そのほかに塗装作業が――」

「よろしい、ミスタ・ブッシュ。艦のすべての作業が完了したら、ワイフたちの乗艦を許すが、それまでは絶対に認めない。それまでは認めないぞ、ミスタ・ブッシュ。かりにそれ以前に出港することになっても、それは戦争による不運だ」

「アイ・アイ・サー」

次に手紙が届いた。ホットスパーがトー湾に入港したことをプリマスの郵便局が知ったらしく、手紙類が陸路送られてきた。マリアからの手紙が七通あった。ホーンブロワーは、最後の手紙を真っ先に開封し、マリアの妊娠が順調に進んでいるのを知った。続いてそのほかの手紙に急いで目を通し、思ったとおり、彼女が、公報に掲載された自分の勇敢なる英雄の手紙を読んで歓喜したが、海上のアレキサンダー大王に等しい自分の大英雄が危険を冒しているのが心配であり、軍務のために自分の英雄の顔を見ることができないのを悲しんでいるのを知った。ホーンブロワーが返事を途中まで書いた時、一通の手紙をもった士官候補生が、艦長室の入り口まで案内されてきた……


HMSハイバーニア号艦上。トー湾にて。

親愛なるホーンブロワー艦長

本日午後三時に旗艦において貴官と食事をともにいたしたく、お越しいただければ幸甚です。

中将、ウィリアム・コーンウォリス　敬具

追而、ホットスパーに肯定の信号旗を掲げるだけで、返事は不要です。

ホーンブロワーが艦尾甲板《コーターデッキ》に出て行った。

「ミスタ・フォアマン。信号だ。〈ホットスパーより旗艦へ。肯定〉」

「肯定だけですか？」

「聞こえたはずだ」

艦隊司令長官からの招待は、国王が署名した勅命に等しいものであり、追而書《おってがき》は承諾を命じているのと同じである。

次は弾薬の補給で、細心をきわめた慎重さで作業を進めなければならない。ホットスパーは、火薬庫の保管限度五トンのうち一トンを使用していた。作業が完了した時、プラウスがはしけの乗組員を一人連れてきた。

「なんだ？」

「あるご婦人から伝言をことづかってきました、あなたにお伝えしたら一シリングいただけるということでした」

ホーンブロワーは相手をじっと見つめた。伝言をことづけてくるご婦人は一人しかいない。

「ばかなことをいうな。そのご婦人は六ペンスといったはずだ。そうだろう？」

結婚生活はたいへん短かったが、ホーンブロワーは、マリアについてはその程度のことは知っていた。

「えー、そうです」

「さっ、一シリングやる。どういう伝言だ？」

「ブリクサムの桟橋上にいる、といいました」

「よし、わかった」

ホーンブロワーは、望遠鏡を索の端環《ベケット》から引き抜いて艦首の方へ歩いて行った。艦内が多忙をきわめているにもかかわらず艦首副肋材《ナイト・ヘッド》付近に何人かの直外員がいたが、珍しく艦長が艦首へきたのに仰天して、こそこそと逃げて行った。彼は望遠鏡の焦点を合わせた。ブリクサム桟橋には、当然ながら、大勢の人間がいて、彼は一人の女から次の女へと視野を移して長い間捜したが、見つからなかった。あれがマリアではあるまいか？ショールでなくて帽子をかぶっているのは、その女だけである。もちろん、マリアだ――彼は一瞬、今が妊娠七ヵ月目の終わりであるのを忘れていた。彼女は、人込みの最前列に立っていた。ホーンブロワーが見ていると、腕を上げてスカーフを振った。彼女の方からは、彼は見えない。少なくとも、あの距離から望遠鏡なしでは、彼であることを見きわめることはできない。彼女は、プリマスじゅうの人間と同様に、ホットスパーがトー湾に入港したことを聞いたのにちがいない。想像だが、トトニス経由の郵便馬車に便乗してやってきたのであろう――長い退屈な旅である。

彼が見ていることを祈りながら、彼女がまたスカーフを振った。艦のことにつねに注意を向けている頭の一部で、ホーンブロワーは、掌帆手の号笛の音に気がついた――きょう一日じゅう、いろんな号令を鳴らし続けている号笛である。

「艦尾艇を降ろせ――！」

ホーンブロワーは、今ほど海軍生活のきびしさを身にしみて感じたことはなかった。自分はほどなく、司令長官と食事をともにするために艦を離れなければならず、時間厳守を旨とする海軍の伝統を無視することは許されない。案の定、フォアマンが息を切らして艦首へとんできた。

「ミスタ・ブッシュからです。艇が待っております」

どうしたらいいのだ？　マリアあてに手紙を書いて通船で届けてくれ、とブッシュに頼むか？　いや、遅刻の危険を冒さねばならない――今回にかぎって、他人の手になる手紙をマリアに届けるわけにはいかない。左曲がりの羽根ペンで大急ぎで書いた――

わが愛する妻よ
　姿が見られて、たいへん嬉しかったが、今は一瞬のひまもない。詳しい手紙を送る。

熱愛している夫より
H

　彼女あての手紙には、いつも頭文字一字を用いた。自分のファースト・ネイムを好まず、〈ホリイ〉と書く気にはなんとしてもなれなかった。なんということだ、さきほど邪魔が入ってそのままになっている書きかけの手紙がここにある。それを横へ押しやって、いま書いた手紙に封緘紙を貼ろうとした。七カ月も海上にあったために糊がきかず、封緘紙がくっつかなかった。ダウティが、剣と帽子とマントをもって、そわそわとそばに立っていた――ダウティも彼に劣らず時間厳守の重要性を承知しているのだ。ホーンブロワーは、便箋をそのままブッシュに渡した。

「ミスタ・ブッシュ、すまないが、これに封をしてくれ。そして、通船で桟橋にいるミセス・ホーンブロワーに届けさせてもらいたい。そう、彼女は桟橋にいる。通船だぞ、ミスタ・ブッシュ。艦の者は、一人といえども上陸させてはならん」

舷側を下って艇に乗った。桟橋上の人込みの間に呟きが広がり、マリアが事情に詳しい見物人から説明を聞いている場面を想像した。

「あれは、艦長が艇に乗り移っているんだ」それを聞いて、彼女の胸中に興奮と喜びがわき上がるにちがいない。艇が舷側を離れ、風と潮流の関係で舳先がまっすぐ桟橋の方を向いた。その瞬間にマリアの期待は大きく飛躍したにちがいない。次の瞬間、艇員が揚《ハリヤード》げ索を引いて帆がマストに揚がると、艇の舳先が大きくまわった。艇が旗艦を目ざして飛ぶように走り始めた。一言の言葉も伝えず手を振ることもなく、マリアから急速に離れて行き、ホーンブロワーの胸の中に深い哀れみと同情の念がわき上がった。

ヒュイットが、旗艦からの叫び声に応えて見事に舳先を風上に向け、すぐさま帆を落とし、惰力をいっぱいに利用して、艇首漕手の鉤棒が右舷舷側の張り出し台に届くあたりまで近づいた。ホーンブロワーは、機をみて舷側を登って行った。彼の頭が上層甲板《メンデッキ》と並んだ時、号笛がかんだかい歓迎符を奏し始めた。その音を通して、艦の時鐘の二点の三連打が耳に達した。午後直の六点鐘——招待の定刻の三時であった。

ハイバーニア号の艦尾の広大な艦長室は、調度や装飾が、トナント号のペリューの場合より落ち着きがあって、金をかけたという感じが少なく簡素であったが、それでもたいへん感じのいい部屋であった。ほかに客がいなかったので、ホーンブロワーは意外に感じた。その部屋にいるのは、コーンウォリス、皮肉な感じの艦隊参謀長コリンズ勅任《ポスト・》艦長《キャプテン》と、ホーンブロワーがどこかで聞いた覚えがかすかにある当世はやりのハイフンを使ったややこしい名前の副官だけであった。

ホーンブロワーは、コーンウォリスの青い目が、ほかの場合であれば気になるような、なにか考え評価している感じで、自分を慎重に見まわしているのに気がついた。しかし、彼は、いまだにマリアのことに多少気をとられていたし、七カ月も洋上にあり、七週間も絶え間ない暴風にさいなまれたので、みすぼらしい上衣に水兵のズボンという姿は理解してもらえるはずだ、と考えていた。おじることなくコーンウォリスと視線を合わせることができた。正直にいって、コーンウォリスの柔和ではあるが笑みのかけらも見られない表情が、心持ちかしいで頭にのっているかつらのおかげで、かなり和らげられていた。コーンウォリスは、今日ではすでに流行遅れとなり、もっぱら貴人の御者が使っている馬毛のかつらを相変わらずかぶっているが、それが今日は粋《いき》に傾けてかぶっている感じで、本来の威厳をまったく感じさせない。

しかもなお、かつらのことはべつにして、コーンウォリスが相変わらず優雅に食事の主人役を果たしてはいるものの、その場の空気に、ある種の抑制、緊張といったものが感じられた。その雰囲気に気を奪われて、ホーンブロワーは、テイブルに並んでいる料理がろくに目に入らず、さりげない会話がなにかを秘めて慎重に行なわれているのをひしひしと感じた。みなが先般の暴風について話し合った——ハイバーニア号は、紙一重の差で最後の颶風《ハリケーン》に会うことなく退避し、すでに数日間トー湾に錨泊している。

「入港した時の食糧その他はどうだった、艦長？」コリンズがきいた。

今度は、べつの雰囲気に、なにか不自然な感じの雰囲気になった。コリンズの口調に、〈艦長〉という堅苦しい呼び方にはっきり示されている奇妙な感じが含まれていた。身分のはるかに低い海尉艦長《コマンダー》に向かって話しかけているので、その奇妙さがいやが上にも強く感じられた。次の瞬間、それがなんであるかに、ホーンブロワーは気がついた。女たちの乗艦許可について自分がブッシュにいったのと同じ性質の、前もって考えておいた科白《せりふ》のような文句なのだ。彼は、その口調の性質を見分けることはできたが、その理由についてはかいもく見当がつかなかった。しかし、答えはきわめてありふれており、あまりにも平凡なので彼も平凡な表現で答えた。

「まだたくさんありました。ビーフとポークが少なくとも一カ月分ほど」

その答えの意味を咀嚼《そしやく》しているような、自然というには長すぎる沈黙が続いた後、コーンウォリスが一言、質問した。

「水は？」

「その方は、事情がまったく違っていました。運搬船の水で全部の樽を満たすことができなかったのです。入港した時は、かなり底をついていました。そのために退避したのです」

「どれくらいあったのだ？」

「半量で二日分です。二分の一ガロンで一週間すごし、その前の四週間は三分の二ガロンでした」

「ほー」コリンズがいい、一瞬にして雰囲気が変わった。

「不慮の事態に対する余裕を残していなかったな、ホーンブロワー」コーンウォリスがいい、今では微笑をうかべていた。後ろめたいところのないホーンブロワーは、ようやくこの集まりの意味に気がついた。自分は、必要以上に早く退避したのではないか、嵐とたたかうのにいやけのさした艦長の一人ではないか、と疑いの目で見られていたのだ。コーンウォリスは、そのような艦長を海峡艦隊から除去したがっていて、自分は、除去すべきかどうか、検討されていたのだ。

「少なくとも、四日前に入港すべきだったな」コーンウォリスがいった。

「そうですね――」ホーンブロワーは、ナイアド号のチェインバズ艦長の命令を引用して言い訳をすることができたが、その必要はないので、いおうとしていたことを変えた。

「しかし、結果的には、うまくいったわけです」

「もちろん、航海日誌を提出なさるのでしょうな？」副官がきいた。

「もちろん」

航海日誌は彼の言葉に対する証拠書類であるが、今のは、およそ無分別な、彼の言葉の真実性を疑う侮辱的ともいえる質問であった。コーンウォリスが、自分の副官の不作法にすぐさま激しいいらだちを示した。

「ホーンブロワー艦長は、適当に機会をみて提出すればいいのだ」コーンウォリスがいった。「さて、ワインをどうかね？」

食事の席が、信じがたいほど楽しいものになった。その場の雰囲気の変化は、たまたまその時、給仕たちがもってきたろうそくで部屋の明るさが一変したのに似ていた。四人が笑い、冗談をいっているところへ、旗艦の艦長のニュートンが報告をしに入ってきて、ホーンブロワーが紹介された。

「風が西北西に落ち着きました」

「ありがとう、艦長」コーンウォリスが、青い目をホーンブロワーに向けた。「出港の準備はできているかね？」

「イエス・サー」ほかに答えようがあろうはずがない。

「風が、間もなく東に変わるはずだ」考えながら、コーンウォリスがいった。「ザ・ダウンズ（ドーバー海峡沖の停泊地）、スピットヘッド、プリマス湾——どこもかしこも、順風を待っている出港待ちの船でいっぱいだ。しかし、ホットスパーは、正横後方一ポイントの風で充分だ」

「今なら、ほとんど直航でウェッサン島に達することができます」ホーンブロワーがいった。今のこの瞬間、マリアはブリクサムのどこかの宿屋で淋しい思いをしているにちがいないが、そういわざるをえなかった。

「そう」考えを決めかねているようすで、コーンウォリスがいった。「きみがブレストの湾口を監視していないと、わたしは気持が落ち着かないのだ、ホーンブロワー。しかし、あと一日、錨泊を認めよう」

「ありがとうございます」

「ただし、風がこれ以上変わらなければ、ということだ」コーンウォリスが決断した。「これが、きみに対する命令だ。きみは、明日、日没とともに出港する。しかし、風がさらに一ポイント変わったら、直ちに錨をあげる。つまり、北西微西になったら、ということだ」

「アイ・アイ・サー」

ホーンブロワーは、自分の命令に対して部下の士官にどのような反応の仕方を自分が望んでいるかがよくわかっているので、自分が部下に期待しているとおりの態度で答えた。コーンウォリスが、相変わらず彼をじっと見ながら、言葉を続けた。

「一月ほど前に拿捕した船から、まずまずのクラレットを手に入れたのだ。どうだろう、ホーンブロワー、一ダース、わたしの心尽くしとして、受け取ってもらえまいか？」

「喜んで頂戴いたします」

「きみの艇に積みこませておく」コーンウォリスが当番兵の方を向いて指示を与えると、その給仕が小声でなにかいった。

「そう、もちろん、いいとも」コーンウォリスが答えて、こちらに向き直った。

「ついでに、当番に、わたしの艇を呼ばせていただけないでしょうか？」かなり時間もたっているし、コーンウォリスとしては充分に礼を尽くしたのにちがいない、とホーンブロワーは思った。

ホーンブロワーが艇に下りて行った頃には、あたりはすっかり暗くなっていた。足もとにワインの箱があり、風もかなり静まっていた。トー湾の暗い海面にちりばめたように各艦の明かりが輝いており、トーキ、ペイントン、ブリクサムの町のともしびも見えた。マリアは、あのどこかにいるのであろう、海軍士官の妻たちで小さな宿屋が満員になっており、居心地の悪い思いをしているにちがいない。

「風が北西微西になったら、直ちに知らせてくれ」甲板に上がるやいなや、ブッシュにいった。

「北西微西。アイ・アイ・サー。水兵たちが、とうとう酒を手に入れました」

「手に入れないですむ、と思っていたわけではあるまい」

イギリスの水兵は、陸地とわずかでも連絡がとれれば、あらゆる手段を講じて酒を手に入れる——金がなければ、自分の衣類、靴、時には耳輪すらも酒にかえてしまう。

「何人かに、多少手こずりました、とくにビールを支給した後で」

入手できるかぎり、ラム酒のかわりにビールを支給することになっている。

「処置したのだな？」

「イエス・サー」

「よろしい、ミスタ・ブッシュ」

水兵が二人、ダウティの監督を受けながら、艇からワインの箱を運んでいた。ホーンブロワーが艦長室に入ると、隔壁にその箱が縛りつけてあって、あいている床の大部分を占めていた。梃棒でこじあけて、その上にダウティがかがみこんでいた。

「ほかにおく場所がありませんので」ダウティが申し訳なさそうに説明した。

それは、二つの点から、真実といえた。補給品が艦内のあらゆる場所にぎっしり積みこまれていて、便、不便をとわず、利用できるところすべてに生肉が吊り下げられている。それに、ワインは、つねに衛兵が警戒しているところでなければ、水兵の手から守ることはまず不可能である。ダウティが、その箱から取り出した大きな包みを抱えていた。

「それはなんだ?」ホーンブロワーがきびしい口調できいた。彼はすでに、ダウティが多少困惑したようすを示しているのに気がついていたので、召使いがためらうのを見ると、いっそう鋭い口調で質問をくり返した。

「提督の当番兵から届いた包みにすぎません」

「見せろ」

ホーンブロワーは、何本かのブランデイその他の密輸品であろう、と思っていた。

「艦長専用品にすぎません」

「見せろ」

「いま申し上げたとおり、艦長専用品にすぎないのです」ダウティが、なにが入っているか自分も確信がなさそうなようすで中身を調べながら、次々に出して見せた。「これが、スイート・オイル、つまりオリーブ油です。これが、乾燥した香料植物です。マヨラナ、タイム、セージ。そして、これがコーヒーです――見たところ、半ポンドしかありません。これが、こしょう。それに酢と、これが……」

「いったい、どうやって手に入れたのだ?」

「提督の当番あてに手紙を書いて、艇長《コクスン》にことづけたのです。これで、艦長がこういう物を備えておられないのを、黙って見ているわけにはいきません。これで、ちゃんとした料理が召し上がっていただけます」

「提督は知っているのか？」

「知っているとしたら、たいへん驚くべきことです」

ダウティの顔に、いかにも自信にみちた表情がうかんでいた。その言葉を聞いて、とつぜん、ホーンブロワーは、自分がまったく無知であった世界に目を開かれる思いがした。将官や艦長がいくらいばっていても、そのきらびやかな表面の裏には、秘密の慣習や合言葉のある目に見えない召使いたちの組織が存在していて、士官たちに知られることなくその日常生活の面倒をみているのだ。

「艦長！」ブッシュが急いで艦長室に入ってきた。「風が北西微西になりました。まだ変わりそうです」

ホーンブロワーは、召使いたちの世界や乾燥香料から、艦や出港命令のことに頭を切り換えるのに、一瞬の間を要した。すぐさま我に返ると、矢継ぎ早に命令を下した。

「総員呼集。トップマストを揚げるのだ。帆桁《ヤード》を揚げろ。二十分以内に、いや、十五分以内に出港だ」

「アイ・アイ・サー」

静かであった艦が、号笛や、水兵たちを追い立てる下士官たちの罵声でわき返った。ビールやブランデイで鈍っていた頭が、激しい運動、冷たい夜気と新鮮な空気ではっきりした。ぎごちない指がホイストや揚げ索《ハリヤード》を握った。水兵たちは、闇の中でつまずき、よろめいては下士官たちに蹴とばされ、下士官たちは先任准士官たちに追い立てられ、その先任准士官たちがブラウスとブッシュにどなられている。ブーム（帆の裾を張る円材）に縛りつけてあった邪魔な巨大なソーセージであった帆が引き上げられた。

「帆走準備完了」ブッシュが報告した。

「よろしい。抜錨用意。ミスタ・フォアマン、〈これより出港〉の夜間信号はなんだ？」

「ちょっと待ってください」フォアマンは、七カ月も海上にあって覚えていなければならない夜間信号を、まだ完全に記憶していなかった。「青光一、ベンガル花火一を同時に示します」

「よし。その準備をしろ。ミスタ・ブラウス、スタート岬からウェッサン島に向けて針路をとってくれ」

その言葉で、たとえすでに気づいていなくても、乗組員たちは自分を待っている運命を知るはずである。マリアは、明朝トー湾を見渡してホットスパーの錨泊地がからになっているのを見るまでは、なにも知らないでいる。彼女の心を慰めるのは、夕食前に送ったあのかんたんな手紙だけである――たいした慰めにはならない。マリアのことも子供のことも、考えてはいけない。

巻揚げ機がガランガランとまわって錨索《ケーブル》を巻き揚げ、艦が右舷主錨に近づいて行った。主錨の添錨にした艇用のカロネード砲という余分な重量にも対処しなければならない。その余分な労力は、ここ数日間を安心して過ごすことができた代価である。労力を要すると同時に困難な作業である。

「左舷錨を縮錨しましょうか？」

「そうしてくれ、ミスタ・ブッシュ。きみがいいと思ったら、直ちに出港してよろしい」

「アイ・アイ・サー」

艦尾甲板《コーターデツキ》がとつぜん明るくなり、不気味な青い光とこれまた不気味なベンガル花火の赤い光が入りまじってあたりを照らした。その光が消えるか消えないうちに、早くも旗艦が応えた――瞬間的に遮蔽された青い光が、三回点滅した。

「旗艦、受信を確認！」

「よし」

これで、港内錨泊、イギリス本国訪問は終わった。あと何カ月もマリアを見ることはない。この次に見る時は母親になっているはずだ。

「帆脚索《シート・ホーム》を張りこめ！」

ホットスパーは、順風を受けてベリイ岬の風上側をまわるべく、大きく傾きながら艦首をめぐらせて、しだいに速度を増した。ともすれば重くのしかかってくるゆううつを振り払うために、ホーンブロワーは、次々と些細なことを思いうかべた。自分が目撃したコーンウォリスと当番兵の間の短いひそひそ話を思い出した。彼は、当番兵が、ホットスパーに送るべく用意した包みのことを、提督に話していたのにちがいない、と思った。ダウティは、彼自身が思っているほど利口ではなかったのだ。そう考えると、力のない笑みがうかんだ。ホットスパーは海峡めざして突き進んでおり、右舷艦首方向にベリイ岬の黒々とした姿が見えてきた。

15

今は、寒くなっていた、非常にきびしい寒さであった。昼が短く、夜が果てしなく続くように思えた。冬の到来とともに、東風が吹き始め——その二つの要素が相関して——戦術のたて方が逆になった。風が東に変わって、ホットスパーは、風下に陸岸を控える危険を心配する必要はなくなったが、逆に責任がますます重大になった。今では、毎時風向きを調べることは、たんに形式的な作業ではなくなり、たんに航海術上必要な日常業務ではなくなった。羅針盤の三十二点のうちの十点のどの点《ポイント》からでも風が吹き始めれば、いかにのろまなフランス艦隊といえども、出入路を通って湾口から大西洋に出ることができる。敵が脱出を試みたら、それも相手が無謀にも戦いを挑んでくるようであれば戦列を整えられるよう、また、この方の可能性が強いが、たんに脱出を図るのであれば、ラズ岬、イロワーズ海、フール岬と、あらゆる出口が遮断できるよう、直ちに海峡艦隊に通報するのがホットスパーの任務である。

今日は、午後二時にならないと上げ潮が満潮近くにならない。満潮寸前でないと毎日の近接偵察を行なうために湾内に進入することができないので、たいへん不都合な時間である。満潮時より早く進入すると、風が弱まった場合には、上げ潮に抗するすべがないまま湾の奥まで押し流されて、プティ・ミノウ岬とキャピュシャン岬の砲台の射程内に入ってしまう。砲台以上に恐ろしい存在は、ポリュと乙女の二つの岩礁である。

ホーンブロワーは、プラウスがプティ・ミノウとグラン・グワーン岬の位置を測定している間に艦の位置を確かめるべく、夜明け早々に甲板に出たが、一年で昼がいちばん短い日がすぎたばかりとあっては、さして早い時間ではなかった。

「クリスマス、おめでとうございます」ブッシュがいった。それをいう間、帽子に手を当てていなければならないというのは、軍隊独特のやり方である。

「ありがとう。きみも、おめでとう」

ホーンブロワーが、今日が十二月二十五日であるのをはっきり承知していながら、キリスト降誕祭であるのを完全に忘れていたのも、海軍ならではのことである。潮汐表には、教会の祝祭日は記されていない。

「奥様からのいい知らせはありませんか？」ブッシュがきいた。

「まだない」半ばとってつけたような笑みをうかべて、ホーンブロワーがいった。「昨日受け取った手紙は十八日付のものだったが、その方のことはなにも書いてなかった」

彼がマリアの手紙を六日後に受け取ったことも、このところの風の吹き方を示している事柄の一つである。手紙は、順風を受けた補給船が運んできた。ということは、同時に、彼の返事がマリアに届くのに六週間もかかる可能性があることを示しており、六週間、いや一週間のうちにすべてが一変して、子供が生まれるかもしれない。妻に手紙を書いている海軍士官は、艦隊の行動に関する命令を起草している海軍本部委員たちと同様に、片目で絶えず風見を見ていなければならない。元日が、マリアと産婆が予想している出産日である。その頃にマリアは、彼が一カ月前に書いた手紙を読んでいるであろう。もっと情のこもった文面にすればよかったと後悔したが、あの何通かの手紙を今さら呼び戻して、内容を変えたり、書き加えたりすることは不可能である。

彼としては、今日の午前中に時間をさいて、前の何通かの手紙に欠けているところを遅ればせに補うような手紙を書くしかない――そのように心に決めたのはなにも今日が初めてでないのに気づいて良心のとがめを感じた――が、不慮の事態発生の可能性が限りなくある中では、そのような手紙を書くのはいつもより困難であるにちがいない。不慮の事態――その瞬間、ホーンブロワーは、出産を間近に控えた男の誰もが抱く不安を感じた。

彼は、十一時までその思うにまかせない作文練習を続けた後、終わりに近い上げ潮にのって、見慣れた海岸が両側に迫ってくる中へホットスパーを進めるべく甲板に出た時は、後ろめたいながらも救われた思いがした。

空はかなり晴れ渡っていた。光り輝くようなキリスト降誕祭ではなかったが、ポリュ岩礁にできるだけ接近して一時停船《ヒーブツー》するようホーンブロワーが命令した正午頃には、もやはほとんど消えていた。彼の命令と同時に、プティ・ミノウ岬の砲の一門の鈍い砲声が耳に達した。再建された砲台が、例によって、彼が接近しすぎたことを願いながら、射程確認射撃をしている。彼らは、自分たちにあれほどの大損害を与えた艦であることに気づいているのであろうか？　たぶん知っているのだろう。

「午前の礼砲です」ブッシュがいった。

「そうだな」

ホーンブロワーは、手袋をはめているにもかかわらず冷えきっている手で望遠鏡を取り上げ、いつものように湾の奥をのぞいた。なにか新しいものが目につくことがしばしばある。今日はたくさんあった。

「新たな艦が四隻、錨泊しています」ブッシュがいった。

「わたしには五隻見える。あれは今までいなかったのではないか——教会の尖塔との線上にあるあのフリゲート艦は？」

「そうとは思いません。錨泊地を変えたのです。わたしが見たところでは、新しいのは四隻だけです」

「きみのいうとおりだ、ミスタ・ブッシュ」

「帆桁《ヤード》が揚がっています——それに、艦長、あのトプスルの帆桁《ヤード》を見てください」

ホーンブロワーはすでに見ていた。

「確信はもてないな」

「トプスルが完全にたたみこんであるように見えます」

「そうかもしれん」

帆を完全にたたみこむと、帆のたるみがマストを中心にした帆桁《ヤード》の中央部に集められるので、普通のたたみ方の場合より総体的にはるかに細くなり、目につきにくい。

「わたしが見張台に上がってみます。フォアマンが目がいいので、連れて行きます」

「よろしい。いや、待ってくれ、ミスタ・ブッシュ、わたしが登ろう。艦の指揮をたのむ。しかし、フォアマンはよこしてくれ」

ホーンブロワーが自ら見張台に上がることにしたのは、彼が新たな艦の観察をきわめて重要視している証拠であった。彼は、つねづね、自分の登り方がのろくてぶざまなのを気にしていて、それを身軽で陽気な部下たちの前にさらけ出すのは、よくよくの理由がある場合だけであった。あの新たに出現した艦には、なにか妙なところがある……

フォア・トップマストの見張台《ヘッド》に登りついた時には大きく息を切らしていて、湾内の艦が望遠鏡の視野に捉えられる程度に体を安定させるのに、何秒かかかったが、体は大いに暖かくなっていた。フォアマンはすでに上っていて、正規の見張係は、上官の出現に後方で身を縮めていた。フォアマンも見張係も、敵艦のトプスルが完全にたたみこんであるのかどうか、自信がなかった。

二人とも、そのように見えるように思ったが、断言するだけの確信がなかった。

「ミスタ・フォアマン、あの四隻について、ほかになにか気づいた点はないか？」

「いや、べつにありません。変わった点があるとは思えません」

「吃水《きっすい》が浅いとは思わないか？」

「そういえば、そのように見えます」

新たに出現した四隻のうちの二隻は、小型の二層甲板艦――たぶん、六十四門艦――で、どちらも下段の砲門の列が、普通より水面上に高く上がっているように見える。といって、数字で示すことができるような事柄ではない。いわば一種の直覚というか、勘による判断にすぎない。あの船体の感じがどうもおかしいのだが、フォアマンが、同感は表しても、そう思っていないことは明らかであった。

ホーンブロワーは、さらに資料を求めて、錨泊地のまわりの岸を望遠鏡で見まわした。軍隊宿泊用の仮兵舎が何列も並んでいる。フランスの兵隊は、自分たちの手で立派な小屋を建てて住み心地をよくするのが上手なことで有名である。調理用のかまどの煙がはっきり見える――もちろん、今日は、クリスマスの料理を作っているのだ。砲台を爆破した時に自分たちを桟橋まで追い返した大隊はあの仮兵舎からきたのだ。ホーンブロワーの望遠鏡が、一瞬止まり、また動いて行って、もとへ戻った。弱い風が吹いているので確信はもてないが、仮兵舎のうちの二列からは煙が上がっていないように見える。すべてがなんともあいまいである。あの一群の仮宿舎の収容能力すら推測がつかない。二千、あるいは五千。かまどの煙が見えないのかどうかもはっきりしない。

「艦長！」ブッシュが甲板からどなった。「潮が変わりました！」

「よし。すぐ行く」

甲板に下り立った時も、彼は考えにふけっていた。

「ミスタ・ブッシュ、近いうちに夕食に魚を食べたい。とくに、デュークス・フリアーズ号を見逃がさないよう、注意させてくれ」

ブッシュがまちがいなく理解するよう、英語ふうに発音した。二日後に、彼は、ドゥ・フレール号の船長を相手に艦長室でラム酒を飲んで、というよりは飲む真似をしていた。船長が非常に美味だとすすめた見分けのつかない魚を五、六匹買った。船長は〈ひらめ〉と称しているが、ホーンブロワーはおいひょうだろう、と思った。なにはともあれ、彼が金貨で支払うと、船長はなにもいわずに鱗だらけのサージのズボンのポケットに落としこんだ。

必然的に話が、錨泊地に新たに現われた艦を中心に、一般的なことから具体的なことへと、移っていった。船長は、新たに錨泊地に入った四隻が取るに足りないことを、身振りで示した。

「アルメ・ザーン・フリュート」彼がさりげなくいった。

〈アーン・フリュート〉！　それでわかった。その言葉で、謎の断片がピタッと結びついた。ホーンブロワーは驚きのあまり、水割りのラムのグラスをうっかり呷って咳きこみかけたのを、こちらの関心のほどをさとられないよう、必死で押さえこんだ。砲を取り払った軍艦は、砲門をあけると楽器のフルートのようである――あの艦はからの砲門が並んでいたのだ。

「戦闘用じゃないさ」船長が説明した。「倉庫か兵員運搬用か、そんなことにしか使えないね」

とくに、兵員運搬用だ。物資を保管するには、荷物を積むように設計された商船の方がはるかに向いているが、軍艦は、大勢の人間を乗せるように建造されていて、それを考慮した厨房設備や飲料水貯蔵設備がすでに造りこまれている。操艦に事欠かない程度の水兵を乗せるだけにとどめると、兵隊を乗せる余地がたくさん生じる。その場合には大砲は不要となり、ブレスト軍港にいるのであるから、それらの大砲はすぐさま他の新造艦の武装に使える。砲を取り払うことによって、甲板上の利用可能な面積が一挙に増大し、より多くの兵員を詰めこむことができる。人数が増えれば増えるほど、厨房設備や飲料水貯蔵設備が不足するが、短い航海ではさして長い間不自由な思いをしなくてすむ。短い航海。西インド諸島ではないし、喜望峰でもなく、もちろんインドではない。砲を取り払った四十門搭載のフリゲート艦なら、千人程度の軍隊を詰めこむことができる。三千人と、武装護衛艦に四、五百人。そのような少人数では、イギリス本土は問題外である——いかに人命を浪費するボナパルトといえども、少なくとも小編制の陸軍と大勢の国民軍がいるイギリス本国進攻を企ててそれだけの兵員をむざむざ無駄にすることはありえない。目標は一つしか考えられない。人心が離反して国民軍が弱体化しているアイルランドだ。

「それでは、わたしにとっては危険な存在ではないな」以上のような推理をしていたのをけどられるほど会話の切れ目が長くなかったことを願いながら、ホーンブロワーがいった。

「この小さな艦《ふね》に対してすらね」ブルターニュ人の船長が微笑しながら答えた。

自分の内心の興奮を表にあらわさないで会話を続けるのに、ホーンブロワーはありったけの精神力を発揮しなければならなかった。すぐさま行動を起こしたかったが、いらだちを相手に気付かれるようなことは絶対にできない。船長はさらにラム酒を所望し、急ぐ必要をまったく感じていなかった。幸いにもホーンブロワーは、魚だけでなくリンゴ酒を買うことも望ましいと進言したダウティの言葉を思い起こして、さっそくその話を切り出した。船長は、ドゥ・フレール号にリンゴ酒が一樽積んであることは認めたが、今日すでに手をつけたのでどれくらい残っているかわからない、といった。残っているだけ売ってもよい、という。

ホーンブロワーは、不快を押して値切り交渉を始めた――今しがた得た情報が何枚もの金貨に値することを船長に知られたくなかったからである。どの程度の質のものかわからないそのリンゴ酒は無料で提供されるべきだ、と提案すると、船長は粗野な目を強欲そうに光らせて、腹だたしげに拒否した。交渉が何分か続けられる間に、船長のグラスのラム酒がグングン減っていった。

「では、一フランだ」ようやくホーンブロワーが譲歩した。「二十スー出そう」

「二十スーとラムを一杯」船長がいい、ホーンブロワーは、相手がそのラムを飲む間いらだちを抑えていなければならなかったが、船長の自分に対する敬意を維持し続けると同時に疑念を抱くのを防ぐのには、その程度の辛抱はいたし方なかった。

というわけで、客を舷側で見送ると、彼が嫌悪している気分ではあったが、ラム酒の酔いで頭がクラクラしている状態のますますぐさま机に向かい、緊急連絡の手紙を書いた。たんなる信号ではとうてい意が尽くせないし、いかな暗号といえども完全に秘密でありうるとはかぎらない。ラム酒の酔いの許すかぎり慎重に言葉を選びながら、フランスがアイルランド進攻を企てているのかもしれないという自分の疑念を記し、その疑念の理由を書き並べた。ようやく満足がいくと、末尾に海尉艦長《コマンダー》H・ホーンブロワーと署名した。紙を裏返して、沿岸封鎖戦隊司令官ウィリアム・パーカー少将、と宛名を記し、手紙を折りたたんで封印をした。パーカーは強力なパーカー一族の一人で、その名の提督や艦長を輩出しているが、とくに功績顕著な者は一人もいない。あるいは、この手紙によって、その伝統が変えられるかもしれない、と思った。

彼はその手紙を届けさせた――小艇には長距離の困難な航海で、彼はいらいらと受領確認の返事を待っていた。

拝啓

本日付の貴翰受領、充分なる検討をお約束する。

敬具

W・パーカー

ホーンブロワーは、大急ぎでその短い返事を読んだ。艦長室へもち帰るのがもどかしくて艦尾甲板《コーターデッキ》で開封したが、失望の表情が顔に表われていないのを願いながら、返書をポケットにしまった。

「ミスタ・ブッシュ」彼がいった。「これまで以上に湾口の監視を厳重にしなければならない、とくに夜間と荒天のさいには」

「アイ・アイ・サー」

たぶんパーカーは、あの情報を咀嚼《そしゃく》するのに時間を要し、そのうちに計画をたてるであろう。それまでは、命令なしで行動するのが自分の任務である。

「敵に気づかれないと思える時は、つねに艦《ふね》を〈乙女〉岩礁に近づけるのだ」

「〈乙女〉岩礁に？　アイ・アイ・サー」

ブッシュがチラッと彼を見た目つきが非常に鋭かった。正気の人間で——少なくとも心理的に強度の脅迫現象を生じていないかぎり——視度がきわめて低い条件の中で、あのような航海上の危険区域に艦を近づける者は一人もいない。そのとおりだが、心理的脅迫現象が存在するのだ。フランスの精鋭三千人が上陸したら、あの悲惨な国と呼ばれるアイルランド全土に、一七九八年の時より激しい火の手が燃え上がる。

「今夜、近づいてみよう」ホーンブロワーがいった。

「アイ・アイ・サー」

〈乙女〉岩礁は、湾口から奥に通じる水路の中央にどっかりと横たわっている。その両側に幅が四分の一マイルにみたない航路筋があって、その狭いみおを潮が急流となって上げ下げしている。フランスの艦《ふね》が下ってくるのは下げ潮の間以外には考えられない。いや、そうとばかりはいえない。敵は、順風を受ければ潮流に逆らって進むことができる——いま吹いているこの冷たい東風がその順風だ。湾口は、低視度その他、あらゆる悪条件のもとで監視されなければならないし、その監視をホットスパーがやらなければならない。

16

「しばし、お許しを得たいと思います」午後の報告を終えた後、ブッシュは部屋を出ようとせずにためらっていたが、ようやく決心がついたようであった。

「なんだ、ミスタ・ブッシュ？」

「ご存じかどうか、あまりお顔色がよくありません」

「ほう？」

「働きすぎておられます。昼夜をとわず」

「船乗りとしては、奇妙な言葉だな、ミスタ・ブッシュ。しかも、国王の士官が口にするとは」

「しかし、本当であることにかわりはありません。もう何日も、一度に一時間以上の睡眠をおとりになったことがありません。わたしが初めてお会いして以来、そんなにおやせになったことはありません」

「しかし、残念ながら、耐え抜かねばならないようだ、ミスタ・ブッシュ」

「よくお考えになることを願っているとしか、申し上げようがありません」

「ありがとう、ミスタ・ブッシュ。実は、これから寝ようと思っているのだ」

「それを聞いて安心しました」

「視界が悪くなりそうになったら、すぐさま起こさせてもらいたい」

「アイ・アイ・サー」

「きみを信用していいかね、ミスタ・ブッシュ?」

「大丈夫です」

「ありがとう、ミスタ・ブッシュ」

ブッシュが出て行った後、しみだらけの欠けた鏡をのぞいてやせた自分の顔を観察しながら、興を覚えた。頬とこめかみが落ちくぼみ、鼻とあごがとがっている。しかし、これは本当のホーンブロワーではない。本物は、少なくとも今のところはまだ艱難《かんなん》や緊張の影響を受けないまま、内に在る。鏡の中のくぼんだ目を通して、本物のホーンブロワーが彼を見ている。肉体の弱みの証拠を捜している外のホーンブロワーを見て、なるほどといいたげな表情がその目にうかんだ。その表情に、悪意ではないがなにかそれに似たもの、一種の皮肉な興味を覚えたかのように、明るいきらめきが加わった。しかし、貴重な時間を浪費してはいられなかった。本物のホーンブロワーがむりやり引きずりまわしている肉体が、休息を要求している。その弱みだらけの肉体が、ダウティが吊り寝《コツ》台に入れておいてくれた湯たんぽを腹の上で抱いて、敷布などが湿めっぽく、刺すような寒さがまわりを包んでいるにもかかわらず、その暖かみと寛ぎに、非常な喜びと満足感を味わった。

「艦長」一分ほどにしか思えなかったが時計で見ると二時間たった時、ダウティが入ってきて、いった。「ミスタ・プラウスからの伝言です。雪が降り始めました」

「よろしい。すぐ行く」

その言葉を、何度口にしたことであろうか？　視界が悪くなるたびに、恐ろしい危険に向かって盲目的にホットスパーを進める緊張に耐えながら、湾口深く入って行き、風と潮流を見守りつつ精密な計算を行ない、条件の変化を一瞬も見逃すまいと注意を集中し、視界がよくなりそうな気配がわずかでも見えたら大急ぎで脱出できるよう身構えている。それは、砲台の砲火を避けるためばかりでなく、近距離における厳重な監視が行なわれていることを敵に知らせないためである。

「たったいま、降り始めたばかりです」ダウティがいっていた。「しかし、今夜は降り続けるようだ、とミスタ・プラウスがいっています」

ダウティに助けられて、ホーンブロワーは、自分がなにをしているのか気づかず機械的に、甲板用の分厚い衣類に身をくるんでいった。外はまったくの別世界になっていた。足もとの甲板上に薄い雪の敷物ができており、油布の雨具を雪におおわれて、闇の中に白くうき上がっているプラウスの姿が見えた。

「風は、北微東の微風です。上げ潮はあと一時間続きます」

「ありがとう。総員を呼集して部署につかせてくれ。砲のそばで眠っていてよい」

「アイ・アイ・サー」

「五分後からは、絶対に音をたててはならん」

「アイ・アイ・サー」

これは、型通りの措置にすぎない。視界が悪ければ悪いほど、敵艦がそばに現われた場合に備えていつでも砲撃できる態勢をとっておかねばならない。しかし、彼の責務にはきまりきった型などまったくない。艦を湾口内に進めるたびに条件が変わっていて、風の方向が違い潮齢が違っている。風がこんなに北寄りになっているのはこれが初めてであった。今夜は、危険を冒してプティ・ミノゥ岬の浅瀬にできるだけ近づき、その後、詰め開き《クロースホールド》で終わりに近い上げ潮にのれば、〈乙女〉岩礁を右舷に北側の航路筋をなんとか上ることができる。

乗組員はまだ元気充分である。中甲板の悪臭にみちたぬくもりから雪の中に出ると、驚きの叫び声や冗談を発したが、一声の鋭い命令であらゆる物音が押し殺された。帆を適帆にし操舵手に指示が与えられ、見通しのきかない闇、それもとくに今夜は空中を満たしている雪片が音もなく降りかかってきていっそう見通しのきかない闇の中を進み始めたホットスパーは、静まり返っていて、幽霊船のようであった。

測程儀の符号を読むための明かりをおおったカンテラが艦尾手摺り《タフレール》についているが、対地速度が絶えず変わっている場合には符号が示すものはさして重要でなく、勘と経験の方がより重要である。左舷のメン投鉛台《チェーン》に二人のっている。艦尾甲板《コーターデッキ》の風上側にいるホーンブロワーは、かなり低い声の報告でも聞き取れたが、必要に備えて中継係が一人配置してある。五尋《ひろ》。四尋。彼の計算がまちがっていたら、次に投鉛するまでに坐礁する。プティ・ミノウの砲台の下で坐礁し、粉砕される。ホーンブロワーは、手袋をはめた手を握りしめ、体じゅうの筋肉をこわばらせないではいられなかった。六尋半。彼が計算の基礎にした深さであったが、それでも救われる思いがした。ホーンブロワーは、安堵感を抱いた自分に、自分自身の計算に不安を抱いていた自分に、軽い侮蔑を感じた。

「詰め開き《クロースホールド》にせよ」彼が命じた。

艦は許されるかぎりプティ・ミノウ岬に近寄っている。あの見慣れた丘から四分の一マイルしか離れていないのだが、なに一つ見えない。どちらを向いても、一ヤード先に分厚い黒い壁ができているような感じであった。十一尋――航路筋の縁に達した。上げ潮の終わり間近、満干差最小の日の二日後、風は北微東。潮流の速さは一ノット以下で、マンガム岬の突端に渦はできていないはずだ。

「底に届かず！」

二十尋以上――計算通りだ。

「蛙どもにとっては、絶好の夜ですな」横でブッシュが呟いた。彼はこの瞬間を待っていたのだ。

　脱出を決意しているのであれば、フランス側にとって絶好の夜であることはたしかだ。敵方も自分と同様に潮の干満の時間を知っている。彼らは雪に気づいているはずだ。錨を揚げて出発し、順風と下げ潮を利して湾口の航路筋に出るのにはもってこいの時間である。この風ではフール岬を経て脱出することは不可能だ。イロワーズ海は沿岸封鎖戦隊が見張っているはずだが、今夜のような闇夜には、敵は航行困難なラズ岬を避けてイロワーズ海に出ることを考えるかもしれない。

　十九尋――艦は目下〈乙女〉岩礁の上にあって、マンガム岬の風上側はまちがいなく通れる。十九尋。

「潮だるみになっているはずです」光を囲った羅針儀箱《ビナクル》の明かりで時計を見たプラウスが低い声でいった。

　今ではマンガムの風上側に出ている。あと数分間は、水深は十九尋程度が続くはずであり、いよいよ次の行動を計画する時がきた――ある一事をのぞいた次の行動、というべきかもしれない。頭の中に海図を思いうかべた。

「あれを！」緊急を要するので、ブッシュが肘でホーンブロワーの脇腹をついた。

「測深をやめよ！」ホーンブロワーがいった。まちがいなく理解されるよう、普通の声でいった。今の風の方向では、彼がのぞきこんでいる方角へはさして遠くまで聞こえない。

また音がした――ほかの音も聞こえる。長く引き延ばした音節語が風に流されてきて、ホーンブロワーの張りつめた五感がその語を感じ取った。フランス人が、「サーズ」つまり十六と告げている。フランスの水先案内人は、水深を測るのに相変わらず旧式な〈トワーズ〉を使っており、一トワーズはイギリスの一尋よりわずかに長い。

「明かりです！」ブッシュが、また肘でホーンブロワーの脇腹をついて、いった。あちこちに光が見える――フランス人たちは、ホットスパーほど完全に明かりを隠していない。ものがある程度見分けられるだけの明るさがある。ビスケットを投げれば届くような近くを幽霊船がスーッと通って行く。とつぜん、相手のトプスルが見えた。帆の裏側に雪の薄い膜ができていて、明かりを反射しているのにちがいない。その時――

「ミズン・トプスル帆桁《ヤード》に赤燈が三つ並んでいます」ブッシュが囁いた。

今ではよく見える。前方へは光を遮断して後方へ光を送っているところを見ると、後続艦船を導く標識燈なのであろう。ホーンブロワーは、とつぜん考えがうかび、当面の行動、以後五分間の行動、そこから先の行動を、一瞬にして決断した。

「走れ！」ブッシュに鋭い口調でいった。「同じように明かりを三つ揚げろ。いつでも見せられるように、光をおおっておくのだ」

その言葉が終わるか終わらないうちにブッシュが駆け出した。いろんな考えが電光のように次々と頭にうかんだ。ホットスパーを上手回しにすることはできない——下手回しだ。

「下手回し！」激しい口調でプラウスにいった——ふだんの丁寧な物の言い方をしているひまはない。

ホットスパーが回頭すると、先方の三つの赤い光がほとんど一つになって見え、その瞬間に青い光が見えた。相手は針路を変えて湾口を目ざしており、青花火をたいて、後続の艦船に次々と上手舵をとることを指示したのだ。今や、二番目の船が見えてきた——二番目のかすかな輪郭を青花火が映し出してくれた。

ホーンブロワーがフェロルで捕虜生活を送っている時、インディファティガブル号の艦長であったペリューは、フランスの信号を真似て、ブレスト軍港から脱出しようとしたフランス戦隊を混乱に陥れたが、それはイロワーズ海のかなり広い海面でやったことであった。同様の戦術を試みる考えがホーンブロワーの頭にひらめいたが、この狭い湾口内ではもっと決定的な行動をとりうる可能性がある。

「艦《ふね》を右舷開き《タック》で風上に切り上げろ」鋭い口調でプラウスに命じると、目に見えない掌帆手たちが目に見えない転桁索《ブレース》を引き、ホットスパーがさらに艦首をめぐらせた。

フランスの艦列の二番目の艦《ふね》が方向転換を終えたばかりのところで、ホットスパーの艦首がまっすぐその方を向いている。

「右舵少々」ホットスパーの艦首が右へそれた。「当て舵！」

彼は、接触しない程度にできるだけ相手に近づきたかった。

「しっかりした男に明かりをもたせて登らせました」ブッシュが報告した。「あと二分で準備完了です」

「砲の方へ行け」ホーンブロワーが命じ、これ以上静かにしている必要がなくなったので、拡声器を取り上げた。

「メンデッキ！　右舷の砲につけ！　砲を押し出せ！」

フランスの戦隊はどのように編成されているだろう？　武装護衛艦がついているはずだが、戦いながら海峡艦隊の封鎖網を突破するためではなく、脱出した後、思いがけないところでイギリスのフリゲートに出会った場合に船団を守るためについている。大型フリゲート艦が二隻、一隻は先頭に、一隻は後尾にあって、その中間にいる船は、無防備の輸送船、砲を取り払ったフリゲート艦であるはずだ。

「右舵！　舵 中《ステレー・アズ・ユー・ゴー》 央《ヤーダーム》！」

敵の艦列の二番艦と桁端を接し舷を並べて、二隻の幽霊船のように雪の中を湾口に向かって進んだ。砲の台車のゴロゴロという音が止んだ。

十門の砲のそばで、十本の手が引き縄を引き、ホットスパーの片舷が砲火で燃え上がるように見え、その明るい光がフランス艦の帆や船体を照らし出した。一瞬の閃光の中で、雪片が宙に停止しているかのようにはっきりと見えた。

「撃て！」

「撃ち続けろ！」

フランス艦から悲鳴や叫び声が聞こえ、次の瞬間、フランス人が耳のそばかと思うような近くでなにかいった——三十ヤード離れたフランスの艦長が、拡声器をまっすぐこちらに向けてなにかどなっている。制止の叫び声であるにちがいない。フランスの艦長は、イギリスの艦がいるはずのないところで、なぜ僚艦が自分を砲撃しているのか、理解できないでいるはずだ。その言葉も、二度目の斉射の最初の一発の砲声にかき消され、その後は、砲手たちが、できるだけ早く装塡しては撃ち続けた。砲火がきらめくたびに、断続的にフランス艦が照らし出された。九ポンド砲弾が、兵員を詰めこんだ艦の舷を貫いている。彼が身動きもせずに甲板に立っているこの瞬間に、すぐ目の前で大勢の人間が苦しみもだえつつ死んでゆく——それも、たんに独裁者の軍隊に徴兵されたがために。相手はこれ以上じっとしていられないはずである。この思いがけない不可解な攻撃にひるむにちがいない。思ったとおりだ！　向きを変えているが、すぐ向こう側の断崖か浅瀬以外、行くところがない。ミズン・トプスル帆桁《ヤード》に赤燈が三つ並んで見える。偶然か意識してか、相手は下手舵をとった。その点を確認しておかねばならない。

「左舵少々」

ホットスパーが、砲から火を噴きながら、右に艦首をまわした。充分だ。

「右舵少々。舵中央《ステレー・アズ・ユー・ゴー》」

今度は拡声器を取り上げた。「撃ち方、やめー！」

その後に続いた静けさを、フランス艦が岸にのり上げて帆桁《ヤード》が落下する大音や阿鼻叫喚が破った。その闇の中で、砲火に慣れた目は盲目同然であったが、しかもなお、目が見えるかのように行動しなければならなかった——一瞬たりとも無駄にはできない。

「メン・トプスルに裏帆を打たせろ！　転桁《ブレース》用意！」

フランス側の後続艦が否応《いや》なしに下ってくるはずだ。順風を受けて下げ潮にのり、両側が岩礁では、ほかにどうすることもできない。彼らより迅速に考えをきめねばならない、自分の方には相手の虚をついたという利点がまだ残っている——フランスの艦長たちは、考えをまとめているひまはないはずである。

〈乙女〉岩礁が風下側にある——一瞬の遅滞《ちたい》も許されない。

「ヤードをまわせ！」

後続艦が闇の中から輪郭を現わしてしだいに近づき、艦首楼《フオクスル》から恐慌をきたした叫び声が聞こえてきた。

「右舵いっぱい！」

ホットスパーは、舵が反応を示す程度の速度を維持していた。二隻の艦首がサッと離れ、間一髪の差で衝突が避けられた。

「撃て！」

フランス艦の帆が全部裏帆を打っている――操艦不能状態にある上に九ポンド砲弾で甲板を撃ち払われていては、急速に態勢を回復することはできないにちがいない。ホットスパーは相手の行く手を横切ってはならない――まだ多少の時間的余裕と行動可能海面が残っている。

「メン・トプスルを逆帆にせよ！」

乗組員は訓練精到な連中である――艦は機械のように正確に操作されている。真っ暗闇の中で階段を上下して薬包を運んでいる少年たちですら整然と任務を果たし、耳をつんざく轟音とともに火を噴き、敵艦にオレンジ色の光を浴びせながら休みなく砲撃を続けている大砲に、絶えることなく火薬を供給している。その砲煙がゆっくりと左舷へ流れている。

メン・トプスルをこれ以上一秒たりとも逆帆のままにしておけない。たとえ砲撃を中止することになっても、帆に風をはらませて前進しなければならない。

「ヤードをまわせ！」

彼は、今になってようやく、自分のそばのカロネード砲が轟音を発しているのに気づいた。砲手が続けざまに発射して、人員輸送艦の甲板をぶどう弾で掃射している。その砲火で、ホットスパーが前進を開始するにつれて相手のマストが後方へ取り残されてゆくのがチラッと見えた。次の砲火で、べつのものを、同じく一瞬の光景を見た——べつの艦の第一斜檣《バウスプリット》が向こう側から目前のフランス艦の甲板上に直角に延びてくるのが見え、激突する音と大勢の悲鳴が聞こえてきた。後続の敵艦が僚艦に艦首を突っこんだのだ。最初の船体を引き裂くような衝突の音に続いて、激突音が聞こえた。ようすを見るべく艦尾へ行ったが、すでに、砲火に眩んで見えなくなった目の前に暗闇が壁のように立ちふさがった。あとは音を聞くしかなかったが、聞こえてくる音で状況が判断できた。艦首を突っこんだ艦《ふね》の第一斜檣《バウスプリット》が横静索《シュラウド》や揚げ索《ハリヤード》の間に入りこみ、メンマストにぶつかって折れて、艦《ふね》が風に横向きに吹き流されているのだ。次にフォア・トップマストが折れて帆桁《ヤード》が落ちてくるはずだ。その両艦は、風下に〈乙女〉岩礁を控えたまま、なすすべもなく組み合っている。いま、彼らが絶望的な状態になんとか対処しようとしていた青花火が見えた。二隻の敵艦が風に吹きまわされて、青い光と帆桁《ヤード》の赤い光が太陽系のように互いにぐるぐるまわっている。彼らがその窮地を脱する可能性はまったくない。風と潮流に運ばれてその場を離れている時、その二隻が〈乙女〉岩礁に激突した音が聞こえるような気がしたが、確信はもてなかったし、そんなことを考えているひまはもちろんなかった。下げ潮のこの段階にはポリュ岩礁に渦が生じ、それを考慮に入れなければならない。そこを通り過ぎればイロワーズ海に出る。湾口の奥に艦を進めている時にいつもこの上なく危険に思えた海域を、砲声と大混乱の騒音に今や敵艦が自分たちの艦列内に入りこんできているのに気づいた未知の数のフランスの艦《ふね》が下ってくる。

急いで羅針儀をのぞき、自分の頬に当たっている風の強さを推測した。敵は——残余の敵艦は——この風では、トレピエ砂洲を避けて、ラズ岬を目ざすにちがいない。彼らの退路が遮断できる位置につかねばならない。いずれにしても、次の敵艦は近くまで迫ってきているはずだが、敵はあと数秒間で、湾口の狭い航路筋から広い海面に脱出する。先頭を進んでいたフリゲート艦、自分が攻撃しないでわざと通過させたあの敵艦は今どうしている?

「メン投鉛台《チエーン》の者!　測深せよ」

できるだけ風上に艦首を向けていなければならない。

「底につきません!　この索《ライン》では届きません!」

それなら、艦はポリュ岩礁を通過したのだ。

「測深をやめよ」

艦は相変わらず右舷開き《タック》で進んでいる。一寸先が見えない闇の中で、そばのプラウスの荒い呼吸音が聞こえるほか、艦は静まり返っている。あれはなんだ?　風に運ばれて、はっきりした物音が海面を伝わってくる。なにか意図があるような、重い物が水に落ちる音。測鉛を海に投じている音だ――その音に続き、一定の間隔をおいて、測鉛手のかんだかい報告が聞こえる。すぐそばの風上側に艦《ふね》がおり、距離が狭まるにつれて、ほかの声や帆桁《ヤード》を操作している音が聞こえる。彼は手すりから身をのりだして、低い声で艦中央部《ウエスト》に命令した。

「砲撃用意」

あそこにいる。艦首右舷側に敵の輪郭がぼんやりと見えてきた。

「右舵二ポイント。当て舵」

相手も同時にホットスパーに気づいた。闇の中から拡声器による呼びかけが聞こえてきたが、その声が消えないうちにホーンブロワーがまた艦中央部《ウエスト》に命じた。

「撃て！」

各砲がほとんど一斉に発射されたので、その反動でホットスパーの軽い船体が傾斜した。一斉射撃の砲火に敵艦が照らし出された。相手を浅瀬に追い上げることは望めない――行動可能海面が広すぎる。拡声器を取り上げた。

「砲口を上げろ！　敵の円材《スパー》を狙え！」

相手を航行不能にすることはできる。次の斉射の最初の砲は、彼が命令した直後に火を噴いた――誰か愚か者が命令を無視して発射したのだ。しかし、それ以外の砲は、くさびを引き抜くのに必要な間をおいて次々に火を噴き、轟音があたりを圧した。斉射また斉射。とつぜん、砲火で、敵のミズン・トプスルの形が変わったのが見えた。その瞬間に、ミズン・トプスルがゆっくりと正横後方へ向きを変えた。敵艦は、攻撃から逃れる窮余の策として帆を逆帆にし、掃射を受ける危険を冒してホットスパーの艦尾にまわり、順風を受けて脱出しようとしているのだ。ホットスパーを下手回しにして敵艦に左舷の砲の斉射を浴びせ、トレピエ砂洲に追い上げねばならない。拡声器を口に当てたその瞬間に、前方の闇が火山のように火を噴いた。

大混乱状態になった。雪が降りしきる暗闇の中から放たれた片舷斉射が、ホットスパーを艦首から艦尾まで掃射した。砲声と砲火の直後に、木部が引き裂かれる音、砲尾に砲弾が当たった鐘を叩くような音、木片が宙を飛ぶかんだかいうなり、そのうなりに続く一人の負傷者の悲鳴が、それまでの静寂をつらぬいた。

護衛の武装したフリゲート艦の一隻——たぶん先頭を進んでいた敵艦——が砲火を見、また、介入できる程度の近距離にいたらしい。敵は、ホットスパーの進路を横切りながら、縦掃射を浴びせてきたのだ。

「右舵いっぱい！」

まださきほどの輸送艦の進路からそれていないので、かりに索具《リギン》の損害に加えて支索《ステー》をもふっとばされる危険を冒す覚悟があったとしても、艦を上手回しにすることはできない。たとえまた縦掃射を受けることになっても、下手回しにしなければならない。

「下手回し！」

輸送艦に最後の砲火を浴びせながら、ホットスパーが艦首をめぐらせた。次の瞬間、また前方の闇が片舷斉射の火を噴き、何分の一秒かの間をおいて敵弾が、すでに損傷を受けている艦首に命中した。その間、ホーンブロワーは、命中するたびに思わず顔をしかめそうになるのを抑えながら突っ立ったまま、次になにをなすべきかを考えていた。あれが最後の砲弾なのか？　今度はべつの、なにかが裂けるような大音が艦首方向から聞こえ、さらに、次々と大枝を折るような音、落雷のような大音響、叫び声、悲鳴が相ついで聞こえた。あれはフォアマストが倒れたのであろう。今のは、フォア・トプスル帆桁《ヤード》が甲板に落下したのにちがいない。

「舵がききません」操舵手が報告した。

フォアマストを失ったので、ホットスパーは、たとえマストの残骸が海に落ちて引きずられ、海錨《シーアンカー》の役を果たしていなくても、艦首を宙に跳ね上げようとする傾向が出てくるはずである。彼は、頬に当たる風の方向が変わっているのを感じた。今やホットスパーは動きの自由を失い無力と化した。これで艦は、こちらより倍も大きく、四倍の弾量の斉射能力を有し、こちらの豆鉄砲のような力の弱い砲弾では歯がたたない倍以上もの厚みの艦材でできた敵艦に、思いのままに破砕されることになる。最後まで必死で戦わねばならない。敵艦は、ホットスパーを艦尾から縦掃射するべく、左舵をとっているであろう。少なくとも、闇の中である程度状況の判断ができしだい、そうするはずである。その間に時間は刻々とたつであろうし、ありがたいことに風はいまだに吹いている上に、例の輸送艦が相変わらず右舷側のすぐそばにいる。彼が拡声器でどなった。

「静かに！　静かに！」

落ちてきた円材《スパー》を片づけていた艦首部の騒音が消えた。負傷者の呻き声すら聞こえなくなった——これが規律というものだ、それも、笞によって生まれた規律ではない。次の斉射に備えて砲を押し出しているフランスのフリゲート艦の砲の台車のゴロゴロという音が聞こえ、続いて号令が耳に達した。敵艦は、目標が確認できしだい止《とど》めの一撃を加えるべく向きを変えている。ホーンブロワーは、空に向かって話しかけでもするかのように拡声器を真上に向け、できるだけ落ち着いた低い声で命令した。敵艦に聞かれてはまずい。

「ミズン・トプスル・ヤードの者！　その明かりのおおいをとれ！」

一瞬、非常な不安に襲われた——火が消えているかもしれない、帆桁《ヤード》に上がらせた男が死んでいるかもしれない。彼はもう一度命令した。

「その明かりを示せ！」

日頃の訓練がものをいい、帆桁《ヤード》上の男は復唱してはならないのを承知して答えなかったが、明かりが見えた――ミズン・トプスル帆桁《ヤード》に、一つ、二つ、三つ、と赤い光が並んだ。逆風であるにもかかわらず、恐慌をすら感じさせる取り乱した号令が敵艦から聞こえてきた。敵の艦長が撃つなと命じている。彼は、非常な誤りを犯してしまった、と思っているのにちがいない。ままにならない闇の中で、ホットスパーを、こちらが砲撃し、まだすぐ近くにいるあの輸送艦と思い違えているのであろう。なにはともあれ、敵は砲撃を差し控えた――風下へ離れて行きつつある。この闇の中における風下側百ヤードの隔たりは、日中の一マイルに相当する。

「その明かりをおおいかくせ！」

敵艦に砲撃目標や引き返してくる目当てを与えてはならない。この間に、こちらは甲板上を片付けなければならない。今度は、すぐそばの闇の中から声が聞こえた。

「ブッシュです。お許しを得て、しばし砲列を離れたいと思います。フォアマストの帆が右舷砲列におおいかぶさっているので、いずれにしても右舷側は砲撃不可能です」

「よろしい、ミスタ・ブッシュ。損害は？」

「フォアマストが甲板上六フィートで折れました。いっさいが海中に落ちました。横静索《シュラウド》の大部分は切れていないらしく、帆が舷側で引きずられています」

「では、すぐさま作業にかかろう――音をたてないようにするのだ、ミスタ・ブッシュ。まず、帆を一枚残らずたたむ。その後で残骸を片付ける」

「アイ・アイ・サー」

艦の帆を一枚残らずたたむと、それだけ敵艦の目につきにくい上に、奇妙な海錨《シーアンカー》を引いていることも加わって、風下へ押し流される度合いが少なくなる。次に、下から船《だい》匠《く》が上がってきた。

「艦底の水がどんどん増えています。船倉で二フィートに達しています。部下が火薬庫に近い艦尾の穴を一つふさいでいますが、前部の錨索収納庫《ケーブルティア》にも穴があいているにちがいありません。ポンプ作業員が必要だし、錨索収納庫《ケーブルティア》に五、六人、手を増やしていただきたいのです」

「よし」

現実とはとうてい思えない悪夢のような状況の中で、なすべきことが限りなくある。その時、非現実的な感じがする理由がある程度わかった。六インチほどの雪が甲板をおおっており、垂直面の裾の吹きだまりはそれより深くて、音を消すと同時に、作業員の動きを阻害している。しかし、非現実感の原因の大部分は、身心の極度の疲労であり、その疲労を無視して作業を続け、トレピエ砂洲が風下方向間近に横たわっていることを念頭に、あくまで冷静に諸事を考えようとしていることにある。フォアマストの残骸を片付け終わったら、帆を張り、頬に当たる風の感触と揺れ動く羅針儀のみをたよりに、海の男の本能で、フォアマストを失ったホットスパーの操艦方法を決めねばならず、万が一にも計算を誤ったら、浅瀬が待ち受けている。

「ミスタ・ブッシュ、スプリットスルを張ってもらいたい」

「アイ・アイ・サー」

フォアマストが折れてふだん手慣れている支索《ステー》が全部なくなった上に真っ暗闇の中でバウスプリットの下に帆を広げるのは、危険この上ない作業であるが、艦が艦首を風上に振らないよう前部に風圧をかけるのに、絶対に必要な作業であった。メン・トップマストに帆の圧力が支えきれるかどうか自信がもてないので、重くて扱いにくいメン・コースを広げた。かくして、ポンプの悲しげな音が聞こえるまま、ゆっくりと西に進んで行くうちに、暗闇がしだいに濃灰色になり、やがて雪が止み夜明けが近づいてくると、その濃灰色が淡灰色に変わっていった。そして、ようやくドリス号が、救援者の姿が見えてきた。もはや安全といってもいいが、いずれ、応急のフォアマストをたよりに水漏れのひどい艦を操って、風に抗しながら、再装備のためにプリマス軍港へ帰らなければならない。

応援の兵員を派遣すべくドリス号が艇を下ろしているのが見えると、ブッシュがホーンブロワーの方に向き直って、習慣どおりの挨拶をした。ブッシュは、硝煙に黒ずみ、落ちくぼんだ頬に無精ひげがのびている自分の顔に気づいていないが、たとえ気づいていないにしても、あたりの光景は、ブッシュの無骨なユーモアのセンスを刺激するにふさわしい異様なものであった。

「新年おめでとうございます」骸骨のような笑みをうかべて、ブッシュがいった。

今日は元日であった。次の瞬間、二人の男の頭に期せずして同じ考えがうかび、ブッシュの笑みが消えて真剣な表情になった。

「奥さんのご安産を……」

ホーンブロワーは虚をつかれた感じで、適当な言葉が思いうかばなかった。

「ありがとう、ミスタ・ブッシュ」

子供の出産予定日が元日であった。二人が話している今のこの瞬間に、マリアは陣痛に苦しんでいるかもしれない。

17

「きょうは艦《ふね》で夕食をなさいますか？」ダウティがきいた。

「いや」ホーンブロワーが答えた。たまたま思いついた次の文句を口にする前に一瞬ためらったが、そのまま続けることにした。「今夜、ホレイショ・ホーンブロワーは、ホレイショ・ホーンブロワーと夕食をするのだ」

「イエス・サー」

これほど冗談にならない冗談はなかった。たぶん、ダウティがその古風な含みに気づくことを期待するのはもともと無理であったのだろうが、艦長が冗談を口にするほど陽気な気分になっているのは明らかなのであるから、微笑くらいは見せてもよかったはずである。

「雨具をお着けにならないと。まだ雨が強く降っておりますから」完全に無表情な顔でダウティがいった。

「ありがとう」

ホットスパーが這いずるようにプリマス湾に入って行った日以来、連日雨が降っているように思えた。造船所を出て行くホーンブロワーの雨具を打つ雨が、あられにも似た音をたて、彼が〈ドライバーズ・アリ〉なる下宿屋まで歩いて行く間も降り続けていた。彼がノックをすると、女主人の幼い娘がドアを開けた。自分たちの部屋へ階段を上って行く途中で、もう一人のホレイショ・ホーンブロワーが悲しみを訴えている声が聞こえた。ドアをあけて息づまるような狭くあつい部屋に入って行くと、マリアが肩にのせるような格好で赤ん坊を抱いて立っていた。赤ん坊の長い衣類が彼女の腰のあたりまで達していた。彼を見ると、彼女の顔が喜びにパッと輝き、水のしたたる雨具を脱ぐのを待ちきれないようすで、彼の腕に抱かれた。ホーンブロワーは、妻の熱した頰に唇をつけたままホレイショ二世をのぞき見たが、赤ん坊は母親の肩に顔を当てて泣き声をあげていた。

「きょうはとても機嫌が悪いの」申し訳なさそうにマリアがいった。

「かわいそうに！　それで、きみはどうなのだ？」ホーンブロワーは、マリアといっしょにいる時は、つねに彼女を自分の考えの中心におくように心がけていた。

「もうすっかり元気になったわ。小鳥のように身軽に階段が上り下りできるわ」

「それはよかった」

マリアが赤ん坊の尻を軽く叩いた。

「機嫌をなおしてくれるといいのに。お父さんに笑顔を見せてもらいたいわ」

「わたしがやってみようか？」

「とんでもない！」

男が、たとえ自分の子とはいえ泣いている赤ん坊を抱くことなど、考えただけでもマリアにとっては非常な衝撃であったが、それが嬉しい衝撃であることには変わりなく、腕を差し出している夫に赤ん坊を渡した。ホーンブロワーは、自分の子供を抱き――その衣類のかたまりのあまりの軽さにいつものようにかすかな驚きを感じながら――その涙に濡れたなんら特徴のない顔を見下ろした。

「どうだ！」ホーンブロワーがいった。抱き手がかわったので、小ホレイショは、少なくとも今のところは泣きやんでいた。

マリアは、自分が生んだ子を抱いている夫の姿を見ながら、無上の幸福感に浸っていた。また、ホーンブロワーは、奇妙に入りまじった複雑な感情を味わっていた。その一つは、自分にそのような感情があろうとは信じがたく、自分の子供を抱くことに楽しみを感じている自身に対する驚きであった。マリアは、暖炉の前の椅子の背を押さえてホーンブロワーを坐らせると、彼女としては思いきったしぐさであったが、夫の髪に唇を当てた。

「それで、艦《ふね》の方はどうなのですか？」夫の肩越しにのりだして、たずねた。

「もうすぐ出港準備が完了する」ホーンブロワーがいった。

ホットスパーは、ドックに入り、底の付着物を削り落とし、外板や甲板のかしめをしなおし、敵弾による穴もふさがれて、ドックから出た。新しいフォアマストがたてられ、索具装着班が静索を取り付けた。あとは弾薬、食糧その他を補給すれば終わりである。

「まあ、そう」マリアがいった。

「相変わらず西の風が続いている」ホーンブロワーがいった。といって、艦をプリマス湾外に出すことさえできれば、海峡を南下するのは問題ではない。彼は、なぜわずかばかりの希望をマリアにもたせたのか、自分でもわからなかった。

小ホレイショがまた泣き始めた。

「かわいそうに！」マリアがいった。「わたしが抱くわ」

「大丈夫だよ」

「いいえ。それは——そんなことはいけません」マリアの考え方からすれば、子供の不機嫌に父親がうるさい思いをすることなど、絶対にあるべからざることであった。彼女がべつのことを思いついた。「あなたはこれを読みたがっていたわね。母が図書館から借りてきたの」

わきの小卓から雑誌を一冊とってきて赤ん坊と引き替えに夫に渡し、また赤ん坊を胸に抱いた。

雑誌は海軍月報の最新号で、マリアがあいている手でページをめくるのを手伝った。

「あったわ！」ほとんど巻末に近い目当ての記事を指さした。「さる一月一日に……」

という書き出しで、小ホーンブロワーの誕生を告げている。

「イギリス海軍のホレイショ・ホーンブロワー艦長ご夫人に男子出生」マリアが読み上げた。「これ、わたしとこの子のことだわ。わたし――口に出していえないくらい、あなたに感謝しています」

「ばかなことを」ホーンブロワーが答えた。彼は事実そのとおりの気持でいたのだが、その言葉からとげを除くべく、微笑をうかべて顔を上げた。

「あなたのことを〈艦長《キャプテン》〉と呼んでるわ」問いかけるような口ぶりでマリアが続けた。

「そう」ホーンブロワーが認めた。「しかし、それは――」

またもや彼は、海尉艦長《コマンダー》の階級（艦長《キャプテン》はたんなる礼儀上の呼び方にすぎない）と勅任《ポスト・》艦長《キャプテン》との、身分上の非常な違いについて説明を始めた。すでにこれまでに、それも一再ならず、説明した事柄である。

「そんなこと、公正じゃないわ」マリアがきっぱりといった。

「公正なことなど、めったにないのだ」やや上の空でホーンブロワーがいった。彼は、最初に見た月報の巻末の記事から前に向かってページをめくっていた。〈プリマス軍港報告〉欄が見つかり、さらに彼が捜していた記事があった。

「スループ艦ホットスパー号が、応急艤装で海峡艦隊から帰投。直ちに入渠《にゅうきょ》。ホレイショ・ホーンブロワー艦長は、緊急報告書をもってすぐさま上陸」さらに、〈法律情報〉、〈海軍軍法会議〉、〈海軍消息月報〉、〈帝国議会における海軍関係論議〉と続き、その〈論議〉と〈詩〉の欄の中間に、〈公報掲載書翰〉欄があった。そこに載っていた。まず、右傾文字《イタリック》による紹介文が出ている。

〈ハイバーニア号上、今月二日付、海軍中将ウィリアム・コーンウォリス卿より准男爵エヴァン・ネピーン卿宛て書翰の写し〉

次にコーンウォリスの手紙が掲載されている。

拝啓

海軍本部委員諸卿の高覧に付すべく、フランス海軍フリゲート艦クロランド号の拿捕および、陸軍部隊の兵員多数を搭載しブレスト軍港を脱出せんとしたフランス海軍の企図打破に関し、HMSナイアド号のチェインバズおよびHMSスループ艦ホットスパー号のホーンブロワーの両艦長より受領した手紙の写しをここに送付申し上げます。この両艦長の行動は称賛に値するものと考えます。HMSドリス号スミス艦長より受け取った手紙の写しを併せて同封いたします。

衷心より敬意をこめて

敬具

W・コーンウォリス

次にチェインバズの報告が載っていた。ナイアド号はモレーヌ近くでクロランド号に追いつき、戦闘のすえ航行不能状態に陥れ、四十分で拿捕した。輸送艦とともに出てきたもう一隻のフランスのフリゲート艦は、ラズ岬を経て逃走し、いまだにつかまっていないようである。

次が、期待していた彼自身の報告であった。以前に月報に印刷された自分の文章を読んだ時と同じように、興奮で顔が熱くなった。書いた時からかなりの期間がたっているいま、改めて慎重に読み返したが、まずは満足できる文章であった。そこには、ブレスト軍港入り口の湾口で、三隻の輸送艦を坐礁させ、四隻目を攻撃中にホットスパーが敵のフリゲート艦の砲火を浴びてフォアマストを失ったという事実のみが、淡々と述べられている。アイルランドへの敵の進攻を阻止したことなど、一字も記されていない。闇と雪と航海上の危険について二、三行記してあるにすぎないが、理解できる者は理解するはずである。

ドリス号のスミスの手紙も簡潔であった。ホットスパーの救援にはせつけた後、ドリス号が湾内に進入すると、砲を取り払ったフランスのフリゲート艦がトレピエ砂洲に坐礁して、通船に兵員が乗り移りつつあった。ドリス号は、フランスの沿岸砲台の砲火を冒して艇を派遣し、そのフリゲート艦を焼き払った。

「月報に、きみが興味を感じそうなことが、ほかにも載っているよ」ホーンブロワーがいった。自分の手紙を指で示しながら、雑誌を差し出した。

「またあなたの手紙が載ってるのね！」マリアがいった。「あなたとしても、こんな嬉しいことないわね」

マリアが急いで手紙を読んだ。

「わたし、まだこの手紙を読むひまがなかったの」顔を上げながら、マリアがいった。「この子の機嫌が悪かったものだから。それに――わたし――こういう手紙があまり理解できないの。あなたが自分の功績を誇らしく思っていることを願ってるわ。もちろん、誇りにしているにちがいないわ」

幸いにも、その瞬間に小ホレイショが泣き始め、ホーンブロワーは、彼女の言葉にはっきり答えなくてすんだ。マリアが赤ん坊をあやしておいて、続けた。

「店の人たちが、今日このことを知って、みんながわたしに話しかけてくるわ」

ドアが開いて、メイスン夫人が、雨用の木靴をカタカタと鳴らし、ショールに雨のしずくをつけて入ってきた。彼女が雨具を脱ぎながら、ホーンブロワーと挨拶を交した。

「わたしがその子を抱くわ」メイスン夫人が娘にいった。

「ホリイの手紙がまた月報に載ってるのよ」マリアがいった。

「ほんと？」

メイスン夫人が、暖炉の前でホーンブロワーと向き合って腰を下ろし、マリアより慎重にそのページを読んでいたが、理解できない点はマリアと変わりなかった。

「提督が、あなたの行動は称賛に値する、といってるわ」顔を上げて、いった。

「はい」

「それなら、なぜ彼はあなたを本物の艦長にしないの、あなたがいう、その〈勅任艦長《ポスト・キャプテン》〉とやらに？」

「彼にはその権限がないのです」ホーンブロワーがいった。「それに、たとえあっても、しないでしょうな」

「提督は艦長を任命することができないの？」

「自国の領海内では」

本国から遠く離れた部署では思いのままに行使される昇進に関する司令長官の絶大な権限も、容易に海軍省に伺いがたてられるところでは認められない。

「それで、賞金はどうなの？」

「ホットスパーにはきません」

「でも、この——クロランド号は拿捕されたのよ？」

「そう、しかし、われわれの視界内にはなかったのです」

「でも、あなたは戦ったんでしょ、そうじゃないの？」

「そうです、ミセス・メイスン。しかし、視界内にあった艦《ふね》の間だけで賞金が分けられるのです。フラッグ・オフィサーはべつですがね」

「それで、あなたはフラッグ・オフィサーではないの？」

「ちがいます、ミセス・メイスン。フラッグ・オフィサーというのは、将官のことです」

メイスン夫人が鼻を鳴らした。

「なんだか、おかしいわね。それでは、あなたは、この手紙でなんら益を受けないの？」

「そうです、ミセス・メイスン」少なくとも、メイスン夫人が考えているような益は受けない。

「あなたも、もうそろそろ賞金を手に入れていい頃だわね。何千ポンドもの賞金を得た艦《ふね》のことをしょっちゅう耳にするわ。マリアと子供に、一カ月八ポンドじゃね」メイスン夫人が娘の方を見た。「羊の頸肉《くび》一ポンドが三ペンスもする世の中なのよ！　理解しがたいような物価高だわ」

「わかってるわ、お母さん。でも、ホリイはできるだけのお金をわたしにくれてるわ」

六等級以下の艦《ふね》の艦長であるホーンブロワーの月給は十二ポンドで、彼は制服を新調しなければならなかった。戦時の需要で物価が上昇し、海軍省は、くり返し約束しながらも、海軍士官の給与増額をかちとれないでいる。

「艦長の中には、ずいぶん収入の多い人がいるわ」メイスン夫人がいった。

普通であれば耐えがたいような条件のもとで海軍の将兵が黙っているのは、賞金の分配を受けたり、賞金を得る可能性があるからである。スピットヘッド軍港やノア河の大規模な叛乱が起きてからまだ十年たっていない。しかし、ホーンブロワーは、メイスン夫人が今のような物の言い方を続けると、そのうちに自分も賞金制度を弁護する側にまわることになりかねないな、と思った。幸いにも、下宿屋の女主人が入ってきて夕食のテイブルの支度を始めたので、話題が変わった。他人が部屋にいては、メイスン夫人もマリアも金などという下品なものについて論議するわけにはいかず、三人はさしさわりのない事柄について話し合っていた。女主人が湯気をたてている深い皿を運んでくると、三人が席についた。

「底に玉麦が沈んでるわよ、ホレイショ」彼が食物をみなの皿に取り分けるのを監督しながら、メイスン夫人がいった。

「イエス、ミセス・メイスン」

「それに、そのチョップはマリアの皿に入れる方がいいわ――こちらがあなたの分なのだから」

「イエス、ミセス・メイスン」

ホーンブロワーは、かつてソーヤー艦長指揮下のレナウン号の海尉であった頃、暴君に苦しめられても黙って耐えることを覚えたが、今は当時の教訓を完全に忘れていて、いわば再教育の苦痛を味わっていた。自分は、自らの自由意志で結婚したのだ――その気になれば祭壇の前で、ノー、といえたことを思い起こした――し、今は、失敗の結果を最小限にくいとめるよう努力しなければならない。義母と口論してもなんの役にもたたない。たまたま、産褥《じょく》にある娘の世話をしにメイスン夫人が到着したばかりのところへホットスパーが入港したのは、不運というほかはないが、今後の長い――果てしない――月日に同様の事態が偶然に発生する恐れはまったくない。

マトンの煮込み、玉麦、ジャガイモ、キャベツ。雰囲気が二つの点で好ましくなかったが、そのことさえなければたいへん楽しい夕食になりえたはずである。石炭をたいている部屋の中が、耐えがたいまでに暑かった。雨のおかげで戸外に洗濯物を干すことができないが、ホーンブロワーは、この下宿屋の近隣では、いずれにしても人目につかないよう戸外で干し物をすることは不可能であるにちがいない、と思った。というわけで、部屋の反対側にある干し物かけに小ホーンブロワーの衣類がかかっており、自然のなせるわざで、赤ん坊の衣類は一日に何回も洗わなければならないようになっている。その干し物かけには、刺しゅう入りの長いガウン、へりにスカラップ飾りのついたフランネルの長いガウン、フランネルのシャツ、腹帯などのほかに、自らを犠牲にして本隊を防衛する後衛部隊のように無数のおむつがつらなっている。ホーンブロワーの濡れた雨合羽とメイスン夫人の濡れたショールが部屋のにおいに変化を添えており、ホーンブロワーは、今はマリアのそばの揺り床に寝ている小ホレイショがさらにべつのにおいを添えているような気がした。

ホーンブロワーは、大西洋の冷たい清潔な空気を思い、肺が今にも破裂しそうな気がした。できるだけ夕食を楽しんでいるふりをしてはみたが、装い通すことはできなかった。

「あまり食べていないわね、ホレイショ」疑わしげに彼の皿をのぞきこみながら、メイスン夫人がいった。

「どうもあまり食欲がないのです」

「ダウティの料理の食べすぎだわね」メイスン夫人がいった。

一言も口に出されなくても、女たちがダウティに嫉妬していて、彼がいるところでは気が落ち着かないのを、ホーンブロワーはとっくに気づいていた。ダウティは金持ちや身分の高い人々に仕えたことがある。ダウティは上品な料理の仕方を知っている。ダウティは、ホットスパーの艦長用貯蔵食品の質を、自分の好みの水準まで引き上げるための金を要求している。ダウティは（少なくとも女たちの考えでは）この安下宿屋や艦長が結婚した相手の一家を蔑視しているのにちがいない。

「わたし、あのダウティはどうしても我慢ならないわ」マリアがいった――ついにはっきりと口に出した。

「べつに害になる男ではないよ」ホーンブロワーがいった。

「害がない！」メイスン夫人はその一言を口にしただけであったが、デモステネスのフィリップ王攻撃演説をひっくるめても、その毒気の点でははるかに及ばなかった。しかし、女主人がテイブルを片付けに入ってくると、メイスン夫人がいかにも上品ぶった態度に一変した。

女主人が部屋を出て行くと、ホーンブロワーは、まったく無意識のうちに、本能の導くままに行動した。窓を大きく開け放って、氷のように冷たい夕方の空気を胸いっぱい吸いこんだ。

「この子が死んでしまうわ！」マリアの声に驚いて、ホーンブロワーはハッと振り返った。

マリアが小ホレイショを揺り床から抱き上げて、自明であり人々周知の夜気の脅威から子供を守る雌ライオンのように、胸に抱きしめた。

「いや、申し訳ないことをした」ホーンブロワーがいった。「いったいなにを考えていたのか、自分にもわからない」

彼は、赤ん坊は息づまるくらいに暖かい部屋に入れておかねばならないことを充分に承知していたし、小ホレイショに関しては、心底から自責を感じた。しかし、向き直って窓を閉める時、思いはブラックストウンズや〈乙女〉などの岩礁、寒風吹きすさぶ日日や危険にみちている夜、自分のものと称することのできる甲板の上にあった。彼は、再び大海に出かけて行くのが待ち遠しくてならなかった。

18

春の訪れとともに、ブレスト軍港の封鎖は新たな活気をおびてきた。冬の間、フランスじゅうの港で、多数の平底船が建造された。フランス陸軍の二十万の大軍は相変わらず海峡沿岸に配置されて侵攻の機をうかがっていたが、その機が到来したさいには、その大軍を運ぶのに千隻もの砲艦が必要になる。しかし、侵攻軍が集結しているブーローニュからオステンデにいたる海岸は、必要な数の十分の一、百分の一すら提供できない。艦《ふね》は施設のあるところで建造され、海岸沿いに集結地に回航されなければならない。

ホーンブロワーにとっては、ようやくナポレオン皇帝と自称し始めていたボナパルトのそのような作戦は、考え方の混乱を露呈しているにすぎないように思えた。そうでなくてもフランスは乗組員と造艦資材が欠乏している。それを、護衛艦隊なくしては侵攻が不可能であり、フランス海軍が微力でそのような護衛艦隊を供することができない時に、侵攻用の艦船の建造に浪費するのは、いかにもばかげている。その待機中のフランス陸軍について上院でセント・ヴィンセント卿がいった言葉は、イギリス海軍の全将兵の顔に満足げな笑みをもたらした。「わたしはなにも、彼らは攻めてくることができない、といっているわけではありません。ただ、海からくることはできない、といっているだけなのです」その冗談に、人々はすぐさま、ボナパルトが侵攻軍をモンゴルフィエの気球で運ぼうとしている滑稽な図が頭にうかんだが、そのような侵攻が不可能であることは、砲艦が漕ぎ渡る間だけでも海峡の制海権を把握しうる程度の艦隊を、フランスが建造できないことを立証している。

夏もかなりたった頃になって、ホーンブロワーはようやくボナパルトの窮境が理解できた。利口な人間ならそのような計画をなげうって、資源をもっと有益な計画に投入するはずであるにもかかわらず、ボナパルトは、そのばかげた計画に固執し、自分の帝国の資産を艦船や上陸用舟艇の建造に浪費せざるをえない立場にあるのだ。その愚かな計画を放棄することは、イギリスが難攻不落であり絶対に征服できないことを認めることになり、それを認めることは、大陸における潜在的反対勢力を力づけるだけでなく、フランス国民自体の間に非常な不安動揺を引き起こすことになる。彼としては、間もなくイギリスを征服し、自分が全世界、全人類の支配者になれるかの如く各国の人間に思いこませるために、この計画をあくまで推進し、艦船や砲艦の建造を続ける以外に途はないのだ。

それに、機会というものは、たとえ十に一つか百に一つでさえなく、百万に一つであっても、必ずや生じる。幸運、イギリス側の不手際、気象条件、政治情勢などが異常かつまったく予見しえなかった状態で結びついた場合、彼は、その大軍が海峡を押し渡るに必要な一週間を与えられるかもしれない。その確率はきわめて低いにしても、万が一にも実現した場合には想像を絶する利益が得られる。たとえ四辺の情勢に強制されなくても、ボナパルトのようなばくち打ちは、そのように大きな賭け自体に興味を引かれるかもしれない。

というわけで、フランス沿岸のすべての漁村で平底船が造られ、造られた船は、それぞれ五十人の兵士と一、二名の水夫を乗せて、帆よりはオールを使用し、浅瀬を伝い、必要あらば沿岸砲台の庇護下に身を寄せるなどして、造船所からブーローニュの大駐屯地に集まってくる。そのようにボナパルトがそれらの船を移動させる以上、イギリス海軍としては、能《あた》うかぎり対抗措置を講じなければならなかった。

ホットスパーが一時的に海峡艦隊を離れて、ウェッサン島の北方にあってブルターニュ北部の波荒く岩だらけの岸を進む五、六隻の砲艦を阻止する任務を負っていたナイアド号のチェインバズ艦長の指揮下に入り、小さな遊撃隊を編成することになったのは、以上のような事情によるものであった。

「司令官《コモドー》から信号です」フォアマンが報告した。

チェインバズは、自分の小さな遊撃隊に信号を送るのが好きで、始終信号を発している。

「それで？」ホーンブロワーがきいた。フォアマンは暗号書を見ていた。

「東北東方向の視野内に位置をとれ、といっています」

「ごくろう、ミスタ・フォアマン。受信確認。ミスタ・ブッシュ、追風《おいて》で帆走に移る」

気持のいい日で、南東から弱い風が吹き、ときおり白雲が青い空を漂って行く。舷外の海は緑色で透き通っており、正横二マイルに波が白く砕けている岸がある。海図に載っているアバー・ラックとかアバー・ベヌワといった奇妙な地名が、ブルターニュ語とウェイルズ語の結びつきを示している。ナイアド号と順風を受けて走っている横の岸に注意を二分していたホーンブロワーは、自分の金《きん》がしだいに減ってゆく時の守銭奴に似た気持を味わっていた。風下へこのように突っ走って行くことは必要かもしれないが、今の一時間は風上へ引き返して行く場合の一日に相当するかもしれない。もっとも重要な戦略的要所は、フランスの戦列艦がひそんでいるブレスト軍港の港外であって、小さな砲艦があえて危険な航路を進んでいるここではない。

「ミスタ・ブッシュ、艦の行き脚を止めてよし」

「アイ・アイ・サー」

今ではナイアド号からかなり離れていて、よほど鋭い目と優秀な望遠鏡でなかったら、信号が読み取れない。

「われわれは、ねずみの穴を見張っているテリア犬ですな」艦がフォア・トプスルを残しただけで漂駐《ライツー》に移るやいなや、ブッシュがホーンブロワーのそばへ戻ってきて、いった。

「そのとおり」ホーンブロワーが同意した。

「各艇は、いつでも下ろせる態勢にあります」

「ありがとう」

砲艦が砕波線のすぐ外側を進んできた場合、各艇がとび出して攻撃する必要が生じるかもしれない。

「司令官から信号です」フォアマンがまた報告した。「失礼、ラガーあての信号でした」

「あっ、走り出しました！」ブッシュがいった。

武装した小さなラガーが岸に向かって進んでいる。

「あれは、ねずみを追い出すために穴に入って行く白いたちだな、ミスタ・ブッシュ」

ホーンブロワーが珍しくうちとけた口調でいった。

「そうですね。あっ、砲声です！　また一発！」

風にのった砲声が耳に達し、砲煙が見えた。

「あそこに砲台があるのでしょうか？」

「あるかもしれん。あるいは、砲艦が自分たちの砲を撃っているのかもしれない」

砲艦は、それぞれ艦首に一、二門の重い砲を積んでいるが、五、六発撃つとその反動で小さな船体がバラバラになりかねないという不利を背負っている。それらの砲は、侵攻にさいして砲艦が無事に岸に達したら、沿岸防衛隊を攻撃するということで搭載されている。

「どういうことになっているのか、さっぱりわからん」腹だたしげにブッシュがいった。低い岬が視野を遮っている。

「かなり激しい砲撃だな」ホーンブロワーがいった。「あそこに砲台があるにちがいない」

彼はいらだちを抑えきれないでいた——海軍は、人命、資材を、彼の考えによればまったく無価値なものに浪費している。風がかなり冷たいので、暖めるべく、手袋をはめた手を打ち合わせた。

「あれはなんだ?」ブッシュが叫び、興奮したようすで望遠鏡をサッと目に当てた。

「あれを見てください! マストが折れています!」

岬の先端に、すぐには見分けのつかない姿が現われた。航行不能状態でなすすべもなく漂っているラガーであった。すべてが、あのラガーが、手ぐすねを引いていた伏せ勢の中へとびこんだことを示している。

「敵はまだラガーを砲撃しています」プラウスがいった。望遠鏡を通して、敵弾による水柱がわずかに見える。

「救出しなければならん」腹だちを表わさないよう注意しながら、ホーンブロワーがいった。「追風《おいて》で帆走だ、ミスタ・プラウス、あそこまで行く」

もともと必要のない挑戦という他人の不手際を償うために危地に入って行かなければならないのは、大いに腹だたしかった。

「ミスタ・ブッシュ、艦尾から、曳航索《ケーブル》を延ばしてもらいたい」

「アイ・アイ・サー」

「司令官から信号です」フォアマンがいった。「わが艦《ふね》の番号です。〈被害艦を援助せよ〉」

チェインバズは、ホットスパーがすでに行動を開始しているのを見ないで、発信を命じたらしい。

ホーンブロワーは、岬のこちら側の岸を慎重に見まわした。こちらには砲煙は見えないし、砲台がある形跡もない。運よくいけば、岬のこちら側へラガーを引いてくるだけで事がすむかもしれない。艦中央部《ウエスト》から、重いケーブルを艦尾へ運ぶ作業員を叱咤《しった》しているブッシュとワイズの声が聞こえてきた。危機の場合はつねにそうだが、いろいろなことが次々に発生する。ホーンブロワーが拡声器の方へ手を伸ばした時、砲弾がかんだかい唸りを発して頭上を飛んで行った。

「グラスホッパー！　曳航索取りこみ用意！」

航行不能のラガーの誰かが首巻きを振って、諒解を告げた。

「ミスタ・プラウス、メン・トプスルを裏帆にしろ。ラガーに接近する」

その瞬間に、グラスホッパー号が粉ごなにふっとんだ。二度の大きな爆発音と黒煙を発して、飛び散った。拡声器をもってのりだしたホーンブロワーの眼前で起きた。いま、乗組員が破片を片付けているラガーの完全な船体がそこにあったのが、次の瞬間、黒煙を発して爆発、船体が飛散し、煙が吹き流されていた。岸からの砲弾が命中したのにちがいない。曲射砲か臼砲が据えつけてあるのだ。軽くて移動容易な野戦用曲射砲が、砲艦掩護のために運ばれてきたのにちがいない。その砲弾の一発がラガーの中に落ち、火薬庫の中で破裂したのであろう。

ホーンブロワーは、それをいっさい見ていた。煙が吹き流された後、船首と船尾が沈まないで残っていた。水浸しになって海面を漂っており、漂流物にまじって何人かが残骸にしがみついていた。

「艦尾艇を下ろせ！　ミスタ・ヤング、生存者を救出せよ！」

予想以上に危険な事態になった。消火不能な火災を起こしやすい木造艦にとって、炸裂弾は非常な脅威である。まったく無意味にそのような危険にさらされなければならないのは、胸中が煮えたぎるほどに腹だたしい。艦尾艇が残骸に向かっている時、次の砲弾が高い唸りを発して頭上を飛び越えた。ホーンブロワーは、球形砲弾との音の違いに気がついた――もっと早く気づくべきであったのだ。曲射砲弾は、まわりにベルトがつき中央がふくらんでいるために、大きく弧を描いて空を飛んでいる時にさきほどのような妙に不気味な音を発する。

艦を砲撃しているのはフランス陸軍であった。フランス海軍と戦うのが艦と彼の任務の本質であるが、敵の政府にとってほとんど金のかからない徴兵による陸軍の兵隊の攻撃に貴重な艦と乗組員をさらすのはおよそ割りに合わない話であるし、一発も反撃することができないまま攻撃を受けるのは、愚行のきわみである。ホーンブロワーは、ヤングが残骸の間を漕ぎまわって生存者を拾い上げている間、前のネッティング越しに、巻いてそこに押しこんであるハンモックを、憤怒をたぎらせながらいらいらと叩いていた。たまたま岸に目を向けたとたんに、白煙がパッと上がった。少なくとも、曲射砲の一門があそこにある――風が吹き払う前に、最初に上空に向かって砲煙が噴き出た角度をはっきりと見ることができた。曲射砲は、五十度の仰角で発射された時に最長射程が得られ、放物線の末端では六十度の角度で落ちてくる。その曲射砲は、低い土手の向こう側か溝の中にある。その上に立って足下の砲に射撃の指示を与えている将校の姿が望遠鏡に映った。

続いて、さして高くない上空から砲弾の唸りが聞こえてきた。海に落下した時の水柱ですら、その形と滞空期間が球形砲弾とまったく違っている。ヤングが艦尾艇を吊り索の下へもってきて、鉤をかけた。ブッシュは、いつでも滑車索《テークル》が引けるよう、人員を配置していた。ホーンブロワーは、一秒、一秒の作業の遅れを、腹だたしげに見守っていた。救い上げられた生存者の大部分は負傷しており、何人かはひどい重傷を負っている。彼らが充分な手当てを受けるよう、行って見てやらなければならない――儀礼的にも見舞ってやらなければならない――が、ホットスパーをこの無意味な危地から脱出させるのが先決だ。

「よし、ミスタ・プラウス。順風で帆走開始」

帆桁《ヤード》がきしみながらまわった。操舵手が充分な手応えを受けながら舵輪をまわし、ホットスパーは、その恨み重なる岸を後に、しだいに速度を増していった。次の瞬間、とつぜん、最初から終わりまで二秒の間隔もなかったが、大きな、それぞれ異なって聞き分けられる一連の音が聞こえた――砲弾のかんだかい唸り、上方の木部が破砕される音、メン・トップマストの後支索《バックステー》が切断される太い音、ホーンブロワーの横のハンモック・ネッティングにぶつかる音、最後に彼の足下から三フィートほどのあたりの甲板に死の使者が落ちる音が聞こえた。火花を散らしている炸裂弾が彼の方へ転がってきたが、艦の横揺れで進路を変え、ベルトで回転を阻まれると、甲板の上で大きく弧を描いた。ホンブロワーが、そのわずかばかりの煙の出所を見ると、八分の一インチほどの導火線が火花を発していた。考えているひまはなかった。ベルトに回転を阻まれてぐらぐらと揺れている砲弾にとびつき、手袋をはめた手で導火線の火をもみ消し、さらにもんで火花が完全に消えていることを確かめ、さらに念のためにもんでおいて、立ち上がった。ホーーンブロワーは、そばに立っていた海兵隊員を手招きした。

「こん畜生を、海へ放りこめ！」彼が命じた——言葉遣いが不機嫌のほどを示していた。

彼がまわりを見まわした。その狭いこみ合った艦尾甲板《コーターデツキ》にいる人間一人残らずが、ゴルゴンの頭を見て石と化しでもしたかのように、不自然な姿勢のまま身動きもせずにいたが、やがて、彼の身ぶりと声で生き返り、こわばりをほぐして動き始めた——それはあたかも、ホーンブロワー以外の人間にとって時間が一瞬静止したかに見える光景であった。その一瞬の遅滞に彼は怒りがますます高まり、相手かまわず激しい口調でどなりつけた。

「みんな、なんだと思っているのだ？　操舵手、舵輪をいっぱいにまわせ！　ミスタ・ブッシュ、あのミズン・トプスル・ヤードを見ろ！　あの後支索《バックステー》を組み継《スプライス》ぎしろ！　その者！　まだ吊り綱を巻いていないのか？　たわけ者、はやくやれ！」

「アイ・アイ・サー！　アイ・アイ・サー！」

その合唱のような機械的な答えが、なにか奇妙な調子を含んでおり、みんながせかせかと動きまわる中で、ホーンブロワーは、まずある角度からブッシュが、べつの角度からプラウスが、ともに奇妙な表情をうかべて自分を見ているのに気がついた。

「いったい、どうしたというのだ？」語気荒くいったが、言い終わったとたんに思い当たった。

導火線の火をもみ消したことを、彼らは非常に誇大視していて、なにか英雄的な行為、崇高な行動とすら思っているのだ。彼らはそれを、当然なすべきこと、事実なすべき唯一のことであったという、ごく当たり前の見方をしていないし、残り八分の一インチの導火線を見た瞬間の自分の行動がきわめて本能的なものであったことに気づいていない。自分がほめられる点があるとすれば、それは、彼らより早く気づき、より迅速に行動を起こした、ということにすぎない。自分は、勇敢であったわけでもなく、英雄的行為をしたわけではもちろんない。

彼は、部下たちの視線を見返した。神経が極度に張りつめていたにもかかわらず、この一瞬に伝説が生まれるのだ、後日非常に誇張された語りぐさになるのだ、と気がつくと、とつぜん、身がすくむような気恥ずかしさを覚えた。笑い声をたてたが、その高笑いが終わらないうちに、困惑の笑いであり、理由のない痴呆の笑いであるのに気づき、それまで以上に、自分自身に、ナイアド号のチェインバズに、世の中全体に、激しい怒りを感じた。こういうことすべてから離れて、ボナパルトの敗北になんら貢献することのないこの気まぐれな作戦から解放されて、ブレスト軍港への出入航路を扼《やく》する湾口に戻り、意義ある任務に復することを願った。

その時、導火線の火で右の手袋に穴があいたのに気がつくと、べつの事柄がハッと頭にうかんだ。その手袋は、自分がホットスパーに乗りこんで海に出るべく、宿屋からマリアといっしょにあの早朝の薄暗がりの中を桟橋に向かって歩いていた時、彼女がくれた手袋であった。

19

イロワーズ海で、南東よりの風に不安なく守られて、ホットスパーはまた補給を受けていた。プリマス軍港で修理を受けて以来、水運搬船の水で樽を満たし、食糧補給船から塩漬けのビーフやポークを受け取り、コーンウォリスが巡回させることにした衣料品補給船を口説いてこまごまとした日常品を引き出すなど、労多く面倒な手順をふむのは、これが二回目であった。艦はすでに連続六ヵ月間海上にあり、これでさらに三ヵ月任務を続行する準備ができた。

ホーンブロワーは、救われるような思いで衣料品補給船が離れて行くのを見ていた。その六ヵ月という期間ですら、プリマスで艦に入りこんできた病気、南京虫、のみ、しらみといった厄介物を絶滅するのには不充分であった。南京虫がいちばん厄介であった。木部の一つの隠れ場所から次の隠れ場所へと捜し回り、火をつけたまいはだで焼き、ペンキで塗りこんでしまうのだが、今度こそは絶滅したと思うたびに、不運な水兵が直属の士官のところへ行って帽子に拳を当て、「申し訳ありませんが、どうもとりつかれたような気がします」と報告する。

マリアから手紙が七通届いた。妻と小ホレイショが健在であるのを確かめるために最後の手紙を真っ先に開封し、それを読み終えたところへノックをしてブッシュが入ってきた。ホーンブロワーは、海図台を前に坐ったまま、ブッシュの報告を聞いた――些細なことばかりで、ブッシュはなぜこんなつまらないことを艦長に報告するのであろう、と不思議に思った。そのうちに、ブッシュがポケットからなにか取り出したので、ホーンブロワーは、それが目的であったのに気づき、内心溜め息をついた。手紙といっしょに届いた、海軍月報の最新号であった。士官集会室《ワードルーム》の連中が金を出し合って予約している。ブッシュがページをめくり、開いた雑誌を彼の前におき、見つけた記事をふしくれだった指で示した。その記事を読むのに二分とかからなかった。アバー・ラック沖の戦いに関しチェインバズがコーンウォリスに送った報告書が、グラスホッパー号沈没の顛《てん》末《まつ》を国民に知らせるために《海軍公報《ガゼット》》に掲載されたらしい。ブッシュの指が終わりの四行をさした。

「ホーンブロワー艦長の報告によれば、ホットスパー号は死傷者はなく、五インチの炸裂弾が命中して索具《リギン》にかなりの損害を受けたが、幸いにも弾は炸裂しなかった」

「これがどうしたというのだ、ミスタ・ブッシュ？」ホーンブロワーは、ブッシュにできるだけはっきり警告を与えるつもりで、思いやりのかけらも感じられないきびしい口調でいった。「これは、正確ではありません」

かくも本国に近いところで任務についていると、非常に不都合な点がいろいろとある。部署が本国に近いと、艦隊の将兵全員が、実際の出来事を、わずか二、三カ月以内に《海軍公報《ガゼット》》や新聞の記事で読むことになり、彼らは、自分たちについて書かれたことには信じがたいほど神経質である。軍規を乱す原因ともなりかねないので、ホーンブロワーは、初めからその可能性に対処するつもりでいた。

「すまないが、ミスタ・ブッシュ、説明してくれないか？」

ブッシュは臆するようすがなかった。ぶざまに同じ文句をくり返した。「これは、正確ではありません」

「正確ではない？　あれは五インチの炸裂弾ではなかった、というのか？」

「いいえ。つまり……」

「きみは、あの弾が索具《リギン》にかなりの損害を与えなかった、といいたいのか？」

「もちろん、与えました。しかし……」

「それでは、本当はあの弾は炸裂した、といいたいのか？」

「もちろん、違います。わたしは……」

「それでは、きみがなにを不満に思っているのか、わたしにはわからんな、ミスタ・ブッシュ」ミスタ・ブッシュを相手に意地の悪い皮肉な物の言い方をするのは愉快ではなかったが、そうせざるをえなかった。しかし、ブッシュはいつになく強情であった。

「正確ではありません。公正ではありません。あなたや艦に対して公正を欠いています」

「つまらぬことをいうな、ミスタ・ブッシュ。きみは、われわれをなんだと思っているのだ？　女優か？　政治家か？　われわれは、国王の士官であり、果たすべき任務を与えられていて、それ以外のことを考えるひまはいっさいないのだ、ミスタ・ブッシュ。いいか、ミスタ・ブッシュ、わたしに対して、二度とこのような物の言い方をしてもらいたくない」

しかし、ブッシュは、困惑した目つきで彼を見ながら、強情を張った。

「公正を欠いています」くり返した。

「わたしの命令が聞こえなかったのか、ミスタ・ブッシュ？　このことについては、これ以上なにも聞きたくない。すぐさまこの部屋から出て行ってもらいたい」

気持を傷つけられがっくりと肩を落として、ブッシュが力のない足どりで出て行くのを見るのは、この上なくつらかった。ブッシュの困る点は、想像力をまったく欠いていることである。彼は、物事の両面を見ることができない。自分はできる——今でも、かりにブッシュの思い通りに書かせた場合の報告書の文句が目にうかぶ。「炸裂砲弾は甲板に落下し、わたしは炸裂寸前に自分の手で導火線の火をもみ消した」自分としてはそのような文句は絶対に書けない。それを書くことによって世間の尊敬を得ようとすることは、絶対にできない。そればかりでなく、もっと重要な点は、そんなことを書く人間を大目に見るような世間の尊敬の念を軽蔑する。かりになんらかの理由によって自分の行為が埋もれるようなことがあっても、その行為を喧伝するような真似は絶対にできない。その可能性を考えただけでも吐き気を催すし、これはたんなる個人的な好悪の問題ではなくて、海軍のためを思った慎重な判断に基づく考え方なのだ、と自分に言い聞かせた。その点に関しては、自分もブッシュ同様に想像力を欠いた物の考え方をせざるをえない。

その時、ハッと気がついた。これはすべて嘘だ、自己欺瞞なのだ、真実を直視することを避けているにすぎないのだ。自分の方がブッシュより想像力が豊かだというのはうぬぼれにすぎない。あるいは、想像力ではまさるかもしれないが、勇気の点でははるかに劣っている。あの炸裂弾が落ちてきた時、自分が驚愕し目が眩むような恐怖に襲われたことを、ブッシュはまったく知らない。ブッシュは、彼の尊敬する艦長が、爆発によって自分の体が粉ごなに飛び散る場面を一瞬思いうかべ、臆病者らしく心臓がとまりかけたのを、知らないのだ。ブッシュは、恐怖とはどういうものかまったく知らないし、艦長が知っているとは夢にも思っていない。だからブッシュは、自分がなぜあの炸裂弾の一件をかくも軽く見ているのか、なぜあの話が出た時にあのように怒ったのか、絶対に知ることはないであろう。しかし、自分は知っているし、事実を直視することを自らに強いるたびに思い出すはずである。

艦尾甲板《コーターデッキ》で命令がどなられ、大勢の裸足が甲板を走り、滑車が鳴り、ホットスパーが針路を変えるべく傾いた。自分が命令もしないのに行動を起こした理由を見きわめるべくホーンブロワーが入り口を出たとたんに、ヤングとぶつかりそうになった。

「旗艦から信号です。〈ホットスパー、司令長官のもとへ〉」

「ごくろう」

艦尾甲板《コーターデッキ》に出ると、ブッシュが敬礼した。

「信号を見てすぐ艦を回しました」彼が説明した。

「よくやった、ミスタ・ブッシュ」

司令長官が艦を呼びつける時は、艦長への連絡で時間を無駄にすることすら許されない。

「受信を確認しておきました」

「よろしい、ミスタ・ブッシュ」

ホットスパーは、ブレスト軍港に艦尾を向けようとしている。斜め後方からの追風《おいて》で沖に向かって走り、フランスから離れて行く。司令長官が最前線にある艦を呼びつけるのには、なにか重要な意味があるのにちがいない。彼は、たんに艦長でなく、艦を呼んだ。この快い微風からは想像もつかない重大事が前方の空にうかんでいるような気がした。

ブッシュが乗組員を呼集して、沿岸封鎖戦隊の旗艦、パーカー提督の搭乗艦に通過のさいの敬意を表する準備をすでに整えていた。

「彼のところへ、われわれに劣らない立派な艦《ふね》がかわりにくるといいのですが」ブッシュがいった。明らかに彼も、ホーンブロワーと同じように、いま走っているのは、イロワーズ海から長期間離れる、その始まりであると感じているようであった。

「もちろん、くるさ」ホーンブロワーがいった。彼は、さきほどの叱責をブッシュが気にしていないのが嬉しかった。もちろん、きまりきった日常にこのようにとつぜん変化が生じたこと自体が非常に気持を高揚させるのはたしかだが、ホーンブロワーは、ハッと目を開かれる思いで、長年風や天候のむら気に慣れてきたブッシュは、艦長のむら気を宿命と諦めるすべを身につけているのにちがいない、と気づいた。

ここは外洋である。広々とした大西洋で、彼方の水平線にトプスルが整然と長い列をなしている——その海峡艦隊の将兵と砲が、ボナパルトがウィンザー城に三色旗を掲げるのを阻止しているのだ。

「司令長官よりわが艦の番号です。〈声が届く距離を通過せよ〉」

「受信を確認せよ。ミスタ・プラウス、方位を確認してもらいたい」

ハイバーニア号が穏やかな風を受けた詰め開き《クロースホールド》でいるところへ、満帆に順風を受けて走っているホットスパーの、もっとも時間の無駄のない針路を決めるのは、ちょっとした愉快な問題である。ホーンブロワーは目と勘だけで操艦するつもりでいたので、プラウスに相談したのは、相手の自尊心を多少なりとも満足させるためであった。彼が操舵手に命じ、ホットスパーがまっしぐらに旗艦を目ざした。

「ミスタ・ブッシュ、風上に回頭用意」

「アイ・アイ・サー」

ハイバーニア号の後方に大型のフリゲート艦が続いている。ホーンブロワーは、チラッとその艦を見ると、もう一度見直した。かつてペリューの指揮下にあったあの有名なインディファティガブル号——彼が士官候補生として波瀾《らん》にみちた年月を過ごした艦である。彼は、あの艦が海峡艦隊に加わったことは知らなかった。インディファティガブル号の後に続く三隻のフリゲート艦はすぐ見分けがついた——メデューサ号、ライヴリイ号、アンフィオン号、いずれも海峡艦隊の古参である。信号旗がハイバーニア号の旗揚索に舞い上がった。

「〈艦長集合〉です！」

「ミスタ・ブッシュ、艦尾艇を下ろせ！」

これも、ダウティがいかに優秀な召使いであるかの、いい例である。信号が読み取られるやいなや、剣とマントをもって艦尾甲板《コーターデッキ》に現われた。たとえ上級者が舷側を登って行くのを揺れ動く艇の上でそれだけ長く待っていなければならないにしても、少なくとも他のフリゲート艦に劣らぬ迅速さで艇を走らせ始めることが大切であった。これらすべてはなにか新たな緊急作戦の前触れなのだと考えて、ホーンブロワーは艇の揺れに耐えていた。

ハイバーニアの艦尾室では、ホーンブロワーがインディファティガブル号のグレアム・ムア艦長に紹介されただけで、他には紹介の必要がなかった。ムアは、容貌端整なたくましい大男のスコットランド人であった。ホーンブロワーは、彼が、陸軍でもっとも有望な将軍、ジョン・ムア卿の弟であることを、どこかで聞いたことがあった。他の艦長たち、メデューサ号のゴア、ライヴリイ号のハモンド、アンフィオン号のサットンとは、すでに顔見知りであった。コーンウォリスが大きな艦尾窓を背にして坐り、その左側にコリンズ、五人の艦長たちはその二人に面して坐った。

「諸君、さっそく本題に入ることにしよう」コーンウォリスが単刀直入に切り出した。「ムア艦長がロンドンから緊急連絡の書面を届けてくれ、われわれは直ちにそれに従って行動を開始しなければならない」

そのような調子で話し始めはしたが、一、二秒、間をおいて、柔和な青い目で前にいる艦長たちを見まわすと、説明を続けた。

「マドリッド駐在のわが方の大使――」彼が続けると、その地名にみなが思わず坐り直した。開戦当時から、海軍は、スペインがフランスの同盟国というかつての役割に復することを予期していた。

コーンウォリスは、口早に、しかし明快な調子で話した。マドリッドのイギリス側密偵が、フランスとスペインの間で結ばれたサン・イルデフォンソ条約の秘密条項の内容をつきとめた。その新発見により、長い間抱かれていた疑念が裏付けされた。その条項により、スペインは、フランスの要求がありしだいイギリスに宣戦を布告しなければならず、その要求がなされるまでは、スペインはフランスの国庫に毎月百万フラン払いこまなければならない。

「金銀で毎月百万フランだ、諸君」コーンウォリスがいった。

ボナパルトは、戦費のためにつねに現金を必要としている。メキシコとペルーにある鉱山のおかげで、スペインはその現金を供給することができる。毎月、何台もの馬車に積んだ金銀塊がピレネー山脈を越えてフランスに入る。毎年一回、スペイン海軍の分遣隊が、アメリカ大陸の鉱山の産物をカディスへ運んでくる。

「諸君、次の輸送艦隊は、この秋にくるものと考えられているのだ」コーンウォリスがいった。「通常、艦隊は、国に四百万ドル、民間勘定あてにその同額を運んでくる」

八百万ドル。スペインのドル銀貨は、紙幣にうんざりしているイギリスでは七シリング に相当する。三百万ポンド近い巨富である。

「その財宝のうち、ボナパルトの手に渡らない部分は」コーンウォリスがいった。「大半がスペイン海軍の再建に使われ、その海軍を、ボナパルトは、いつでも意のままにイギリス海軍に立ち向かわせることができる。これで諸君は、なぜ今年の輸送艦隊がカディスに到着してはならないか、理解できたことと思う」

「つまり、開戦、というわけですね？」ムアがきき、コーンウォリスが首を振った。

「そうではない。わたしは、その輸送艦隊を拿捕するために戦隊を派遣するが、派遣されるのが諸君の艦であることは、すでに気づいていることと思う。しかし、開戦ではない。先任士官であるムア艦長は、針路を変更してイギリス領の港に入るよう、スペインの艦隊を説得することを指示されるはずである。入港したら、財宝を降ろし、艦隊は釈放される。財宝は押収されない。戦争が終結した暁にカソリック・スペイン国王陛下に返還される、という約束のもとに、イギリス政府によって保管される」

「相手はどんな艦《ふね》ですか？」

「フリゲート艦。軍艦だ。フリゲート艦三隻、時には四隻のこともある」

「スペイン海軍の士官の指揮下にあるのですか？」

「そうだ」

「彼らは、絶対に説得に応じません。たんにわれわれにいわれたからといって、命令に背くようなことは絶対にしないはずです」

コーンウォリスが、甲板梁《デッキ・ビーム》を目だけで見上げて、また目を下ろした。

「きみは、強制せよ、という書面による命令を受けるはずだ」

「では、戦わざるをえないわけですね？」

「彼らが愚かにも抵抗した場合には」

「すなわち、開戦ですね」

「そうだ。わが政府は、その八百万ドルをもった隠れた敵としてのスペインより、その金をもたない公然の敵としてのスペインの方が、危険度が少ない、と考えている。これで事情ははっきりしたかな、諸君？」

それは、一瞬にして明確に理解された。かんたんな暗算問題を解くより、はるかにはやく理解できた。賞金だ――艦長たちには、三百万ポンドの四分の一――八十万ポンド近い金額である。巨富だ。それだけあれば、艦長たちは、領地を買った上に、残りの金を公債に投資すれば、一生優雅な暮らしができるだけの収入が得られる。ほかの四人の艦長が一人残らずその計算をしているのを、ホーンブロワーは見て取った。

「どうやら、みんな理解できたようだな。ムア艦長が、戦隊が離散した場合にとるべき処置に関する命令を発するはずであるし、輸送艦隊拿捕に関する計画をたてるはずだ。

ホーンブロワー艦長――」みながサッとこちらに目を向けた。「――は、ムア艦長が選定した地点で諸君たちと合流する前に、直ちにホットスパー号でカディスに直行し、彼《か》の地のイギリス領事より最新情報を入手する。ホーンブロワー艦長、他の艦長諸君がお帰りになった後、しばし残っていてもらえないだろうか？」

他の四人に用が終わったことを告げるきわめて巧妙丁重な表現であった。コリンズが命令書を渡すべくその四人を案内して出て行き、あとに、コーンウォリスと向き合ったまま、ホーンブロワーが残った。コーンウォリスの青い目は、ホーンブロワーの知るかぎりでは、いつも柔和ではあったが、それをべつにすれば驚くほど無表情であった。しかし、今は、なにか興を覚えているような表情がうかんでいた。

「きみは、これまでに、賞金を一文も受け取っていないな、そうだろう、ホーンブロワー？」コーンウォリスがきいた。

「はい」

「今度は、何ペニーか手に入りそうだな」

「スペイン人たちが戦いを挑む、とお考えですか？」

「きみはそう思わないのか？」

「思います」

「愚か者でないかぎり、そう思うはずだし、ホーンブロワー、きみは愚か者ではない」

迎合的な人間であれば、ここで〈ありがとうございます〉というところであるが、ホーンブロワーは人に取り入る気持は毛頭なかった。

「われわれは、フランスと同時に、スペインを相手にすることができるでしょうか？」

「できる、とわしは思う。きみは、賞金より戦争により関心があるのか、ホーンブロワー？」

「もちろん、そうです」

コリンズが戻ってきて、二人の話を聞いていた。

「きみは、今度の戦争で、これまでのところ、たいへん立派な戦績を挙げてきた」コーンウォリスがいった。「きみは、いずれ名を成す方向に向かって着実に進んでいる」

「ありがとうございます」今度はそういうことができた。名などというのは取るに足りない事柄である。

「きみは、宮中に引きがない、と聞いているが？　内閣に知人はいないのか？　海軍省には？」

「いません」

「海尉艦長《コマンダー》から勅任艦長《ポスト・キャプテン》への道のりは、非常に長いぞ、ホーンブロワー」

「はい」

「ホットスパーには、若い紳士《ヤング・ジエントルマン》も乗っていないな」

「いません」

現実にほとんどの艦長が、海軍士官を目ざす名家の息子を、志願兵とか召使いという名目で、何人か自分の艦に乗せている。上流階級のたいがいの家族に外へ出したい息子がいるもので、これはそれの都合のいいやり方の一つである。そのような息子を預かるのは、艦長にとっていろいろな意味で有利なことであるが、とくに、そのような依頼に応ずる代償として、その一家の好意が期待できるという利点がある。艦長は、その志願兵のわずかな給料を我が物にして、かわりに自分が小遣い銭を与えることにより、金銭的な利益を得ることができるし、そうしている者が少なからずいる。

「なぜいないのだ？」コーンウォリスがきいた。

「艦が就役した時、海軍兵学校から志願兵を四人割り当てられました。それ以後、ひまがありませんでした」

海軍兵学校からの若い紳士《ヤング・ジエントルメン》たち——国王のお墨付きの若者たち——が艦長連中に嫌われるのは、そのことが主な理由である。彼らがいると、艦長の利益になる志願者の数がそれだけ減るからである。

「不運だったな」コーンウォリスがいった。

「はい」

「失礼します」コリンズがいって、会話を遮った。「これが、カディスにおけるきみの任務に関する命令書だ。もちろん、補足的命令がムア艦長から与えられる」

「ありがとうございます」

コーンウォリスは、まだ雑談を続ける時間があるようであった。

「グラスホッパー号が沈められた日に、あの炸裂弾が破裂しなかったのは幸運だったな、ホーンブロワー?」

「はい」

「艦隊が、とかく」コリンズが会話に加わった。「噂話の温床になりやすい点は、まったく信じがたいほどだ。あの炸裂弾について、およそ荒唐無稽な噂が流れているのだ」

彼はホーンブロワーの目をじっと見ており、ホーンブロワーは臆する色もなく見返した。

「それをわたしのせいにされては困ります」

「もちろん、そんなことはしない」コーンウォリスがなだめるような口調で割って入った。「とにかく、きみがつねに幸運に恵まれることを祈っているぞ、ホーンブロワー」

20

ホーンブロワーは、非常に楽しい気分でホットスパーに戻ってきた。十五万ポンドの賞金を手に入れる可能性が目の前にぶらさがっている。それだけあればメイスン夫人は満足するはずだ。マリアが大地主の屋敷の女主人になっている姿は、チラッと想像しただけであった。それらのことは、当面の任務、カディス訪問、外交的接触、そして、スペインの財宝輸送艦隊を広い大西洋で捕捉することなどを考えて、頭から振り払うことができた。楽しい白昼夢の種がまだ足りなければ、コーンウォリスとの会話を材料にすることができる。本国に近い海域にいる時の司令長官は、部下を昇進させる権限はほとんどないにしても、彼の推薦はかなりの影響力があるはずだ。場合によると――？

帽子を手にして彼を艦上に迎えたブッシュの顔には、微笑のかけらも見られなかった。不安、心痛をあらわに示していた。

「なんだ、ミスタ・ブッシュ？」ホーンブロワーがきいた。

「あなたのお気に召さないことです」

自分の夢想は、結局無根拠であったのか？　艦に修理不能の水漏れが生じたのか？

「どういうことだ？」はっきりいえ、と口に出かかったのを抑えた。

「あなたの召使いが、上官反抗で監禁されているのです」説明を続けるブッシュの顔を、ホーンブロワーは茫然と見ていた。「上官を殴ったのです」

ホーンブロワーは、驚愕や悲歎を顔に表わすことはできない。石のように無表情であった。

「戦隊司令官から信号です！」フォアマンの声が割りこんできた。「わが艦《ふね》の番号です。〈受信を確認せよ。ミスタ・オロック、直ちにその艇で行け！」

〈艇を送れ〉」

インディファティガブル号のムア艦長はすでに戦隊司令官であることを示す長旗《ヒープツー》を掲げていた。各フリゲート艦はいまだにかたまって一時停船している。あそこに、今日の午後にもダウティを絞首刑に処する権限のある軍法会議を正式に構成するに足る艦長たちがいる。

「ミスタ・ブッシュ、こっちへきて事情を説明してくれ」

ホーンブロワーとブッシュが歩いて行くと、艦尾甲板《コーターデッキ》からたちまち人影が消えた。小さな艦では、どこへ行ってもあまり内密の話はできない。

「わたしの知ったかぎりでは」ブッシュが話し始めた。「こういうことのようで――」

海上で補給を受けるのは乗組員総出の作業で、たとえ補給品を艦上に収容しても、艦内の各貯蔵場所に運ぶために、乗組員全員の手を要するだけの作業量がある。艦中央部《ウエスト》の作業班に加わっていたダウティが、メインという下士官の命令に異議を唱えた。メインが、下士官が必要に応じて使う――使いすぎる、とホーンブロワーは内々思っていたが――こぶを作った長いロープで殴った。すると、ダウティがメインを殴打した。目撃者が二十人いたのに加えて、メインの唇が歯で切れて血が流れ出た。

「メインは日頃から部下をいじめる傾向がありました」ブッシュがいった。「しかし、今度の場合は――」

「そうだな」ホーンブロワーがいった。

彼は、戦時条例第二十三条を一語もらさず覚えていた。前半は上官を殴った場合について、後半は口論と不服従についての規定である。しかも、前半は〈死刑に処す〉という言葉で終わっていて、〈あるいはそれ以下の罰〉という刑の軽減の余地を残した字句はいっさいない。流血沙汰となり、目撃者がいる。しかもなお、下士官の中には、艦上の重労働を分かち合う仲であるのを考慮して非公式に事を処する者もいるが、メインはそんな人間ではない。

「ダウティはいまどこにいるのだ？」

「枷《かせ》をはめられています」当然の答えであった。

「司令官の命令書です！」オロックが封書を振りながら二人のところへやってきて、ホーンブロワーに渡した。彼が封を切ると、ブッシュとオロックが引きさがって距離をおいたが、艦上の手のすいている人間一人残らずの目が彼にそそがれていた。書き出しの文句はきわめて単純明確であった。

貴官指揮下のＨＭスループ艦ホットスパー号にて直ちにカディス港に急行することを、貴官に要求かつ命令する。

二節目は、艦隊司令長官から受けた命令をカディスにおいて実行することを命じている。最後の節には、集合地の経緯度とサン・ビセンテ岬からの距離と方角が記してあり、カディスにおける任務を達成ししだい、〈能うかぎり迅速に〉集合地に向かうことを命じている。

彼は、必要はなかったが、もう一度冒頭の字句を読み返した。〈直ちに〉という言葉が使ってある。

「ミスタ・ブッシュ！　普通帆を全部張ってくれ。ミスタ・プラウス、できるだけ早くフィニステレ岬の風上側が通過できるよう針路をとってくれ。ミスタ・フォアマン、司令官あての信号だ。〈ホットスパーよりインディファティガブルへ。出発の許可を得たし〉」

艦尾甲板《コーターデッキ》を一往復するかしないうちに、〈司令官よりホットスパーへ。肯定〉

「ごくろう、ミスタ・フォアマン。ミスタ・ブッシュ、上手舵。針路南西微西」

「針路南西微西。アイ・アイ・サー」

ホットスパーがグーッと艦首をめぐらせ、すべての帆が風をはらむにつれてしだいに速度を増していった。

「針路を南西微西にとりました」息を切らして戻ってきたプラウスが報告した。

風は正横わずか後方から吹いており、汗まみれの掌帆手たちが、ブッシュのきびしい目を満足させるまでにピタッと帆桁《ヤード》の角度をきめると、ホットスパーは白波をけたてて快走し始めた。

「ミスタ・ブッシュ、ロイヤルを張ってくれ。補助帆《スタンスル》の円材《ブーム》の用意もだ」

「アイ・アイ・サー」

ホットスパーは風下に傾いたが、ひ弱な感じはまったくなく、鍛えぬかれた剣の刃が圧力を受けてたわんでいるような感じであった。すぐ風下側に戦列艦が並んでおり、ホットスパーは、通りがかりに敬意を表しつつその前を突っ走った。この小さなスループ艦が波をけたてて冒険に向かって突っ走っている姿を見て、あそこに並んでいる艦の将兵は羨望を感じているにちがいない、とホーンブロワーは思った。かりにそうだとすると、彼らは、この艦がイロワーズ海の岩礁と砂洲の間で一年半近くを過ごしてきたことを知らないのだ。

「スタンスルを張りますか?」ブッシュがきいた。

「そうしてくれ、ミスタ・ブッシュ。ミスタ・ヤング、速度はどれくらいだ?」

「九ノットです。もう少し出ているかもしれません——九と四分の一です」

まだスタンスルを張らないで九ノット。何カ月も狭い場所に閉じこめられていた後では、胸がわくわくするような爽快さであった。

「この老嬢は走り方を忘れていないようですな」同じような気持で満面に笑みをうかべて、ブッシュがいった。そのブッシュも、自分たちが八百万ドルもの巨富を得ようとしていることは知らない。あるいは——その時、ホーンブロワーの楽しい気分が一瞬にして消えてしまった。

彼は、メンマストの最上部帆桁《ロイヤル・ヤード》から転落する男のように、絶頂からどん底へ落ちこんだ。その瞬間まで、ダウティのことをすっかり忘れていたのだ。ムアの命令書のあの〈直ちに〉という一語が、ダウティの命を延ばした。あれだけ大勢の艦長連中と、判決を承認する司令長官が居合わせていては、ダウティは一時間とたたないうちに軍法会議にかけられて刑を宣告されたにちがいない。今ごろはすでに死んでいたかもしれない。明朝死ぬことはまずまちがいなかった。海峡艦隊の艦長たちは、上官反抗者には一片の慈悲もない。

今は、自分で事態を処理しなければならなくなった。とくに急いで処理する必要はなく、叛乱の共犯者を鎮圧するといった状況ではない。自分がもつ非常特権を行使してダウティを絞首刑に処する必要はない。しかし、ダウティが鎖につながれ、絞首刑に処せられる運命にある人間が自分たちの間にいることを乗組員たちが考え、これから先の艦の雰囲気が暗く重苦しいものになることが想像できる。死刑囚の存在は誰をも動揺させる。ダウティ自身はべつにして、誰よりいちばん心を痛めるのはこの自分であろう。ホーンブロワーは、ダウティを絞首刑に処することを考えただけで気が滅入った。彼は、自分がいつの間にかあの男が非常に好きになっているのを知った。自分の任務に献身専念するダウティに事実尊敬の念を抱いていた。倦《う》むことを知らない献身的な世話をすることのほかに、ダウティは、タールだらけの指で撚《よ》り継ぎをする老練な水兵の手練にも匹敵するような、艦長を寛がせる特技を身につけていた。

ホーンブロワーは、暗い気持を押しのけようと努めた。これまでに何回となく感じたように、海軍生活は男たらし《ヴァンパイア》と同じで魅力があるが憎いまでに苛酷だ、と思った。どうすればいいのか、迷い続けた。しかし、なにより先に事情をもっと正確に知らなければならない、と考えた。

「ミスタ・ブッシュ、すまないが先任衛兵伍長に、ダウティをわたしの個室へ連れてくるよう、命じてくれないか？」

「アイ・アイ・サー」

ガラガラという鎖の音が聞こえた。手枷《かせ》をかけられたダウティが入り口に現われた。

「よし、先任衛兵伍長。外で待っていてくれ」

ダウティのきびしい青い目が、彼の目を直視した。

「どういうことなんだ？」

「申し訳ありません。このようにご迷惑をおかけして、ほんとに申し訳ありません」

「なぜ、あんなことをしたのだ？」

ホーンブロワーが以前から察していたように、メインとダウティの間には、互いに敵意が存在していた。ダウティが艦長の食事を用意するために手を汚したくないと思っていた時に、メインがとくにひどい汚れ仕事を命じた。ダウティが抗議すると、すぐさまメインのこぶつきのロープがとんだ。

「わたしは――人に殴られると、我慢ができないのです。長年紳士《ジエントルマン》に仕えていたためだろうと思います」

上流紳士《ジエントルマン》の間では、殴打されたら血で決着をつける。下層階級の間では、殴打は一言も発せずに受けるものである。自分は、無限に近い権限を有するこの艦の艦長だ。メインに、黙っておれ、と命ずることができる。ダウティの手枷をはずせ、と命じてすべてを忘れ去ることができる。忘れ去る？　下士官を殴り返しても刑を受けないですむ、と乗組員に思わせるのか？　艦長はえこひいきをする、と思わせるのか？

「ちくしょう！」海図台を叩いて、ホーンブロワーがどなった。

「かわりの人間を訓練します」ダウティがいった。「……までに」

ダウティといえどもそれを言葉にする気力はなかった。

「だめだ！　そんなことはできない！」乗組員全員が暗い目で見ている中を、ダウティを自由に動きまわらせるようなことは、絶対にできない。

「ベイリイをお試しになったらいかがかと思います、士官次室《ガンルーム》の給仕です。役にたたない連中のなかでは、彼がいちばんまともです」

「そうだな」

ダウティが相変わらず気を遣ってくれるのが、かえってつらかった。その時、かすかな光明が見えた、ほかよりは不満足の度合いの低い解決法がチラッとうかんだ。艦はまだカディスから九百マイル以上も離れているが、風は順風だ。

「おまえは、裁判を待つしかない。先任衛兵伍長！　この男を連れて行け。鎖につなぐ必要はないし、日々の運動についてはわたしが命令する」

『失礼します、艦長』

ダウティは、召使いとして長年の間に身につけた平静な表情でいたが、その裏に死ぬような不安な思いが秘められていることがわかっているので、なおさら胸が痛んだ。なんとかしてこのことを頭から振り払わねばならない、とホーンブロワーは思った。彼は、満帆に風をはらんで、ついに手綱《たづな》をゆるめられたサラブレッドのように海面を突っ走っているホットスパーの甲板に出た。あの暗い影を完全に忘れ去ることはできないにしても、乗組員たちにとって、内容の見当がつかないためにいっそう興奮を覚える任務に向かって全速でビスケー湾を突っ走りながら、ときおり白い雲が流れて行く青空や艦首がけあげる水しぶきの虹を見ていれば、多少なりとも気持が軽くなることはたしかであった。

それに、士官次室《ガンルーム》から引き抜いたベイリイの無骨な世話やきに身を任せるという、気散じというか、いらだちによる逆療法があった。予測通りにオルテガル岬を確認した上に、かつて自分が死ぬほど退屈な思いの捕虜生活を二年も送ったフェロル港がかすかに見えるあたりを、ビスケー湾の岸に沿って矢のように疾走している満足感があった。自分が釈放されて自由の身となったディエンテス・デル・ディアブロを見つけようとしたが見つからなかった。さらにヨーロッパ大陸の先端をまわって新たな針路をとったが、奇跡的にも風が吹き続けており、ロカ岬の風上側を通過すべく今度は詰め開き《クロースホールド》で走った。

ある夜、風向きが変わって強くはないが逆風となり、十回以上も呼び出されたホーンブロワーは、左舷開き《タック》で陸地からまっすぐ沖合いに出て行かねばならないいらだちに憤怒をたぎらせていたが、すばらしい夜明けとともに、弱い風が南西から吹き始め、やがて、やっとスタンスルが張っていられる程度の西からの雄風となってホットスパーは南下し、ロカ岬が風下方向にわずかに視界からはずれたあたりで正午の天測を行なった。今度は、左舷艦尾《ポート・コーター》斜め後方からの風を受けて総帆を張り、カディスに直行するべく、サン・ビセンテ沖で最後の重要な針路変更を行なうために、ホーンブロワーは何回も夜中に起こされた。午後になって、ホットスパーが十一ノット近い高速で矢のように走っている時、見張員が、左舷艦首すれすれの方向に低い陸地がぼんやり見える、と報告し、イギリス軍艦の姿を見て慌てて中立国ポルトガルやスペインの旗を掲げる沿岸航行船の数がしだいに増えてきた。十分後に、また見張員が陸地確認を告げ、さらに十分たった時、右舷艦首すれすれの前方に向けられていたホーンブロワーの望遠鏡に、白く輝いているカディスの町が映った。

ホーンブロワーは、計算に一分の狂いもなく目的地に到着したことに大いに気をよくしてもよかったのだが、例によって、自己満足にふけっているようなひまはなかった。スペイン当局に対して入港許可を求める準備をしなければならなかったし、イギリス政府の代表者と接触することに興奮のたかまりを感じていた。そして、二度とないこの機会に、ダウティの処置に対する考えを決めねばならなかった。総帆を張って快走している間も絶えずダウティのことが頭にうかび、富と昇進に関する白昼夢やカディスでとるべき態度に関する思案から、いつとはなしに考えがそれていった。それは、深みから絶えず頭をもたげて、一時的にせよ本筋の進行と同様の重要さを占めるシェイクスピア劇の脇筋のようであった。

今を逸しては二度と機会がない、とホーンブロワーはすでに内心認めていた。今のこの瞬間に決断し行動しなければならない。これより早くてもおそくても機を逸する。自分は国王に対する忠勤の過程で何回となく命を危険にさらした、海軍は自分に対して命の借りがある——非常に薄弱な理由づけではあったが、彼は、その勝手な考え方を自身にむりやり納得させて、ついに決断した。ブレスト港外の湾口の敵艦に接近して行った時と同じようなきびしい決意で、望遠鏡をたたんだ。

「当番兵を呼んでくれ」彼がいった。そのような日常のきまり文句を口にしている人間が重大な任務放棄を企てていようとは、誰にも想像がつかなかったはずである。

膝や肘のすりきれた衣類をまとい、年にも似ず若者のような体格好のベイリイが、艦《コー》尾甲板《ターデツキ》の十人あまりの人間に見え、(この方が重要なのだが)聞こえるあたりで、艦長に敬礼した。

「今夜、イギリス領事と艦《ふね》で夕食をすることになっている」ホーンブロワーがいった。

「なにか特別な料理を供したい」

「それが、その——」ベイリイがいったが、ホーンブロワーが予期し計算していた返事であった。

「はっきりいえ」ホーンブロワーがきびしい口調でいった。

「なにもわからないんです」ベイリイがいった。彼はすでにこれまで、ホーンブロワーの短気に悩まされてきたが、これまでと違って今は計画された短気であるのが幸運であった。

「なんということだ。なにか考えがあるはずだ、いってみろ」

「コールド・ビーフが一きれ――」

「コールド・ビーフだと？ イギリス領事に？ ばかなことをいうな」

ホーンブロワーは、クルッと背を向けて、考えにふけりながら甲板を歩き、また向き直った。

「ミスタ・ブッシュ！ 今夜、ダウティを拘禁室から出してくれ。この間抜けはなんの役にもたたん。わたしにひまができしだい、艦長室へよこしてくれ」

「アイ・アイ・サー」

「よし、ベイリイ。行ってよい。さて、ミスタ・ブッシュ、右舷の一番カロネード砲で、礼砲の用意をしてくれ。あれは、われわれを待っている沿岸警備隊のラガーではないか？」

ホットスパーがゆっくりと進むにつれ、太陽が西に傾いて、カディスの白い建物が美しいピンク色に変わっていった。カディスが病菌の侵入と中立侵犯行為から守られていることを確認すべく、衛生官と陸海軍将校が乗りこんできた。ホーンブロワーはスペイン語を使った——この前の戦争以来使っていない上に、最近までフランス語を使っていたので、流暢《ちょう》というわけにはいかなかった——が、それでも、公式手続を進めるのにたいへん役にたった。その間、トプスルを張っただけのホットスパーは、最後にインディファティガブル号で訪問した時以来何年もたっているにもかかわらず記憶に鮮やかな湾口に向かって、ゆっくりと進み続けた。

ホットスパーが敬意を表しサンタ・カタリナ砲台が応えると、夕方の微風が礼砲の音を湾の奥まで運んでいった。その間、スペインの水先人の案内でホットスパーは子豚《ピッグズ》岬と雌豚《サウズ》岬の間を通って行ったが、ホーンブロワーは、子豚《ピッグズ》というのは、スペイン語ではシー・ピッグズ、つまりいるかのことをいっているのではあるまいか、と考えた。乗組員たちは、帆をたたみ錨を投ずるべく待機していた。湾内にはすでに何隻かの軍艦が投錨していたが、スペイン海軍のものではなく、港の奥のそれらの軍艦のマストや帆桁《ヤード》がわずかに見分けられるだけであった。

「エスタドス・ウニドス（合衆国《アメリカ》）」スペインの海軍士官がいちばん手前のフリゲート艦を身ぶりで示した。メン・トップマストの先端に、星条旗と戦隊司令官旗《ブロード・ペナント》がひるがえっていた。

「ミスタ・ブッシュ！　表慶用意」

「コンスティテューション号。戦隊司令官《コモドー》プレブル」スペインの士官が付け加えた。

アメリカも、地中海の奥のトリポリで自身の戦争をしている。そのプレブル――ホーンブロワーはその名前が正確に聞き取れなかった――というのは、現在のアメリカ艦隊司令官なのであろう。そのそばをゆっくりと通り過ぎる時、太鼓が鳴りわたり、舷側に並んだ乗組員が帽子を上げて敬礼した。

「フランス海軍フリゲート艦フェリシテ号」べつの軍艦をさして、スペインの士官が説明を続けた。

片舷に砲門が二十二ある。フランスの大型フリゲート艦の一隻だが、それ以上注意を向ける必要はなかった。中立港で出会った敵艦どうしは、決闘を申しこんだ時から実際に決闘が行なわれるまでの間に不運にして出会った当事者どうしと同じように、憎悪を秘めて相手を無視する。それに、コンスティテューション号を見て彼のもう一つの計画に変化が生じた――またもや脇筋が本筋の邪魔をし始めた――ので、相手を無視できるのがありがたかった。

「ここに投錨していただいてけっこうです、艦長」スペインの士官がいった。

「下手舵！　ミスタ・ブッシュ！」

ホットスパーが艦首を風上に向け、見事な素早さでトプスルがたたまれ、錨索《ケーブル》が轟音をあげて錨孔から延びて行った。三ヵ国の海軍の眼前で行なわれたので、その作業が一点の非の打ちどころもなく行なわれたのは幸いであった。板を叩くような砲声が一発、湾内に響き渡った。

「日没の号砲だ！　ミスタ・ブッシュ、軍艦旗を降ろしてくれ」

スペインの衛生官と陸海軍将校が、帽子を手にして一列に並び、頭を下げて別れを告げた。ホーンブロワーは、できるだけ丁重な態度で帽子をとり、この上なく丁重に辞儀をして礼をいい、三人を舷側まで送って行った。

「さっそく領事がおいでになりましたよ」舷側を下りる前に海軍士官がいった。

しだいに迫る夕闇の中を漕ぎ舟が町を離れてこちらに向かうのが見え、ホーンブロワーは、日没後に艦に乗りこんでくる領事にどのような儀礼を行なうべきかを思い出そうとして、もう少しで最後の別れの挨拶を途中で切りそうになった。西の空は血のように赤く、微風が止み、大西洋の爽快さに比べると湾内は息づまるような感じであった。これから、国家の機密とダウティの問題に対処しなければならない。

対処すべき事柄を思いうかべていると、べつの事柄が頭にうかんだ。これから先、マリアあての手紙がとぎれることになる。彼女がこの次自分の手紙を受け取るのは何ヵ月も先になり、彼女は最悪の事態を想像して心配するにちがいない。しかし、あれこれ考えているひまはなかった。直ちに行動を開始しなければならない。

21

風がやんだのでホットスパーは潮流のままに向きを変えており、今は、海図室の艦尾の窓から、潮だるみの中でゆっくりと上下に揺れているUSSコンスティテューション号の明かりが見える。

「失礼ですが」いつもと同じように礼儀正しく、ダウティがきいた。「ここはどこでしょうか？」

「カディスだ」ホーンブロワーが答えた。一瞬驚いたが、艦底に監禁されていたのではむりもない、と気がついた――乗組員の中にすら知らない者がいるかもしれない。彼が窓を指さした。「そして、あれがアメリカのフリゲート艦コンスティテューション号だ」

「はい」

コンスティテューション号が錨泊しているのを見るまでは、ホーンブロワーは、ダウティにとって惨めな将来を想像していた。強制徴募されて正体を見破られる可能性があるのでイギリスの商船に水夫として雇われるわけにはいかず、カディスの波止場で一文なしの亡命者として日を送り、最悪の場合には乞食となってやがて餓死する。寄せ集めの貧しいスペイン陸軍に入隊できればありがたいといわねばならない。いずれにしても絞首刑よりはましだ。今は、それよりもっといい可能性が生じてきた。たとえプレブル提督が優秀な召使いを必要としていなくても、軍艦が所要の人数を揃えていることは絶対にありえない。

ベイリイが、ワインの最後の一瓶をもって艦長室から入ってきた。

「それをデカンタにうつすのは、ダウティがやる」ホーンブロワーがいった。「それと、ダウティ、グラスを充分に磨いてくれ。ピカピカに光らせるのだ」

「イエス・サー」

「ベイリイ、厨房へ行け。骨髄《マロー》料理用の火の用意ができているかどうか、見てきてくれ」

「アイ・アイ・サー」

慎重に機を見て手を打ってゆくかぎり、事はしごくかんたんである。ベイリイが大急ぎで出て行った後、ダウティはワインをデカンタにうつし始めた。

「ところで、ダウティ、おまえは泳げるのか？」

ダウティは顔を伏せたままでいた。

「はい」囁くような小声で答えた。「ありがとうございます」

次に、予期していたノックが聞こえた。

「ボートが近づいています！」

「よろしい、すぐ行く」

ホーンブロワーは、急いで艦尾甲板《コーターデッキ》に出て、客を迎えるべく舷門まで下りて行った。闇があたりを包み、カディス湾は黒い鏡のように静穏であった。

領事キャロン氏は、一刻も無駄にしなかった。大急ぎの時のホーンブロワーに匹敵するような速い足どりで、先に立って艦尾へ急いだ。彼が海図室の椅子に腰を下ろすと、どっしりした大男なので、狭い部屋の空間を一人で占めているような感じがした。ハンカチでひたいをふくと、かつらのかぶり具合を直した。

「ワインを一杯、いかがですか？」

「ありがとう」キャロン氏は時間を浪費することなく、ホーンブロワーがワインを注いでいる間に、さっそく用件に入った。

「きみは、海峡艦隊からきたのか？」

「そうです、コーンウォリス提督の命により」

「それでは、事情は承知しているな。輸送艦隊のことは知っているかね？」終わりの方は声をひそめた。

「はい。わたしは、最新情報をフリゲート戦隊へもち帰るために派遣されたのです」

「艦隊は、直ちに行動を起こさねばならん。スペインはこちらの説得に応じる気配をまったく見せないのだ」

「わかりました」

「ゴドイ（当時の宰相）はボウニイに怯えきっている。国自体はイギリスと戦いたくないのだが、ゴドイはボウニイを怒らせるより戦う方を選ぶはずだ」

「はい」

「彼らは、財宝輸送艦隊の到着を待っているにすぎず、到着しだいスペインは宣戦を布告する、とわしは信じている。ボウニイは、イギリス侵攻計画に、スペイン海軍に一役買わせるつもりでいる」

「はい」

「といって、スペイン海軍がさして役にたつわけではない。出港準備が整っている艦は一隻もない。しかし、フェリシテ号がここにいる。四十四門艦だ。もちろん、見ただろうな？」

「はい」

「こちらの計画を多少なりともかぎつけたら、フェリシテ号が輸送艦隊に警告する」

「もちろん、そうでしょう」

「わしが入手した最新情報は、まだ三日たっていないものだ。急使がマドリッドから最短時間でやってきた。われわれがサン・イルデフォンソ条約の秘密条項の内容を知ったことを、ゴドイはまだ気づいていないが、わが方の態度硬化により、いずれは察知するにちがいない」

「はい」

「だから、きみはできるだけ早く出港した方がいい。これが、財宝奪取戦隊の司令官あての手紙だ。きみが入港してくるのを見るやいなや、わしが書いておいたものだ」

「ありがとうございます。司令官は、インディファティガブル号のグレアム・ムア艦長です」

ホーンブロワーは、その緊急連絡書をポケットに入れた。彼はかなり前から、隣の艦長室の物音と押し殺した話し声に気づき、その理由を察していた。今ノックが聞こえ、ドアの隙間からブッシュがのぞいた。

「ちょっと待ってくれ、ミスタ・ブッシュ。来客中であることはわかっているはずだ。それで、ミスタ・キャロン？」

今の場合にあえて話の邪魔をする者はブッシュ以外になく、そのブッシュも、よほどの緊急事でなければ邪魔などしない。

「きみは一時間以内に出港した方がいい」

「わかりました。今夜、ご一緒に夕食を、と思っていたのですが」

「ありがたいが、楽しみより任務が先だ。わしはこれから湾を渡って、スペイン当局に出港手続をしておく。もうすぐ陸から風が吹き始めるから、それで出港できる」

「わかりました」

「揚錨準備をしておくことだ。二十四時間条項を知っているな?」

「はい」

中立規則によると、交戦国の一方の軍艦が中立港を出港した場合、その相手国の軍艦は二十四時間経過しなければ出港できない。

「スペインは、フェリシテ号にその条項を適用しないかもしれないが、その機会を与えたらきみの艦に適用することは確実だ。いま、フェリシテ号の乗組員の三分の二がカディスの町の酒場にいるから、きみはこの機会を利用すべきだ。フェリシテ号がきみの後を追おうとしたら、わしがスペイン側に二十四時間条項をもち出して警告する。少なくとも、出港を遅延させることはできると思う。スペイン側は、財宝輸送艦隊がまだ海上にある間は、われわれを怒らせるようなことは避けるはずだ」

「はい。わかりました。ありがとうございます」

キャロンはすでに立ち上がりかけており、ホーンブロワーも相手について立ち上がった。

「領事のボートを呼べ」艦尾甲板《コーターデッキ》に出ると、ホーンブロワーがいった。ブッシュはまだなにかいいたそうであったが、ホーンブロワーが無視した。

キャロンが艦を離れた後も、命令を発してブッシュが話しかけるのをそらした。

「ミスタ・ブッシュ、左舷錨を揚げ、右舷錨を縮錨してもらいたい」

「アイ・アイ・サー。実は——」

「それを、絶対に音をたてないでやってもらいたい。フェリシテ号に聞こえるような号笛や号令はいっさい用いてはならん。安心できる人間を二人、索巻き機《キャプスタン》に配置し、歯止めの爪に古キャンバスをかけて音を殺す。絶対に音をたててはならんぞ」

「アイ・アイ・サー。しかし——」

「すまないが、ミスタ・ブッシュ、きみ自身が監督してやらせてもらいたい」

暖かい夜、艦尾甲板《コーターデッキ》を歩く艦長に話しかけてくる者は、彼のほかには誰一人いない。ほどなく水先案内人が乗りこんできた。キャロンが、すべてに鈍いスペインの役人の頭の働きをはやめるのに成功したことは明らかであった。トプスルの帆脚索《シート》が引き張られ、錨が海面から引き上げられた。夜の陸風がかすかに吹き始めると、ホットスパーはゆっくりと湾口に向かって滑り、ホーンブロワーは慎重に水先案内人を見守っていた。港外に出る途中でホットスパーが坐礁したら、スペイン側は問題が解決するかもしれないが、そんなことは絶対に起こさせない覚悟でいた。水先案内人が艦を離れ、艦が南西に針路をとって沖に向かい始めると、彼はようやくブッシュに耳をかす余裕ができた。

「艦長！　ダウティがいません」

「いない？」

艦尾甲板《コーターデッキ》が暗いのでホーンブロワーは顔を見られる恐れはなかったが、できるだけ自然な口調で話すよう、懸命に努めた。

「そうです。艦長室の艦尾窓から抜け出したにちがいありません。窓から舵軸を伝って、誰にも見えない艦尾突出部の下の海中に入り、そこから泳ぎ出したものと思われます」

「ミスタ・ブッシュ、わたしは憤懣にたえない。責任者はきびしく罰してやる」

「しかし、艦長――」

「なんだね、ミスタ・ブッシュ？」

「領事が乗艦したさいに、あなたが彼を艦長室で一人にしておかれたらしいのです。その間に彼が逃げ出したのです」

「なにかね、ミスタ・ブッシュ、わたしの落度だというのかね？」

「そうおっしゃるのであれば、はい、そうです」

「フム。そういわれてみると、きみのいうとおりかもしれんな」相変わらず自然な口調を装いながら、ホーンブロワーが間をおいた。「なんという腹だたしい出来事だ。自分が我慢ならん。どうしてそんなばかなことをしたのか、自分でもわからん」

「いろいろと考え事がおありだったのだと思います」

ブッシュが自責している艦長の弁護をしてくれるのが不快であった。

「わたしとしては、申し開きのしようがない。永久に自分を許せないにちがいない」

「総員名簿には、〈R〉と記入しておきます」

「そうだな。そうしてくれ」

艦の総員名簿の謎めいた符号は、いろいろな事実を告げてくれる——〈D〉は除隊《ディスチャージド》、〈DD〉は死亡《デッド》、〈R〉は、走る《ラン》、の意で脱走を示す。

「しかし、いい知らせもあるのだ、ミスタ・ブッシュ。わたしの身になにか起きた場合に備えて、命令によりきみに話しておかなければならないのだが、ミスタ・ブッシュ、これからいうことは、乗組員の誰にも絶対に知られてはならない」

「わかっております」

財宝、賞金、ダブロン金貨、ドル。ダウティ逃亡の一件からブッシュの考えを引き離すのに誂《あつら》え向きの話題である。

「何百万にもなりますよ、艦長！」

「そう、何百万という大金だ」

戦隊の五隻の艦の乗組員が、賞金の四分の一——五人の艦長の間で分配されるのと同額——を分配され、一人あたり六百ポンドほどになる。海尉、航海長、海兵隊長は、八分の一を分け合う。ブッシュの取り分は概算一万五千ポンドである。

「一財産ですな！」

ホーンブロワーの分け前は、その一財産の十倍である。

「覚えておられますか、わが方が最後に財宝輸送艦隊を拿捕した時のことを？　一七九九年だったと思います。賞金をもらった水兵の中には、自分たちがどれくらい金持ちであるかを見せるために、金時計をいくつも買って、ゴスポートの居酒屋で油で揚げさせたやつがいたくらいです」

「わたしはこれから眠るつもりだが、ミスタ・ブッシュ、きみもそのことを考えながら眠ることだな。しかし、誰にも絶対に他言してはならんぞ」

「はい。もちろん、しません」

計画が失敗に終わらないともかぎらない。輸送艦隊は、阻止戦隊の手を逃れてカディスに逃げこむかもしれない。あるいは、出発地に引き返しているかもしれない。初めから出港しなかったかもしれない。となると、拿捕が計画されたことをスペイン政府に——さらに世間一般に——知らせないでおくにこしたことはない。

そのような事柄、数字は、楽しい興奮を刺激するはずなのだが、今夜のホーンブロワーにとっては、そういった効果はまったくなかった。それは、口中で灰と化す死海の果物と同じであった。彼は、ベイリイを叱りとばし、個室から追い出した。そして、尻の下の吊り寝台《コット》の揺れが、ホットスパーが再び大海にのり出し、興奮と利益にみちた任務に向かっていることを告げても引き立たないほどゆううつな気持で、吊り寝台《コット》に坐っていた。うなだれて、ふさぎこんでいた。自分は、誠実を失った——ということは、自尊心を失ったということだ。これまでの人生で数々の過ちを犯し、思い出しただけでもいまだに身がすくむ思いがするが、今度はそれよりはるかに大きな過ちを犯した。背任の罪を犯したのだ。脱走者、犯罪者の逃亡を黙許したばかりでなく、現実に逃亡手段を考え出してやった。神かけた誓言を破った——それも、個人的な理由、たんなる恣意《し》に基づいて。海軍のためでなく、国のためでもなく、自分が気の弱い感傷家であるがゆえに犯した過ちだ。自らを恥じたが、仮借のない自己分析を行なっているうちに、もう一度あの数時間にさかのぼって生きることができた場合、まったく同じことをするにちがいないと気づき、いっそう強く自分を恥じた。

言い訳のしようがない。自分が何回となく命を危険にさらしたのだから海軍は自分に命の借りがある、と考えたあの口実は、およそばかげたものである。胸が躍るような新任務のおかげで軍規が乱れる恐れがないという現在の実情も、心を軽くする役にはたたなかった。自分は、自分自身に判決を下された裏切者だ。それもありきたりの裏切者ではなくて、生まれながらの陰謀者ともいえるほどに見事な手ぎわで計画をやりとげた、口先のうまい裏切者だ。真っ先に自分の頭にうかんだあの〈誠実さ〉という言葉が正しい——自分はその誠実さを失ってしまった。ホーンブロワーは、子供たちを失って悲嘆にくれるナイオビのように、誠実さを失ったことを悲しんだ。

22

財宝輸送艦隊を拿捕するための、フリゲート戦隊の分散配置に関するグレアム・ムア艦長の作戦命令は巧妙をきわめていて、さすがのホーンブロワーといえどもその点はしぶしぶながら認めざるをえなかった。五隻の艦は、可視距離ぎりぎりの間隔をおいて北から南へ並ぶ。各艦の距離が十五マイルで、北端と南端の艦がそれぞれ水平線を監視しているので、全長九十マイルの海域を見張ることができる。昼間は、艦列はアメリカ大陸の方角に向かって走り、夜間はヨーロッパ大陸の方へ引き返す。そうすることによって、万が一にもスペイン艦隊が闇の中で監視線に達した場合、索敵行動に使える時間がそれだけ長くなる。夜明けの艦列の位置はサン・ビセンテ岬の経度――西経九度――で、日没時の位置は、状況の許すかぎり遠く西よりになる。

この、大西洋という乾草の山の中のスペイン艦隊という一本の針を捜す仕事は、見た目ほどには困難でない。第一に、財宝輸送艦隊は、スペインのわずらわしい法律により、カディス以外のどこにも荷を降ろすことができない。第二は、風の方向が、輸送艦隊が現われる方位をかなり限定して示してくれることである。第三に、長途の航海の後では、スペイン艦隊は、自分たちの位置の経度についてさして確信がもてないはずである。六分儀による測定で緯度についてはかなり確信がもてるので、航海の最終段階では、一方のポルトガルの海岸と反対側のアフリカの海岸を避けて、カディスの緯度――北緯三十六度三十分――に合わせて針路をとるものと考えてよい。

というわけで、展開したイギリスの戦隊の中央、北緯三十六度三十分の真上に旗艦インディファティガブル号が位置を占め、その真北と真南にほかの艦が並んでいる。昼間であれば信号旗、夜間であれば火矢でスペイン艦隊の接近が他艦に告げられ、戦隊が信号を発した艦の位置に迅速に集合することができるし、カディスから百五十マイル離れているのであるから、説得に必要な時間と行動海域は充分にある。

夜明け一時間前に、ホーンブロワーは甲板に出た。夜の間も二時間ごとに出てきたし、それ以前も毎夜二時間ごとに出た。澄みきった夜であったし、今も晴れ渡っていた。

「風は北東微北です」プラウスが報告した。「サン・ビセンテ岬の位置は、真北十五マイルです」

和風である――現在のホットスパーはトプスルだけで、左舷開き《タック》の詰め開き《クロースホールド》で静かに進んでいるが、ロイヤルまで張れる風である。ホーンブロワーは、右舷真横、つまり真南の、隣の艦メデューサ号がいるはずの方向へ望遠鏡を向けた。戦闘にさいしてはあまり役にたたない小型艦のホットスパーは、スペイン艦隊が出現する可能性のもっとも少ない最北端に配置されていた。まだメデューザ号が見えるほど明るくはなっていなかった。

「ミスタ・フォアマン、暗号書をもって見張台に上がってくれ」

ホットスパーの乗組員全員が、一直線の同じ海面を絶えず監視しているこの毎日の反復行動を不思議に思っているにちがいない。頭のいい人間は、戦隊の真の目的を推察しているかもしれない。それは当然避けられないことである。

「見えました！」プラウスがいった。「南微西に走っています。われわれは戦列より少し前に出ています」

「ミズン・トプスルを裏帆にしてくれ」

艦は戦列より二マイルほど先へ出ているようだ——長い夜の後ではまずまず満足すべき状態だ。足踏みをしてメデューザ号の真北の定位置に復するのは容易であった。

「デッキ！」フォアマンがメンマストの見張台からどなった。「メデューザが信号を送っています。〈司令官より全艦へ〉」

メデューザ号は、南の視界外にいるインディファティガブル号の信号を取り次いでいるのだ。

「〈下手回しで回頭〉」フォアマンが続けた。「〈針路西。トプスルで帆走〉」

「ミスタ・チーズマン、受信を確認してくれ」

チーズマンは、フォアマンの代理として修業中の二人目の信号係士官である。

「ミスタ・プラウス、転桁索《ブレース》につかせてくれ」

信号旗を上げ下げするだけで六十マイルにわたって展開している戦隊を思いのままに動かすのは、ムアとしてもたいへん楽しい経験にちがいない。

「デッキ!」フォアマンの声の調子が、日常業務の時とはまったく違っていた。「左舷艦首方向、風上の方角に帆が見えます。追風《おいて》で急速に近づいてきます」

ホットスパーは、相変わらず、メデューザ号が信号旗をサッと下ろして下手回しの瞬間を指示するのを待っていた。

「相手はどんな艦《ふね》だ、ミスタ・フォアマン?」

「軍艦です。フリゲート艦です。フランスの艦《ふね》のように見えます。あのフェリシテかもしれません」

カディスを出港してきたフェリシテ号である可能性は充分にある。今では、イギリスの戦隊が外洋で非常警戒線を張っているという知らせが、カディスに届いているにちがいない。フェリシテ号は出てこざるをえない——イギリスの警戒線を突破することができたら、財宝輸送艦隊に警告して針路を変えさせることができる。あるいは、輸送艦隊が現われるまで水平線上で待機していて、双方の交渉に介入することもできる。勇敢なるフランス軍艦が不当な圧迫を受けている中立国艦隊の救援にかけつけたことを、ボナパルトは政府機関紙に大々的に書き立てることができる。また、いざ戦闘となった場合、フェリシテの存在は、双方の力関係に大きな比重をもつことになる。フランスの大型フリゲート艦一隻とスペインの大型フリゲート艦四隻に対するに、イギリス側は、大型フリゲート艦一隻、小型フリゲート艦三隻とスループ艦一隻である。

「わたしが登って見てみます」例によってブッシュが、ここという重要な時に機を失せず申し出た。若い水兵のような敏捷《しょう》さで段索《ラットライン》を登って行った。

「信号旗が下りました！」フォアマンが叫んだ。

五隻が同時に下手回しをするために、ホットスパーはその瞬間に上手舵をとらなければならない。

「いや、ミスタ・プラウス。もう少し待とう」

水平線上でメデューザが下手回しで艦首をめぐらせた。今や追風《おいて》で逆方向にホットスパーから急速に離れつつある。

「まちがいなくフェリシテです」ブッシュがどなった。

「ありがとう、ミスタ・ブッシュ。すぐさま下りてきてくれ。鼓手！　総員を部署につかせろ。戦闘開始用意だ。ミスタ・チーズマン、信号を送ってくれ。〈風上方向にフランスのフリゲート発見〉」

「アイ・アイ・サー。メデューザが急速に視界から離れて行っています」

「いずれにしても信号旗を揚げるのだ」

ブッシュが電光石火の如く下りてきて、ホーンブロワーと一瞬目を合わせると、戦闘準備を監督すべく急いで立ち去った。その一瞬に、問いかけるような表情が彼の目を走った。ホーンブロワー以外にイギリス戦隊の目的を知っているのは彼だけである。戦隊が財宝輸送艦隊を視界内に捉えた時にホットスパーが他艦から離れていたら、賞金の分け前を受ける資格を失うことになる。しかし、賞金はたんなる一要素にすぎない——主目的は財宝輸送艦隊だ。ホットスパーは、メデューザ号の信号を無視して、自らの危険を冒して——ホーンブロワーの危険を冒して——主目的から離れる。また、ブッシュも、ホットスパーとフェリシテの戦力の差を承知している。舷々相摩《あいま》して斉射を交した場合、ホットスパーの乗組員の半数が死に、残り半分は捕虜になる。

「メデューザが視界から消えました。受信を確認しませんでした」まだ見張台に上がっているフォアマンが告げた。

「よろしい、ミスタ・フォアマン。下りてきてよし」

「敵艦が甲板から見えます」プラウスがいった。

「そうだな」水平線に、フランスの艦のトプスルとトゲンスルがはっきりと見える。ホーンブロワーは、相手を望遠鏡の視界内に捉えるのに多少苦労していた。興奮に胸が高鳴っていた。自分の不安心配が顔に表われないことを願った。

「戦闘準備を完了しました」ブッシュが報告した。

砲が押し出されており、興奮した面持ちの砲手たちが位置についている。

「艦首を風上に向けました！」プラウスが叫んだ。

「なるほど」

フェリシテは、ホットスパーに艦尾はるか後方を通過させるために、回頭して右舷開《タッ》き《ク》になった。戦闘を回避している。

「一戦交えないつもりですかな？」ブッシュが声をあげた。

自分の判断が正しかったことの証拠を見て、ホーンブロワーの緊張が多少ゆるんだ。彼は、長射程による動きの激しい決闘を挑むつもりでフェリシテ号に向かって行ったのだ。相手が輸送艦隊に警告するのを遅らせるために、できるだけ円材《スパー》を破砕して行動に支障をきたさしめるのが目的であった。ところが、相手はその考えを読んだのだ。任務完了までは損傷を受ける危険を冒さないつもりでいる。

「上手回しにしてくれ、ミスタ・プラウス」

ホットスパーが機械のように一寸の乱れもなく回頭した。

「いっぱいに詰めろ！」

今や艦は、フェリシテの舳先をよぎる針路を突っ走っている。戦いを避けた敵艦が、イギリスの警戒線の側面を通り抜けて外洋に逃れ、イギリスの戦隊より先に輸送艦隊に合流するつもりでいたのだが、ホットスパーがその行く手を遮ろうとしている。ホーンブロワーが水平線上のトプスルを見守っていると、相手が転桁するのが見えた。

「向きを変えています！」

向きを変えてもなんの役にもたたないはずだ。あのトプスルのはるか彼方の水平線に、ポルトガル南部の岩だらけの海岸がかすかな青い線のようにうかんでいる。

「あの針路では、サン・ビセンテ岬の風上側は通れないはずです」プラウスがいった。

ラゴス、サン・ビセンテ、サグレス、いずれも海戦史上有名な地名で、あそこに突出している岬がフェリシテの戦闘回避意図を妨害するはずである。相手は間もなく戦わざるをえなくなるはずで、ホーンブロワーは、どのような戦いになるかを、頭に描いてみた。

「ミスタ・ブッシュ！」

「はい！」

「砲二門を、艦尾真後ろの方向に向けてもらいたい。艦尾肋材を切り取らねばなるまい。すぐさまかかってくれ」

「アイ・アイ・サー」

「ありがとう、ミスタ・ブッシュ」

帆船は、前まえから、艦首および艦尾方向にまっすぐに砲撃するのが思うにまかせなかった。その困難を満足に解決する方法はついぞ見つかっていない。たいがいの場合、砲は片舷斉射で非常な効果をあげるので、艦首尾に砲を据えることは無駄であり、船体もその考えに基づいて建造されている。今や、船匠《だいく》と部下たちを呼ぶ叫び声が、何世紀にも及ぶ建艦者の考えによる種々の利点が放棄されようとしていることを告げている。ホットスパーは、きわめてまれな状況のもとにおける一時的な利便のために、船体を弱めようとしているのだ。材木を断ち割り鋸で切っている震動がホーンブロワーの足に伝わってきた。

「砲手を艦尾へまわせ。砲を移動する前に、滑車装置《テークル》を取り付けるのだ」

海岸の青い線が前よりはっきり見えてきた。そそりたったサン・ビセンテ岬がくっきりとうき上がっている。そして、今やフェリシテ号の船体が水平線上に現われていて、砲を押し出して戦闘準備を整えた長い砲門の列がはっきりと見える。メン・トプスルが裏帆を打ち、回頭しようとしている。今度は相手が戦いを挑もうとしている。

「上手舵だ、ミスタ・プラウス。メン・トプスルを裏帆にせよ」

一分たりとも敵に先んじることがなにより大切である。ホットスパーも回頭した。ホーンブロワーは、勝算のまったくない戦いをするつもりはなかった。相手が機を待つのであれば、こちらも待つ。この軟風と穏やかな海では、ホットスパーは図体の大きい敵艦より有利で、その利点をむざむざと放棄することはできない。ホットスパーとフェリシテは、リングに入ったばかりのボクサーのように、相手の隙をうかがっている。紺碧の空、紺青の海、すばらしく美しい日だ。もうすぐ自分が去るかもしれない美しい世界だ。砲の台車のゴロゴロゴロという音が、少なくとも砲一門が所定の位置についたことを告げた。どういうわけか、その瞬間に、マリアと小ホレイショのことを思った——正気の沙汰ではない。すぐさま妻子のことを頭から振り払った。

秒がゆっくりと過ぎてゆく。たぶん敵の艦長は、艦尾甲板《コーターデッキ》で作戦会議を開いているのであろう。国家の運命を左右するこの重大な時機に決断を下しかねて、ためらっているのかもしれない。

「ミスタ・ブッシュからの伝言です。一門は準備完了。二門目はあと五分で完了、とのことです」

「ごくろう、ミスタ・オロック。いちばん優秀な照準手を二人配置するよう、ミスタ・ブッシュに伝えてくれ」

フェリシテ号のメン・トプスルが風をはらみ始めた。

「転桁《ブレース》用意！」

ホットスパーは、敵艦に近づいて行った。ホーンブロワーは、相手の行動の自由をあくまで束縛するつもりでいた。

ホットスパーが回頭すると、射程ぎりぎりの距離になった。フェリシテ号の艦首がまっすぐこちらを向いている。ホットスパーの艦尾がまっすぐ敵艦の方を向き、両艦が一線になった。

「上手舵！」

「ミスタ・ブッシュに伝えろ、砲撃開始！」

その伝言が届かないうちに、下方でブッシュが砲撃を開始した。砲声が二発轟き、艦尾突出部の下から噴き出た砲煙が、追風《おいて》にのって艦尾甲板《コーターデッキ》に吹き上げられてきた。望遠鏡を懸命にのぞいているホーンブロワーにはなにも見えなかった。フェリシテ号の艦首の美しい曲線、仰角の大きい艦首第一斜檣《バウスプリット》、真っ白な帆が見えるだけであった。下方で再び砲を押し出す台車の響きが伝わってきた。一発！　ホーンブロワーは見た。砲の真上に立って砲弾の飛行方向をまっすぐに見ていた彼の目が、発射体を捉えた。鉛筆で記したような黒点が、のんびりと、白から青を背景に昇って行き、砲煙が完全に噴き出ないうちに下がり始めた。命中したにちがいない。砲煙で二発目は見えなかった。

イギリスの長砲身の九ポンド砲は、正確さに関するかぎり、海軍で最高の砲である。砲腔加工の正確なことは有名で、その弾は、大きな砲弾よりはるかに正確に目標を狙い撃ちにすることができる。たとえ九ポンドの砲弾とはいえ、秒速千フィートで飛んで行くのであるから、かなりの損害を与えることができる。また一発！　敵は、応射することができないまま一方的に撃たれるのは、大いに不愉快であるにちがいない。

「あれを見てください！」プラウスがいった。

敵艦のフォア支索帆《ステースル》の形が変わり、風を受けてばたついている。ちょっと見ただけでは、どうなっているのか、見きわめにくかった。

「フォア支索《ステー》が切れたのです」プラウスが断定した。

プラウスの考えが正しかったことが、一瞬後に敵が支索帆《ステースル》を取りこんだことによって実証された。支索帆《ステースル》の損失そのものは問題ではないが、帆が受ける風圧に耐えて各マストを保持するための、（ボナパルトが権力の座につくまでのフランス憲法に似た）抑制と均衡が入り組んだ複雑な索具《リギン》組織の中で、フォア支索《ステー》はもっとも重要な索具である。

「ミスタ・オロック、下へ駆け下りて、よくやった、とミスタ・ブッシュに伝えてくれ」

また一発！　その砲煙が薄れた時、フェリシテ号が大きく旋回して片舷の砲列が見えたとたんに、巨大な砲煙のかたまりの中に消えてしまった。どこか近くを飛んで行く砲弾の不気味な唸りが聞こえた。艦の両側に二本の水柱が立ったが、敵の片舷斉射でホーンブロワーが見たり聞いたりしたのは、それだけであった。興奮した砲手が旋回中に発射したのでは、たとえ二十二門の斉射といえども、それ以上のことは望めない。

ホットスパーの乗組員が騒々しい歓声を発したので、ホーンブロワーが振り向くと、手のあいている者一人残らずが砲門から首を突き出して、後方の敵艦を見ていた。それをとがめる必要はなかったが、向き直って再びフェリシテ号の方を見たとたんに、彼は全員を大急ぎで部署につかせた。敵艦が向きを変えたのは、斉射のためばかりではなかったのだ。フォア支索《ステースプライス》の組み継ぎをするために、ミズン・トプスルを張って一時停船《ヒーブツー》している。あのように停船していては、砲は使えない。しかし、一瞬たりとも無駄にできない。追風《おいて》を受けたホットスパーは、みるみる敵艦に近づいている。

「左舷砲列、発射用意！　転桁索《ブレース》につけ！　右舵いっぱい！」

ホットスパーがなめらかに方向を変えて、左舷開き《タック》になった。艦は、敵艦の砲の使えない左舷側を走っている。ブッシュが、左舷砲列を監督すべく、下から駆け上がってきた。彼が砲から砲へと移って仰角と照準を確かめると、ホットスパーがなすすべのない敵艦に斉射を加えた。非常な長射程であったが、何発かは相手に損害を与えたにちがいない。ホーンブロワーは、敵艦の艦尾に近づいて行きながら、相手が方向転換するのを見守っていた。

「次の斉射後、上手回し！」

九門の砲が轟音を発し、砲煙がまだ艦中央部《ウエスト》に漂っているうちに、艦が上手回しでまわった。

「右舷砲列！」

興奮した砲手たちが甲板を駆け渡って照準をつけた。また斉射を加えたが、フェリシテのミズン・トプスルの帆桁《ヤード》がまわり始めた。

「上手舵！」

痛めつけられた敵艦がまた追風《おいて》を受けた時には、ホットスパーはすでに相手の動きに先んじていた。またもや両艦が一線になり、艦尾の砲を指揮すべく、ブッシュが駆け下りて行った。これは、はるか以前のロワール号との戦いの復讐であった。和風と穏やかな海では、身軽なスループ艦の方が大型フリゲート艦よりあらゆる意味で有利である。それまでの交戦は、金色の太陽が青い海を照らし、硝煙が漂う中で、多忙をきわめた貪欲な一日を通して続けられた戦いの、ほんの手始めにすぎなかった。

ホットスパーが維持した風下側の位置は、決定的な利点であった。風下の水平線の彼方にイギリスの戦隊がいる。敵艦は、風と圧倒的に強力な戦隊にはさまれるのを恐れて、風下側に深追いはできない。それに、敵艦には果たさねばならない任務がある。スペイン艦隊を発見して警告を発したくてならないのだが、サン・ビセンテ岬の風上側が通り抜けられそうな針路をとって外洋に出ようとすると、小さな敵がついて離れず、痛めつけられた艦尾に砲撃を加えたり、帆に穴をあけたり、動索を切ったりする。

その長い一日の間、フェリシテ号は、何回となく片舷斉射を試みたが、いずれも距離が遠く、照準が不正確で、ホットスパーは身をひるがえして敵の火線外に出た。その長い一日じゅう、ホーンブロワーは、艦尾甲板《コーターデツキ》に立って風向きの変化を見守り、次々と命令を発して、根気強い慎重さと尽きることのない創意を駆使して、艦を操った。ときおり、フェリシテの砲弾が命中した。ホーンブロワーの目の前で、十八ポンド砲弾が砲門からとびこみ、一瞬にして五人の男が血まみれの死体の山と化した。しかし、長い午後の間もホットスパーはさしたる被害を受けず、その間に風がしだいに南に変わり、陽が西へゆっくりと傾いて行った。風向きの変化とともに艦の当面する危険の度合いが増し、時間がたつにつれて、疲労で彼の頭の働きが鈍ってきた。

四分の三マイルという遠距離から、やっとフェリシテの砲弾が艦に重大な損害を与えた。敵艦が大きく回頭しながら放った片舷斉射の一弾であった。上方で大音が聞こえ、ホーンブロワーが見上げると、メンマストの下桁が真ん中を撃ち抜かれて真二つに折れて垂れ下がり、それぞれが、今にも矢のように落ちて甲板を貫きそうな格好でロープにぶらさがっていた。その折れた桁の危険の度合いを見計らいながら、張っている力をゆるめるために帆に裏帆を打たせるよう操舵手に正確な指図を与えつつ対処するのは、誰の目にも非常な難題であった。

「ミスタ・ワイズ！　必要な人員を使って、あの桁を固定しろ！」

命じておいて、疲れ果てた目を望遠鏡に当て、敵艦の意図を探った。敵は、この機会を直ちに利用すれば、近接戦を挑むことができる。今度こそは、息が絶えるまで戦い抜かなければならない。しかし、望遠鏡に映ったのはまったくべつのことで、もう一度じっくりと見直すまで、鈍った頭脳と疲れきった目が告げることを信じる気になれなかった。フェリシテ号が去って行く。満帆に風をはらんで落日の方向に向かっている。尻っ尾を巻いて水平線を目ざし、九時間ぶっ続けの戦いで自分たちの精根が尽きるまでくいついてきた害虫のような厄介者から逃げて行った。

乗組員たちが敵が逃げて行くのに気づき、誰かが歓声をあげると、しだいに歓声が甲板に広がっていった。硝煙で真っ黒になった顔が、不思議なほど白い歯をむきだして笑みをうかべている。みなと同じように顔を真っ黒にしたブッシュが、艦中央部《ウエスト》から上がってきた。

「艦長！　なんとお祝いを申し上げたらいいか、わからないような気持です」

「ありがとう、ミスタ・ブッシュ。ワイズの作業を監督してもらいたい。補助帆《スタンスル》の予備の円材《ブーム》が二本ある——それをメン・ヤードの添え木にしてくれ」

「アイ・アイ・サー」

真っ黒になったその顔に、ブッシュといえども隠しきれない疲労の色がうかんでいたが、しかもなお物言いたげな、尊敬と驚嘆の入りまじった奇妙な表情が見うけられた。ブッシュは、口から溢れ出んばかりにいいたいことがいろいろあった。それを口に出さないでその場を去るのに、彼は非常な意志力を要したにちがいない。ホーンブロワーは、離れて行くブッシュの背に向けて、追いかけるように付け加えた。

「ミスタ・ブッシュ、日没までに艦の戦闘態勢を整えてもらいたい」

掌砲長《ガンナー》のガーニイが報告をしにきた。

「上段の火薬を使い尽くして、下段の分もかなり使いました。残りは、火薬一トン半と、砲弾五トンです。薬包を使い果たしたので、いま部下が新たに縫っています」

次に船匠《だいく》、主計長《パーサー》のハフネル、軍医のウォリスと続き、生きている者に食事を与え、死んだ者を水葬に付する段取りがなされた。

あれほどよく知っていた死者たち。ウォリスが名前を読み上げるのを聞くと、無念の情と深い個人的損失感を味わった。優秀な水兵、出来の悪い水兵、今朝生きていたのが、今はもうこの世にいない。これもすべて、自分が任務を果たしたからだ。いや、そういう考え方をしてはならない。自分が属しているのは、鋼のように、飛び交う砲弾のように、きびしく非情な海軍なのだ。

その夜九時に、ホーンブロワーは、昨夜以来初めての食事をとるべく椅子に腰を下ろしたが、ベイリイの無骨な給仕を受けているうちに、またもやダウティのことを思いうかべ、ダウティのことからきわめて自然な段階として、八百万スペイン・ドルのことに思いをはせた。疲れきった頭から罪の意識が払拭されていた。これで、これまで噂に聞いたずるい艦長たちや、知り合いの中の官物を私用する士官たちと、自分を同列に考えなくてすむ。これで、自分に免罪を宣することができる——不承ぶしょうの免罪ではあるが。

23

舷側を損傷しメン・ヤードに添え木を当てた姿で、ホットスパーは、離散した場合の集合地点へ引き返した。南ヨーロッパのこの快い緯度においてすら、冬が存在を主張し始めている。夜は寒く、風は冷たく、ホットスパーは波にもてあそばれながら二十四時間も強風に耐え抜かねばならなかった。北へ四十五マイルのサン・ビセンテ岬が集合地点であったが、フリゲート戦隊の姿はどこにも見当たらなかった。ホーンブロワーは、あの強風でインディファティガブル号と僚艦たちが風下のどこまで吹き流されたか計算し、任務を考慮して次になにをなすべきかを考え、決断を下すべく甲板を歩いていた。彼が歩いているのを、ブッシュが遠くから見ていた。彼は、財宝輸送艦隊に関する秘密を知ってはいたが、口出しすべきではないと考えた。ようやく、見張台から叫び声が聞こえた。

「帆を発見！　風上に帆あり！　デッキ！　そのほかにも発見。艦隊のようです」

それを機会に、ブッシュがホーンブロワーの方へ行った。

「フリゲート戦隊のようですな」

「そうかもしれん」ホーンブロワーが見張台にどなった。

「艦《ふね》の数はどれくらいだ？」

「八隻です。中に戦列艦らしきものも見えます。やはりそうです、三層甲板艦一隻と二層甲板艦が何隻かいます」

戦列艦の小艦隊がカディスを目ざしている。フランスの艦かもしれない――ボナパルトの海軍の一部が時には封鎖をくぐり抜けることがある。そうだとすると、拿捕の危険を冒して相手を見きわめるのが自分の任務である。イギリスの艦である可能性が強いが、その場合、彼らがここに現われたことのもつ意味を考えて、ホーンブロワーは一瞬いやな予感がした。

「ミスタ・ブッシュ、接近してみよう。ミスタ・フォアマン！　秘密の信号を送れ」

今や先方のトプスルが見えてきた――戦列艦六隻が一列縦隊をなし、その両側にフリゲート艦がついている。

「先頭艦が二六四に応えました。それが今週の秘密信号です」

「よろしい。わが方の番号を知らせろ」

きょうの灰色の海と空が、ホーンブロワーを包んでいるゆううつ感を反映しているようであった。

「ドレッドノートです。パーカー提督。彼の旗が揚がっています」

なるほど、パーカーがウェッサン島沖の艦隊から分遣されたのだ――ホーンブロワーの不吉な予感がしだいに強まった。

「旗艦からホットスパーへ。〈艦長旗艦へ〉」

「ごくろう、ミスタ・フォアマン。ミスタ・ブッシュ、艦尾艇を下ろさせてくれ」

ホーンブロワーがドレッドノート号の艦尾甲板《コーターデッキ》へ案内されて行くと、パーカーは、その日の天候のような暗い印象を与えた。彼の目や髪、顔すらも（まわりの日焼けした顔と対照的に）くすんだ灰色であった。しかし、身なりは立派で、ホーンブロワーは、その前に出ると自分がぼろをまとった乞食に等しいような気がし、けさもっと丁寧にひげを剃ればよかったと悔やんだ。

「こんなところでなにをしているのだ、ホーンブロワー艦長？」

「ムア艦長が指定した集合地にきているのです」

「ムア艦長は、今頃はイギリスに着いているはずだ」

そのようなことを予期していたので、ホーンブロワーはいっこうに驚かなかったが、調子を合わせて答えた。

「ほんとですか？」

「なにも聞いていないのか？」

「この一週間、なにも聞いておりません」

「ムアが財宝輸送艦隊を拿捕したのだ。きみはどこにいた？」

「フランスのフリゲート艦と交戦しておりました」

ドレッドノートの真横に停まっているホットスパーを一目見れば、添え木を当てた下《メン》桁《ヤード》や、応急措置を施した舷側の穴が目につく。

「きみは、多額の賞金を手に入れそこなったな」

「そうですね」

「六百万ドル。スペイン艦隊が抵抗し、一隻が全員を乗せたまま爆発を起こして沈没すると、あとの艦が降伏したのだ」

　艦が戦うためには、日頃の訓練と軍規維持が完璧でなければならない。火薬運搬少年《パウダーモン》兵《キー》や装塡係が一瞬の不注意を犯しても、艦全体の破滅をもたらすことになる。ホーンブロワーは、そのことを考えていて、適当な返事をするのをうっかり忘れていたが、パーカーは返事を待たずに話を続けた。

「ということで、スペインと開戦だ。スペインは、そのことを知るやいなや、宣戦布告をするはずだ——もうすでに聞いているにちがいない。この戦隊は、カディスの封鎖を開始するために、海峡艦隊から分遣されたのだ」

「そうですか」

「きみは、ムアを追って、北へ戻った方がいい。ウェッサン島沖の海峡艦隊に立ち寄って、命令を受けたまえ」

「アイ・アイ・サー」

パーカーの冷ややかな灰色の目には、人間味のかけらもなかった。海尉艦長《コマンダー》を見ているこの提督より、牛を見ている農夫の目の方がはるかに関心をうかべているにちがいない。

「道中の無事を祈る」

「ありがとうございます」

風は西北方向から吹いている。ホットスパーは、サン・ビセンテ岬の風上側を通過するためには沖合いに出ねばならず、ロカ岬を確実に通過するためにはさらに沖合いに出なければならない。パーカーの戦隊は追風《おいて》でカディスに向かっており、ホーンブロワーは艦に戻るやいなや命令を発したのだが、ホットスパーが綻を引き上げ、右舷開き《タック》の詰《クロ》め開き《ースホールド》でウェッサン島に向けて走り始めた時には、戦隊はすでに水平線の彼方へ消えていた。艦が上下に艦首を振りながら走り始めると、右舷艦首に波を受けるたびに、普通の動きのほかになにか別の音と震動が伝わってきた。波頭が艦に達し、艦首が下がり始めると、とつぜん鈍い音が聞こえ、一瞬弱い衝撃が船体を走り、下降を終えて艦首が上がり始めると、またその音と衝撃がくり返される。一波ごとにそれが二度生じるので、艦首が上下するたびに人々の耳と頭がそれを予期するようになった。それは、スタンスルの予備円材《ブーム》二本を添え木にしてある下桁《メン・ヤード》が発しているものであった。つなぎ目がいかにきつく締めてあっても多少の遊びがあり、波を受けるたびに重い桁端《ヤーダーム》が前後に揺れるので、乗組員はその絶え間のない単調な音と震動にうんざりしていた。

ホットスパーが相変わらず大西洋の沖を目ざして走っている二日目に、ベイリイがしばしの退屈しのぎを提供してくれた。

「これが寝巻きのポケットに入っていました。洗う時に見つけました」

折りたたまれた一片のメモで、ホットスパーがカディスに錨泊していた時に書かれたものにちがいない――どうやらベイリイは、寝巻きをひんぱんに洗濯するのは好まないたちのようである。

貯蔵食糧品のうち、薬味のケイパーととうがらしがなくなりました。
ありがとうございます。ありがとうございます。
あなたの心から従順な召使い
J・ダウティ

ホーンブロワーは、その紙片を握りつぶした。ダウティの一件を思い出すのは苦痛であった。これを最後に二度と思い出すことはないであろう。

「これを読んだか、ベイリイ？」

「いいえ。わしゃ、学者じゃねえもんで」

それが読み書きのできないの水兵のきまりきった答えであったが、ホーンブロワーは、総員名簿をさっと見て、ベイリイの名前の横に署名がわりの×印がついているのを見るまでは安心しなかった。たいがいのスコットランド人は読み書きができる――ベイリイがその例外であるのは幸運であった。


かくしてホットスパーは、損傷したメン・ヤードにそっと帆を張って、まず右舷開き《タック》で、次に左舷開き《タック》で、灰色の大西洋を北に向かううちに、ようやくフィニステレ岬の風上側をまわり、正横二ポイント後方からの風を受けて、直角三角形をなしているビスケー湾の斜辺をウェッサン島に向かって直航することができた。大みそかの夜は、ホットスパーがボナパルトのアイルランド侵攻企図を阻止した去年の大みそかの夜と同じように雪が降った。艦がウェッサン島の緯度に達して、海峡艦隊を捜しながらゆっくりと進んでいる時は、雨が降っていて暗く、視界が極度に制限されていた。もやの中からサンダラー号が現われてマジェスティック号の位置を教え、マジェスティック号の指示に従って進むうちに、ブッシュの呼びかけに、やっと〈ハイバーニア〉という応答があった。ホットスパーの到着を提督に伝えるためにわずかに間がおかれた後、先方が呼びかけてきた。拡声器を使っているにもかかわらずはっきりコリンズとわかる声であった。

「ホーンブロワー艦長？」

「イエス・サー」

「こちらへきていただけないか？」

今度は、ホーンブロワーは用意ができていた。頬がひりひりするくらい慎重にひげを剃っており、いちばんいいコートのポケットに報告書を二部入れていた。

コーンウォリスは、艦長室の椅子の上で身を縮め、震えていた。肩に分厚いショールをかけ、膝にも一枚かけていたが、足の下には湯たんぽがおいてあるのであろう。そのショールとかつらで、澄みきった青い目をこちらに向けるまでは、どこかの老婆のように見えた。

「いったい、今度はなにをしでかしたのだ、ホーンブロワー？」

「ここに報告書をもってきております」

「コリンズに渡せ。さっ、話したまえ」

ホーンブロワーが、できるだけかいつまんで、事実を述べた。

「きみが戦列を離れたので、ムアはかんかんになっていたが、このことを聞いたら許してくれるだろう。メデューザは、きみの信号の受信を確認しなかったのだな？」

「しませんでした」

「きみがフェリシテにくいついていたのは、きわめて当を得た処置であった。そのことを、わしがきみの報告書に書き加えて、確認しておく。賞金を分ける艦の数が一隻へったのだから、彼は喜ぶはずだ」

「そのようなことは、考えておられないと思います」

「そうかもしれん。しかし、きみだ、ホーンブロワー。きみは、フェリシテを発見しても、見ないふりをすることができたはずだ――海軍には、見て見ないふりをする先例があるのだ。そうすれば、きみはムアと行動をともにして、賞金の分け前がもらえたはずだ」

「フェリシテがサン・ビセンテ岬をまわって外洋に脱出していたら、賞金の問題などなくなっていたかもしれません」

「なるほど。よくわかった」青い目が、興ありげなきらめきを見せた。「富を得る機会をわしが与えたのに、きみはそれを無視したな」

「そういうわけではありません」

とつぜん、ホーンブロワーは、ムアに同行して賞金の分け前が得られるよう、コーンウォリスがわざわざホットスパーを選んだのに気がついた。どの艦も喜んで戦隊に加わったにちがいない。たぶんこれは、あの湾口を何カ月も厳重に監視したことに対するほうびだったのであろう。

今度はコリンズが会話に加わった。

「食糧の状態は？」

「充分にあります。完全支給で六十日分の水と食糧があります」

「弾薬は？」コリンズが、それまで読んでいたホーンブロワーの報告書を指先で軽く叩いた。

「あと一戦交えるに足るだけあります」

「それで、本艦は？」

「穴はふさぎました。風がさして強くないかぎり、メン・ヤードに帆が張れます」

コーンウォリスがまた口を開いた。

「プリマスに帰れといわれたら、傷心落胆するかね？」

「もちろん、そんなことはありません」

「それはけっこう、修理に帰港させるつもりでいるのだ」

「アイ・アイ・サー。いつ出発したらいいでしょうか？」

「夕食をして行く気にすらなれないほど、先を急ぐのか？」

「いいえ」

コーンウォリスが声をたてて笑った。「試してみない方がよさそうだな」

彼が、甲板梁《デッキ・ビーム》の風見をチラッと見上げた。

むら気な風を相手に生涯を過ごしてきた男たちは、その点ではみな同じ気持でいる。

順風が吹いている時、つまらない理由で一時間といえども無駄にするのは、愚のきわみである。

「すぐさま出発した方がいい」コーンウォリスが言葉を続けた。「わしの代理が任命されたのを知っているか？」

「いいえ」

「ガードナー卿だ。わしがボウニイのほかにスペイン人をも相手にしなければならなくなったので、副司令長官が必要になったのだ」

「当然と思います」

「見通しのきかない今のうちに出発すれば、彼に礼砲を放たなくてすむ。そうすれば、きみが惜しげもなく消費する国王の火薬が、多少なりとも節約できる。コリンズ、ホーンブロワー艦長に命令書を渡してくれ」

かくして彼は、もう一度プリマス軍港へ帰ることになった。もう一度、マリアのもとへ。

24

「壮大な光景だったわ」

彼女と話しながらホーンブロワーが見ていた海軍月報にも、それとまったく同じ〈壮大な光景〉という言葉が使われていた。

「そうだったろうな」

彼の目の前に、プリマス軍港で、ムアの戦隊に拿捕されたスペインのフリゲート艦から財宝が降ろされた時の模様が記してあった。何百万ポンドもの金銀塊を多数の馬車に積み、通りを城郭まで引いて行くのであるから、軍事的配慮はもちろん必要であったが、その大騒ぎは軍事的配慮の枠をはるかに超えていた。第二竜騎兵近衛連隊が騎馬警備隊を提供し、第七十一歩兵連隊の一部が荷車とともに行進し、国民軍の兵士が沿道を埋め、近郷の軍楽隊が一つ残らず集まって愛国的な曲を奏した。さらに、財宝がロンドンに向かうと、軍隊とその軍楽隊がともに行進したので、輸送隊が通過した町の人々はみなその壮大な光景を見る機会を得た。スペインが新たにイギリスの敵になったこの時機に、国の富が増えたことをできるだけ多くの国民に知らせることに、政府としても異議はなかったのにちがいない、とホーンブロワーは思った。

「艦長たちはそれぞれ何十万ポンドもの賞金をもらうそうだわ」マリアがいった。「わたしたちがそのような幸運に恵まれることはないのでしょうね？」

「可能性はつねにあるよ」ホーンブロワーがいった。ホットスパーとフェリシテ号の交戦とムアの財宝輸送艦隊拿捕との間の関連にマリアがまったく気づいていないのは、驚くべきことであると同時にたいへん好都合であった。マリアは頭の回転が早く利口ではあったが、海軍のことはいっさい夫に任せておくことで満足していて、ウェッサン島沖にいる海峡艦隊所属のホットスパーがなぜサン・ビセンテ岬沖にいたのか、きくことすら思いつかなかった。メイスン夫人ならもっと好奇心にかられてうるさくきいたにちがいないが、ありがたいことに、彼女はサウスシイへ帰っている。

「あのダウティはどうしたの？」マリアがきいた。

「脱走した」ホーンブロワーが答えた。この場合も幸いにマリアは脱走兵の取り扱いについては関心がなく、その点に関する質問をしなかった。

「わたしはべつに残念に思わないわ」彼女がいった。「どうしても彼が好きになれなかったわ。でも、あなたは残念でしょうね」

「彼がいなくても、べつに困らないよ」ホーンブロワーがいった。プリマスにいる間にケイパーやとうがらしを買っても無意味である——ベイリイはその使い方を知らない。

「そのうちに、そういう召使いたちにかわって、わたしがあなたの世話をしてあげられるようになるといいわね」マリアがいった。

また彼女の口調が優しさを深め、しだいに彼に近づいてきた。

「きみ以上にできる者はいないよ」ホーンブロワーが答えた。そういわざるをえなかった。彼女の気持を傷つけることはできない。自ら進んで結婚をしたのであるから、夫としての役割を演じ続けなければならない。手が届くあたりまで近づいてきたので、その腰に手をまわした。

「あなたはこの世でいちばん優しい夫だわ」マリアがいった。「あなたの妻になれて、ほんとに仕合わせだわ」

「きみがそういってくれた時のわたしの方が仕合わせだよ」ホーンブロワーがいった。

それは、あの下劣な陰謀者、陰険巧妙な悪者、ダウティの法の手からの逃亡を計画した男の言葉だ。いや、違う。その点に関してはもはや自分はやましくないことを、忘れてはならない。あの恣意的行為の罪は、フェリシテ号の甲板に流れた血によって洗い流されたのだ。

「どうしてそうなのか、不思議に思えることがよくあるわ」マリアが、それまでと違った口調でいった。「あなたと——自分のことを考え合わせると、あなたがどうしてそんなに優しくしてくれるのか、不思議でならないことがあるわ」

「ばかな」ホーンブロワーは、できるだけぶっきらぼうな口調でいった。「きみに対するわたしの気持を信じるのだ。絶対に疑ってはいけない」

「わたしのあなた」またマリアは違った口調でいった。問いかけるような口ぶりが消えて、優しさが戻ってきた。彼の腕の中で、今にもとろけそうな顔をしていた。「あなたが今度はプリマスに長くいられて、わたし仕合わせだわ」

「仕合わせなのはわたしの方だ」

フェリシテ号と戦うために、ブッシュがあんなに気軽に切り取ったホットスパーの艦尾肋材を修復するのは、容易な作業ではなく、艦尾全体を造り直さなければならないほどの大仕事であった。

「それに、赤ちゃんは夕方じゅう、子羊のようにおとなしく眠ってるわ」マリアが続けた。ホーンブロワーは、そのために夜通し泣くことにならないよう祈った。

ノックが聞こえ、マリアが夫の腕から身を引き離した。

「お客様です」女主人がいった。

分厚いラシャのジャケットを着てスカーフを巻いたブッシュが、入り口でもじもじしていた。

「こんばんは、艦長。こんばんは、奥さん。お邪魔ではないでしょうか?」

「もちろん、そんなことはないよ」ブッシュが訪ねてくるなど、いったいどういう風か政治のまわり合わせなのだろうといぶかりながら、ホーンブロワーがいった。ブッシュの態度が多少変わっているのが気になった。

「入りたまえ。どうぞ。コートをいただこう――緊急の知らせでなければ」

「緊急なことではありません」ブッシュが重い口調でいい、気恥ずかしそうに艦長にコートを脱がせてもらっていた。「ただ、あなたがお聞きになりたいだろう、と思ったのです」

その場に立って、やや焦点が合わない感じの目で二人を見ていたが、それでも敏感に、マリアが黙っているのは、自分の訪問を喜んでいないのではあるまいか、と考えていた。しかし、マリアがその場をとりつくろった。

「この椅子にどうぞ、ミスタ・ブッシュ」

「ありがとうございます」

腰を下ろすと、二人の顔を交互に見ていた。ホーンブロワーは、ブッシュが少々酔っているのにやっと気がついた。

「それで、どういうことなのだ?」彼がきいた。

ブッシュが歓喜ともいえる表情で満面をほころばせた。

「海軍本部の収得なんです」

「ムアとフリゲート艦の連中——失礼しました、ムア艦長、という意味です」

「どういう意味だ？」

「彼らがどうしたというのだ？」

「わたしがロード・ホークのコーヒー・ルームにいたのです——夕方にはよくあそこへ行くのです——そしたら、ロンドンから水曜日の新聞が届いていました。それに載っていたのです。海軍本部の収得」

難破船、迷いこんだ鯨、浮き荷と投げ荷。海軍本部の収得というのは、そのようなものを処理して国庫の収得とするのだが、そのような呼び方にもかかわらず、海軍本部委員の関知するところではない。ブッシュの笑みが顔じゅうに広がった。

「いい気味ではありませんか？」

「もう少し説明してもらわないとわからんな」

「捕獲した輸送艦隊のあの財宝ですよ。あれは賞金の対象にならないのです。海軍本部の収得として国庫に入るのです。あのフリゲート戦隊の連中は一文ももらえないのです。おわかりですか、あれは平時の出来事だったんですよ」

それでホーンブロワーは理解できた。ある国と戦争が勃発した場合、たまたまイギリスの港にいたその国の艦船は政府に押収されて海軍本部の収得となるが、賞金はそれとは別問題で、戦時中に海上で拿捕した艦船は国王、つまり国の収得となり、国の権利を放棄するという枢密院令によってとくに拿捕した側に与えられることになっている。

政府がそのような処置をとったことは、あくまで合法的である。また、その処置に対してフリゲート戦隊の将兵がいかに憤慨しようと、いまブッシュが笑ったように、全海軍の物笑いの種になるだけである。

「というわけで、艦長の高潔な行為によってわれわれが失ったものはなにもないのです。高潔です――わたしはこの間からあなたにそういいたくてならなかったのです」

「でも、どうしてなにかを失うの？」マリアがきいた。

「ご存じないのですか、奥さん？」定まらない視線を彼女に向けて、ブッシュがきいた。目が定まっていようがいまいが、酔っ払っていようがいまいが、ブッシュは、ホットスパーが賞金獲得の機会を放棄したことについてマリアがまったく告げられていないのを見て取ることができたし、その話をしない方がいいと判断するだけの正気をとどめていた。

「ホーンブロワー艦長のそんなに高潔な行為というのは、なんだったの？」マリアがきいた。

「口を慎めば災い少なし、ですよ、奥さん」ブッシュがポケットに手をつっこんで、苦労して小さな瓶を引っぱり出した。「失礼をして、これをもってきたのです、奥さん、ムア艦長とインディファティガブル号と海軍本部収得の健康を祝して、乾盃しましょう。

ラムですよ、奥さん。湯とレモンと砂糖をまぜれば、今の時間としては最高の飲み物ですよ」

ホーンブロワーがマリアの目くばせに気づいた。「その健康の祝盃は明日あげることにしよう。どれ、コートをお着せしよう」

「今日はおそすぎるよ、ミスタ・ブッシュ」彼がいった。

コートを着るのを艦長に手伝ってもらって物が言えなくなるほど恐縮したブッシュが帰ると、ホーンブロワーがマリアの方を向いた。

「彼は無事艦《ふね》に帰り着くよ」

「あなたは、なにか高潔なことをしたのね」マリアがいった。

「ブッシュは酔っていたのだ。わけのわからないことを口走っていただけだ」

「どうかしら」マリアが目を輝かせていった。「わたしは前々から、あなたは高潔な人だと思ってたわ」

「ばかなことをいうものではない」

マリアが、邪魔が入った抱擁が続けられるまでに近より、夫の肩に手をのせた。

「もちろん、あなたはわたしに秘密があってもいいのよ。あなたは、わたしの愛する夫であると同時に、国王の士官でもあるんだから」

彼の腕に抱かれると、体をそらせて彼を見上げた。

「わたしがあなたを愛してることは、なにも秘密じゃないわ、わたしの愛する高潔なあなた。自分の命以上に愛してるわ」

ホーンブロワーは、それが真実であるのを知っていた。胸の中に妻に対する慈しみがわき上がるのを感じた。しかし、彼女はまだ言葉を続けた。

「それに、秘密でないことがほかにもあるの。あなたも気がついたかもしれないわね。気がついてると思うわ」

「そうだろうと思ってはいた」ホーンブロワーがいった。「わが愛する妻よ、きみはほんとうにわたしを幸福にしてくれる」

マリアが微笑すると、その顔つきががらっと変わった。「今度は可愛い女の子かもしれないわね。可愛い小さな女の子」

ホーンブロワーは、妻にいったように、そうではないかと思っていた。幸福だといいはしたものの、それを知って自分が幸福を感じているかどうか、なんともいえなかった。あと一日か二日でホットスパーで海に乗り出し、ブレスト軍港の封鎖へ、あの湾口の単調な危険の中へ戻って行くのだ。

25

ホットスパーは、イロワーズ海にうかんでおり、補給品の受け渡しという労の多い作業を始めるべく、補給船がすぐ近くに停止しようとしていた。初夏の快い陽光が仕事をやりやすくしてはくれるものの、封鎖任務を六十日も続けた後では、なすべきことがたくさんあった。防舷物が舷側に落とされ、補給船からの最初のボートが、補給業務の打ち合わせをする士官を乗せて、やってきた。

「これが郵便物です」乗組員あての手紙の小さな束をホーンブロワーに渡しながら、士官がいった。「これは、司令長官からの手紙です。わたしが艦隊のそばを通った時、ハイバーニアのボートが届けてきました」

「ありがとう」ホーンブロワーがいった。

郵便を選り分けさせるべく、束をブッシュに渡した。その中にマリアからの手紙も入っているはずだが、司令長官からの手紙が優先する。正式の宛名書きになっていた。

HMスループ艦ホットスパー
航海長兼海尉艦長《マスター・アンド・コマンダー》ホレイショ・ホーンブロワー殿

手紙自体は非公式の封緘紙で封印されており、かんたんに開封できた。

わが親愛なるホーンブロワー艦長

　直接お伝えすることが望ましいと考えられる知らせがあるので、ハイバーニア号のわたしを訪ねるのが不都合でないことを願っている。ホットスパーが部署から離れたり、きみが艇に長時間乗ることを避けるために、この手紙を届けた補給船でこられるのが好都合かと思う。従って、きみが艦の指揮を副長に委ねることを許可する。用件が終わった後きみを艦へ送り返す方法は当方が講じる。お会いできるのを楽しみにしている。

敬具

W・コーンウォリス

二秒ほどあっけにとられていたが、今度は恐ろしい疑念にかられて、手紙の束をブッシュの手からひったくり、急いでマリアの手紙を捜した。

「直接お伝えすることが望ましい……」――ホーンブロワーは、とつぜん、マリアの身になにかが起きて、コーンウォリスがそれを自分に知らせる役目を与えられたのではないか、という恐怖に襲われた。しかし、わずか八日前の日付のマリアの手紙があり、彼女も小ホレイショも腹の子も元気であるという。コーンウォリスがそれ以後の知らせを受け取っているとは考えられない。

ホーンブロワーは、恐怖が消えると、初めての恋文を受け取った恋人のように、一字一句かみしめながら、提督の手紙を読み返した。手紙全体の感じは丁重であったが、ホーンブロワーは、譴責のための召喚もこれとそっくりの文面であるはずであるのを認めないわけにはいかなかった。違っている点は、書き出しの〈わが〉という言葉である。これは公式文書では使用されない――あるいは、うっかり書いてしまったのかもしれない。しかし、手紙の内容の中心はあくまで〈知らせ〉である。ホーンブロワーは、甲板を歩きながら、自分を笑わずにはいられなかった。まるで恋にこがれる若者のような真似をしている。長年の海軍生活で、不可避の危機を前に退屈な一時間を辛抱強く過ごすすべを身につけていないようでは、海軍生活から学んだものは何一つないに等しい。

補給品の受け入れに時間がかかった。領収書に署名をしなければならなかったし、責任を課せられることに不安を抱く連中が、慌てて次々に質問を浴びせてきた。

「どうすべきか、自分で考えろ」かみつくようにホーンブロワーがいった。「ミスタ・

ブッシュが指示してくれるはずだが、同時に、おまえをこっぴどく叱ってくれることをわたしは願っている」

そして、ようやく慣れない甲板に移り、補給船が帆に風をはらませてイロワーズ海の沖へ向かう間、まったく違った船の扱い方をいかにも物珍しげに見守っていた。補給船の船長が、親切にも船長室の使用と新しく入荷したラム酒の試飲をすすめたが、ホーンブロワーはどちらの申し出をも受ける気になれなかった。船がしだいに岸から離れ、沿岸封鎖戦隊の間を通り抜け、彼方に見える本隊のトプスルに向けて針路をとる間、船尾の手すりのそばにじっと立っているのがやっとであった。

そのうちにハイバーニア号の巨体が目前に迫り、ホーンブロワーは考えるともなく舷側を登り、衛兵に敬礼した。たまたま甲板にいた艦長のニュートンと艦隊参謀長のコリンズが愛想よく迎えた。ホーンブロワーは、二人の挨拶に応えながら、気持がたかぶって思わず生つばをのみこんだのを、相手に気づかれていないことを願った。コリンズが提督の居室へ案内しようとした。

「どうぞ、ご心配なく。一人で行けますから」

「下方を警備しているケルベロスたちの間を通り抜けるには、わたしが案内した方がいい」

コーンウォリスが一つの机についており、べつの机に副官がついていたが、彼が入って行くと二人とも立ち上がり、コーンウォリスがホーンブロワーと握手をしている間に、副官がカーテンを張ってある入り口からソーッと出て行った——譴責を受けるようには思えなかったが、しかもなお、ホーンブロワーは、コーンウォリスがすすめた椅子の縁におそるおそる腰をのせただけであった。コーンウォリスはもっと寛いでいたが、いつもの習慣で、背筋をピンと伸ばして坐っていた。

「どうだね？」コーンウォリスがいった。

ホーンブロワーは、コーンウォリスが感情を押し隠そうとしているのに気がついた。しかもなお、その澄んだ青い目に、なにか興を覚えているようなきらめきが見えたような気がしたが、確信はなかった。長年の司令長官の職も、提督を完全な外交官に仕立てることはできなかったようである。いや、仕立てたのかもしれない。ホーンブロワーとしては待つほかはなかった。さきほどの一語に対する適当な返事が思いうかばなかった。

「きみに関して、海軍委員会から連絡を受けたのだ」ようやくコーンウォリスが重々しい口調でいった。

「そうですか」その言葉に対する返事はできた。海軍委員会は、各種補給業務を扱っている。重要な問題ではありえない。

「彼らが、ホットスパーの補給品消費状況について、わしに注意を促してきた。きみは金のかかる存在らしいな、ホーンブロワー。火薬、砲弾、帆、索具《リギン》を、まるでホットスパーが戦列艦ででもあるかのように、大量に消費している。それについて、なにかいうことがあるか？」

「ありません」無用の弁解をする必要はなかった、とくにコーンウォリスに対しては。

「わしもない」そういうと、コーンウォリスがとつぜんにっこりと笑い、表情が一変した。「それに、わしは海軍委員会にいうつもりだ。撃ち、撃たれるのが海軍士官の任務だ、とな」

「ありがとうございます」

「このことをきみに伝える役目は、これで終わった」

コーンウォリスの顔から笑みが消えて、なにかわびしそうな、物悲しそうな表情がうかんだ。急に年をとったように見えた。ホーンブロワーは、すでに椅子から立ち上がる用意をしていた。コーンウォリスが自分を呼んだのは、海軍委員会からのその苦情を自ら伝えることによって、自分に必要以上の心配をさせないためであったのに気がついた。海軍生活では、予期していた危機が思ったよりかんたんに解決される場合が往々にしてある。しかし、コーンウォリスは言葉を続けた。表情と同じわびしさがその口調に含まれていた。

「これで、公式の用件を離れて、もっと個人的な話に移ろう。わしは旗を降ろすのだ、ホーンブロワー」

「なんとも残念なことです」機械的な、陳腐な言葉に聞こえるかもしれないが、決してそうではなかった。ホーンブロワーは、心底から残念に思ったし、そのことはコーンウォリスも充分に承知していた。

「誰にも、いずれはその時がくるのだ。五十一年間の海軍生活だった」

「それも、きびしい歳月でした」

「そう。この二年三ヵ月、わしは一度として土を踏んでいない」

「しかし、あなたがなさったことができる者は、誰一人いません」開戦以来の長い年月、イギリスの圧倒的な海軍力をかわそうとするボナパルトの企図を一つ残らず破砕しながら、海峡艦隊を精鋭無比の戦闘集団として維持しえた者は、ほかに一人もいない。

「わしには過ぎた言葉だ」コーンウォリスが答えた。「礼をいう。ガードナーがわしにとって代わる。彼はわし以上に立派に役目を果たすはずだ」

その場の悲しい雰囲気の中においてすら、ホーンブロワーの鋭い頭脳が、その名前に正式な〈卿〉とか〈提督〉という言葉が付されなかったのに気づいた。自分は、たとえ引退間近とはいえ、艦隊司令長官の私的な世界に立ち入ることを許されている。

「それにしても、わたしにとってどんなに残念なことか、言葉では言い尽くせません」

「もっと陽気な話をしようではないか」コーンウォリスがいった。青い目が、いつにない鋭さでじっとホーンブロワーを見つめていた。そこに見たものに充分満足したようであった。コーンウォリスの顔つきが和らいだ。ほとんど愛情ともいえそうな表情がうかんだ。

「このことで、なにか思い当たることはないのか、ホーンブロワー」

「ありません」不審に思いながら、ホーンブロワーが答えた。「いま申し上げたことだけです。あなたが引退なさらなければならないのが、残念でなりません」

「ほかになにもないのか？」

「ありません」

「それほど無私無欲な人間が存在しうるとは、考えてもみなかったな。引退前の司令長官に与えられた最後の特権がなんであるか、覚えていないのか？」

「はい」ホーンブロワーがそう答えた時は、それは本当であった。一秒ほどたつと気がついた。「ああ、もちろん――」

「だんだんと気がつきかけたようだな。わしは三つの昇級を与えることを許されている。士官候補生から海尉。海尉から海尉艦長《コマンダー》。海尉艦長《コマンダー》から勅任艦長《ポスト・キャプテン》、と」

「はい」ホーンブロワーは、それだけいうのがやっとであった。思わずゴクッと生つばをのみこんだ。

「たいへんいい制度だ」コーンウォリスが続けた。「軍歴がまさに終わらんとする時に、司令長官は、公平無私にそれらの昇級を与えることができる。彼は、もはやこの世に期待しうるものはなにもない。だから、海軍のためのみを念頭に人を選んで、後継者への置土産にすることができる」

「はい」

「まだわからんのか？　わしはきみを勅任艦長《ポスト・キャプテン》に昇級させるつもりなのだ」

「ありがとうございます。なんといったらいいか――」本心であった。物がいえなかった。

「いまもいったように、わしは海軍のためしか考えていない。きみが、わしが選びうる最高の人間なのだ、ホーンブロワー」

「ありがとうございます」

「いいかね、わしがきみにしてやれることは、これが最後だ。あと二週間たったら、わしは一介の老人にすぎなくなる。きみは上層部に友人がない、といったな？」

「はい。ありません」

「要職への任命は、相変わらず引きに左右されている。きみがその引きを見つけることを祈っている。それに、賞金でもっと幸運に恵まれることを祈る。わしはきみにできるだけのことをしたが、うまくいかなかった」

「わたしは、金持ちになれる他のいかなる地位より、貧しくとも勅任艦長《ポスト・キャプテン》でありたいと思います」

「ただし、提督をのぞいて、という意味なのだろうな」コーンウォリスがいった。大きく、ニヤッと笑った。

「はい」

コーンウォリスが椅子から立った。彼はまた司令長官に戻り、ホーンブロワーは、自分に対する用が終わったのを知った。コーンウォリスが、海軍独特のよく通る声でどなった。

「コリンズを呼べ！」

「心からお礼申し上げます」

「これ以上礼をいう必要はない。きみはすでに充分礼をいった。きみがいつの日か、恩顧を与えうる提督になったら、わしの気持がわかるはずだ」

コリンズが部屋に入って、入り口で待っていた。

「さよなら、ホーンブロワー」

「さよなら、閣下」

一回の握手だけであった。あとは互いに一言も発することなく、ホーンブロワーはコリンズについて艦尾甲板《コーターデツキ》に出た。

「きみのために、水運搬船を待たせてある」コリンズがいった。「さして時間もかからずに、ホットスパーに帰り着けるはずだ」

「ありがとうございます」

「きみの昇級のことは、三週間以内に《海軍公報《ガゼット》》に載る。いろいろと準備をする時間が充分ある」

「はい」

敬礼と号笛吹鳴の中を、ホーンブロワーは舷側を下り、小艇で水運搬船まで送り届けられた。礼を失しないよう船長と言葉を交すのに努力を要した。少人数の乗組員が大きなラグスルを揚げるのを見ると初めて我に返り、これは面白いやり方だ、慎重に観察しておいて損はない、と考えた。小さな水運搬船が、帆をピンと張った詰め開き《クロースホールド》で、白波をけたてながらフランスに向けて走り始めた。

コリンズが最後にいった言葉が、まだ頭の中をかけめぐっていた。自分はホットスパーを離れなければならない。ブッシュその他の乗組員に別れを告げなければならない。それを思うと気が沈み、それまでの喜びが薄れた。もちろん、艦を去らなければならない。ホットスパーは、勅任艦長《ポスト・キャプテン》が指揮するのには小さすぎる。次の艦を与えられるまで、待たなければならない。序列の低い勅任艦長《ポスト・キャプテン》なのだから、海軍が保有する中でももっとも小さく、もっとも重要度の低い六等級艦を与えられるであろう。しかし、なんといっても、自分は勅任艦長《ポスト・キャプテン》になったのだ。マリアが大喜びするにちがいない。

訳者あとがき

このホーンブロワー・シリーズの何冊かを翻訳することになって、正直にいって、非常な喜び、楽しみと同時に、この上ない不安を抱いた。それにはいろいろな理由があるが、喜びの方は、これが長年愛読してきたシリーズであり、そのうちに一冊でも訳してみたい、と思っていたからである。

このホーンブロワー・シリーズと出会ったのがいつごろであったかは、あまりはっきりした記憶がない。アメリカへ行く前にすでに何冊かのペイパーバックを読んではいたが、全作品を揃えて、時をおいては取り出して読み返したのは、約四年間のアメリカ滞在中であった。当時、このホーンブロワー・シリーズのほかに、ハモンド・イネスその他の海洋小説を読み漁《あさ》った一時期があった。ただし、本書、***Hornblower and the Hotspur*** は一九六二年の出版で、友人に送ってもらって、日本で初めて接した作品である。

このシリーズについては、すでに高橋泰邦氏が二冊の訳書『海軍士官候補生』（ハヤカワ文庫ＮＶ36）、『スペイン要塞を撃滅せよ』（同ＮＶ58）のあとがきでたいへん懇切に解説をしておられるので、付け加えることはなにもない。訳者がこのシリーズに魅入られた理由はすべて高橋さんの解説に含まれているが、要は、自分が子供の頃から今にいたるまで、海と船が非常に好きであること、ホーンブロワー・シリーズに接して、そこに憧れのヒーローを発見した、というに尽きる。

次に、本書の翻訳をお引き受けするにあたって非常な不安を感じたのは、端的にいって、自分が海や帆船などについてまったくの素人、というよりは、無知に近い人間であるからであった。自分が読んで楽しむ分には、航海術に関する細部などはある程度あいまいに読み通して事がすむが、翻訳となると、そんな無責任なことは絶対に許されない。しかし、以前から出版をしきりにおすすめしておきながら、翻訳はできない、というわけにもいかないので、勇を鼓してお引き受けしたしだいである。ただ、本がなくてもいろいろな場面が目にうかぶほど何回となく愛読した一連の作品であるので、いろいろな資料にたより、人々に教えを請えば、なんとかやれるのではあるまいか、という気持が胸の底にあったことはたしかである。

事実、翻訳を進めてゆく上で、資料や人々の教えに助けられた点は限りなく、それなくば本書を翻訳することは不可能であったので、とくにお世話になった資料等について、ぜひここに記しておきたい。

まず、終始利用させていただいたのは、三重県立大学教授、逆井保治氏編の『英和海事大辞典』（成山堂書店刊）である。記述が懇切丁寧をきわめ、もちろん海事全般にわたっているが、帆船に関しては、現在利用可能なものの中では唯一最高の辞典ではないかと思う。読んでも非常に楽しい辞書である。

次に、これまたたいへん教えられるところがあったのは、神戸商船大学助教授、杉浦昭典氏著、『帆船――その艤装と航海』（舟艇協会出版部）であった。これはもちろん辞典ではなく、しだいに消滅しつつある帆船の記録を世に残すための本であるが、読み物としてもたいへん興味深く、とくに今回の翻訳にさいしては、書中の〈クリッパーシップの艤装〉、〈帆船の運用〉、〈帆船の航海〉、〈帆船の慣習〉等々、さらに木造戦艦ビクトリー号に関する詳細な説明は、数々の貴重な図や絵、写真ともども、非常に参考になった。

また、『帆船――文・山口良次氏、写真・浅水嘉治夫氏』（毎日新聞社）は、帆船練習船「海王丸」の写真を主にした航海記録と帆船に関する解説から成っているが、写真で見る帆船上の生活やその説明が、ホーンブロワーと部下の乗組員やホットスパー号の海上における様子を理解するのに非常に役にたった。さらに、同書の山口良次氏のあとがきによって、運輸省航海訓練所発行の『帆船操典』の存在を知り、とくにお願いして入手したが、そのさい、運輸教官大谷浩二氏より、ＮＨＫのテレビ番組用下調べ（？）に便乗して海王丸を見学するという望外の機会を与えられて、同氏の懇切な説明をうかがいながら全船を見学した。ホットスパーは、木造船であるということのほかに、海王丸よりははるかに小さな船であったことを思いつつ、マストやヤードを見上げ、索具類に手を触れるなどして、いろいろな想像にふけっていた。

初めての、しかもかねてより念願していた海洋小説を訳し終えた今、それらの貴重な参考書の編著者の方々と、大谷浩二氏の御厚情に心からお礼を申し上げたい。

なお、本訳書中に航海や船その他に関する部分で誤りがある場合には、それはすべて訳者の不明のいたすところであって、前記資料とは無関係であることを、ここでとくに明確にしておきたい。

本書は、ホーンブロワー・シリーズ全十巻のうち、一九六二年に出版された最後の作品である。この後には、このシリーズを執筆するにいたった経緯等を記した *The Hornblower Companion*（『ホーンブロワーの誕生』）が一九六四年に出版され、さらに、作者の死去（一九六六年）によって未完に終わった。*Hornblower and the Crisis*（『ナポレオンの密書』）を含む同名の書が一九六七年に出た。第一作、*The Happy Return*（『パナマの死闘』）が一九三七年に出版されているので、このシリーズは二十五年余の長きにわたって書き続けられたことになる。その間に、作品によって作者の筆致に多少の変化が見られるように思えるが、当然のことといえよう。

なお、本文中で風力に関する呼び方が各所に出てくる。昔は数値で表わすことができず、帆に対する風の影響を基にしていたのだが、一八七四年に国際規約で風力階級が決められた。本書中では、通俗的な表現の場合と、正式な名称が使われているように思える場合があるので、訳もそれに従った。ご参考までに一八七四年の外洋におけるビューフォート風力階級を記しておく。

国際ビューフォート階級	風のビューフォート名称	判定基準
0	平穏　Calm	
1	至軽風　Light Air	全艤装のシップ（シップ型帆船）を、舵のきく速力で走らせるのにちょうど間に合う程度の風力。
2	軽風　Light Breeze	よく整備された帆船が全帆を張り、かつ一杯に風をはらんで、滑らかな海上を一から二ノットの

			速力で走るような風。
3	軟風	Genlte Breeze	よく整備された帆船が全帆を張り、かつ一杯に風をはらんで、滑らかな海上を三から四ノットの速力で走るような風。
4	和風	Moderate Breeze	右の船が全帆を張り、かつ一杯に風をはらんで、滑らかな海上を五から六ノットの速力で走るような風。
5	疾風	Fresh Breeze	右の船が帆に一杯風を受けて、できるだけ風に近い方向を走るのに、ロイヤル（最上檣帆）その他の帆を張ってちょうど間に合うような風。
6	雄風	Strong Breeze	右の船が帆に一杯風を受けて、できるだけ風に近い方向に走るのに、トゲンスルを張ってちょうど間に合うような風。
7	強風	Moderate Gale	右の船が帆に一杯風を受けて、できるだけ風に近い方向に走るのに、トプスル・ジブその他の帆を張ってちょうど間に合うような風。
8	疾強風	Fresh Gale	右の船が帆に一杯風を受けて、できるだけ風に

近い方向に走るのに、縮帆したアパー・トプスル、コース（大横帆）を張ってちょうど間に合うような風。

9	大強風	Strong Gale	右の船が帆に一杯風を受けて、できるだけ風に近い方向に走るのに、ロワー・トプスルおよびコース（大横帆）を張ってちょうど間に合うような風。
10	全強風	Whole Gale	右の船がかろうじてロワー・メン・トプスルおよび縮帆したフォースルをつけていられる程度の風。
11	暴風	Storm	右の船がストーム・ステースル（荒天支索帆）にへらさなければならないような風。
12	颶風	Hurricane	どの帆も持ちこたえられないような風。

なお、一九七〇年に、C・N・パーキンスンによって、いかにも実在の人物らしくホーンブロワーの伝記が書かれ出版されたが、ホーンブロワーは架空の人物で、その海軍生活や活躍の内容は、これは実在の三人の艦長の事実を取り入れたものである。本作品

中のコーンウォリスやペリュー提督は、もちろん、実在の高名な軍人である。

話　題　作

テンプル騎士団の古文書上下
レイモンド・クーリー／澁谷正子訳
中世ヨーロッパで栄華を誇ったテンプル騎士団。その秘宝を記した古文書をめぐる争奪戦

テンプル騎士団の聖戦上下
レイモンド・クーリー／澁谷正子訳
テンプル騎士団が守り抜いた重大な秘密。それを利用して謎の男が企む邪悪な陰謀とは？

ウロボロスの古写本上下
レイモンド・クーリー／澁谷正子訳
表紙に蛇の図が刻印された古い写本。写本の内容が解明された時、人類の未来が変わる！

神の球体上下
レイモンド・クーリー／澁谷正子訳
世界各地で、空中に浮かぶ巨大な謎の球体が出現。その裏で、恐るべき陰謀が進行する。

メディチ家の暗号
マイケル・ホワイト／横山啓明訳
ミイラから発見された石板。そこに刻まれた暗号が導くメディチ家の驚くべき遺産とは？

話題作

レッド・ドラゴン〔決定版〕上下
トマス・ハリス／小倉多加志訳

満月の夜に起こる一家惨殺の殺人鬼と元FBI捜査官グレアムの、人知をつくした対決！

ゴッドファーザー上下
マリオ・プーヅォ／一ノ瀬直二訳

陽光のイタリアからアメリカへ逃れた男達が生んだマフィア。その血縁と暴力を描く大作

リアル・スティール
リチャード・マシスン／尾之上浩司編

映画化された表題作をはじめ、SF、ホラーからユーモアまでを網羅した、巨匠の傑作集

黒衣の女 ある亡霊の物語〔新装版〕
スーザン・ヒル／河野一郎訳

英国ゴースト・ストーリーの代表作。映画化名「ウーマン・イン・ブラック 亡霊の館」

ジャッキー・コーガン
ジョージ・V・ヒギンズ／真崎義博訳

強盗事件の黒幕を暴く凄腕の殺し屋。ブラッド・ピット主演で映画化された傑作ノワール

冒険小説

シブミ 上下

トレヴェニアン／菊池　光訳

日本の心〈シブミ〉を会得した世界屈指の暗殺者ニコライ・ヘルと巨大組織の壮絶な闘い

サトリ 上下

ドン・ウィンズロウ／黒原敏行訳

孤高の暗殺者ニコライ・ヘルの若き日の壮絶な闘い。人気・実力No.1作家が放つ大注目作

シャドー81

ルシアン・ネイハム／中野圭二訳

戦闘機に乗る謎の男が旅客機をハイジャックした！　冒険小説の新たな地平を拓いた傑作

A-10奪還チーム 出動せよ

スティーヴン・L・トンプスン／高見　浩訳

最新鋭攻撃機の機密を守るため、マックス・モス軍曹が闘う。緊迫のカーチェイスが展開

高い砦

デズモンド・バグリイ／矢野　徹訳

不時着機の生存者を襲う謎の一団――アンデス山中に繰り広げられる究極のサバイバル。

クリス・ライアン

襲撃待機
伏見威蕃訳
爆弾テロで死んだ妻の仇を討つため、SAS軍曹シャープは秘密任務を帯びて密林の奥へ

暗殺工作員ウォッチマン
伏見威蕃訳
上司を次々と暗殺するMI5工作員とSAS大尉テンプルが展開する秘術を尽くした戦闘

テロ資金根絶作戦
伏見威蕃訳
MI5の依頼でアルカイダの資金を奪った元SAS隊員たちに、強力な敵が襲いかかる。

抹殺部隊インクレメント
伏見威蕃訳
SISの任務を受けた元SAS隊員は陰謀に巻き込まれ、SAS最強の暗殺部隊の標的に

逃亡のSAS特務員
伏見威蕃訳
記憶を失ったSAS隊員のジョシュに迫る追跡者の群れ。背後に潜む恐るべき陰謀とは？

マイクル・クライトン

プレイ―獲物―上下
酒井昭伸訳

暴走したナノマシンが群れを作り人間を襲い始めた……ハイテク・パニック・サスペンス

恐怖の存在 上下
酒井昭伸訳

気象災害を引き起こす環境テロリストの陰謀を砕け！　地球温暖化をテーマに描く問題作

NEXT―ネクスト―上下
酒井昭伸訳

遺伝子研究がもたらす驚愕の未来図を、事実とフィクションを一体化させて描く衝撃作。

パイレーツ―掠奪海域―
酒井昭伸訳

17世紀、財宝船を奪うべく英国私掠船船長が展開する激闘。巨匠の死後発見された遺作。

アンドロメダ病原体〔新装版〕
浅倉久志訳

人類破滅か？　人工衛星落下をきっかけに起きた未曾有の災厄に科学者たちが立ち向かう

訳者略歴　英米文学翻訳家　訳書『突然の災禍』『背信』パーカー，『勝利』フランシス，『鷲は舞い降りた　完全版』ヒギンズ，『深夜プラス１』ライアル（以上早川書房刊）他多数

HM=Hayakawa Mystery
SF=Science Fiction
JA=Japanese Author
NV=Novel
NF=Nonfiction
FT=Fantasy

海の男／ホーンブロワー・シリーズ〈3〉

砲艦《ほうかん》ホットスパー

〈NV59〉

一九七四年一月三十一日　発行
二〇一四年十一月　十五日　十九刷
（定価はカバーに表示してあります）

著者　セシル・スコット・フォレスター
訳者　菊《きく》池《ち》光《みつ》
発行者　早川浩
発行所　株式会社　早川書房
郵便番号　一〇一-〇〇四六
東京都千代田区神田多町二ノ二
電話　〇三-三二五二-三一一一（大代表）
振替　〇〇一六〇-三-四七七九九
http://www.hayakawa-online.co.jp

乱丁・落丁本は小社制作部宛お送り下さい。
送料小社負担にてお取りかえいたします。

印刷・信毎書籍印刷株式会社　製本・株式会社フォーネット社
Printed and bound in Japan
ISBN978-4-15-040059-0 C0197